新闻出版博物馆
文库·史料

柳和城 ——著

寻迹永裕里
——一条卢湾老弄堂的时光追影

上海大学出版社

图书在版编目（CIP）数据

寻迹永裕里：一条卢湾老弄堂的时光追影 / 柳和城著 . -- 上海：上海大学出版社，2025. 7. -- ISBN 978-7-5671-5306-6

I. I267

中国国家版本馆 CIP 数据核字第 2025XK2561 号

责任编辑　陈　强
封面设计　缪炎栩
技术编辑　金　鑫　钱宇坤

寻迹永裕里
——一条卢湾老弄堂的时光追影
柳和城　著
上海大学出版社出版发行
（上海市上大路99号　邮政编码200444）
（https://www.shupress.cn　发行热线 021-66135112）
出版人　余　洋
*
南京展望文化发展有限公司排版
上海新艺印刷有限公司印刷　各地新华书店经销
开本710mm×1000mm　1/16　印张26.5　字数407千
2025年7月第1版　2025年7月第1次印刷
ISBN 978-7-5671-5306-6/I・726　定价　79.00元

版权所有　侵权必究
如发现本书有印装质量问题请与印刷厂质量科联系
联系电话：021-56683339

序

永裕里，老上海一条普通的旧式石库门弄堂，连同毗邻的慈安里、西湖坊、萍渔里、敦仁里与承遂里构成一整块住宅区。南临复兴中路，北接自忠路，东连黄陂南路，西通马当路，建于1924年至1928年。2004年后永裕里等里弄已拆除，建起了高档高层住宅楼群。笔者出生在此，整整六十年在此生活。儿时的记忆，青少年时同学间的友好交往，不时浮现在眼前。十几年来陆续撰写过一些有意思的片段，如《外公送我的儿童读物》《我家的机器人》《永裕里46号电台忆旧》等，主要围绕我们家长辈以及从事写作后朋友的交往，题材比较狭窄和单一。

2021年，与何松生、卞毓麟、田伯炎三位老邻居分别闲聊，说到永裕里曾居住过不少名人，书画家、医生、演员等各界人士都有，数数名字不下数十位，还有大革命时代的革命遗址可寻。这一切，如今似乎已很少有人关注了。我们不把它写出来，可能会永远湮没于世。几位老邻居知道我多年来已涉足永裕里历史的写作，都鼓励我继续写，我也感到有责任完成此任务。于是加紧了写作进程，书稿定名《寻迹永裕里——一条卢湾老弄堂的时光追影》。

《申报》是我寻觅材料最多的一份老报纸。十多年前，还没有《申报》数据库，靠一页一页翻检上海书店出版社出版的影印本。当时为了寻找商务印书馆和张元济的史料，偶然看到一则永裕里45号火灾的新闻，忙着抄下全文，撰写《永裕里46号电台忆旧》一文时派上了用场。父亲曾多次说起隔壁火烧殃及我家，致使电台中断的事，但记不准年份。这条新闻明白记有火灾时间为1931年2月6日。记述历史需要准确的时间坐标，老人回忆固然重要，但当时书报的文字记载应该成为资料采集的第一来源。本书写作中我坚持了这一原则。我以"永裕里""西湖坊"等为关键词，搜索《申报》数据库，审视每一条目，记下有用的内容。经过整理，拟定题目，逐篇写作。查询过的其他数据库，则有"晚清和民国时期中文报刊库""全国报刊索引"与国家图书馆、上海图书馆藏书数据库，也以上述标准程序操作。争取尽量不遗漏或少遗漏。有时自己办不到，则请朋友帮忙。每一篇配有图片若干，包括地图、人物照片、建筑、新闻报道与广告等，少量文章附有表格。每成一篇，转请友人阅看指正，特别是田伯炎兄读后常有新材料、新线索提供，可作拙稿补充修正，让我欣喜不已。书友徐自豪帮我找来《老上海地图》与《上海市行号路图录》等多种史料，对我的写作出力多多。

书稿以单篇专题撰成，辑集成书。全书共47篇，分为四辑：

第一辑 "往事漫记"，收录永裕里建筑历史与多个综合性事件记述。

第二辑 "人物述林"，收录几位民主革命家、书画家、无线电专家、音乐家与艺术家的故事。

第三辑 "遗踪寻迹"，收录永裕里地块各杂志社、商店、企业、学校与教堂旧址考证。

第四辑 "时光追影"，收录本人青少年时代的回忆、友朋交往等故事。

有一首歌《那年》，这样唱道："回到那年，回到那天，回到回不去的从前。回到那年，回到那天，其实从前从未走远。"是的，从前从未走远……永裕里百年前建成，二十年前消失，并不太遥远。这里居住过的居民，据《上海市卢湾区地名志》（1990年8月上海社会科学院出版社出版）记载，永裕里850户、2 928人；西湖坊338户、1 184人；慈安里221户、805人；敦仁里21户、82人；承遂里36户、132人，合计1 466户、5 131人。三十多年后的今天应该大部分尚健在，邻居们和他们的故事当记忆犹新。我希望看到拙著的朋友们能互相转告，看看有哪些遗漏和不足，敬请赐教，以更好地回放永裕里的历史。因为它也是老上海记忆的一部分。

历史是什么？我以为，历史是真实的过去。有人说，"历史是胜利者的清单"。这一观点颇能迷惑人，其实并不准确。不然，何必去研究它、书写它？的确，胜利者常常用它来粉饰自己，掩盖真相，但那不是历史，只能算伪历史。我们需要真实的历史，哪怕只是一条不显眼的石库门弄堂里的人和事。

柳和城
2024年10月

目录

第一辑 往事漫记

- 地图上的永裕里 · 003
- 查封国民党上海特别市党部始末 · 015
- "房联会""减租会"的维权抗争 · 027
- 民国法租界公共汽车摭谈 · 038
- 马浪路敦仁里的故事 · 048
- 社会新闻缝隙中的历史 · 058
- "孤岛"血案：恐怖笼罩石库门弄堂 · 071

第二辑 人物述林

- 田桐、田桓先生在永裕里 · 083
- 从田桐谈孙中山与商务印书馆说起 · 093
- 画家、谜家、报人吴天翁 · 098
- 永裕里的书画家们 · 114
- 往事如烟：永裕里诊所摭忆 · 130
- 金学高创办戒烟疗养院 · 147
- 永裕里46号电台忆旧 · 157
- 一封北京来信的故事 · 166
- 柳尧章与中西音乐研究室 · 174
- 董天民：一位不该被埋没的戏剧家 · 181
- 女滑稽夏萍的戏剧生涯 · 198
- 影星周起的喜悲人生 · 209
- 沈笑亭住进永裕里72号 · 227

第三辑 遗踪寻迹

- 亭子间杂志社，陋室观世界 · *235*
- 文化资料供应所：图书资料服务新尝试 · *242*
- 西湖坊曾有两家杂志社 · *252*
- 永裕里"商圈"话旧 · *259*
- 老字号中药铺济生堂与康德堂 · *274*
- 石库门里的一心小学 · *284*
- 梅花歌舞团与海风剧社遗踪钩沉 · *295*
- 律师公会与永裕里的律师们 · *306*
- 辣斐大戏院今昔谈 · *319*
- 西湖坊耶稣堂寻踪 · *330*

第四辑 时光追影

- 外公送我的儿童读物 · *337*
- 我家的机器人 · *341*
- 邮票：我的历史"启蒙师" · *344*
- 我收藏的老香烟牌子 · *346*
- 我家的武侠连环画 · *352*
- 我与《辞海》 · *354*
- "社青"生涯漫忆 · *356*
- "上山下乡"专用棉胎券 · *367*
- 艾芜先生的一封信 · *369*
- 忆"提携人"陈梦熊兄 · *372*
- 为"老乡长"买书 · *375*
- 向郑逸老请教掌故 · *378*
- 周汝昌先生给我的两封信 · *384*
- 忆蒋雨田先生 · *387*
- 重读张树年先生来信有感 · *389*
- 刘圻万先生谈昆曲 · *398*
- 重读人间过路书斋主人来信 · *404*

后　记 · *414*

第一辑 往事漫记

地图上的永裕里

永裕里，上海一条旧式石库门弄堂。它连同毗邻的承遂里、西湖坊、敦仁里、慈安里与萍渔里，虽则早已被拆除，消失在历史长河之中，但对于在此生活过的人们，也许还记忆深刻。自1925年到2004年，整整80年，这里居住过的人和发生过的事，无论政治的、文化的或经济的，也不论亲身经历的或钩沉于书报文献的，都已成为上海历史不可分割的一部分。回眸永裕里——老上海的一个缩影，对了解上海社会、民生民俗及其市政变迁，或许都有一定的参考意义。

法租界填河浜筑马路

小时候常听父亲说，我家以前住在贝勒路（今黄陂南路）义和里，永裕里新屋刚落成就迁入，成为第一批房客。那么永裕里没建之前是啥样？农舍？田野？还是别的什么？我常常陷入沉思……

1843年上海开埠，1845年设立英租界，1848年设立美租界，1849年设立法租界。当时法租界仅有洋泾浜南及外滩地区986亩土地。"当第一个法国人来这里居住时，它还是一个布满了沼泽和坟地的荒僻的地方。"最早的"法国区"仅有江南教区与法商雷米的两块地。"江南教区的东、南、西三面是大片的荒地，堆放着浮厝和尸骨，还有一侧则到处是中国民房……还有无数错综复杂、弯弯曲曲、污秽不堪、一年到头都是泥泞的小

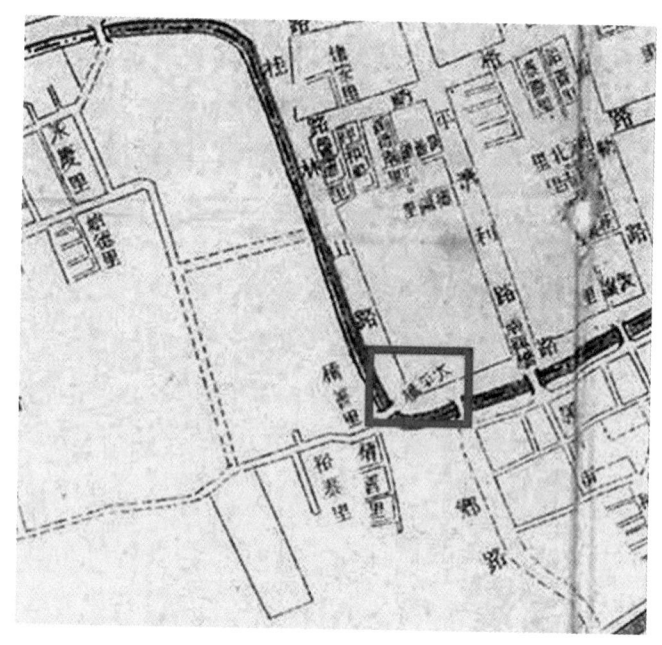

法租界太平桥地区地图（《新测上海地图》，1913年）

路，它们通往四面八方人口密集的贫民区，那儿除了几个商人或守本分的手工业者之外，其余尽是些地痞流氓……"（《上海法租界史》第2、第55页，梅朋、傅立德著，倪静兰译）法租界1860年第一次扩展界址，1865年始筑公馆马路（今金陵东路），后逐渐向西延伸。路址原系农田，间有塘浜、村落，筑路后两侧建屋设店，周边地区日趋繁荣。至19世纪末，法租界最早建立的区域已是成熟的商业中心区。1899年6月，法租界第二次扩展界址，东至城河浜（今人民路南段），西至顾家宅、关帝庙浜（今重庆南路），南至丁家桥晏公庙浜、打铁浜，北至北长浜（今延安东路西段），至此法租界总面积达2 135亩。1914年7月，中法官员议定法租界界址第三次扩展，公董局开始在区域内越界筑路，加快了该地区城市基础设施建设，包括填浜、筑路、铺设下水道等市政工程，部分路段还铺设了自来水管道和煤气管道等公用设施。至此，法租界界址北至长浜路（今延安中路），西至徐家汇路，南至斜桥徐家汇路，东至肇周路，面积达15 150亩。

今天的太仓路、顺昌路旧时为一条"之"字形的河流——打铁浜，它的西端与洋泾浜相接，东连晏公庙浜通往西门外的护城河。打铁浜周边原系村舍、农田、菜地。光绪元年（1875年），附近建有一座晏公禅院，因与县城近在咫尺，香火鼎盛。打铁浜与晏公庙浜之间筑有太平桥，连接两岸交通。这里距周泾甚近，水路来往客商众多，于是在西门外的打铁浜形成一个集贸市场，顺昌路南段旧名菜市路即由此得名。打铁浜沿岸多铁铺，生产船用或农用的铁器工具，打铁浜也因此得名。1900年，打铁浜以南和以东的地区被划进法租界。1901年，法租界当局填没打铁浜西段（今重庆南路至顺昌路），辟筑龙江路（后改称白尔路，即今太仓路西段）。同年在打铁浜东段一侧辟筑马路，称桂林山路（今顺昌路北段）。1905年后继续填浜拓路，1908年拆除南阳桥，1912年拆除太平桥。据民国二年（1913年）出版的《新测上海地图》显示，法租界太平桥地区蜿蜒曲折着一条河，即打铁浜，当时尚未全部填没，桂林山路南段（即菜市路）还称乡路。太平桥、南阳桥虽已拆除，但地图上仍有标注。太平桥西面只有积善里、裕泰里、永庆里等少数几个居民点。1917年商务印书馆出版的《上海法国新租界分图》显示，1914年后的法租界依然河道纵横，荒野连陌，太平桥以西星星点点散落着丁家湾、钱家宅、西曹家巷、俞家驿等村落，也有几处标注花园字样的私家绿地。试图从这几张地图上寻找永裕里的踪影，显然是徒劳的。1926年商务印书馆出版的《上海指南》所附《上海城市租界全图》显示，除黄浦江、吴淞江外，上海主城区已不见河流港汊，南北东西向的马路已成网格，永裕里周围的马路清晰可见。建筑群已在填河筑路中拔地而起。

填河筑路是很费钱的。《上海法租界史》记载了1864年公董局与中国施工方签订的一个合同：修筑一段道路的填方共2万立方米，每立方米2钱；另一条路的填方共2.5万立方米，价格为4 950两；从这一段到洋泾浜的1万米，价格是1 800两。"最初填土用的是烂泥和河底淤泥，用船运送的；但在1865年1月21日董事会决定一定要用'优质土'。这许多合同的总额是一万四千五百两，这条沿河马路完成时，全部费用是三万七千三百四十两。"（该书第247页）租界早期筑路的同时，似乎更加注重河道改造，甚至还修筑了多座新的桥梁改善交通。这不能不是由于经费限制的缘故。

进入民国后，法租界填浜筑路的步伐大为加快。1915年填洋泾浜筑爱多亚路（今延安东路），1914—1918年填南长浜筑辣斐德路（今复兴中路），等等。永裕里地块周边已不再是干枯的河床和杂乱的民居，斗转星移，水陆巨变。以下马路对于现今的上海人是陌生的，但它们就是我们现今行走其中的道路的前身：

马浪路（今马当路），1898年筑，初名狼山路，1906年以法国驻沪总领事名改为白莱尼蒙马浪路（Rue Brenier de Ontmorand），简称马浪路。

西门路（今自忠路），1901年筑，初名雅砻江路，1906年改名为葛罗路（Rue Baron Gross），1913年顺昌路以东段以法公董局总董名命名为白尔路（Rue Eugene Bard），西段名西门路。

贝勒路（今黄陂南路），修筑于1901年，初名峨嵋山路，1906年改名为贝勒路（Rue Amiral Bayle），得名于法国海军军官名。

辣斐德路（今复兴中路），路址原系南长浜，1914年开始兴建吕班路（今重庆南路）和金神父路（今瑞金二路）之间的一段；1918年该路向东延伸至法租界东部边界敏体尼荫路（今西藏南路）；1922年，该路向西延伸至宝建路（今宝庆路）；1931年，再向西延伸至霞飞路。

1924年开始上述四条马路之间建起石库门里弄，与周边区域相比算是较晚的。我们从租界的土地权变迁说起。

打铁浜畔崛起石库门建筑群

租界是一块独立于中国行政和法律体系之外的特殊领土。根据"五口通商"协定原则，外国人在租界拥有土地是付钱的，属于"永远租赁"，简称"永租"。法租界最初的租金是每年每亩1 500文。洋商取得地产租赁权，还需要获得该国领事和中国官厅的证明，以为产权之据。经向领事申请，取得盖有上海道台印章的地契，称为"道契"。合同有效期一般在18—30年，平均为20年。1857年时，法租界只有13个外国租地人。随着小刀会与太平军战乱延伸，大批难民涌入租界，租界人口激增，租地建屋成为租界当局面临的头等议题，土地开发商与日俱增。因洋商租地购地事务日繁，1889年（光绪十五年）开始设立专理租地事务的会丈局，负责测绘丈勘，登记造册，直到发给印契。

经过20世纪初大规模的填河筑路，环境彻底改观，法租界打铁浜周边崛起石库门建筑群，时间次序呈现由北向南延伸的趋势。公馆马路南边，1913年建起宝康里（淮海中路315弄）旧式石库门楼房120幢。1914年建起义和里（黄陂南路99弄）、礼和里（黄陂南路146弄）、道德里（金陵西路23弄，后改称孝和里）。这几条弄堂都在霞飞路周围，促进了霞飞路商圈的繁荣。由打铁浜填没而成的蒲柏路（今太仓路）一侧，1914年建起吉益里（太仓路119弄部分楼房）、延庆里（太仓路121弄）。20—30年代大批石库门里弄拔地而起：白尔路（今顺昌路北段）东侧有桂福里、怀本里、永安里、受福里；西侧有辑五坊、承庆里、三让坊；西门路两侧有兰馨里、润安里、仁吉里、永裕里、西湖坊、永吉里；辣斐德路两边先后建起文贤里、合忠坊、停云里、祥云里、福康里、慈安里、萍渔里、鸿仁里、梅兰坊、瑞华坊、斐村、辣斐坊；马浪路两边也建起光益里、新民邨、普庆里、西门里、西西里，等等。辣斐德路朝南的劳神父路（今合肥路）、康悌路（今建国东路）直至徐家汇路两侧，都先后建起了一排排石库门里弄。法租界所建的民居大部分属于二层或三层旧式砖木结构楼房，少数为新式石库门，所谓"新式"，即多了卫生设备与煤气。

寻找这些石库门里弄的营造商，目前没有完整的史料可稽查，只能从各种文献中爬梳剔抉，钩沉出若干家。《上海市卢湾区地名志》"居民点地名"有部分产业归属信息。如宝康里（淮海中路315弄），称为法国天主堂产业；润安里（自忠路239弄），原地有苏州会馆和绍兴会馆，由丁姓等三人合股开设润安公司，1922年拆建翻造称润安里，后改名天和里；辑五坊（自忠路210弄），1925年建，以业主吴辑五名字命名；吉益里（太仓路119弄），1914年建有部分楼房，1934年由吉益营造公司独资翻造为新式里弄；西西里（马当路354弄），原业主是法国人，建于1929年；合忠坊（复兴中路188弄），建于1921年，由中国肥皂公司和裕和洋行合资建造；梅兰坊（黄陂南路596弄），建于1930年，由吴梅溪、吴似兰兄弟合资建造，取二人名字各一字命名。永裕里地块几条里弄由谁建造？该书没有记载，其实还是有据可考的。

汇福洋行刊登招租启事

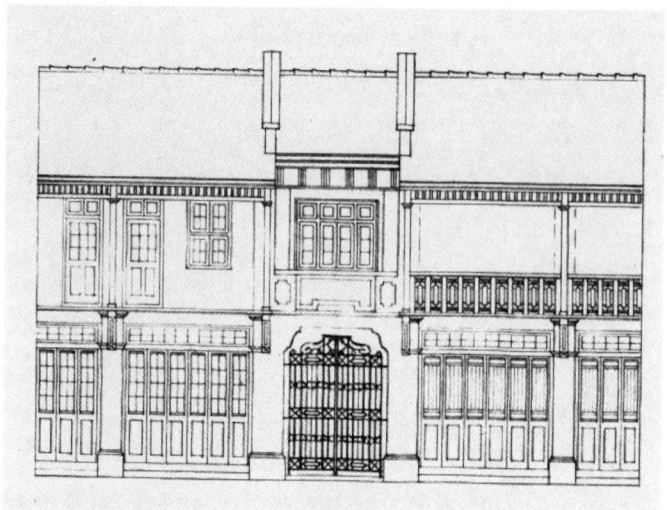

永裕里建筑设计图之一

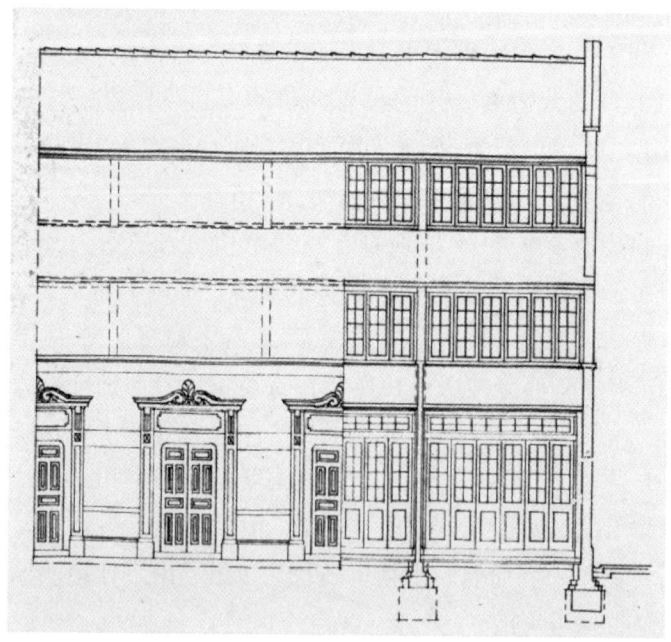

永裕里建筑设计图之二

永裕里建成于1925年,营造商兼业主为汇福洋行(Fog & Co.Ltd.)。一份《汇福洋行经租账房启事》云:

> 启者,本行新造贝勒路辣斐德路永裕里街房,早已工竣,曾出通告,定八月初一起租。所定房客本限七月底止缴付房金,逾期定票作废。今有南十三号、东卅四号尚未来付,兹限三日内速来付清,否则该项定票概作无效,另行招租。特此通告。(1925年9月23日《申报》)

该启事在《申报》连登三天。几天后,该行又刊出永裕里"特等新式三层楼住宅招租"的广告(1925年10月7日《申报》)。汇福洋行是一家经营皮毛、烟叶出口的洋商企业,兼营建筑营造。行址英租界二马路(今九江路)B字2号(一称二马路14号),大班Wm Fog,华经理(即旧时所称的买办)王佐禹。王佐禹,浙江鄞县人,在沪设慎成、恒昌成、恒昌公等皮号。随着租界人口激增,他瞄准了居民住宅市场,进军房地产,先后在法租界建造起多条石库门弄堂,永裕里为其中之一。

永裕里牌额

友人帮助查到两幅当年永裕里建筑设计图稿。一幅为弄堂口与沿街建筑立面图,一幅为弄内住宅立面图,颇为精致,十分难得。弄口的铁门,高耸的过街楼,店铺的牌门板,与笔者记忆中的模样一致,只是住宅门楣的装饰,似乎并没有如此华丽。据行内人士介绍,这两张图均系设计图,并非竣工图,近代上海不少建筑在实际建造中,并不严格按图施工,因而设计图与实际落成情况会有一定差别,实属正常。

王佐禹1929年6月去世,"五七"出殡,报纸介绍了他的为人与事业:"王佐禹今日出殡。王佐禹浙江鄞县人,幼以工业出身,服务多年,

寻迹 永裕里——一条卢湾老弄堂的时光追影

拆迁前的成裕里弄口

耐劳勤俭,旋任汇福洋行华经理有年,对建筑事业尤有经验。凡社会慈善事业,恒解囊资助。其所建之法租界成裕里、光裕里、永裕里、丰裕里房屋,素未加房租。提倡遵奉国历收租,并核减房租,故深得该里等各房客之称颂。上月十日逝世,今日五七出殡,各里房联会特为之开追悼大会云。"(1929年7月21日《申报》)作为地产商,王佐禹主持建造了四条石库门里弄:一、成裕里,辣斐德路221弄,建于1923年,有砖木结构三层楼房41幢,占地面积8.86亩,建筑面积9 095平方米;二、光裕里,茄勒路(今吉安路)144弄,约建于20年代前半期,有砖木结构二层楼房42幢,占地面积5.49亩,建筑面积5 034平方米;三、永裕里,辣斐德路320弄、西门路307弄,有砖木结构二、三层楼房172幢,占地面积2 007平方米,建筑面积21 902平方米;四、丰裕里,萨坡赛路(今淡水路)214弄,建于1928年,有砖木结构二层楼房117幢,占地面积14.77亩,建筑面积11 524平方米。四条里弄房屋面积合计达47 555平方米,以永裕里最大,试想一下在当时能解决多少涌入租界的市民的居住问题啊!四条弄堂相距不远,名字中都有"裕"字,自成系列,反映出王佐禹的实业理念。

王佐禹去世后,汇福洋行华经理一职由其儿子王衍庆继任。王衍庆,圣约翰大学毕业，除襄佐其父任恒昌顺皮货行经理外，尤喜射击等体育运动，比赛成绩优异，迭任万国赛枪会委员、中华射击队教练。1927年他出任国际射击比赛中华队领队。汇福洋行除四条"裕"字石库门里弄外，还拥有静安寺路洋房、公共租界张园内华严里、大西路A2号洋房等处房产。30年代初，王衍庆创办汇福地产建筑公司，不久改名为大利公司。但时间不长，因经营不善，大利公司亏损严重，王衍庆刊登启事，声明亏损"概归鄙人负责，与诸弟无涉"。随之大利公司产业转让给了美商顺记公司。1935年7月永裕里房客减租会的抗争对象、大房东就成了这家顺记公司。

40年代初，永裕里整个产业又归联华地产公司。后"联华"对永裕里产业分幢出售，由联华房地产公司签发信托代管证，使永裕里仍保持联华地产公司的户名。内有朱振记地产部买受永裕里51、52号与23、24号四幢；振源五金号买受永裕里33至36号四幢；孝记买受永裕里29、30号两幢；慎记买受永裕里73至80号八幢等。（1943年3月14日、4月25日、5月3日、11月10日、12月12日《申报》）这些业主都成了"二房东"，"联华"似依然是"大房东"，但振源五金号、孝记、慎记的上家并非"联华"，原因不详。总之，20世纪三四十年代的永裕里房产，关系颇为复杂，业主几经变迁，深深打上了动荡时代的烙印。

普爱堂建造普庆里慈安里

永裕里地块的6条里弄，营造商各不相同，一条里弄一家业主。慈安里，辣斐德路346弄，建于1924年，有砖木结构二、三层楼房48幢，占地面积1 241平方米，建筑面积5 889平方米。（《上海市卢湾区地名志》）它与马浪路对面的普庆里同为普爱堂所建。1925年12月5日《申报》刊有一则《新屋招租》广告，云："在法租界辣斐德路白来尼蒙马浪路口普庆里、慈安里两处，新建石库门一百数十幢，建筑精良，空气充足，交通便利，如欲租者请向该里经租处接洽可也。此布。普爱堂经租账房启。"普庆里（马当路306、318弄），建于1925年，旧式里弄，有砖木结构三层楼房75幢，当时大韩民国临时政府所在地就在该弄内。

　　普爱堂是天主教圣母圣心会在中国的机构，神甫以比利时籍居多。它很早就在天津、上海等城市设立办事处，俗称账房。1865年，圣母圣心会进入内蒙古地区传教，建立了诸多教区。为支持传教事业，在天津、上海等通商口岸经营房地产业。据百度网介绍，上海普爱堂到1949年拥有土地130亩，房屋400余幢，建筑面积10万平方米。其中著名的物业包括霞飞路的霞飞坊（今淮海中路淮海坊）、亚尔培路辣斐德路口（今陕西南路复兴中路口）的金亚尔培公寓大楼群（King Allert Apts，今陕南邨）、辣斐德路1363弄森内饭店公寓大楼，以及海格路129—159弄、229—285弄大胜胡同等。1922年前后普爱堂还拥有西门三在里房产。（1922年12月11日《民国日报》）它的本部最初设在法租界霞飞路622弄7号，1928年迁入海格路241弄（大胜胡同）7号。其小教堂对外不开放，1949年以后允许附近教徒进入，普爱堂1966年停止活动。北平普爱堂还设有出版部，曾出版由比利时神甫善秉仁所编的"一千五百种现代中国小说与戏剧"英文本。（1948年9月28日《时事新报》）

　　1934年夏，慈安里房客与大房东为加租事发生冲突并诉讼至第二特区法院。当时的大房东已不是普爱堂，而是惠众地产公司。据同年9月开始

慈安里匾额

马当路普庆里弄口

出现的该公司的招租广告显示，惠众地产公司本部地址为爱多亚路39号。这家新冒出来的地产公司与普爱堂是什么关系，有待考证。

西湖坊紧邻永裕里与慈安里，西门路317弄为总弄，马浪路一侧也有几个弄口。有砖木结构二、三层楼房98幢，占地11.06亩，建筑面积7 245平方米。建于1928年，较晚于相连的敦仁里、永裕里和慈安里。《申报》第一次出现西湖坊新屋招租广告是1927年12月22日。该广告没有业主署名，只写明招租门牌为西湖坊22号，"请至对过普庆里看屋人接洽"。西湖坊的业主是谁呢？1931年1月14日《申报》刊有一则《西湖坊房联会反对加租》新闻，称"本埠法租界西门路西湖坊房屋，系华人沈某所有，建造迄今，不过三年……""华人沈某"显然为西湖坊大房东，名字不详。

至于敦仁里，《上海市卢湾区地名志》记，今马当路257弄，建于1925年，有砖木结构二层楼房7幢，建筑面积778平方米。旧时马浪路路

永裕里地块地图（《上海市行号路图录》，1940年）

牌编号与后来不同，暂且不论。从当时报纸新闻或广告中，我们可以考得它的业主的变化情况。敦仁里的开发商是代月公司，一家专营卫生用具、自来水设备与煤气灯等洋货的洋行，买办（华经理）叫胡宝泉。1929年，代月公司曾在报上刊登"房屋招顶"启事，出让敦仁里3号房产：

> 兹有坐落白来尼蒙马浪路西湖坊隔壁敦仁里三号，三间双厢房，电灯及自来水、洋瓷面盆、德律风一应俱全。交通便利，顶价克己。如欲意者，请驾江西路四十五号代月公司接洽可也。（1929年4月18日《申报》）

后胡宝泉去世，敦仁里房产归其夫人胡金氏所有，不久出让给了明曾生兄弟。1941年明氏兄弟再次出售敦仁里全部房产，买受人石坚成委托律师发表启事，内提到该房产的信息："即法地册二〇六四号、英册道契六三二八号，土地七分六厘八毫，连同地上全部建筑物，计马浪路三八一号、三八五号、三八七弄过街楼及弄内一号、二号单开间两宅；三八九号、三九一号、三九五弄过街楼及弄内三间四厢一宅暨一座卫生设备内外装修全部在内。"（1941年11月8日《申报》）"法地册""英册道契"的称谓、编号，那时还须写入房产交换文件，可见它们并未过时。

承遂里与萍渔里的房产业主资料迄今尚未找到，有待继续挖掘。

随着越界筑路和租界的扩展，上海的房地产业迅速繁荣，华洋商行趋之若鹜。据商务印书馆1918年版《上海商业名录》记载，当时全市"营造"业69家，"地产"业13家，"经租"业36家，房地产业合计118家。名称上则洋行、公司、营造厂、工程处、某记等各异，洋商华商兼而有之。《上海商业名录》所载极可能是按商家的主业统计，并不完整，本文提及的汇福公司、普爱堂与代月公司就未见列入，实际数字以及20年代后出现的新房地产企业，肯定不止这一些。

2023年12月于上海浦东明丰花园南窗下

查封国民党上海特别市党部始末

傍晚，幽静的法租界西门路上呼啸驶来六七辆汽车，在永裕里弄口停住。车上跳下数十名手执手枪的巡捕房中西探员，快步跑入弄内，封锁了83、84号中国国民党上海特别市党部前后门，禁止出入，弄堂口也派员把守。目睹此番架势的行人和邻居，惊恐地交头接耳，远远驻足观望着眼前的一幕……

1926年10月6日发生的这一事件，已载入史册。

西门路永裕里西湖坊弄口

法租界多国民党机关

1924年元旦，中国国民党发表改组宣言、新党纲和孙中山演说改组原因等重要文件。1月20日，国民党第一次全国代表大会在广州举行，宣告"联俄、联共、扶助农工"三大政策。大会决议，共产党员与共青团员可以个人名义加入国民党。由此开启了国共合作、反对军阀统治的新政治局面。随后，国民党中央上海执行部及各区分党部纷纷成立。

法租界是国民党在沪活动的重点地区，租界当局似乎相当"宽容"，基本不加干涉。孙中山1916年在沪时就居住在法租界环龙路（今南昌路）63号，后又迁居环龙路44号。法国公园旁莫里哀路（今香山路）29号，1918年至1924年间孙中山和夫人宋庆龄在此居住。1924年5月5日，国民党上海执行部代表300多人在此庆祝孙中山就任非常大总统三周年。居住在法租界的国共两党要人不少，如邵力子，住西门路163弄三益里；瞿秋白，住劳神父路（今合肥路）五凤里5号；田桐、田桓兄弟住西门路永裕里72号，彼此相距都不远。毛泽东也曾居住在慕尔鸣路（今茂名南路）甲秀里。国民党机关在这一带很集中，除永裕里特别市党部外，至少还有四个，右派的、左派的都有，彼此间斗争尖锐、复杂。

（一）国民党上海执行部

地址在环龙路44号（今南昌路180号）。该部作为国民党中央的派出机构，设立于1924年2月，3月1日正式开始办公。该部统辖江、浙、皖、赣、沪的党务工作，是国民党在广东根据地以外最重要的机构。上海执行部统辖苏、浙、皖、赣、沪四省一市的党务，执行委员胡汉民、汪精卫、叶楚伧、于右任、张静江，候补执行委员毛泽东、邵元冲、沈定一、茅祖权、瞿秋白驻于上海执行部，张继、吴稚晖、谢持等负责监督执行部工作。其间发生西山会议事件，各地国民党右派整合一气。1925年11月23日开始，国民党中央执行委员林森、居正、邹鲁等在北京碧云寺孙中山灵前，召开自称"国民党一届四中全会"，形成西山会议派，会议中心问题为"解决共产派"。12月11日,国民党中央执行委员会在广州召开一届四中全会,斥责西山会议为非法,重申孙中山的三大政策。但不久西山会议派将其北京的非法中央党部移至上海,并接管了环龙路44号的国民党上海执行部。12月15日,西山会议派"中央执行委员会"发表宣言,不承认广州的中央执行委员会,又决定"处置共产分子"办法三条,令各省市党部执行。戴季陶、叶楚伧、邵元冲主持上海执行部。原国民党上海执行部秘书张廷灏、宣传部秘书恽代英等在《申报》上刊登启事,反对西山会议派将其"中央委员会"移至上海,宣布已将一切情况汇报广州中央委员会,呼吁在上海的国民党江苏省党部伸张正义,抵制西山会议派的非法活动。国民党实际上已分裂为两个对立的组织。该执行部出版有机关刊物《中国国民党周刊》。1926年1月执行部撤销,存续时间22个月。

国民党上海执行部旧址（南昌路180号）

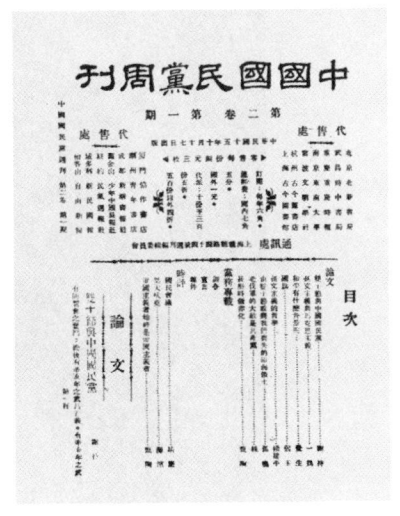
《中国国民党周刊》书影

（二）季陶办事处

地址为马浪路慈安里28号。戴季陶（1891—1949）,名传贤,浙江吴兴人。国民党元老,著名理论家。他早年与陈独秀有过一段极为亲密的联系,而且还是中国共产党的发起人之一。中文版《共产党宣言》最早就来自戴季陶对陈望道的约稿,并提供了他从日本带回的日文版原书。1919

年10月，陈独秀来到上海，戴季陶将自己渔阳里6号的寓所让给陈一家居住。于是这里就成了《新青年》编辑部的所在地，有了中共上海早期组织的诞生。《中国共产党党纲》的最初草案，也是戴氏起草的。但他却没有加入，自称只要孙中山在世一天，他就不参加其他政党。1925年3月12日孙中山在北京逝世。此时戴季陶早与原先的一班朋友分道扬镳，成为国民党右派共同的理论推手，不久他在马浪路慈安里28号设立了季陶办事处。现有史料表明，办事处主要办了两件事：第一，出版宣传小册子；第二，组织孙中山逝世纪念活动。一份《季陶办事处启事》云：

任黄埔军校首任政治部
主任的戴季陶

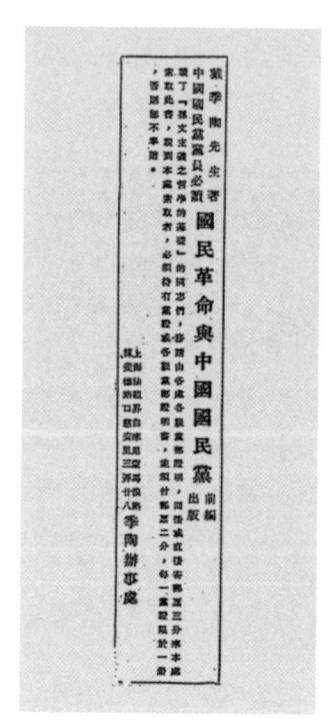

季陶办事处广告之一
（1925年6月4日《申报》）

中国国民党上海执行部印行三种小册子，现已出版，爱读诸君请按照下列办法，通知本办事处当即按款寄上。

一、《中华民国国民政府（附广东省政府组织）》每册寄邮票三分，直接来本处索取者，每册付邮票二分。

二、《中华民国国民政府中国国民党最近对于时局之主张》每册寄邮票一分,直接来本处索取者同。

三、周佛海先生著《中山先生思想概观》每册寄邮票三分,直接来本处索取者,每册付邮票二分。

上海法租界白来尼蒙马浪路辣斐德路口慈安里三弄廿八季陶办事处启

(1925年8月19日《民国日报》)

接着季陶办事处又出版了戴季陶著《国民革命与中国国民党》及《孙文主义之哲学的基础》。戴又在于右任为校长的上海大学成立"孙文主义学会"。后来,戴季陶离沪赴粤参加北伐,担任黄埔军校首任政治部主任,但他出版的几种书在国民党员中影响很大。为此瞿秋白写了一本《中国国民革命与戴季陶主义》,严加批驳。

(三)上海孙文主义学会

会址在马浪路普庆里40号。戴季陶的著作要害是反对"联俄、联共、扶助农工"三大政策,理所当然受到国民党左派的竭力抵制。1925年10月,上海大学成立"中山主义研究会",刘重民、吴玉章、萧楚女、施存统等在成立会上发言,与戴季陶的"孙文主义学会"相对抗。同年11月,"孙文主义学会"在普庆里40号正式挂牌。马路对面即慈安里、永裕里。12月8日,该会在《民国日报》发表声明,宣告该学会的宗旨和计划。学会利用寒假组织演讲会,邀请王岫庐(即王云五)、朱经农、何炳松、陈畏垒、潘公展、刘大白、郭沫若、郭元觉、沈玄庐、邵元冲、杨杏佛、叶楚伧等演讲政治、经济、社会等各种问题。(1926年3月4日《民国日报》)这年3月、5月,该学会还组织了上海国民会议促成会与五四纪念会。孙中山逝世周年时,该会在慈安里3号还成立了上海孙公周年纪念会筹备处,组织追悼大会等活动。

(四)国民党江苏省党部

侯绍裘、柳亚子、朱季恂等国民党左派领导的江苏省党部,原先设于

松江，1925年2月迁至法租界望志路（今兴业路）南永吉里34号。1926年6月的一天，省党部突然来了国民党右派陈去病、秦效鲁等七八个人，声称要接管江苏省党部。当时机关内只有秘书姜长林一人在，面对气势汹汹的一群人的夺权架势，姜长林采取了敷衍、软磨的对策，以便拖延时间，摸清来者真实企图。来人要姜"汇报"一年来的工作，姜故意强调了法租界巡捕房经常派人前来查问的事，又说了些当时军阀混战民不聊生等公开的新闻。陈去病等人知道问不出什么，说明天再来。姜长林连夜找侯绍裘、恽代英，都找不到，最后找到中共上海区委，那里的同志建议向瞿秋白汇报。当姜赶到瞿秋白寓所时已是第二天凌晨。瞿秋白听完汇报，分析了当前形势，认为反右是主要的，江苏省党部决不能被他们接管，让姜长林按此原则行事。姜随即赶回南永吉里，一面将重要文件、表册、图章等物件，收拾后转移至邵力子家保存，一面有意把屋内东西弄得乱糟糟，布置成遭受抄查的模样。陈去病等果然上当，看到这番景象，又听了姜长林绘声绘色的叙述，面面相觑，担心巡捕房会再次上门，赶紧溜之大吉，"接管"事不了了之。（姜长林《第一次公共合作时期的往事》，《卢湾史话》第54—58页）此后，江苏省党部在恶劣的环境下，坚持做了许多发动群众的工作。如1926年8月21日，为上海工潮发表宣言，呼吁按总工会所提工人工资据物价每年至少加一次、工作时间不得超过十小时、星期天休息工资照发、不准打骂工人滥罚工资等十一条最低要求解决。8月27日又发表宣言，重申无条件收回租界会审公廨等正义要求。12月1日，省党部再次为启封被查各团体事致函警察厅，严正交涉。

特别市党部与《中国国民》周刊

西山会议后，国民党右派夺取了上海执行部，公开宣布开除恽代英、沈雁冰等已加入国民党的中共党员。1925年12月11日，国民党中央执委会决定，由上海各区党部联席会议代行上海执行部职权，并从速组织上海特别市党部。之后国民党中央电令恽代英等为特派筹备员,负责筹组上海特别市党部。中共中央也指示恽代英、沈雁冰等筹备该组织。1926年1月1日,上海特别市党部正式成立,机关即设于永裕里83、84号。恽代英、沈雁冰、杨贤江、林钧、李硕勋、梅电龙、杨杏佛、陈比难等当选为委员、监察委员。恽代英担任主任委员兼组织部长,沈雁冰为宣传部长,张廷灏为青年部长。执行委员中共产党员占了多数。特别市党部又接办《中国国民》周刊为机关刊物,扩大革命宣传。1926年元旦后,恽代英与沈雁冰去广州参加国民党"二大",并留在广州两个多月。沈雁冰回上海后的4月3日,召开国民党特别市党部代表大会,传达"二大"提出的方针和任务。1926年7月,为接济北伐军费,上海特别市党部组织成立了上海党员征募北伐费委员会。

《中国国民》周刊创刊号书影

国民党上海特别市党部遗址(永裕里83、84号)

《中国国民》周刊编辑部并不设在永裕里83号,发行及通讯处为上海西门林荫路正兴里23号。前后出版10期(第9、10期合刊)。其内容宣传孙中山的"三大政策",与执行部的《中国国民党周刊》针锋相

对。沈雁冰在《中国国民》上发表文章,引起国民党右派的谩骂。有人化名在《民国日报》撰文攻击沈,说:"怎么好好一个救中国的,救世界上被压迫民众的,外受帝国主义摧残的,内受军阀蹂躏的中国国民党,似孤舟将覆于狂风巨浪的样儿。在国民革命进程中,突然抖出精神,对同党的唱起什么'同志''非同志''革命''反革命''共产''反共产'这些左腔右调来。虽然其中哭的,笑的,有不得意的,有故意的,但总是使帝国主义者与军阀们鼓掌相庆。这是国民党的不幸?抑是共产党的不幸?还是我的耳目的不幸?"对于当时国民党暨上海工商学各界,发起召开"反抗日本进兵满洲上海市民大会","偏是有一班不曾听见过声明脱离国籍,也不曾辞了二十世纪,入过国民党的共产党员沈雁冰等,在他们出版的《中国国民》周刊上,竟骂之为骗局一场。可怜把一胸救国热血,换了一肚摧肠北风的市民,素未与'先令''卢布'生过关系,其奋斗的价值,止是这一个可伤可悲的'光棍'街头。沈君等忍心来糟蹋救国的市民,又使帝国主义者与军阀们鼓掌相庆。这是国民党的不幸?抑是共产党的不幸?还是我的耳目的不幸?"(恨弥《谁的不幸?》,1926年1月14日《民国日报》)现存《中国国民》创刊号,显示"十五年四月一日出版",何以1月已有"批判"文章出现于报端?原因待考。

舆论上两股势不两立的势力展开激烈的争斗。沈雁冰成为焦点人物。1926年4月1日国民党上海特别市党部发表一则启事:

> 顷见报载三月三十日本部在宋园召集全沪党员大会消息。阅之甚为惊异。查本部并未召集是项会议,显系反动分子假借名义所为。至于号称国民党员之沈雁冰,乃世人共知之共产党员,而非本党党员同志,其演说内容实属别有用心,深恐淆乱观听。特此郑重声明。
> (1926年4月1日《申报》)

谁冒名市党部发布并没召集的会议?沈雁冰又演说了些什么?有待考证。随着北伐军胜利的消息不断传来,特别市党部工作似乎也趋于正常,但意料不到的危机却正向永裕里83号逼近。

巡捕房带走29人

1926年9月，四川发生万县惨案，英国军舰炮轰万县县城，全城焚毁，死伤数千，激起全国的抗议浪潮。万县惨案消息传到上海，民愤高涨，各界成立联合后援会，国民党特别市党部与江苏省党部都是发起团体。10月3日，后援会筹备会正拟开会，遭淞沪警察厅勒令解散，并当场抓走多人。第二天筹备会再次集会，宣告万县惨案后援会正式成立，并要求警厅立即放人。10月6日下午2时，各团体联合会16位执行委员聚集永裕里83号，讨论万县案对策，消息为军阀孙传芳的警察厅所闻，备文派稽查探员多人，赴法租界巡捕房请予协同侦缉。巡捕房拿到中国官厅请求书，立即开始行动。于是本文开头的一幕发生了。

据《法租界国民党市党部昨日被封》报道记述，查封过程是这样的："首由法捕房政治部主任程子卿与韦队长，同乘汽车，先至永裕里，命各探在门外守候，一律禁止出入，一面由韦队长率探进内。适该党部一部分职员在楼下阅报室阅报，韦队长即命探扣留，再令包探登楼将楼上各种办事职员，先行拘捕。其时秘书处梅电龙正在办公，亦同时被拘，并在楼上搜得各种文件，即分乘汽车一并带往卢家湾法捕房讯究。"报道披露了部分被捕人员的姓名与身份。有书记员梅电龙，组织部张枕亚，秘书处林钧，宣传部王正厂、陆仲之、王竞西、朱义权，书记员王德鹏、秦邦宪、刘瑞洲等30来人。最后探员带人离开时，83、84号大门被钉上钉子（1926年10月7日《申报》）。梅电龙曾在《民国日报》副刊《觉悟》上发表连载《经济思想史》长文，后为团中央负责人之一，茅盾回忆录《我走过的道路》提到过他。秦邦宪即博古，当时为市党部宣传部干事。

《时事新报》10月9日《民党市党部被封详情》的报道，细节有所不同。该报道称："警察厅约五六十人，各执手枪，将该党部前后门两弄包围，断绝交通，永裕里之里门均派探把守。永裕里房屋甚多，居住者均未知其蕴，因而观者人山人海。"警察厅韦队长带人进入屋内，"楼下阅报室适十余来宾探听营救被捕各团体代表消息而来，彼此交谈间探捕已至，遂已遭逮捕。继至二楼三楼，适该党部常务委员均已赴粤出席联席会议，而其他执行委员均未到部，仅有梅电龙等十一人在部办公，即驱入一室，暂行看管"。随后，华人包探开始搜查。"在三楼搜得孙中山墨宝手册一大捆，又在亭楼搜去党部印信及组织部各项表册，又在亭子间搜出账簿若干本。"搜完83号，包探来到84号。"该党部因经费困难，业已出租，赁居者除该党部三教职员外，尚有法大学生二人。二楼三楼均在招租，所以其中尚有数人或为访友，或为看屋……"该报道称被拘捕者共29名，其中4名女性。被捕者集中到83号底楼阅报室，西探长韦队长通过翻译讲话："现在中国官厅有指名拘捕若干人公文到来，所以必须带往总巡捕房询问一过，即当释放无事，尔等可放胆而去，不必恐慌。"讲话时"态度十分和蔼"。随后将人全部带往卢家湾巡捕房，时已傍晚六点多。捕房调来一大批人员连夜突击审问。据称他们要找一个叫钱刚的嫌疑人，而拘捕者中无一钱姓者，然而审讯仍在继续。

市党部迁址陶尔斐斯路

巡捕房内灯火通明，时间已至半夜。被捕者亲友闻讯后各方奔走，从事营救。律师吴凯声答允出庭辩护，当即打电话给法公堂刑事庭庭长，要求"从宽释放，勿允引渡"。杜月笙、张月啸两位"上海闻人"也受人之托，立即赶往总巡处，说明情况，力为营救。直至深夜十一时半，总巡处宣布裁定，除梅电龙等二人须交保释放，其他人员罚款二百元后由亲友领回。对于永裕里市党部，"搜查后即将八十三、八十四号两幢房屋发封，派一巡捕看守。惟其中尚有私人物件，如衣服被褥之类，现正请律师请求法公堂准予取出。"（《民党市党部被封详情》）

被捕人员虽则获得释放，但特别市党部被解散。租界当局风声鹤唳，对各类集会严加侦缉和管控。报载《法租界取缔集会》新闻云："前晚八时，本市文治、景平等学校学生十余人，在法租界慈安里九号集会，讨论民党特别市党部解散后设立通讯处事，尚未开会，已被法巡捕房探悉，由政事部主任程子卿率领探员前往解散。谕以现在时局不靖，各种集会概行禁止，以维治安云。"（1926年10月22日《申报》）然而，国民党特别市党部经过短暂整顿之后又开始活动，刊登于报端的一则启事说：

中国国民党上海特别市党部征求党员启事

本党为国内唯一公开之建国政党，以联合各集中革命势力，努力国民革命为途径，以废除不平等条约，召集国民会议，实现中华民国之独立，以及本党总理之民生主义为目的，凡中华民国之国民，愿国民革命、实现本党党纲者，不分性别、职业，业经本党已经最近登记手续之党员二人以上介绍，均可入党。

通讯处（一）上海邮政总局信箱七百九十四号；（二）法租界陶尔斐斯路五十六号（《民国日报》1926年11月29日）

一份《中国国民党上海特别市党部登记委员会启事》也同时刊出，说明启动重新登记的缘由，通讯处也是陶尔斐斯路（今南昌路）56号。1927年"四一二""清党"之后，仍有上海特别市党部，不过性质已完全不同。此为后话。

封禁余波激起的涟漪

国民党上海市党部被查封后，永裕里也不平静。几天后，居住在74号的画家马骀（企周）接到一封匿名信，诬称是他向巡捕房告密，导致该党部被搜捕和查封，语出惊人，并以死亡相威胁。马企周为澄清事实，在《时事新报》发表了一封公开信：

鄙人近接由徐家汇寄来之匿名书一通，内多恫吓之语，读之殊为骇异。但来函并无姓名地址，鄙人意欲有所答辩，亦苦于无从答复。素以贵报主持公道，敢乞赐数行地位以代书面，感谢极矣。查该

寻迹 永裕里——一条卢湾老弄堂的时光追影

来函，初谓鄙人与军阀官僚勾结，并依赖彼辈为生，冀得当道欢心，以为永远充当奴隶之地，乃暗地向官厅报告该党部（即永裕里被查封之某某党部）所在地。称该党部如何秘密活动等情，继谓如何危词耸听，以至党部被封，党员被捕。为泄胸中之气，又谓早已探得清楚，将来必有一日致马某于死地云云。……窃思鄙人在沪卖画多年，平素只知研究美术与潜心学问，一应时政向不问闻，交友也只以与书画有关者为限，军阀官僚及党社人员绝不往来。日前永裕里该党部未遭封禁以前，虽与敝寓相隔十余家，而鄙人不常外出，从未得知有该党部为邻（沪人每有贴壁邻居不知姓名职业者），迨封禁次日，见报载某党部被封禁，始知即同为永裕里之房客。然以事不干己故毫无措意，乃不幸为该党部中人所误会，竟直指为邻人所播弄，诬枉无辜，冤哉冤哉！盖鄙人本与当世军政界人物乏缘，已如前述，而对该党党员并无一人认识，恩仇又何有？且也从未知永裕里内有该党部所在，知之惟在封禁之后，何得而知秘密等事？鄙人卖画度日，安分守己，此海上书画界之所知也。何来对该党部危词耸听、甘犯众怒之说耶？兹欲为该党部声明者，鄙人一介寒士，光明正大，问心无他，何用忧惧？然深恐或有与鄙人有隙者挟嫌诬害，藉泄私怨。用特申辩数语，以明真相。想该党部不乏明达之士，谅能追根究穴，以期水落石出也。（1926年10月14日《时事新报》）

永裕里83、84号国民党上海特别市党部被查封，激起的余波涟漪并不大，很快就消失在历史的长河中。

2023年9月于上海浦东明丰花园北窗下

"房联会""减租会"的维权抗争

"房联会"全称某里房客联合会,法租界与上海特别市各设有房客总联合会;"减租会"全称某里房客减租运动会,也有其他称呼的,性质类似"房联会"。这些都是20世纪二三十年代上海石库门弄堂房客自发组织的维权团体。石库门房客大都属于中下层劳动阶层,与大房东、二房东在权益方面发生纠纷,"房联会"常挺身而出,代表房客与房东交涉,甚至聘请律师诉诸法律对簿公堂。倒马桶是石库门里弄最大"短板",由此引发的纠纷从未停止过,居民、清洁工与市政当局的冲突不断发生。这里介绍几个与永裕里地块相关的案例。

房客向房东喊出"不"字

房东收租金,房客按期交租金,天经地义。但当时上海的房租昂贵已达极致,房东随便加租漫无限制,房客苦不堪言。如闸北宁康里一楼一底月租36元,南阳里一楼一底月租30元,德安里自翻造后,单间石库门月租也超过30元。当时普通工人月薪十余元,房屋费仅一榻之地,至少要6元。中等收入者三四十元月薪,一家八口租一幢石库门房屋,也至少须20余元至30余元不等,仅房租一项就占其收入的大部分。至于店面市房,无论何处,无不租金腾涨,商家难以承受。1927年初以来,内战频仍,商业凋敝,民生憔悴,生活困难程度日益增长,为此全市各路各里纷纷发起减租运动。

闸北一带居民首先组织起淞沪房租减半联合会，公共租界与法租界房客纷纷响应。1927年4月1日，法租界"减租会"于南阳桥商联会集会，发布通告云："负担房金为上海市民独有独重之痛苦，故他处工潮尚易解决，而稍后工潮非待房金减轻一半之后。虽工资加至数倍以上，仍无解决之望。盖目下物价、工价此增彼涨，以互相提倡为能事，则工潮之起伏，势必至靡有止境。一般中人一下，及无工资无物价可加者，势必至在上海无立足而后已。是以本会于南阳桥新乐里二十号该房客联合会名义，现遵照减租运动大会决议案，更名为法租界房客减租运动会，以示积极进行，义无反顾。"通告号召法租界各里组织减租运动会，并张贴"停付租金，静待解决"字条，等候总会拟定适当方法。（1927年4月2日《申报》）

4月3日，全市房租减半运动会假西门公共体育场召开大会。大会认为，民生主义紧要问题就是衣食住行四种，为群众谋幸福。现在上海市民最感痛苦的尤其是住房问题。查上海市民达二百余万，其中少数贵族官僚富商拥有巨资，自行建筑其崇楼大厦养尊处优。这种资产阶级既享有安适的住房，并扩大其资本，建筑许多房屋。至于平民阶级竟无立锥之地，乃不得不托庇于资产阶级之下，出高价租得其一椽两椽，聊避风雨。奈资本家为富不仁，增高起租价一加再加，迄无已时。而且更有小租等名目肆意盘剥，"试思无产阶级受此痛苦何等负担，且生活程度日高一日，已不堪受此环境的经济压迫"，大会号召民众联合起来，发起减租运动。"我们的目的并不是反抗资本家，亦并不是打倒资产阶级，我们的运动只要求房东减少一半租费"。（1927年4月4日《申报》）一场轰轰烈烈的减租运动随之席卷全市。法租界丰裕里、永吉里等里纷纷组织起房客联合会，向房东的加租喊出"不"字。

房产商们表示委屈，称欧战后地价暴涨，建筑成本增加，影响房价与租金，上海有数十万水木工依靠建筑业生存，因此调整租金无可非议。他们建议组织调查业主情况，双方协商解决。房产商也有自己的组织，如淞沪产主联合会，聘请潘序伦会计师公开回复"房联会"，赞成房客合理要求前提下，认为"一律减半要求酌情办理，不能划一"。上海建筑业同人也发表声明，为行业三十余万工人自身利益起见，"忠告房客""毋再胁迫"。(1927年4月7日、4月8日《申报》)社会明显出现撕裂。随着时局变化,作为全市"三罢"一部分的减租运动,以双方妥协、各让一步而逐渐消退。

然而,房客减租运动一旦遇到机会又会重新爆发。

房联总会集会声援振安里

1930年春,法租界接连发生数件房东无理驱逐房客的严重事件,舆论哗然。

这年3月10日,位于西门路近菜市路的振安里,房东兴记公司与义品银行突然张贴公告,称因翻造房屋需要,要求全体房客一个月内搬离振安里。居民们惊慌之余奔走相告。令人费解的是,自己租屋的房东明明是曹振记,怎么成了兴记公司与义品银行?振安里建于1925年,刚满五年,房屋完好无损,怎么就要重新翻造?3月16日振安里房客20余人假座南阳桥商联会开会,商议对策。议决:(一)组织房客联合会;(二)聘请法律顾问,依法保障,并登报警告;(三)与兴记通告翻造一律否认;(四)全体房客无论如何誓不搬迁;(五)公推代表五人,办理一切交涉;(六)函请法租界纳税华人会、商总会暨南阳桥商联会,请求援助。(1930年3月17日《申报》)

《申报》《民国日报》等各报接连报道该事件,引起各界的关注。南阳桥商联会专题讨论,反对房东无故拆屋,认定此事妨碍社会安宁,于是致函曹振记、兴记、义品银行三方产权归属者,希望撤回翻造原议。无奈房东方毫不退让,动作频频,4月8日竟将自来水截断,严重影响居民生活。4月10日限期到期那天,房东委聘律师逐户通知,限令各房客三天内搬离,否则动工拆屋,房客坚决拒绝。房联会时已聘请律师与之交涉,尚未有结果。不料4月14日上午,房东派来一批工匠,且有两名华人巡捕压阵,浩浩荡荡开进振安里,并动手搭建竹篱笆,企图强拆。这下可激怒了居民,双方发生冲突,惊动了租界当局。嵩山路巡捕房派出中西探捕多名，前往调查。现场平静后，警察们邀请双方律师和当事人代表到巡捕房"面商一切"。但房东方扬言决以法律诉讼，拒绝和平解决，房客方面当然只能奉陪到底。

振安里全体房客再次集会，抗议房东以改建房屋为名，截断自来水，强打竹笆，决定以房联会名义发表宣言，求助于社会。法租界纳税华人会也主动致函法总巡捕房巡长，谴责"房东驱逐房客，每以强迫手段，围打竹笆，并勾结水电工人，截断水电等野蛮举动，及探捕在场助威等事"，"公警机关，原为保护地方维持治安而设，非房东所能支配。况以私意违反公意，更以法理所不容"，希望租界当局顺从民意，严申禁令，以安众意。(1930年4月18日《申报》)法租界各里房联会也举行联席会议，声援振安里房客的抗争。到会有仁济南里、永兴里、文德坊、厚福里、停云里、经益里、复兴里、裕福里、锦裕里、三益里、永裕里、三裕里、三让里等各里代表50余人。会议认为，按照惯例房东要求房客迁移须有三种理由:(一)房东确系收回自用;(二)房客欠租三个月以上，并经法庭判决过后三个月仍不付欠款者;(三)房屋年份已久，破旧不堪，经当地主管机关限令翻造者。"如无上列三种，房东无令房客出屋之权。"(1930年5月13日《申报》)

4月30日，兴记公司代表费席珍律师与振安里房联会聘请的葛复隆律

《振安里房客昨开紧急会》(1930年4月18日《申报》)

师，在法工部局公堂上展开了激烈交锋。房客代理律师辩称："曹振记将产业出卖与原告，事前并未通知，及至发出翻造通告后，被告等由商联会去函询问曹振记，旋接复信称已由义品银行管理。又函致义品银行询问，据回复，产权仍系曹振记所有，因此各房客甚为诧异，显见有人从中包租垄断。查以前法领事出有通告，凡租界内房屋，不得有包租垄断之事。今原告实有违背法领事之禁谕。"原告律师则辩称，振安里产权变更与翻造申请，早已报工部局备案批准，房客无权阻挠开工。法庭没有当场宣判。三周后再次开庭，宣布判决结果：原告兴记公司胜诉。舆论再次哗然。房联会已发上诉，决心"团结到底，一致誓死不搬"，"上诉期内所有房租一律停付"。（1930年5月1日、27日《申报》）

双方僵持两个多月，三分之二房客拒绝迁出。兴记公司不得不做了些让步，如暂时恢复水电，延长搬离期限，免除两个月房租等。但随着时间流逝，房客们孤立无援，无法再坚持下去，只得纷纷搬离振安里，最后剩下的五六户被"勒令"三天内"出屋"。同一时期，马浪路经益里也发生类似的拆屋纠纷，最后也是以双方各让一步而落幕。租界的法律并不真正公正，偏向房东是不言而喻的。振安里翻造后改名瑞康里，新房客里有没有被驱赶出屋的老房客呢？谁也不知道。

包括永裕里在内，附近的各里房联会，对此结局震惊不已，同病相怜，深感要维护自身权益，只有团结一致抗争到底！

西湖坊与慈安里的减租运动

1930年10月，西湖坊沈姓房主以房捐、水费增加为由，突然宣布增加房租一成，房客闻讯群起反对。房联会致函该坊经租人达理会计师，转劝房东取消加租动议，同时分函纳税华人会等各机关请求援助。西湖坊建成于1928年，此时才三年，房租本来较邻里为昂，没有道理再要加租。交涉数月，毫无进展。房联会决定聘请律师诉诸法律。1931年3月21日，一份金煜律师代表西湖坊房联会《为房主非法加租敬告各界》声明见于报端：

> 本坊房主突于去年十月间，委托达理会计师通告加租。当以本坊房租向较附近其他各里为昂，而法前总领事韦礼德及法公堂对于房主无端加租情事，均曾布告取缔。兹查本坊房客，自达理会计师通告加租以后，即曾据理反对，奈房主方面坚欲增加，甚至以拒不收租为要挟。迹其情形，显系非法压迫。殊不知，现行民法债编关于不动产租赁各节，均经详细规定。如该法规第四四二条之规定，凡无确切证明之事实，房主房客与租赁关系存续中，均不得请求增减其租金。而同法规第四二七条规定就租赁物应纳之一切捐税由出租人负担。今本坊房主借口地捐及水费均会增加为加租一成（每幢约加洋四元）之唯一理由。证以上开法令，则地捐、水费显属房主应行负担之费用，绝对不能取偿于房客。何况地捐、水费为数殊微，假令由房客均匀摊派，每屋一幢不过派洋一角而已。则本坊房主所持加租理由，不但与法律上显无根据，抑且与彼所耗之费相去悬殊，其为无理要挟已可概见。

接着，声明又就附近里弄租金与本坊相比较，说明西湖坊房租已经较邻里为昂，若再加租，岂情理所许？"敬告各界，以期唤起舆论，一致援助。"金煜律师居住于永裕里39号，对毗邻的西湖坊当然熟悉。至于交涉结果怎样，笔者没有查到相关信息，据推测很可能与1935年永裕里维权抗争相仿，即双方妥协、互退一步而房客得到微胜的结果。

30年代后，慈安里大房东由普爱堂换成惠众地产公司。在房产商一片加租声浪中，惠众地产公司乘与慈安里房客签订新合同的机会，试图造成实际加租的既成事实。房客当然坚决反对，呈报上海市民联合会第四区分会，决定成立慈安里分会。推定吕荫南、邱良玉、严树生为常务，并聘定李铭律师为法律顾问，誓言与之周旋到底，决不承认加租，也不另行签订合同。（1934年7月30日《申报》）"减租会"成立后，召开联席会议，呼吁法租界其他里弄支会声援，与之抗衡。大房东采用欺骗及各个击破的手法，与一些房客私下签订了合同，据此逼迫"减租会"集体就范。"减租会"为房东"朦订"房租合同事上诉地方法院。法院受理定下开庭时间，报纸报道云："法租界辣斐德路慈安里房屋，自惠众房产公司经租后，房租因其朦订苛刻合同，冀达加租目的。其中谈、陈、王、张等十六户，已被朦订。现以此项合同之订立，方法既不合法，且非房客一律实行，根本不能成立。决继续力争，特请游志、李铭两律师，撰状上诉经租人王星远、王质人于第二特区法院。现定十二日开庭。"（1934年12月9日《申报》）

粪夫陋规引发的纠纷

"'马桶拎出来！马桶拎出来……'高亢的女高音，打破清晨的宁静，撩开黑夜的幕纱。一户户灯亮了，女人们打开房门，睡眼惺忪地拎着圆肚的马桶走向早已熟悉的马桶车（粪车）。"这是已故当代作家、画家木心《上海赋》中的一段真实描写。每一位在旧式石库门弄堂生活过的老人，也许都会对此记忆犹新。

处理粪便从来就是放在租界和中国市政当局面前的一大难题。以"粪夫"为关键词搜索《申报》，相关消息达1 140余条，基本都是"负面"新闻。1892年2月4日刊出的一篇报道《倒粪新章》，记述法租界出台新规，制止粪夫乱倒与乱收费，说明其出台背景：

老上海粪车

今由法工部局打样西人，别出心裁自制圆身长式铁桶百数十号，以小铁轮车载之。以本月初三日起，挑选年强力壮之小工数十名，每日给以工钱若干，于清晨六点钟起将法租界中之粪一律倾倒尽净。无如该小工等素不善倒粪，而铁轮车需以人力推挽，往返不便，小工又以论工不论担，任意偷懒，缩手不前，欲令居家各自携马桶至车上倾倒，而居家未必家家雇有佣人，即有佣妇亦断难将马桶送至街前，高举上车凭空倒下。且有僻巷小弄，离街甚远，非铁轮车所能到。

接着，文章披露法租界每日须清粪约一千担，现只能运出二百余担，其余悉数被堆存。"小街中人家门前马桶排列成行，苦无出处。其有一家仅一桶者，迫不及待只得将粪随处倾泼，以致木樨香味遍地皆然。"此时粪夫出现了，"每桶须给钱十四文，不然置诸不理"，居民没法拒绝，只得就范。这也许就是粪夫陋规的由来。

进入30年代，租界的人口更多更密，矛盾更大了。上海中国地界引翔区市民反对"便桶捐"，粪夫强索月费，市民呈请当局禁止，沪南区农用运粪车户要求津贴，等等，相关新闻不时出现于报端。当时法租界设有清洁局，雇用员工拖粪车出清各弄堂居民的粪便。粪车拉到苏州河边新闸桥东粪码头，由粪船工收买并运出上海。巡而往复，周而复始。这个过程中发生的费用是怎样的呢？1935年初，法租界包括永裕里在内八条里弄发生"粪夫陋规纠纷"，有关新闻揭露：八仙坊、天祥里、西成里、和合

上海旧式里弄清晨一景

坊、宝裕里、荫余里、永裕里、宝庆里等八弄居民,每日粪便向来由法租界清洁局员工拖粪车出清。该局向法公董局承包,缴承包费用四千元,有粪车279辆,每日可得六七百车粪便。出售后每辆代价可得四角,每日总共可得二三百元,月可得八九千元。每车雇用二人,共雇五百余人,每人给以工资三元,共计一千五百多元。该局于开销之后,可净余三千元左右。然而,拖粪车工人向每户居民月终收取数角至一元不等费用,这似乎已约定俗成。当八弄居民知晓此中原委后,"以彼等既向清洁局取得工资,则不能再向居户索取陋规",强烈呼吁废除此项陋规。此举当然引起清洁工们(粪夫)的不满,并以停止倒粪为要挟。这可是要命的事啊。八弄居民不堪其累,遂呈文法租界纳税华人会并转呈法公董局,希望着令清洁局解决此纠纷。(1935年1月26日《时事新报》)

法租界当局对此头痛不已,一时拿不出办法。结果不断出现粪便被倒入阴沟,传染病流行到了临界点状态。国民政府市卫生局终于出手,联络公共租界与法租界发布公告,取缔粪便倒入阴沟,责令包商切实整顿。公告要求"一方面由公安、卫生两局派员严查,如违者处罚包商;一方面拘罚倒粪之粪夫,禁止粪夫非法勒索"。(1935年2月8日《申报》)八弄市民的申诉算是有了结果,纠纷表面上暂时平息,但一纸公告怎能禁绝陋规呢?小费照样收,明的不行暗的来;你不让我收,粪夫就请愿要求增加工资。有识之士指出,要从根本上解决这一问题,在于改进石库门里弄设施,普及卫生设备,但这又谈何容易?问题持续了几十年,几乎成为无解的怪圈。

永裕里"减租会"发生内讧

1935年8月,永裕里大房东顺记公司以市面不景气为由提出加租。房客们串联后决定组织上海市第二特区市民联合会第四区分会永裕里支会,要求房主减租,维权抗争。支会公推15人分任干事等职。该会组织成立后,召集各房客开减租大会,议决要求大房东六折收租,在未减租之前,

各房客的租金一律提存银行。顺记公司始终拒绝房客的要求。僵持一段时间后派出二人出面调解，"减租会"则由干事陈世英与二人接洽。几次接触之后，房东方宣布以添设电灯、重修房屋、雇用巡捕等几项新承诺，换取与"减租会"和解。房租增减的事却不提了。

陈世英，南京人，钱庄从业，原住永裕里，跟大房东谈判后忽然迁居辣斐德路辣斐坊，引起"减租会"其他干事的怀疑与不满。居住于永裕里13号的另一干事兼庶务孙生昌告诉邻居们说，陈收受了大房东贿赂，他有证据。消息传到陈世英耳中，特具状控诉孙侵害其名誉。稍缓第二特区地方法院受理此案开庭传讯，原被告双方聘请律师到案。法庭上孙生昌驳斥陈的诬告，提起反诉侵害其名誉与背信罪。孙讲述了原委经过："缘永裕里房客组织减租联合会，由大房东托马吉夫、张宝林二人出为调解。大房东允津贴全里一百另八家房客每家洋三元，再贴会中印刷费三百元，共计大洋一千元。讵知自诉人（指陈世英——引者注）取得此款，派人交我五十五元，袛云大房东尤为重修房屋、加装电灯、雇用巡捕。我以此项办法未经大会通过，且自诉人于十五日私自送来洋五十五元，嗣又迁居别出，我遂起疑。经调查之后始悉前情，但为保守自诉人名誉，故去信通知，并将送来之款退还。我信内载明不可收受大房东贿赂、分配化用等字。因我不肯接受自诉人送来之钱，各房客在外说彼受贿逃走，彼今控告我并无证据，我故提起反诉诬告。"陈世英也请来两位证人为自己辩护。法庭宣布择日再审。（1935年12月26日《时事新报》）

"减租会"发生内讧，陈世英的所作所为拿不到阳光下，当然得不到法庭支持，法庭调查清楚后很快判定陈世英败诉，贿赂款也得到处理。陈灰溜溜退出"减租会"领导层。但是房客们与顺记公司的交涉并未结束。大房东始终未允减租，并以"减租会"扣押房客租金为由提起控告。永裕里"减租会"延聘葛之覃律师依法提起减租的反诉，并由全体干事参加诉讼。经第二特区法院多次审讯，1936年6月法院最后裁决，顺记公司减租百分之十。据报道，"该里支会因该里房租原额高低不一，里房自三十六元至五十元，市房自二十四元至三十四元不等。为谋平允待遇，以期全部解决计，于昨日开会讨论议决，一律按照法院判决减租之租额支付，先函业主实行"。（1936年3月3日《申报》）第二特区市民联合会第四区分会永

裕里支会通告会员一律付租,通告云:

> 案查本会接受会员委托,要求减租一案,经本会干事杨崇皋代表会员五十人,于本里房客查纪生反诉减租案,具状请求第二特区法院参加诉讼在案。查本案已蒙法院判决,于本年六月二十二日案奉判决书,自民国二十五年五月起减租百分之十等情。是本里减租已得公平之判断,除函达业主顺记公司依照判决九折减租,即日派员来收租金外,为特通告会员,希即遵照判决九折减租办法,将房租给付,俾便业主收取,以资解决。是为至要,特此通告。(1936年6月29日《申报》)

永裕里房客的减租抗争以小胜结束。

减租运动当时波及全市,影响很大,无论华界还是公共租界和法租界,都有案例可寻。各种市民自发组织维权抗争,新闻媒体传播信息起了重要作用。1937年全面抗战爆发,上海时局发生更大变化,减租运动才逐渐沉寂。怎样评价这一历史现象,多种上海现代史著作似乎少有涉及。其实,历史在一面书写精英阶级活动轨迹的同时,不该忘却庶民阶层生活的另一面。看来,本着实事求是精神,梳理相关史料,弄清基本真相,应该是第一步的工作。

2023年12月于上海浦东明丰花园南窗下

民国法租界公共汽车摭谈

凡20世纪四五十年代出生在辣斐德路（今复兴中路）、贝勒路（今黄陂南路）一带的上海人，都记得复兴中路上有24路无轨电车，不远处顺昌路上有17、18路无轨电车，出行很方便。殊不知，贝勒路曾行驶21路公共汽车，辣斐德路拐弯，走的部分24路线路。贝勒路西门路承遂里弄口还曾设有车站。21路公共汽车行驶比24路电车早得多。说来话长，民国时期法租界的公共汽车得从上海的公共交通说起。

市民热烈讨论公共汽车

清末上海市内交通非常落后，仅有骡马和人力"东洋车"穿梭于狭小的街道上。交通近代化包括道路与交通工具近代化两个方面。随着城市人口激增，公共租界和法租界的"越界筑路"将马路延伸至四面八方，为行驶公交车打下基础。1908年3月5日，上海第一条有轨电车开始营运，这就是静安寺至外滩、途经南京路的1路有轨电车。同年7月，法租界第一条有轨电车（2路，十六铺至徐家汇）也开始营运。1914年英美电车公司又开通了福建路（石路）自郑家木桥至老闸桥的无轨电车。法租界有法商电车公司，经营着几条有轨与无轨电车线路。起先两个租界的电车各自为政，后来线路才互通到对方地界。但是，到民国初年上海还没有公共汽车。

上海最早的有轨电车

随着汽车的增多,创设公共汽车的呼声此起彼伏。公共汽车的优点在于车速快、调度灵活,利于减少市区电车的噪声。1922年初,《申报》开辟"汽车增刊",展开热烈讨论。有人担心汽车肇事撞死人,不主张用汽车发展公共交通,但多数意见认为汽车公交化势在必行。广州几年前就引进160多辆汽车,当时已有16辆公共汽车,与人力车、舢板、自行车一起归公利局注册管理。(《广州市政实况》,1922年1月1日《申报》)消息让"主汽"派很振奋。著名中医秦伯未刊文说:"现在汽车的发达可算是蒸蒸日上了。即上海一隅而论,也不知道有几千几百辆,但都是单独的、无规则的,非普及的。至于公共的、有规则的、普及的却还没有。鄙人为着十个理由,因有'公共汽车'的提议。他的名称是一时私意定下,他的组织和进行,简言之同电车一般,规定一定的途径与车站……"针对秦的倡议,《申报》配发《解决社会车务的我见》的评论说:"近年来,上海人口增多,车务问题遂至复杂。夫车辆之往返骤行拥挤。人力车也,马车也,汽车也,无不日增越多。即电车一项,虽辆数有加,而乘客仍感拥挤之困苦。长此以往,不独行旅艰难,实亦危险万分。有识之士所以亟谋解决车务之方法也。"评论还引述欧美各国城市交通发展的经验,指出:"凡电

车线所不到之处,可以摩托白士补救之。若然,则拥挤可解,危险可免。诚谋交通便利之无上妙策也。"(秦伯未《上海宜设公共汽车议》,《申报》1922年4月15日)

秦伯未等市民还就公共汽车的组织法、路权归属、经济来源等相关问题,一一展开讨论,热烈程度不亚于选举大总统。很快在华界及租界市政当局与市民之间达成基本共识。

贝勒路行驶21路公共汽车

几乎与报纸讨论的同时,在上海的英国人弗特立克向工部局呈文,论证本市有开通公共汽车的必要性,得到工部局批准,并给予弗氏创办该项事业的权利。随即中外商人成立中国公共汽车公司,到1923年已招股100万两银子,制定了十条公共汽车线路计划。(《本市公共汽车之发创》,《申报》1923年6月16日)近代上海第一条公共汽车线路的开通在1922年8月13日,自静安寺路至曹家渡,全长4公里。沿途不设固定车站,招手上车,下车拉铃停车。由于华商经营者迫于租界当局高额税收和外商资本的竞争压力,该线路于1924年10月停运。(熊月之主编《上海通史》第9卷"民国社会",第17页,上海人民出版社1999年版)1926年公共租界又

法商电车公司21路公共汽车

开通2路、5路、9路、10路四条公共汽车线路。法租界公共汽车晚于公共租界。法商电车公司1927年2月宣布在法租界创办公共汽车，"已先辟两路，于二月一日起行驶，其车身较为宽阔，座位亦舒畅，外观式样亦颇美观。其第一路由黄浦滩起至徐家汇，第二路亦由黄浦滩起，至贝缔鏖路止。闻将来续拟添辟路径，以利交通云"。（《法商公共汽车已开驶》，《申报》1927年2月7日）法电公共汽车第一路即21路，路线见下文；第二路即22路，开通时线路较短，仅到贝缔鏖路（今成都南路），后向西延伸，经亚尔培路（今陕西南路）、巨籁达路（今巨鹿路）、保建路到巨福路（今乌鲁木齐南路）。21路公共汽车路线较长，成为当时穿越法租界南北交通的主干线路，终点站起先是枫林桥，后改为打浦桥，走向曾多次变动。最早见于报端的是其"专车"线路。

1927年10月，一场汽车展览会促使21路公共汽车延伸了几站。法商电车公司发布通告云：

> 兹因辣斐德路亚尔培路转角汽车陈列大会于本月廿八号开幕，在此期间敝公司念一路公共汽车加开专车，其路线如下：由外洋泾桥开，走爱多亚路、敏体尼荫路、恺自尔路、葛罗路、蒲柏路、贝勒路、辣斐德路、亚尔培路、西咸爱司路及金神父路。恐未周知，特此通告。（1927年10月30日《申报》）

21路专车自复兴中路行驶至陕西南路转弯，向南至永嘉路再转至瑞金二路，终点站是打浦桥。而稍后几种《上海指南》披露法商21路公共汽车的线路，终点站是枫林桥。如嘤嘤书屋1929年版《上海指南》"法界二十一路"云："自外洋泾桥至丰（枫）林桥，其站名为：外洋泾桥、三茅阁桥、东新桥、大世界、恺自尔路、蒲柏路、贝勒路、贝勒路辣斐德路、辣斐德路吕班路、辣斐德路金神父路、福履理路薛华立路、金神父路底、丰林桥。票价全程三十九分。"（《上海指南》第38页，嘤嘤书屋1929年5月初版）商务印书馆1930年版《上海指南》著录大致相同，终点站也是枫林桥：

外洋泾桥——三茅阁桥——东新桥——大世界——恺自尔路葛罗

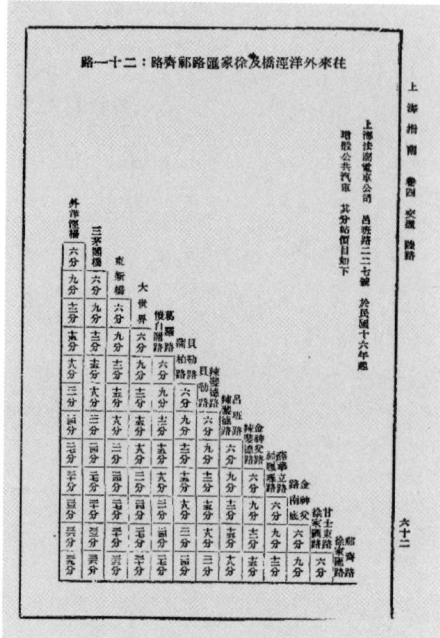 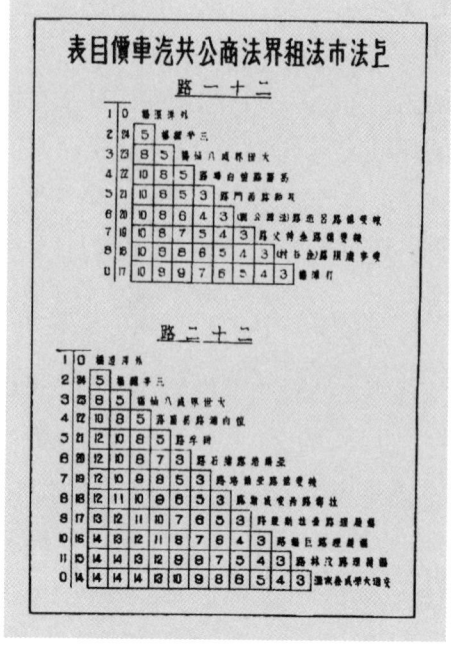

21路公共汽车价目表　　　　　　　21路、22路公共汽车价目表
（《上海指南》，商务印书馆1930年版）　（《上海市行号路图录》，
　　　　　　　　　　　　　　　　　　福利营业公司1940年版）

路——蒲柏路贝勒路——贝勒路辣斐德路——辣斐德路吕班路——金神父路辣斐德路——福履理路薛华立路——金神父路底——徐家汇路甘士东路——徐家汇路祁齐路（《上海指南》，第20页，商务印书馆1930年1月第23版）。

当时法租界仅法公馆路（今金陵东路）与吕班路（今重庆南路）行驶有轨电车，17路、18路无轨电车开始还在公共租界行驶，后来才延伸至法租界地区。24路电车则始于1938年，1927年前辣斐德路尚未行驶公交车辆。因此，21路公共汽车的营运，大大改善了法租界的交通，沿途的企业、学校、公共事业单位乃至个人房屋招租等各色广告，都注明门前行驶21路公共汽车的字样，以示交通便利。如中华职业教育社广告具名地址"辣斐德路北首萨坡赛路（十路及十七十八路电车、二十一路公共汽车均可直达）"（1929年7月22日《申报》），上海树人中小学招生广告具名地址

"法租界辣斐德路四百十六号二十一路公共汽车直达校门"。（1929年8月17日《申报》）某教室招租广告称，辣斐德路萨坡赛路口四百四十二号，"二十一路公共汽车及十七、十八路电车，均可直达"。（1929年10月23日《申报》）创设于1926年的新华艺术专科学校，有国画、音乐、艺术、体育四个系，后又增设女子音乐体育系。校址原在金神父路南端，此时已在打浦桥南堍斜徐路另设校址，正是21路打浦桥站附近，它的招生广告当然写明"法界二十一路公共汽车直达"等字样。承遂里1号招租更注明交通便利情况：

> 法租界贝勒路西门路口承遂里第一家，靠马路有统厢楼连过街楼三大间分租，房屋敞亮，空气充足，客堂、灶披、晒台水电均全。念一路公共汽车门前停靠，交通便利，租金公道，合意者请面看可也。（1932年10月8日《申报》）

有意思的是，现实中的21路公共汽车，还被小说家写进虚构的小说之中。

小说里的21路公共汽车

女作家吴似鸿曾发表过一篇短篇小说《膜》，小说描写一位新华艺专的女学生"她"与"刚息工的工人"，一道望着路旁橱窗里琳琅满目的商品，小摊上飘来阵阵食品的香味，却没有要的欲望。故事发生在21路公共汽车站旁。小说写道：

> 草场上早已换上了一片暮色，连篱旁坟头上的小树都看不出摇曳的枝梢了。晚饭的钟声已经随着过去五十分钟的时间无形地消逝了。每个寝室门外的走路上，摊满着零乱的碗盘，小狗小猫舔着碗盘中的残余白饭及小菜。
>
> ……

寻迹 永裕里——一条卢湾老弄堂的时光追影

二十一路公共汽车的轮转声,和着西北风轰轰地相应着。行路上的脚踪加叠在沙尘中。万升百货店门口的两旁玻璃橱前,站满了刚息工的工人。丝袜子、毛线衫、青绒鞋、孔雀领带、条子衬衫、印度绸的手帕儿、白衣人香粉、小巧白口红……一样一样地闪过他们的眼睛,满足他们的眼福。"要"的这个欲望从没有掠过他们的脑子。除了在玻璃窗外面望望,他们的身体与那些杂品是生来就远隔在另一个世界里的。

黄陂南路482弄承遂里弄口(现已拆迁)

小说接着写"公共汽车售票员"跟乘客下车,随"她"走进一家当铺,他以为天气冷了,女学生是来取当头,不想她"提上一个报纸包到柜上","喔!她是来当的。"卖票员自白一句回身走出了当铺。女学生当了小花棉袄,得了五角钱,到饭店吃了饭,花去一半……(吴似鸿《膜》,《申报》1929年12月23日"本埠增刊")小说作者吴似鸿,一位当时已崭露头角的女作家,以细腻的笔触描写人物的心理,情景交融,贴切地表现了20世纪20年代后期上海租界繁荣表象下底层民众的贫困现状。作者选择21路公共汽车站附近这一特定场景,生活气息浓厚,公共汽车在市民生活中已是不可或缺的一部分了。

另一篇小说《茶房》也写到21路公共汽车:"她换了一件外衣,拿了皮匣子,锁上了房门,同我一道出去。我们一壁走着,一壁谈着,一条长而幽静的马路已被我们轻轻地抛弃在后面了。转了一个小湾,便乘二十一路公共汽车,大约不止五分钟,我们就在大学的门前下车了。"(雯卿《茶房》，《申报》1931年8月22日"青年园地"）电车文化、汽车文化已逐渐渗透到社会的各个方面。21路公共汽车沿线学校林立，为小说家创作青年学生题材的作品增添了灵感。当时许多文艺作品以电车、公共汽车为生活舞台展开故事情节，但直接写明线路名称的不多。法租界21路公共汽车的社会影响之大可见一斑。

1936年公共租界曾增辟21路无轨电车，时停时开，到1944年退出公交系列。同路名不同车式的公交线路，过去上海有许多条，直至今天尚有21路无轨电车在营运。

改道、停驶与恢复

众所周知，城市公交中汽车的调度灵活性超过电车，在有关21路的新闻里有很多体现。1930年3月植树节，各机关团体人员赴大木桥路园林场植树，"各汽车公司增加车辆，二十一路公共汽车今日下午一律直达枫林桥"。（1930年3月12日《申报》）即21路临时由打浦桥又向南延伸了一段路程。1933年4月，全国铁路展览会在爱麦虞限路（今绍兴路）中华学艺社举行，21路新设金谷村站，便于参观者上下车。金谷村，即绍兴路18弄，近金神父路（今瑞金二路），建于1930年。报纸刊登了各路公交换乘21路的线路，抄录一节，以便展示当时市区公交换乘情形：

（一）由北站乘五、六路电车至东新桥，转乘二十一路公共汽车至金谷村，下车已达会址。（二）由南站乘四路电车至老西门，转乘五路电车至东新桥，转乘二十一路汽车至金谷村，下车即达会址。（三）由南京路先施公司乘三、五、六路电车至东新桥，转乘二十一路公共汽车至金谷村，下车即达会址。（四）由外洋泾桥乘二十一路公共汽车至金谷村，下车即达会址。（五）由十六铺乘八路电车至外洋泾桥，转乘二十一路公共汽车，至金谷村下车即达会址。由北四川路乘一路电车至南京路口，下车至外洋泾桥，转乘二十一路公共汽

车，至金谷村下车即达会址。（1933年4月8日《申报》）

1937年全面抗战爆发，上海市区沦为"孤岛"。法商电车公司运营的21路公共汽车南端终点站改为打浦桥。不过，1938年法商电车公司开通了23路公共汽车，由斜桥始发，经吕班路（卢家湾）、金神父路（打浦桥）、祁齐路（枫林桥）到徐家汇。（《上海指南针》，第78页，上海事业调查研究所出版部1939年1月版）报纸有关21路汽车出现了不少令人惊悚的新闻。一是车祸。1938年11月1日《申报》报道云："昨晚九时一十分，法商二十一路公共汽车由打浦桥开出，驶经辣斐德路马浪路口，与友利汽车行一六八八六号运货汽车互撞。因撞势极猛，公共汽车及卡车车头内部机件完全损毁，门窗玻璃亦全震碎。……"乘客受伤者多人，交通阻塞，直到巡捕赶到将伤者送往医院救治，疏导交通。二是暗杀。1939年1月7日，爱多亚路天主堂街（今延安东路四川南路）21路公共汽车站有人遭暗杀。（1939年1月8日《申报》）同年6月23日傍晚，辣斐德路马斯南路（今复兴中路思南路）21路车站又发生凶杀案，被击者当场身亡，凶手被擒获（1939年6月24日《申报》）。更有甚者，1940年6月，法商电车公司稽查陈国华在21路公共汽车上被人开枪打死，凶手陆某被当场捕获。"孤岛"时期，敌伪特务与中国抗日特工互相暗杀，腥风血雨，震惊上海，发生在21路汽车站的几起只是其中的一小部分而已。

"孤岛"时期，日商华中公共汽车公司并吞了华商汽车公司，并打入法商电车公司，法租界交通经常陷于混乱。1940年初一条《日伪布告今日开放南市》的新闻，透露出这一现实："南市中华路、民国路环城四周路旁，前华商公共汽车站近忽已新漆红绿标识，站头、路名及二十一路公共汽车等字样。据云将于铁门开放后，由日商华中汽车公司主持行驶公共汽车。"（1940年1月24日《申报》）不久，21路汽车停驶。

其后，21路公共汽车又一度恢复运营。同年9月，公交工人集体罢工，21路汽车再次停驶。10月初，法商电车公司为维持界内交通，于工人罢工后采取"由武装巡捕保护之下"，先恢复有轨电车行驶，"对二、七、十路电车已添至四十辆"；继而恢复爱多亚路外滩至徐家汇的22路公共汽车部分路段的行驶，以便与公共租界的公共汽车线路相衔接。至于21

路公共汽车及17、18、24路无轨电车，直到1940年10月下旬才恢复。当时停驶及恢复前后21路公共汽车仍然是外洋泾桥至打浦桥。行驶路线为：外洋泾桥、三茅阁桥、大世界或八仙桥、葛罗路恺自尔路、贝勒路西门路、辣斐德路吕班路（法国公园）、辣斐德路金神父路、爱麦虞限路（金谷村）、打浦桥。（《上海市行号路图录》，第2编，第249页，福利营业公司1940年8月初版）

1941年12月太平洋战争爆发，日寇进驻租界，21路公共汽车"无限期"停驶。一别近五年，1946年6月，法商电车公司在市民的一再呼吁下，宣告拟恢复21路汽车，但直至1947年5月才正式恢复行驶。通告云："其路线自外滩中山东一路起至中正南二路徐家汇路转角止。中经中正东路、中正中路、中正南一路、中正南二路……"（1947年5月17日《申报》）

该线路改道后，取消了原先穿越西藏中路、金陵中路、嵩山路、黄陂南路、复兴中路等车站，直接走今天的延安路、瑞金路到打浦桥。难怪贝勒路曾行驶公共汽车的历史，早已淡出市民的记忆……然而，历史与现实中公共交通对都市经济及文化生活的影响，人们是不该忘却的。

2021年4月于上海浦东明丰花园北窗下

（原载《都会遗踪》第35辑，2021年7月）

马浪路敦仁里的故事

老上海法租界有两条同名的敦仁里,一条在望志路(今兴业路),一条在马浪路(今马当路),相距不远。笔者讲的是马浪路敦仁里的故事。

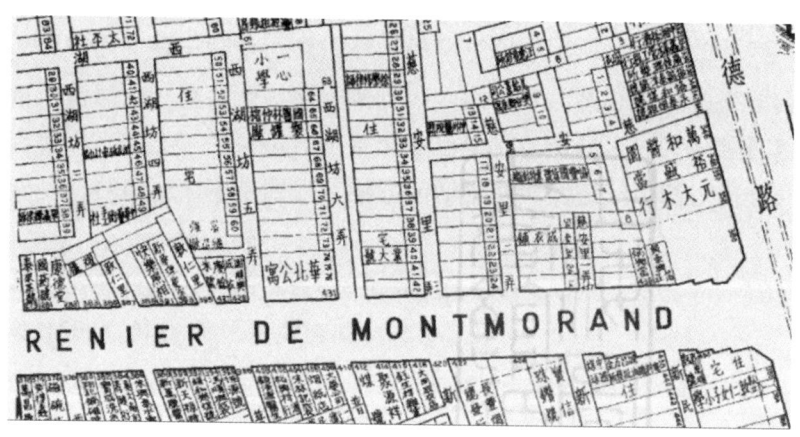

1940年永裕里地块地图上的敦仁里

一所女学的创设和撤销

永裕里和毗邻的慈安里、西湖坊都建于1925年。大约是由于地产主人的缘故,西湖坊马浪路一侧有块三角形地皮,建起了另一条石库门弄堂——敦仁里。弄内包括临街几个门牌在内,仅有七幢楼房。敦仁里南靠西湖坊五弄弄口，北接康德堂国药店。如不留意弄口额名，人们都会认为是西湖坊的一部分，但它确确实实是名称不同的另一条弄堂，地产不同，房东各异。当时的门牌号为马浪路381号、385号、387弄（内1号、2号二宅），以及马浪路391号、395弄过街楼与弄内一宅。在敦仁里建起不久，这里出现了一所敦仁女子公学。发起人是几位热心女子教育的女士。我们的故事从这所学校开始。

据新闻《敦仁女子公学之创办》云："张衡彬、张蔚如、詹蕙萱诸女士，为提倡女子教育，欲办一完善之女学校，特由私人捐助巨资，创办敦仁女子公学。现先办初中暨完全小学，业已筹备就绪，并租定法租界白来尼蒙马浪路敦仁里大厦为校址，规模宏大，组织完备。该校并在暑期间办一暑期学校，业已开始招生。闻发起诸女士均为圣玛利亚师范大学毕业，学问、经验甚为丰富云。"（1925年6月12日《申报》）"圣玛利亚师范大学"，即圣玛利亚女校，清末民国时期上海著名的教会学校。三位发起人生平不详。在另一份招生广告中，披露了敦仁女子公学校董名单：徐兰墅、高汉声、陈去病、胡赓生、吴静山、王湘泉、杨景斌、韩宝华、黄莫华、黄介民、王赐宾、康通一（1926年6月25日《时事新报》），其中不乏社会名流。如徐兰墅，江苏崇明（今上海市崇明区）人，师范学校肄业，在本县创办教育，民国后曾任江苏省实业厅厅长。陈去病，南社著名诗人。高汉声和黄介民，文学家。女校的教师队伍也颇为壮观：地理历史教授朱彭甫系东吴大学法学士；英文教授郭青杰毕业于北大；数学教授王珏来自水产学校；公民常识课程由上海大学厉谷铮教授，国文课由高汉声、黄介民教授；艺术课由清心女校毕业的

马浪路敦仁里牌额

朱怡如教授。敦仁女子公学利用暑假，还举办暑期学校，不限年龄，设国文、英文和算术等课程，每天三小时教课，对于当年相对落后的女子教育不无小补。媒体评论说，该校"暑期学校开学以届两星期，际此炎热天气，教师训诲不倦，学生欣然乐闻"，"该校办事人员除会计涂竺筠、文牍卞冠群、教务詹蕙萱、监督张衡彬、庶务汤彤云、校务张惠如诸女士等外，又聘请朱彭夫、詹天慰两君为中学部教务主任，叶楚伧、张一尘、陈冠生、陆南甫、汤涵霖诸君担任该校董事"。（《敦仁女子公学近讯》，《申报》1926年7月27日）该校当时的规模与影响着实不小。1927年该校还招收插班生，广告云：

  敦仁女子公学招中学部小学部幼稚班插班生：开学八月十六日。考期随到随考。报名即日起每日午后四时至八时。校址法租界白来尼蒙马浪路敦仁里，附设成仁义务学校。学额四十名。开学九月一日。科学、国学、常识。学费全免。章程函索，附邮票一分即寄。招生委员会启。（1927年7月14日《民国日报》）

该女校设于敦仁里几号？多份广告及新闻报道都未写明。据分析，极可能是1940年地图中新华理发店与快乐照相馆所在位置，这里的房屋结构、宽敞程度与弄内不同，比较适合做校舍。当时上海私人办学可谓遍地开花，学校多如牛毛，看看报纸上的广告就可知道了。但规模稍大，持续时间较长的并不多。因学校维持不容易，与经费、师资、社会环境等都有密切关系。敦仁女校跟大多数弄堂中小学一样，大约维持了三年，随之撤销。1929年初公布的准予立案之私立学校名单中，尚有敦仁女校，1930年后就不再出现在此名单中，显然时已撤销，原校址成为遗址，后来开设了商店。

《五九》编辑社迁至敦仁里

  以"五九"命名，可见此刊的性质与主旨。1923年7月创刊，月刊，

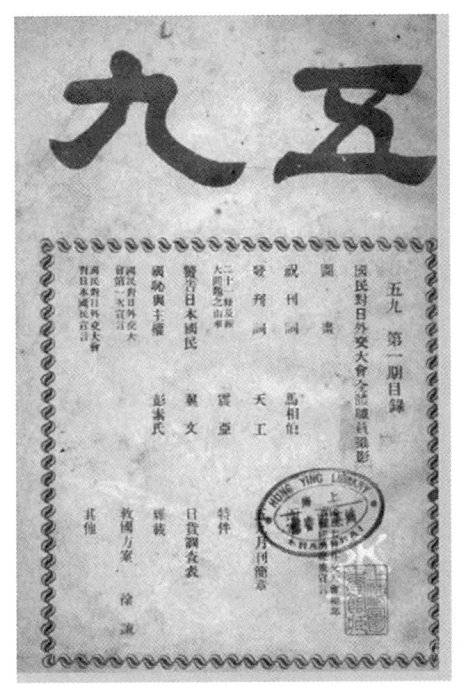 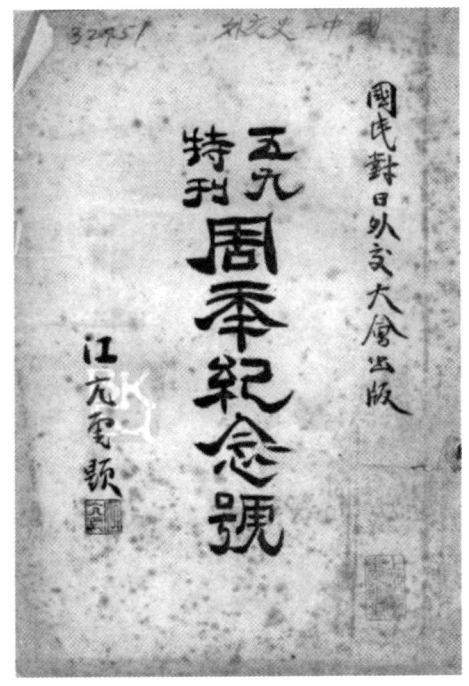

《五九》创刊号　　　　　　　　　《五九特刊周年纪念号》

由上海国民对日外交大会发行。该会设于爱多亚路（今延安东路）1298号，第一至四期由天工主编，第五至十五期由周霁光主编。创刊号开卷为一幅漫画：海棠叶般的中国地图，正被来自东邻海上的一条长虫缠绕并撕咬着，寓意不言自明。1915年5月9日，袁世凯与日本签订"二十一条"，这一天被认为是国耻日。《发刊词》（天工）云："《五九》之刊行以国耻纪念始，然则《五九》亦将以国耻纪念终乎？曰：否。《五九》，国民对日外交大会之出版物也。国民对日外交大会之组织固以国耻纪念始，而不以国耻纪念终。盖耻可雪而团体不可散，即出版物亦不可停。故《五九》之刊行，非与国耻纪念为起讫，乃与国民对日外交大会同其绵延也，虽然《五九》固以国耻纪念名也。命名如此，则于刊行之旨趣未言以前不可不先言命名之意义。"这一见解极有见地。该刊在天工担任主编时所设的主要栏目有社论、宣言、函电、特件、纪事、杂载、调查、时论。改由周霁光主编后，每期篇幅基本与之前保持一致，但每篇文章的篇幅缩短，因而刊登的文章的数目比之前大为增加，而主要栏目也有所变化，主要有新闻、杂俎、词苑、言论、选论、演辞，有时还以紧要新闻的方式登载当时重大新闻。

"社论"和"时论"栏目主要是对当时重大社会议题发表看法，如《二十一条及旅大问题之由来》《论对日责任》《国耻与主权》；"函电"主要是当时社会各大团体之间的往来电报，内容大多与日本有关，如《湖南外交后援会报告日军暴行电》《国民对日外交大会对日本国民宣言》；"调查"主要是有关日本企业和商品的调查，如《日货调查表》《日人惨杀华工之调查》；"纪事"则是关于国民对日外交大会重大事件的记载；"新闻"主要刊载当时重大新闻；"杂俎"主要是当时社会有关团体发表的宣言、誓词之类，如《上海各工团收回旅大意见书》《国耻扇五九纪念致全国同胞书》；"词苑"主要刊载时人写的一些诗词，这些诗词内容大多与重大历史事件有关，用以抒发作者的感情，如《题黄花岗七二烈士墓》《国耻纪念有感而作》；"言论"主要是时人对于当时中国外交的看法，如《日人侵略满蒙之野心》《论中国外交失败之感言》。该刊每期开篇都会有若干幅照片，内容主要是表现外国对中国的侵略及中国人民的抗争。在创刊号上有马相伯为该刊写的祝刊词。当时杂志都刊登各种商业广告，《五九》清一色刊登国货广告，体现编辑者的宗旨。

《五九》名为月刊，但并不准时，1924年因江浙军阀混战数月未能正常出版。创刊时敦仁里尚未建成，其编辑社迁址到敦仁里为1927年之事。据1927年8月23日《申报》"出版界"消息，《〈五九〉第十五期出版》记：

> 本埠国民对英日外交大会周霁光主编《五九》十五期特刊业已出版，分赠各界。内有霁光《日本出兵青济之诘问》，华瑞《亚欧文化一源与世界复古运动》，育华《收回租界之我见》，天乐《呜呼五九》，辉智《外患伐谋论》，及胡蕴山黄介民之诗词，并有"五九""五卅"各纪念摄影图片。内容丰富，都十万言。凡爱读斯刊者，自备邮票六分，径寄上海法租界白来尼蒙马浪路敦仁里《五九》编辑社索寄可也。

《五九》编辑社迁址敦仁里，可能与主编周霁光有关，抑或周就居住于敦仁里？可惜《五九》第15期成为它的终刊号。1928年5月9日出了一册非卖品《五九纪念册》，已由"中国国民党上海特别市党务指导委员会宣传部编印"。内容仍围绕"五九"国耻，是否周霁光主编待考。

《五九》因国耻而创刊，对于涉及中国主权与利益的各大新闻都作出报道与评论，因此在当时对呼吁国人团结一致，共同抵御外国侵略起了一定的作用，因此，该刊也对研究当时中国人民对于中外关系的看法，尤其是中日外交的看法，有重要参考价值。敦仁里作为其遗址之一，值得纪念。

房主逼迁风波的前后

随着租界人口激增，房源紧俏，围绕住房的各种社会矛盾层出不穷，此起彼伏。房主奇货可居，除房租随意涨价外，逼迁房客的事时有发生。而房客常能团结一致，组织起"房联会"之类的互助团体，通过法律途径维权。媒体敢于发声，舆论站到了民众一边。1930年春，西门路振安里房主借口房屋翻造，强迫住户迁移。当即引发纠纷，双方对簿公堂。包括永裕里在内的法租界各里房客代表，自发联络组织成"房联会"，多次集会又聘请律师，全力声援振安里居民的抗争。抗争是有成效的，房东不得不放弃原先的主意。两年后，永裕里13号也发生二房东向房客下逐客令的事件。房客是一位孕妇，引发邻居不平，出面干涉，最后双方闹成斗殴及巡捕房抓人，成为一件不大不小的社会新闻。不久类似的风波出现在敦仁里。

1932年末，一份代表敦仁里房东的律师启事刊登于报端："张彬秋律师代表代月公司胡金氏催告敦仁里房客出让住屋紧要启事。顷据当事人代月公司胡金氏声称，有法租界马浪路敦仁里住屋七幢，向租与贺啸环、史喻盦、王庭九、王洪彬、吕仁斌、卢荷卿等居住。兹因本里房舍已屋准工部局另造，故于本年十月三十日分函各房客限期出让，及期仍未出屋，又于本月十五日及十九日先后通告展缓至本月底，一委直迁出。并自十一月起至本月底止，情让租金两月，以示优待。为此委请贵律师依法催告等情前来。据此，杰出人物分函外，仰所住敦仁里A字、B字各房客，依期出让，并将十一月以前缔欠租金缴至本事务所，以清纠葛。倘逾期不理，定当依法办理，合行催告如上。"（1932年12月21日《申报》）代月公司，是清末就开设在南京路360号（后移至江西路45号）的一家洋行，专营卫生用具、自来水设备与煤气灯等洋货。买办胡宝泉除拥有这家企业外，似又拥有敦仁里房地产。1929年，代月公司曾在报上刊登"房屋招顶"启事，出让敦仁里3号房产：

> 兹有坐落白来尼蒙马浪路西湖坊隔壁敦仁里三号，三间双厢房，电灯及自来水、洋瓷面盆、德律风一应俱全。交通便利，顶价克己。如欲意者，请驾江西路四十五号代月公司接洽可也。（1929年4月18日《申报》）

出让是否成功，不得而知。1931年春胡宝泉去世，几个儿子分割财产，敦仁里房地产似为他们的母亲胡金氏所有。一年多后，胡金氏不知出于什么目的，要敦仁里房客们"限期出让"，还使出"优待"两月房租的怪招，但受到房客们的集体抵制。阳历年过了，阴历年到了，房主在弄口扎起篱笆，企图逼迫大伙儿就范。房客们成立起干事会，请人出面调解的同时聘请律师与之抗争，一篇《敦仁里房客反对逼迁成立干事会》的新闻写道：

> 法租界马浪路敦仁里全体房客，前以房东代月公司胡金氏擅将该里房屋强行打笆，勒逼迁让，组织房客友谊会，以资联络，俾图应付。该会于昨日下午二时开干事会议，到贺啸环、吕仁斌等十余人，公推王庭九主席，议决要案如下：（一）各房客租金即日起交存银行，以待合法解决。（二）公推王庭九再请西区商联会主席盛植人出行调解。（三）委聘李铭律师进行法律救济。（四）推

举代表二人备函向法租界纳税会请求援助。(《时事新报》1933年2月5日）

双方交涉情况如何，报纸没有详细报道，但几年后另一则关于敦仁里房产更换主人的消息，可以证明那年房主的逼迁归于失败，不得不出售房产，以解自身的经济危机。1941年报载《戴凝瑞律师代表石坚成君受买马浪路敦仁里房地产启事》云：

> 兹据上开当事人声称受买法租界马浪路敦仁里全部房地产，即法地册二〇六四号、英册道契六三二八号，土地七分六厘八毫，连同地上全部建筑物，计马浪路三八一号、三八五号、三八七弄过街楼及弄内一号、二号单开间两宅；三八九号、三九一号、三九五弄过街楼及弄内三间四厢一宅暨一座卫生设备内外装修全部在内。据卖方称该产系明曾生兄弟三人所有，并无他人权利，委代公告。如有第三者主张异议，应于五日内向贵律师书面声明，否则立契成交。嗣后任何人对于买方不得有所主张等语前来，何代启事如上。
> 事务所吕班路卅弄十四号（1941年11月8日《申报》）

此则启事透露的信息很丰富。第一，此时房产主人已不是代月公司胡金氏，而是明曾生兄弟三人。第二，记载有敦仁里地产"法地册""英册道契"编号和实际土地面积。第三，敦仁里地面建筑物分布与门牌（前文所录敦仁里简况即来源于此）。第四，买主为石坚成。清末外国人在中国境内租赁业主土地，由中国官府核准的地契，称为道契。敦仁里地处法租界，因此地产又有了"法地册"的编号。

上述交易并未成功，第二年由戴凝瑞律师再次代表石坚成刊登启事，宣告撤销预约："兹据上述当事人声称，前预约买卖马浪路敦仁里房地产（即法地册二〇六四号、英册道契六三二八号土地及房屋），立有预约，并于去年十一月八、九日登报公告在卷。兹经双方同意撤销预约，业已交割清楚，并将预约作废。双方不再主张任何权利。委代公告，以清手续。"（1942年4月18日《申报》）

照相馆与地段医院

快乐照相馆广告
（1939年4月2日《申报》）

世移事异。敦仁里与它周围的石库门里弄一样，几十年中经历了无数变迁，还有很多故事可以钩沉。

敦仁里弄口旁马浪路391号，有家快乐照相馆，开设于"孤岛"时期，1939年已远近闻名，还上了1940年出版的地图。直到90年代店名仍称"快乐"。笔者小时候的相片都是在这里拍摄的。青少年时代与同学的合影，同学赠送的留影不少也都出自"快乐"。

敦仁里1号曾为汉口名医张成陆悬壶之处，张医生医术高深，尤擅长妇科

自淮海中路街道地段医院楼顶阳台眺望西湖坊、永裕里（1998年7月刘承摄）

与儿科，"自闸北一带来诊者尤夥，张医士关念贫病往还之苦，近特觅定闸北香山路合兴里十三号设分诊所……"（1931年7月30日《申报》）敦仁里1号又曾是姚垓律师事务所所在地。60年代，敦仁里与西湖坊弄口之间出现了一所嵩山路街道地段医院，后改称淮海中路街道地段医院，那时的门牌为马当路265号。麻雀虽小，五脏齐全，老人小孩有小毛病或常见病就近就医，十分方便。顶楼有个阳台，我家相册里至今留有一张在阳台鸟瞰西湖坊、永裕里的留影，拍摄于拆迁前不久，观之不禁勾起我怀旧的情怀……

2024年4月于上海浦东明丰花园南窗下

（原载《上海滩》2025年第4期）

社会新闻缝隙中的历史

民国时期大小报纸，都注重刊登各式各样的社会新闻。从名人行踪、游行罢工、盗匪案件，到交通事故、邻里斗殴、商业纠纷等，五花八门，应有尽有。你可以说它是为了吸引眼球、扩大销路的商业运作，但不可否认是当时大多数办报者理念使然。新闻在于真实，社会进步来源于公民的参与，媒体不该成为掩盖社会矛盾的帮凶，相反应成为监督执政者的无冕之王。从发生在永裕里的弄堂新闻缝隙中，我们可以管窥一豹。

下野政要石库门当寓公

夏斗寅像

民国以来，不少前清遗老避居上海租界，军阀混战，一些下野军阀、失意政客常常选择在租界当寓公，此来彼往，好不热闹。建于1925年的永裕里石库门，不久便迎来了多位风云人物。

夏斗寅（1885—1951），字灵炳，湖北麻城人。贫苦农家出身，早年投奔湖北新军，升任副大队长。1911年参加辛亥革命。1917年随湖北陆军第一师师长石星川参加护法运动，夏任团长。石部全军溃退，夏斗寅在逃跑的路上捡到一口袋装满钞票的皮箱，遂自拉大旗招纳败兵，组成了自己的武装，因此人称"皮包将军"。北伐军攻占武汉后，夏斗寅所在鄂军第一师被改编为国民革命军独立第十四师，夏为唐生智部旅长。在与吴佩孚的北洋军的战斗中战事失利，夏斗寅宣布下野，他的行踪出现在上海法租界永裕里。1926年5月22日上海《时事新报》刊登一则《湘军官夏斗寅来沪》新闻云：

> 湘省军官夏斗寅近因助唐抗吴，军事失利，本身为贯彻宗旨起见，不愿委屈就人，乃将其部队交属下团长统率，只身改装，间道离湘来沪。抵沪后除寓平安旅社，昨已移寓辣斐德路永裕里私宅。

西门路永裕里弄口

另一篇《时人行踪录》则云："留湘鄂军夏斗寅旅长于上礼拜六（即二十三日）由长沙乘日轮来沪休养，现寓法租界友人私宅。同行者除家属外，尚有亲信副官二人。"（1926年5月27日《申报》）是哪一"友人私宅"，新闻未提。笔者推测，很可能是永裕里72号田桐、田桓兄弟家。夏与田氏本为湖北同乡，辛亥以来关系密切，夏斗寅选择田氏家暂住当寓公顺理成章。几年后田桐逝世，1932年灵柩回乡，夏斗寅时任湖北省主席，亲自操办田桐的葬礼，并为《湖北省政府公葬田梓琴先生专刊》题签，也许可作旁证。1926年5月夏斗寅在沪做寓公仅一周时间，31日即应招匆匆返回湖南前线。夏氏以后的北伐生涯和政治活动，不在本文探讨范围，按下不表。1928年，永裕里97号又迎来一位下野政要刘揆一。

刘揆一（1878—1950），字霖生，湖南湘潭人。早年肄业于长沙岳

刘揆一像

麓书院。1903年留学日本，与黄兴参加"拒俄义勇队"。同年末回湘，与黄兴等筹组华兴会，任副会长。1907年初加入同盟会，并长期代行总理职务。民国初任袁世凯政府工商总长，声明脱离同盟会，另组"相友会"。后因工商部私借外债，受攻击辞职。在天津创办《公民报》，揭露袁世凯复辟帝制以及与日本签订"二十一条"等阴谋，被日租界当局查封。任北洋政府国会议员四年，国会解散后回湘。后赴广州参与北伐。有人称，刘"大革命失败，闭户著书"。其实，刘揆一虽与当局政见不同，但在上海法租界永裕里当寓公时他仍密切关注着时局，为当局献计献策，1927年12月30日刘等致电南京国民政府主席谭延闿呼吁和平。次日《申报》披露其电文："湘人刘揆一等电谭主席，谓唐氏已去，湘战不息，不但与北敌以苟延之机，抑且深吾民以水火之困，望顾全桑梓，共图和平，转戈北征。"刘揆一等的呼吁，得到新老湖南政客的响应，一份《湘人呼吁和平之应声》刊登刘兴、周斓回复刘揆一的电报，开头即云"上海西门路永裕里九十七号刘霖生先生并转彭、龚、佘、周、唐诸先生勋鉴……"（1928年1月30日《申报》）刘揆一1932年离沪赴南京，先后任国民党党史编纂委员会纂修和行政院顾问。1934年因发表《救国方略之我见》，主张恢复孙中山三大政策而被解职，隐居洪江。此为后话。

在永裕里当寓公的还有几位：前陆军中将卢子鳌（1928年6月4日《申报》），门牌不详；前陆军中将梅馨，住永裕里87号，1929年4月病逝于此。（1929年4月12日《申报》）西湖坊22号曾居住过前清四品京堂周翼云，周在此去世，子女联名发表讣告。（1928年2月4日《申报》）

北伐后的永裕里，政治活动很活跃，有关新闻经常出现报端。1926年2月"苏籍军人同志会集会于永裕里"，门牌不详；同年12月，全国妇女代表大会筹备处即设于"法租界永裕里女子家庭工业社内"。这可能与永裕里83号的国民党上海特别市党部有关。

盗案匪情侵扰下的民宅

慈安里建成后不久，沿辣斐德路街面陆续开出几家商铺，范永泰号南货店为其中之一。新开店没几天却引来匪徒抢劫。1925年7月9日《申报》一则社会新闻《前夜辣斐德路之劫案》云："法新租界辣斐德路慈安里口三百二十八号门牌，范永树新开之范永泰号南货店于前晚十点时，突来盗匪四人以购物为由，拥入店堂，袖出手枪，吓禁声张。当从账台上抢去大洋二十八元、小洋一百九十角、铜元二百枚，携洋而逸。迨至探目任水扬，包探高立德、蔡连根，闻悉赶来兜拿，匪已远飏。当向事主询明该匪等面貌服色，当即回禀捕头，谕令务获该匪等到案究办。"盗匪显然冲着新开店而来。匪徒打劫事前都有计划，调查明白，选定殷实户目标明确。

慈安里1号李谓城家1928年5月末遭劫掠，两名匪徒闯入，"各出手枪，当被翻箱倒箧，抢劫去现洋、衣服、金饰，共值洋三百六十元，携赃而逸"。（1928年6月1日《申报》）1929年9月，慈安里10号遭盗劫，主人郑彦章在通商银行供职，一天中午来一衣冠楚楚看房子的人，拟赁租郑家客堂楼，商定租金，还预付定洋二元。下午此人又来，后随一短装形似工人模样老者，称行内老司务，特来洗涮打扫。"讵入室后，即突出手枪，吓禁声张。时家中只有妇女六七人，均齐驱闭于客堂楼，并同时将后门洞开，又放入四人，共计六人均操本地音。四人执枪，分向楼上下搜劫，约历一刻钟之久……计被劫去细毛皮衣甚多，金饰数件，现洋仅数十元，统共损失约一千四百余元。"（1929年9月26日《申报》）

永裕里也曾发生一连串盗匪入室抢劫案件，人心惶惶。1928年11月一天清晨，永裕里36号"侵入盗匪三人，出示手枪，禁止声张，劫去衣饰约值一百余元，携赃而逸"。（1928年11月13日《申报》）1929年5月10日中午时分，永裕里41号罗棣三家来了一个穿蓝布短衫、工人模样的人，自称电灯匠装电灯，后面紧跟三个穿长袍的，佣人开门后四人鱼贯而入。

寻迹 永裕里——一条卢湾老弄堂的时光追影

一人将佣人骗至一旁,三人登楼来到罗氏房间。罗正在睡觉,来者拔出手枪逼迫罗交出大洋三千元。"罗无以应,匪等遂将罗逼至楼下,重复逼至上楼,如此者数次。匪亦无法,将罗右胸猛击一下,结果抢去大小钻戒二只,翡翠金链一根,金链条、金镯等,约值洋三千数百元。搜劫约有二小时左右,始出门而逸。当时弄内之人,皆知其家有盗,见该四人出门,形色仓惶,三匪在前,一匪在后,出里向北,走至西门路附近,三匪失踪,一匪则依旧缓步而行。斯时随观者愈集愈众。匪徒知事不妙,即将手持之手枪抛在路上,意欲混杂路众即逸。"闻警赶到的华捕在路人帮助下,将丢弃凶器的匪徒擒获。此时另三名匪徒已逃入贝勒路东的润安里,华捕唤来同伴紧追不舍,匪徒又逃往外国坟山方向,并不停地放枪拒捕,子弹"嗖!嗖!"飞过人们头顶……(1929年5月11日《时事新报》)大白天竟然上演警匪枪战片,惊扰了从西门路到嵩山路一大片区域的民众。1931年

法租界警务处暨中央捕房旧址(即卢家湾巡捕房)

初的一天晚上,马浪路西湖坊边上的华北公寓旅舍李善亭经理回公寓,刚进门,两个持枪匪徒尾随闯入,强行剥去他身上的羊皮袍与呢马夹。茶房何某闻声追出店门,被匪徒开枪击伤。(《申报》1931年1月10日)1933年4月一天清晨,永裕里25号吴家闯入七名盗匪,将吴全家捆绑,"翻箱倒柜,劫去五百余元,携赃远飏无踪"。(1933年4月18日《时事新报》)西湖坊75号李某家也遭匪徒入室抢劫(1929年9月3日《申报》),恐怖笼罩石库门。匪徒之猖獗,租界治安之混乱,令人吃惊。

行路同样不安全,居民遭拦路抢劫屡有发生。永裕里96号沈葆忠夜归,路途中遭匪徒冒充包探劫掠。(1928年6月4日《时事新报》)1931年9月某日半夜,永裕里住户陈世民乘黄包车回家,在西门路弄口遭劫,三名劫匪抢去金表一只,皮夹一只,内有洋十余元。匪徒向北逃窜,陈高声呼叫,恰逢巡捕房特别班侦探数人附近走过闻声赶来,当场生擒一人,击毙一人(1931年9月15日《申报》),案情轰动法租界。翻阅当时报纸,华界或租界盗匪劫掠、绑票等案情报道每天充斥版面。

日本浪人永裕里施暴

日本浪人,是经常出现在近代中国新闻中的名词。浪人,指游荡无赖之徒。日本浪人,通常指日本明治时期西南战争后到处流浪居无定所的穷困武士,是近代日本特有的历史现象,为日本近现代社会中十分复杂又具有一定势力的社会阶层。他们根本不是什么行侠仗义之辈,而是破坏社会秩序的地痞流氓群体。

"九一八"后日本军阀有意向中国输出浪人,目的是充当侵略中国的别动队。据《大批日本浪人到沪》新闻揭露:"日本军人鉴于国际形势不佳,对华无可藉口,遂秘派大批浪人到沪活动。现在陆续到沪者已有百余人。每十人为一组,每组中备手枪者二人。以四人专在各处挑衅捣乱,其余四人则任通风报信之责。一经发生事端,则日本海军陆战队即可小题大做,造成严重局面。若辈正在筹备经费,一有的款即开始正式活动。"

（1931年10月18日《申报》）随后不断出现日本浪人在闸北各处挑衅、纵火等骚扰事件。"一·二八"日本军机轰炸商务印书馆总厂，火焰冲向对面马路，东方图书馆尚未受到大害。但到2月1日清晨，东方图书馆突起大火，就是由日本浪人潜入纵火造成。黑烟腾涌，纸灰飞扬到市中心一带，直到傍晚图书馆终被焚毁，50万册中外图籍化为灰烬！日本浪人在上海租界也制造了一系列暴行。1932年2月5日，一日本浪人闯入永裕里。报道云：

> 昨日上午九时许，有一日本浪人混入法租界西门路永裕里总弄第五弄口，潜掷一弹，忽然爆发，当时适居住该弄四十八号、现在地方法院借职之江苏人姚元鼎行经该处，炸伤足部，旋即自投爱文义路一三号惠旅医院，住该院第三十一号房间。法捕房闻讯，当即派探赶往查勘。（1932年2月6日《申报》）

同日《时事新报》以《日便衣队扰乱各方治安》为题，报道日人在沪多处挑衅，其中"日人在法租界投弹"一节记述了两起日人投掷炸弹的恐怖袭击，其中永裕里的一起与《申报》报道稍有差异："昨日上午九时，法租界西门路永裕里四十八号门前，忽有日便衣队潜往，抛掷炸弹，当场炸毁该里墙壁并伤一人，幸弹力甚微，伤势尚轻。附近居民已饱受虚惊，下午法租界各铁门口均有警捕搜查行人，防卫甚为严密云。"这里直接点明"日便衣队"。另一起发生在法租界的日本浪人施暴事件，是两名日人乘汽车在黄浦滩马路上投掷炸弹，炸伤行人一名。可见这批军国主义分子何等嚣张！

"一·二八"事变中受害的上海普通居民比比皆是，报纸刊登了许多"寻人启事"。居住于永裕里13号三楼的朱继武失踪一月有余，1932年3月7日、20日家属在《时事新报》连续刊登"寻人"启事。是否有结果，不得而知。

永裕里"某医院"藏匿日本无政府党人，被日总领事馆人员带走，一时震惊永裕里邻居。据报道，1931年7月日本无政府党领袖岩佐作太郎潜来上海，"纠集日人无政府主义者，谋炸毁青岛、天津、上海各地日德领事馆，暗杀大员。本埠日总领事馆警署于今夏已有所闻，即从事秘密侦察，至七月十三日午前该署司法部员与高等科员，会同法捕至辣斐德路永裕里某医院内，检举无政府党日人熊谷顺二、松永亮一、佐野一郎三名，押解回署"。因案情重大，抓人时禁止报载其事，时隔两月嫌疑人交付预审，才解除禁令。（1931年9月15日《时事新报》）永裕里"某医院"，可能指某医生诊所吧。永裕里从没有过医院。内幕尽管不详，但也够惊心动魄的。谁包庇了这几个日本人？那时日本驻沪总领事馆能派员到租界抓人，法租界巡捕房还有人助阵，实属奇葩！

巡捕房破获贩毒机关

欧战后，吸毒的人数大为增加。贩毒者为迎合这一需求，大量制造毒品，推销毒品。科技进步又将传统抽鸦片，"提升"到吸食海洛因、吗啡等新型毒品的阶段。这种非法工业从制造到贩运，已逐渐形成遍布全世界的产业链。国联曾成立一个咨询委员会，以控制麻醉品的制造，但收效甚微。一批制毒贩毒巨头并没有受到影响，欧洲若干国家毒品的制造，依然畅行无阻。上海作为国际大都市，深受毒品泛滥之害。尽管中国政府与租界当局都采用严厉打击手段，然而吸毒贩毒难以禁绝。30年代以后，巡捕房在永裕里破获多个贩毒制毒窝点。事态令人震惊！

1933年5月，美国旧金山警方破获一个国际贩毒网，涉及中国上海叶镜波为首的贩毒团伙，"共同贩卖麻醉品，为数甚巨。至于货物运沪后，其汇款则由叶虚设一大隆茶栈于法租界贝勒路永裕里二十五号孔云飞寓，任孔为经理。然后以该茶栈名义，由叶签字，向上海商业储蓄银行汇割款项"。"上海机关另有华人庄汉章，及叶、孔俱为股东一份子。至于机关牌号，则为'叶清和'"。法捕房得悉旧金山贩毒大案后，经侦查抓捕了几名毒贩，抄出大批红丸和账册等证据，但主犯叶、孔、庄三人逃逸。第二特区法庭于7月8日开庭审讯此案。（《破获国际毒品机关开审记》，1933年7月10日《申报》）几天后，《申报》又以《旧金山毒品机关沪分机关设一茶号内》为题，披露多个细节和法庭庭审情形，涉及更多企业与人员，主犯仍在逃。

当时除吸食鸦片外，更流行"红丸""白丸""快上快"等海洛因毒品，永裕里90号就曾是红丸加工场。巡捕房侦悉后，一天夜间突袭搜查，但不见有人制造，只见两个女人"面显惊惶之色，将包裹等物分藏于阁楼灶披内。探等当将两女拘住严密搜查，则彼等所藏者即红丸及制造器具。计抄出红丸三万六千粒，分装数袋，及制丸夹板一副，药料、筛子、图章、盛丸布袋等物，带入捕房。讯之两女称，我等家内专管制造，夜间工作，主人是潮州人周容川，住白尔路顺庆里。将周拘获，在其房内妆台上瓷质空心弥陀佛内，抄出样子红丸数包，约数千粒。当即带入捕房。查得周容川又名周金海，于前年七月私藏毒品，获解法院，判处罚金三百元。上年六月，又犯开设红丸馆，获解法院，判处徒刑三月。显见专以经营红丸为业，一并收押。"（1934年3月22日《申报》）周本是贩毒制毒惯犯，理应受到严惩。

1935年永裕里又破获一涉嫌制毒机关，那是在巡捕房破获金神父路某洋房制毒窝点时带出的"泥"。洋房内有机器马达、制毒器具及烘箱设备，样样齐备，规模庞大。当场抓捕三人，据交代包括房东在内共五人只是"伙计"，"老板"任鑫根住西门路永裕里98号。"老板"已闻风逃逸，巡捕房派员在其住所内守候，拘获嫌疑人一名，是否"老板"，有待法庭审问。（《金神父路破获制造毒品机关》，1934年3月20日《申报》）

"孤岛"时期的法租界，治安更乱，毒贩猖獗。一篇《西门路永裕里破获吗啡机关》的新闻惊现报端：文章称巡捕房"于昨日侦悉西门路永裕里六十六号门牌内，有人私设贩卖毒品吗啡机关，即于下午一时许，率同中西探员按址驰往搜查，拘获韩人两名、华人一名，并抄出吗啡一百余包，带至卢家湾法总巡捕房"。两名韩国人被送往日总领馆"审查"，路途中脱逃，抓回一个，另一人不知去向。（1939年1月14日《申报》）奇怪的是永裕里66号张姓住户致函《申报》，称"贵报登载永裕里六十六号贩卖吗啡新闻一则，其中复列鄙人住宅门牌号数，见之不竟诧异"，"务须确查清白"，"以全住主名誉有关……希请贵报更正声明外，并请当局彻底查究，使外界明白真相"。（1939年1月17日《申报》）门牌搞错，真相究竟如何，没有下文。

抗战胜利后，毒品案件仍然不时见于报端。1946年9月，市警察局接到密报，黄陂南路永裕里53号有大规模贩毒机关，遂由侦缉科便衣警员，密往该处守候数昼夜，发现屋内动静，破门入室，在二楼抄出大木箱一只，一磅装海洛因满满一箱，估值约数千万元。当场拘获毒犯宋逸民。据宋供认，之前曾做证券掮客，失业后往返天津、上海间跑单帮。月前乘招商局"执信"轮来沪，途中同铺王仁孚者托其带沪，不知系毒品。(1946年9月13日《申报》) 上海《时事新报》《立报》等报纸也都刊登破获这一特大贩毒案的消息。

历史就是一面镜子。民国时期禁毒不可说不严厉，公开处决毒贩时有所闻，然而制毒贩毒始终猖獗，原因很复杂。外有国际贩毒网，日本人也视毒品为财政来源之一；国内各路军阀、青帮大佬都牢牢掌控毒品买卖，于是上海石库门弄堂不可避免成为藏污纳垢之地。

弄堂印刷所抄出伪钞

伪钞，俗称假钞票，扰乱国家金融，损害百姓利益，危害是不言而喻的，查禁伪钞始终是每个社会治安部门的应尽职责。由于战乱、社会动荡等诸多原因，1935年以前全国纸币并不统一，国家银行发行的纸币均分区流通，各省的地方银行发行的纸币也大部分限制流通。这些就为伪钞制造者提供了很大空间。

1934年9月，法租界巡捕房收到举报有人制造假币，经过缜密侦查，连抓三人：一，贝勒路恒昌里3号云南人李盈昌，在他手提蒲包内抄出旧账簿中夹藏云南省富滇银行票面50仙的伪钞四十余张，李某"承认此票系蓝维霭路志成坊廿四号丹阳人刘广生代印，拟带往云南混用"。二，探员随即将刘广生拘获，在其住所"抄出同样伪钞票二万零五百张"。"又经刘同往辣斐德路七十一号屋内抄出印制伪钞机器一价、石印印模大小三块。"三，"末往辣斐德路永裕里四十三号，续获同党、担任与云南方面通

《抄获云南伪铜元票》（1934年9月15日《申报》）

信之本地人李金全。"至此，"云南伪铜元票案"主犯与承印者落网。第二特区法院审讯了三犯，"李盈昌供，向做茶叶生意，于上年十月来申，此伪钞托刘广生代印，拟带往云南使用。刘广生供，向为印刷生意，现赋闲，自置印机做卡片生意，钞票由李盈昌托我代印。李金全否认同谋通信，向为煤炭生意，并延王培元律师辩护"。这个永裕里43号住户李金全后来怎样，未见报道。

1939年6月，公共租界戈登路巡捕房破获伪钞案，抓获贩卖伪钞者丁占奎，经预审中供认尚有同党，居住贝勒路永裕里15号前楼。探员会同法租界捕房派员多名，按址驰往，当场拘获镇江人杨某，在其寓所内搜出皮箱一只，内藏中央、中国、交通三银行伪钞约7 000元，人赃俱获，先带至法捕房，遂交戈登路捕房探员。（1939年6月13日《申报》）第二天报纸以《缉获伪钞犯昨解法院鞫询》为题，更正了该案某些细节。报道称，前天下午戈登路捕房探目获悉卡德路沪西旅馆某房间有人出售假钞票，遂乔装顾客前往该旅馆拘获山东人刘金魁一名，"抄得交通、中央一元、五元伪钞计一百元。诘悉是项假钞票，系向法华镇哥伦比亚路三百十九弄某号同乡人丁占魁处购来。高探目带同刘犯，驰赴该处，将丁逮捕。供出有大宗伪币藏匿法租界贝勒路永裕里十五号镇江人杨子坚家。又往按址会同法捕房探员，将杨续获，抄出中央、中国、交通一元、五元伪币共计七千一百元"。但伪币制造主犯姚怀庆在逃，此人前业印刷所。（1939年6

月14日《申报》）经第一特区法院审理，判决刘金魁有期徒刑五年，丁占魁有期徒刑五年，杨子坚有期徒刑八年。不过，据《伪钞犯分别处徒刑》新闻，称杨子坚家地址为"辣斐德路慈安里十五号"。（1939年6月25日《申报》）究竟是永裕里还是慈安里，不得而知。

捉盗匪，贝勒路子弹四飞

"孤岛"时期，租界社会治安很差。国民政府方面特工与日伪特务的政治暗杀，腥风血雨，搅得市民终日生活在惊恐之中。同时盗匪横行，上演过一场又一场街头警匪枪战。1940年秋天，永裕里60号解梅生家遭到一伙匪徒打劫，据新闻《贝勒路子弹四飞格毙一盗》称：

> 镇江人解梅生，业贩卖猪为生，家住法租界西门路永裕里六十号。于昨日下午四时三十分左右，突有盗匪四人闯入。四盗均出枪，喝禁声张，恣意搜劫。当被劫去金银首饰及现钞，约值法币三千余元，携赃夺门逃逸出外。经事主尾随报告附近华捕，该捕遂狂鸣警笛。盗等知事不佳，三盗即向西门路贝勒路向北边奔，沿途并开枪拒捕。探捕亦拔枪还击。双方开枪二十余响，结果向北开逃之一盗，被捕击中三枪，计头部一枪及腹部两枪，倒卧于贝勒路望德里口，当场身死于血泊之中。搜出手枪一支，子弹五粒。余三盗逃逸无踪。当时有贝勒路五六二号煤炭店老司务丁乾（四十三岁，通州人）肩担煤球一担，经过望德里附近，被流弹击伤右臂，经捕送入广慈医院疗治。（1940年11月28日《申报》）

解梅生系公共租界鲜猪市场上海合运公司经理，负责上海市民的鲜猪供应。当时向四行仓库"孤军"将士捐赠慰问物款的社会活动中，解又经常抛头露面，其他慈善捐赠消息中他的名字也经常见诸报端。也许由此被匪徒视为财神，动了上门打劫的念头。两天后解梅生在《申报》登了一则启

事:"鄙人前日家中被盗,除劫去现金及首饰等物约共值一千余元外,尚有'解梅生印''解许士英''寄情于此'石质印章三颗及文件等物,亦被搜劫而去。嗣后如该章及文件等发现,概作无效。"(1940年11月30日《申报》)

  此案一死一伤,不见后续消息,显然不了了之。解先生的财物当然无法追索了。

2024年1月于上海浦东明丰花园南窗下

"孤岛"血案：恐怖笼罩石库门弄堂

今日上海复兴中路黄陂南路、马当路之间的翠湖天地嘉苑小区，原是永裕里、西湖坊与慈安里等石库门弄堂，早先为法租界居民住宅区。1937年"八一三"淞沪抗战爆发，中国军队经过顽强抗击后退出上海，日寇占领了租界以外的全部上海城乡。租界沦为"孤岛"。"孤岛"上，敌伪势力与各派抗日力量之间，展开了殊死的较量。暗杀对方人士的血案此起彼伏，还经常伤及无辜。抗战期间，小小的西湖坊、永裕里及周边马路，接连爆出令人震惊的血案甚至爆炸，恐怖始终笼罩石库门弄堂……

西湖坊口警察厅"顾问"毙命

1939年深秋的一天中午，一名50多岁的粗壮大汉步行至马浪路275号济生堂国药号门前，突然一人从身后赶上，掏出手枪向壮汉连续射击。壮汉在刺客拔枪之前已感不妙试图躲避，正欲窜进药铺店堂逃入西湖坊弄堂，但已经来不及，刺客近距离连开数枪，壮汉身中两弹，一弹正中头颅，一弹穿胸而过，立即倒地身亡。行人听得连珠枪声，惊慌奔跑。巡街巡捕闻警赶到时，刺客早已不知去向。

死者李金标，安徽人，居住于辣斐德路绽树坊。前在淞沪警察厅侦缉队充队员，解职后赋闲在家。据称其门徒甚众，传有三千之多。自"八一三"战役后，国军撤退，日寇扶植汉奸成立所谓"上海大道市政

新闻《法租界昨日两暗杀案》（1939年10月29日《申报》）

府"，李金标落水当上了警察厅"顾问"。此番遭暗杀，显然是国民党特工的锄奸行动所为。第二天，报纸以《法租界昨日两暗杀案》为题（另一起为《汪馥炎砍三刀丧生》）报道了此案。消息传开，人们拍手称快，日伪当局恨得牙痒痒，李的门徒们受到警告，不敢肆意造孽，略微收敛了些。但租界居民仍始终生活在这样的恐怖环境中，感到深深不安。不久，西湖坊大白天又发生暗杀案，震惊四邻。

刺客闪进华北公寓

华北公寓是位于马浪路431号西湖坊弄口的一家旅馆，开办于1928年，上海沦为"孤岛"后公寓生意兴隆。1939年12月22日中午，一男子悄然潜入二楼，突然冲入13号房间，拔出手枪对房内一位中年妇女连开两枪，一弹中头部左太阳穴，一弹中左胸，女士当即倒地。凶手返身下楼扬长而去。被害者乃是有"辛亥女杰"之称的吴木兰。

吴木兰，字友芝，江西抚州人，早年就读于上海中西女塾，留学日本时参加革命。1904年孙中山创建中国同盟会，吴木兰是第一批加入同盟会的20名女性之一。在辛亥革命南京之战（1911年11月至12月）期间，吴组织了三个女子团，分别有340人、200人和120人，前两个团参与江浙联军的战斗，120人团负责城内治安。她率领的一个团里就有十余名女战士，为亚洲第一个共和国的建立献出了生命。民国成立后，吴木兰被任命为北京总统府顾问。袁世凯称帝，吴曾试图刺杀袁氏未遂而被捕入狱，袁死后才被释放。此后她一直活跃于妇女界，为争取妇女选举权和参政权努力。她的丈夫汪健侬曾是蓝天蔚将军部下的旅长，夫妇俩育有一子。民国初上海光华编辑社与交通图书馆出版的《民国野史》，都收录有吴木兰的照片与事迹，可称民国妇女界的风云人物。

吴木兰像

回到华北公寓现场。茶房发觉异常，报告了账房，公寓方面随即一面报警，一面将吴木兰送往南洋医院抢救。因两枪均伤及要害，吴木兰已无生命迹象。法租界巡捕房闻讯赶到现场，检查了吴木兰遗物，只发现两封信，一封是国民政府司法院长居正（觉生）给吴的来信，一封寄自汉口新都饭店，别无其他有价值的证据。次日，《申报》以《华北公寓内吴木兰遭暗杀》为题，详细报道了此案：

> 中国革命先进女子南昌人吴木兰女士，今年五十岁。昔曾追随孙总理，参加女界革命工作，为老同盟会会员。曩在南京妇女界中积极活动，为妇女争选举权有声于时。迨"八一三"战事发生，国民军撤退南京后，吴女士在苏浙皖一带，办理后方妇女工作，于数月前来沪。原住于法租界辣斐德路鸿仁里五号，有子名吴震球，今年十八岁。吴女士近正努力活动妇女和平会，充任会长。于本月六日，吴女士忽离家赴马浪路四三一号华北公寓，开二层楼十三号房

间作长住寓所……

吴木兰在辣斐德路鸿仁里有家不居住,开旅馆,雇女仆,在华北公寓又常常秘密会见访客,种种迹象表明她的被害,无疑出于敌伪势力的阴谋。

新闻《华北公寓内吴木兰遭暗杀》(1939年12月23日《申报》)

几天后,《申报》刊出"吴木兰生平事迹",除了表彰她在辛亥革命时期的业绩外,特别提及1939年夏来沪是受国民政府委派,办理难民救济事务,迁居旅店,则为"以避耳目"。文章最后称吴氏"慷慨豪爽,侠义亲仁,素与居觉生、吴大甦、闻兰亭、葛兰军、王恪成、吉中枢、王卓山、戴季陶、于右任、焦易堂、景梅九、张凤九夫妇诸氏为莫逆交。信佛教,皈依太虚大师"。(《申报》1939年12月26日)闻兰亭、张凤九等出席了在殡仪馆举行的吴木兰遗体成殓仪式。

吴木兰案始终扑朔迷离。1939年末,巡捕房在破获另一起持枪抢劫案过程中,抓捕到一人,据说此人的手枪与射杀吴木兰所用之枪是同一把。于是,报纸以《狙击吴木兰凶手被捕》为题报道了这一消息。凶杀案虽破,但凶手背后的势力无法追究。

过街楼下会计师枉死非命

1940年7月8日晨8时多,辣斐德路永裕里6号后门,走出一位身穿白色印度绸长衫、头戴草帽的中年人,刚走到弄堂口过街楼下,突然两个陌生人窜至跟前,拦住去路。其中一人拔出手枪,"呼!呼!呼!"迎面三枪,中年人应声倒地,凶手夺路逃窜。

过街楼下乘凉的几位居民慌忙起身躲避,马路上不远处一名华捕听到枪声赶来,凶手见状折向马浪路朝北逃窜。华捕与另一名赶到的巡捕合力紧追不舍。一

永裕里复兴中路路口过街楼(2002年)

个凶手逃至对面西门里内,向紧跟追来的华捕开枪拒捕,华捕出于自卫开枪还击,凶手小腹中弹,倒地就擒。

被刺者身中三弹均为要害,已经惨死在过街楼下。他叫董纯标,会计师,战前与他人合开事务所,战争爆发后自营一家设于江西路的钱庄,又兼任大通营业公司会计主任。他居住在永裕里6号三楼,二楼与底楼为二房东陶乐勤居所。董平日并无仇人,更不参加政治活动,兢兢业业于本职事业,因何招致杀身之祸呢?家属与周围邻居百思不得其解。

很快从巡捕房传来答案。据被捕凶手魏高发供认,他们奉命暗杀的目标是永裕里6号二房东陶乐勤,几天前来踩点,认定陶穿中式服装,这家另一男人穿西装,想不到这天穿西装的改穿了长衫,原先穿中装的目标根本不在家。阴差阳错,一条无辜生命被无情剥夺了。第二天,报纸以《董纯标会计师昨晨枉死非命》大字标题报道了暗杀案过程。

暴徒杀错人,那么是奉了谁的指令呢?这得从陶乐勤其人说起。

陶乐勤，时年50余岁，本是文化人。1920年、1921年为泰东图书局撰稿，译有《政治经济学》、标点《儿女英雄》《曾国藩家书家训日记》《聊斋志异》等书，同时为泰东发行的《新人》与《家庭研究》杂志写稿。1925年陶又是《申江画报》的作者之一。1926年梁溪图书馆出版他的《社会学原理》一书，同年被上海远东大学聘为社会学教授。20世纪30年代后，陶乐勤积极参与公共租界华人纳税人会的种种活动，总之，他是一位活跃于教育文化界的社会著名人士。"孤岛"初期，陶任华人纳税会秘书，由于抗日言行，他很快上了日伪"通缉令"的黑名单。据《字林西报》披露，"上海特别市政府"命令沪市近郊各警察局"通缉"87名华人，陶乐勤名列其中。此87名华人的"罪名"为阻止"和平运动"。但闻南京新政府对于其中多人不欲置于"法"，因彼等新近已表示脱离政治。"通缉令"发布时，其中有数人并不在上海，有些人闻讯已离开上海，华人纳税人会秘书陶乐勤即其中之一。（《申报》1940年8月2日"租界当局反对恐怖暗害活动"）案情已水落石出，但枉死者家属哪里去讨回公道呢？

早在1932年"一·二八"淞沪抗战期间，就发生过日本人闯入永裕里施暴的严重事件。据这一年2月6日上海《时事新报》消息，"昨日上午九时，法租界西门路永裕里四十八号门前，忽有日便衣队前往抛掷炸弹，当炸毁该里墙壁，并伤一人，幸弹力甚微，伤势尚轻，附近居民已饱受虚惊……"时隔七八年，又发生特务暗杀血案，法租界绝非安全之地。

入室行凶古董商惨死床头

"孤岛"治安越来越差，盗匪横行，暴力抢劫，敲诈勒索，抢劫、凶杀层出不穷，绝大多数居民生活在惶恐不安之中。

1940年深秋的一天傍晚，永裕里60号解梅生家突然闯入四名持枪者，肆意搜劫，当场劫去金银首饰及现钞约值法币三千元。匪徒携赃物夺门而逃，事主尾随于后，报告附近执勤的华捕。该华捕吹鸣警笛，匪徒沿西门路逃窜至贝勒路（今黄陂南路）口，分为两股，三人向南，一人向北，朝北逃去的匪徒开枪拒捕，华捕举枪还击，贝勒路子弹四飞，匪徒被击倒身死于血泊之中，流弹却也打中了一名肩挑担子的过路人。（1940年11月28日《申报》）另三个匪徒是否落网，不得而知。

第二年6月的一天，西湖坊发生更惨烈的一幕。据报道，南京人王钰森素在越南开设古董号，去年10月携家眷来沪，居西门路西湖坊66号二楼前楼。"昨晨八时十分许，突有短衣男子三名，由马浪路华北公寓折入该弄，由该六十六号后门而入，径行登楼。三人中穿黑香云纱、年约三旬之男子，即推王室房门而入，余二人留守楼梯畔。该一男子见王正躺身床上，即拔出手枪，向王连开四枪。"凶手及其同党见目的已达，即下楼逃逸无踪。巡捕房得报赶到，王氏早已气绝身亡，随即发布通缉凶犯。（1941年6月4日《申报》）从凶手作案手段之老练，并未劫掠财物，不像随意上门打劫，更像职业杀手的蓄意谋杀。是仇杀还是政治阴谋，事后是否破案，因没有报道，始终是个谜团。周围居民能不惊恐吗？

查一查王钰森的身份，或许能揭开暗杀案的真相。1937年3月6日《申报》有一篇题为《驻越南党部代表昨日过沪晋京》的新闻，报道国民党驻越总支部代表周启初等一行，由广州乘招商轮抵沪，奉命进京报告工作。报道中提及去年越南华侨推选国民大会候选人，内有王钰森其人，他的身份是"客帮崇正会主席"。不论王是否选上国大代表，入室行凶不可能与政治无关。究竟是军统特工锄杀汉奸，还是76号特务杀害抗日人士就不得而知了。

黄陂南路街边水雷爆炸事件

"孤岛"暗杀风潮此起彼伏，三四年间租界地区发生大大小小数十起暗杀事件，西湖坊、永裕里的几宗血案，只是其中少数个案而已。1941年12月太平洋战争爆发，日军进驻租界，南京汪伪政府试图抹去租界的痕迹，改辣斐德路为大兴路（抗战胜利后国民政府又改为复兴中路），贝勒路为黄陂路，马浪路为马当路，但治安状况依然很糟。1944年9月12

寻迹

永裕里——一条卢湾老弄堂的时光追影

新闻《南黄陂路昨发生爆炸案》
（1944年9月13日《申报》）

日大白天发生在黄陂路街头的水雷爆炸事件，震惊了周围石库门的居民。

建于1925年的永裕里、西湖坊等石库门弄堂，历经二十年变迁，沿马路几乎都改建成鳞次栉比的商铺，形成了相当规模的"商圈"。位于黄陂南路522号（近辣斐德路口）有家永大祥水电旧铁店，主营水电维修，兼营金属回收等业务。这天上午，有两个收旧货的苏北人，一个叫曹正保，一个叫小八子，抬出一个硕大的巨型圆铁球求售。他们只说捡来的。店内从老板黄阿大到几个伙计，谁也不识货，不知道这铁疙瘩是啥玩意，但看其结实的模样均认为有利可图，于是双方谈起了价钱。"因曹等索价过昂，还以十元一斤。当时曹正保以此球其形庞大，内部或有其他附属品，从旁撬开小缝，发现内有黑色小块。店主即疑为炸药，用火燃之，未见任何作用，于是曹正保认为内系颜料，大为兴奋，愿将铁球打开，一并出售。遂与小八子两人抬球至永大祥对面天和里弄口，用铁锤向该铁球突出部分猛击……""讵轰然一声，遂行爆炸，当场血肉横飞，硫磺气密布……"爆炸范围波及50多米，沿街天和里某号南房都坍塌了。曹某等三人当场被炸死，过路行人受伤者达十余人，伤者送医后又死亡四人。警察局闻讯赶到现场调查，判定该铁球实系巨型水雷。（1944年9月13日《申报》）当时报纸报道再现了事件的经过，成为难得的第一手史料。据老人回忆，当时汪伪警察局以为遭到抗日分子袭击，出动大批警力封锁街道。永大祥店主黄阿大知道自己闯下大祸，赶忙收拾东西，企图逃跑，被附近居民认出揪住交给了警察。警察将他带回审问才知道原委，于是第二天《申报》的报道有了"铁铺误收巨型水雷"的结论。事后现场的血腥味久久不散。

斗转星移，往事如烟。"孤岛"乃至整个抗战时期发生在石库门弄堂内外的一切都证明：日本军国主义发动的侵略战争，造成了中国人民的极大苦难，某些时人的无知，又导致了悲剧的延续。历史是不该忘却的！

（原载《上海滩》2024年第2期）

第二辑 人物述林

田桐、田桓先生在永裕里

现今上海黄陂南路506弄翠湖天地嘉苑，高楼林立，绿树成荫。这里原是以复兴中路320弄永裕里为主干的一大片石库门弄堂。永裕里及贴邻的萍渔里、慈安里、西湖坊等均建于1925年至1928年，到2005年拆除，经历了整整80年的风风雨雨，留下过许多名人的足迹和他们的动人故事。国民党元老田桐、田桓兄弟就是其中著名的两位。

复兴中路320弄永裕里弄口（现已拆除）

《太平杂志》畅言"太平策"

田桐（1879—1930），字梓琴，湖北蕲春人。早年追随孙中山先生参加反清革命活动，任孙的秘书。1905年，田桐赞助孙中山在日本东京组织同盟会，民国成立后被选为众议院议员。二次革命失败，田氏亡命日本，袁世凯死后方才回国，仍担任议员之职。其间，曹锟阴谋贿选总统，田桐力倡议员南下，曹锟最后以失败告终。1926年国民革命军抵达武昌，田氏被任命为江汉宣抚使。此时与兄弟田桓一起定居上海辣斐德路永裕里72号。南方底定，田桐奉命使晋，说服阎锡山出兵赞助革命。南京国民政府成立，他被推为国府委员。1928年又被任命为立法院委员，未就，回到上海，以著述自娱，主办《太平杂志》，编辑部就设在永裕里72号。

《太平杂志》由章太炎题刊名，民智书局发行。"梦想太平"与"讲求

田桐像

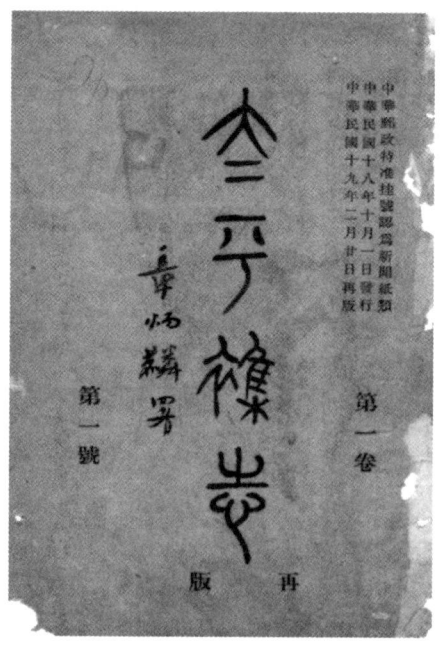

《太平杂志》封面

实践政治",可以说是《太平杂志》编刊的宗旨。1929年10月出版第1卷第1期,田桐以所著《太平策》原叙代发刊词,阐明自己的抱负:"民国五年,国会重开。余察议员之意,虑国者寡,自虑者多。天下纷纷,太平何日?又以天下大事,千万庸夫谋之而不足,少数志士谋之而有余。各国宪法,皆少数起草,多数赞同。于是欲草《太平策》以公诸世。"《太平策》体现了作者对"太平"理想即民主共和的追求。全书由"建都篇""选举篇""中央篇""地方篇""均用篇""兵制篇""河渠篇""考试篇""盐政篇"及"学制篇"等十部分组成,书后附列各表和五权宪法草案。作者认为:"立国有三:土地、人民、主权。""建都有三:居高临下、以寡制众、外阻内旷。""建都之要素备,则国内易致太平。"作者引述孙中山建东、西、中三都的观点,说明选择南京为都的原因,又解释了不用燕京为都的理由,认为燕京为都,胡人则安,汉人则危。这些观点见仁见智,但强调南京建都是实现孙中山的主张。

《太平杂志》除了"论文"等主要文章外,还设有"笔记·革命闲话""大事记""华侨消息"与"文苑"等栏目。"革命闲话"署名江介散人,即田桐化名,三期共刊登41则,长短不一。内容追忆往事,披露了许多辛亥革命时期及民国初的政治事件内幕与人物轶事遗闻,富有很高的史料价值。属于新闻报道的"大事记",收录上一月国内外政治、经济、军事等大事,文字精粹,重点突出。第1期"华侨消息"收录泰国、马来半岛、菲律宾华侨教育、生产等方面情况。第3期重点报道旅俄侨胞的消息。如《归国华侨泣述俄方虐待》《旅俄华侨向当局呼吁》《海参崴归国侨胞之血泪书》《苏俄驱逐华侨》《苏俄虐待被扣我国华侨》《崴埠俄人苛待华侨》与《归国华侨泣述俄杀侨胞情形》等篇,从不同角度记述了当时发生在符拉迪沃斯托克(海参崴)、库页岛等地华人遭受暴力侵害的种种事实,令人震惊。当时中苏交恶,当地华人处于孤立无援的境地,编者强烈呼吁中国政府保护本国侨民。这些务实报道极有见地,体现了编者的新闻观,而且富有史料价值。

《太平杂志》在社会上产生了不小的影响。《江苏革命博物馆月刊》撰文介绍,称赞田桐"功成不居,著书自得,洵今日之岁寒松柏也",并附载《太平杂志章程》与《〈太平策〉出版预告》,广为宣传。直到1940年

《上海市行号路图录》一书刊出的永裕里地图，72号仍标注"太平社"的字样。

田桓赈灾鬻书画

田桓（1893—1982），字寄苇。受大哥田桐的影响，在家乡积极从事反清革命活动，16岁加入同盟会。武昌起义后，田桓参与了蕲州起义。1912年留学日本，后任孙中山秘书。1914年任中华革命党印铸局局长，为孙中山刻制大元帅印及名章。

田氏兄弟皆少而有为，精于书画。田桓定居上海，从事政治活动之余，以鬻书画为生。他入住永裕里前曾寓法租界贝勒路（今黄陂南路）道德里10号，1921年2月19日《申报》上就刊登章太炎、吴昌硕、王一亭

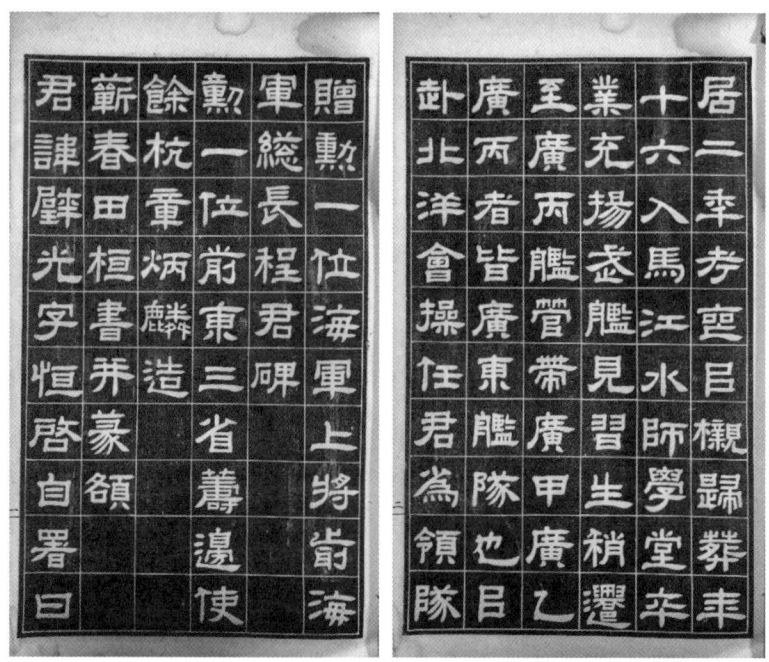

田桓书《海军总长程君碑》(部分)

与张静江代订的"田桓书画例"。同年4月9日甘肃旅沪震灾救济会假座丹桂第一台演戏助赈,田桓与聂云台、包世杰、欧彬、钮永建等名流同列"赞成人"之列。他的书画作品不时见诸《神州吉光集》《书画大观》等画刊。1922年各界为前海军总长程璧光立碑,二千余字的碑文由章太炎撰文,田桓书写,苏州籍篆刻家黄慰萱所镌。其碑高达丈余,宽五尺,字方寸余。第二年,当纪念碑巍然矗立在北四川路底天通庵路八字桥程氏墓地前,上海书坊已有碑文缩印本在热销。那时田桓刚满30岁。

田桐、田桓都是海上停云书画社发起人与中坚。该社经常举办展览,售卖书画募款,捐助救济灾民。"五卅惨案"后,停云书画社征集到包括田氏兄弟在内数十位著名书画家作品千余件,举行义卖,将所得之款悉数接济罢工工人。1925年、1926年湖南湖北接连发生水灾,报纸在报道各种救灾消息中,少不了沪上书画助赈的新闻,也少不了提及田氏兄弟大名与作品。此时田桓已迁居辣斐德路贝勒路永裕里72号,有关启事、润例都署有这个地址。1926年4月20日《申报》刊登的《田桓返沪鬻书画启事》云:

> 余在海上鬻书画有年,谬承士林激赏。癸亥秋,缚于尘劳,不恒居沪,致无以厌求者之意。今复归来,重理旧业,与大方家再缔墨缘。润如前例,收件处上海各大笺扇号及法租界贝勒路永裕里七十二号本宅。

田桓所画扇面与其他名画家的作品经常出现在文明书局南京路门市部、怡春堂笺纸店,受到顾客欢迎。

1927年后,田桓先后被任命为江苏省卷烟统税总局委员、中央党史编纂委员会委员等职,来往于上海、南京等地。他公余抽暇为海上停云书画社创作了许多书画作品,1931年为湖北水灾助赈更为突出的一例。湖北水灾急赈委员会刊登《田桓为湖北水灾鬻书画助赈》广告,云:

田桓像

田寄苇先生吾鄂名宿也。文事之余，旁及绘画。其山水笔墨雄浑，深入元人堂奥。翎毛花卉，随意结构，极神化自然，直逼八大山人。尤长篆拓，兼汉隶南北朝诸体。名满天下，人无异言。往年鬻书海上，有获其片楮寸缣者，珍如拱璧。其后宦游南北，此事遂废，一时宝爱先生翰墨者，咸叹憾焉。今夏吾鄂水灾奇重，先生悯之，慨然鬻书一月，所得之费，尽以助赈。凡激慕先生书画者，因缘此会，既可得其墨宝，复可救济灾黎，诚一举两得之盛事也。润例如下：

　　（隶书魏碑）楹联：四尺四元，五尺五元。堂幅：四尺五元，五尺六元。篆书：照隶书加半。（山水）堂幅：三尺二十元，四尺三十二元。翎毛花卉，照山水减四成。磨墨费加一。润资先惠，约期取件。详细润例存上海各大笺扇号。收件至双十节日截止。寓法租界贝勒路永裕里七十二号

　　湖北水灾急赈委员会驻沪筹赈办事处谨启

　　地址五马路公顺里七十八号　电话一二九三四

田桓先生应湖北省主席何成濬之请，担任急赈委员会驻沪委员，并发起全国书画助赈。润例刊出后，热爱田桓先生书画者纷纷求购，大有应接不暇之势。可惜限期较短，尚有未及赶上的人，感叹遗憾。很快募集到巨款，悉数用于救济灾民。此后，田桓只要回沪停留，总是刊登书画例，满足爱好者的需求。收件处也均为永裕里72号。

田桐逝世唁电纷至田宅

　　民国后，田桐为反对袁世凯称帝、反对张勋复辟，奔走南北，身无定所。在上海期间，他也经常外出，参与各种活动。1924年春，他与章太炎、章士钊、张继、李根源、冯自由、马君武等专程到华泾踏勘，寻找邹容墓，即为一例。撰写《革命军》的民主革命家邹容1905年瘐死狱中，由义士刘三收尸草葬于华泾镇，世道变迁，近二十年后已踪迹难觅。经

过大伙的努力，邹容墓终于被找到，举行了公祭。接着募款修葺，立碑纪念。位于徐汇区华泾镇黄叶楼西中心河桥桥堍的邹容墓保存至今，其中有田桐等民主革命家们当年的辛劳。田桐积劳成疾，1930年初开始腹痛之病复发，医治无效，不幸于同年7月2日病逝于医院。《太平杂志》仅出版了三期而停刊。

田桐灵柩移至永裕里72号田宅，吊唁者络绎不绝，各地的唁电纷至沓来。张继电云："田寄苇兄鉴：冬电惊悉梓琴兄竟此长逝，实出意外。弟未能赴沪亲视病，尤抱负友之恨。洒泪南望，凄怆曷极！张继叩。江。"胡汉民电云："田寄苇兄鉴：接冬电，惊悉梓琴兄作古，痛悼实深。梓兄功在党国，大节凛然，当为请中央从优报恤。务希上慰嫂氏，下抚诸孤。节哀顺变，勉襄大事，是所至祷。胡汉民。江。"发来唁电的还有谭延闿、邵元冲、陈果夫、戴季陶等要人。几天后，田桐灵柩移至南市制造局路湖北会馆暂厝。淞沪警备司令熊式辉、上海特别市市长张群的代表等500多人送殡。自西门路永裕里起沿途军警保护，观看者人山人海，灵车过时，途为之塞。

经过田氏家属与政府的协调，定1930年11月2日于牯岭路崇法禅寺

田桐灵柩由沪运鄂情景（良友图书印刷公司出版）

开吊。这一天,灵堂内外挂满挽联,南京政府及各界代表一千余人出席公祭仪式。张群代表国民政府致祭辞,高度赞扬田桐先生跟随孙中山参加推翻清王朝的革命功勋。祭辞曰:"辛亥之役,江汉汤汤。孰御悍寇,公與克强。谓公文士,乃今智囊。胜败勿论,甘苦同尝。民国缔造,分席议场。有笔有舌,立论煌煌。……呜呼田公,志洁行芳。风骨峻整,器宇汪洋。蕴乃道德,发为文章。声宏气实,振聋启盲。剖析精蕴,尽扫秕糠。为世师表,为国祯祥。"随后南京、汉口也举行了田桐先生的追悼仪式。报纸在刊发消息的同时,刊登了田公生前友好的纪念文章。

1932年9月田桐灵柩由沪运鄂公葬,湖北会馆内外挤满了送行者,田氏家属向每位赠送《太平杂志》全份,俾以纪念。人们深深敬仰这位民主革命家的高风亮节与道德文章。

书画家在动荡岁月里

20世纪30年代,田桓先生头上虽然仍顶着"国民党党史编纂委员"的桂冠,但过的却是清苦的鬻书卖画生活。"田桓回沪抽暇鬻书""田桓书画例"等广告不时见诸报端。抗战爆发后,上海沦为"孤岛"。他几乎足不出户,在永裕里72号寓所整日伏案工作。除了对联、堂幅与扇面外,还增加了手卷、册页、市招、堂匾等。随着物价的上涨,润例也在加码。"手卷册页每尺四元,折扇五元。市招、堂匾每字一方尺三元。寿屏、碑志另议。"此时山水堂幅三尺40元,四尺52元,五尺70元,等等。

1940年后的一天,永裕里田宅突然闯进几个不速之客,对田桓说"受汪院长之托,请你赴南京参加和平运动"。汪精卫,汉奸!田桓心里骂了一句,不予理睬。来人软硬兼施,威胁利诱,遭到拒绝后竟强行将田桓绑架至上海某饭店。田恒在此被囚禁了数天,他趁看守一时松懈,伺机逃回了永裕里。太平洋战争爆发,日本人占领租界,某日田宅来了几个汪伪汉奸,每家每户强迫订阅伪报。田桓气愤至极,穿了件日本和服,对着汉奸用日语大声呵斥,汉奸摸不着头脑,只得狼狈逃窜。敌伪时期,田桓闭门谢客,"书画例"之类鬻书画广告也不再出现在报纸,这位著名书画家仿佛在上海滩消失了。只有一次,1945年4月一个叫红棉画厅的美术家团体,搜集了田桓几百幅真草隶篆书法作品,举办"田寄苇氏个展",《申报》上刊发了消息。

抗战胜利后,全国人民渴望和平,反对内战。国民党民主派李济深派代表曹天铎持专函拜访田桓,并联络了梁弼群、何世桢等党内反蒋人士,组织座谈和秘密串联。不久,中国国民党民主促进会(民革前身之一)在香港成立,上海永裕里72号是它的重要联络点。

田桓先生即使在隐居时期,对周围邻居们仍然非常友好,毫无"党国"元老或大艺术家的架势,平易近人。笔者父亲柳中爔与田家伯伯有交往,田老的小儿子田伯炎60年代常来我家向父亲请教无线电、电视机制作。永裕里46号我家客堂曾挂有田家伯伯送我父亲的一副对联,记得是隶书体,其中有"秋日登高孟嘉清新"的句子。可惜不曾全文记下,如今已成憾事。笔者青少年时代在弄堂里遇见他老人家,喊一声"田家伯伯",他会点头致意,并用浓重的湖北口音回答。瘦弱的脸庞,鼻梁上厚厚的老花眼镜,特别是一缕长长的寿桃胡须,令人难忘。原居永裕里52号的卞毓麟兄告诉笔者,少年时在后门口见到田家伯伯,他老人家经常说"一看你的脸,就知道你姓卞"。他对于邻居们是何等熟悉。卞毓麟常去田家与他的两个儿子玩,见到许多印章,内有齐白石篆刻的,至今留下深刻印象。

田桓书写的对联

1949年后,上海市政府给予田桓先生生活上很大照顾。1953年他被聘为市文史研究馆第一批馆员,1958年又被任命为市政府参事室参事,晚年任民革中央委员。每年孙中山先生诞辰与逝世纪念日,田老都参加有关活动。1981年,田桓作为上海辛亥老人代表赴北京参加了纪念"辛亥革命七十周年"大会，并为主席团成员。尽管得到如此殊荣，他始终没有离开永裕里72号寓所。70年代初，在"十年动乱"时期，他还收了一位徒弟呢。那是本弄52号的青年徐正濂，自幼热爱篆刻，自学成才，徐父上门请求田老给予指点，田老一口答应。当年孙中山的印铸局长看到自己钟爱的艺术后继有人，能不高兴吗？徐正濂如今已成为著名书法与篆刻家，担任中国书法家协会理事、中国书法院研究员、西泠印社社员等众多社会职务，出版有《徐正濂作品集》《徐正濂篆刻》《西泠印社中人——徐正濂卷》与《徐正濂篆书篆刻》等数十种著作。

田老晚年目力衰退，曾求钱君匋先生刻一方闲章"瞎人瞎画"钤画。到1975年"四人帮""批黑画"之时，一天他忽然把徐正濂召去，让徐刻一方"瞎人不瞎"代替那方"瞎人瞎画"。田老毕竟是政治人物，虽然老了，这方面依然敏感，用此行动表达对"四人帮"的蔑视。改革开放后，有位邻居从美国回来，田老问起台湾的情况，问起老熟人、国民党元老张群。邻居戏谓：张群的住宅比永裕里还大。田老听后呵呵一笑。

1982年夏，田桓先生因病与世长辞，享年90岁。

辛亥革命100周年之际，人们为纪念田桐先生在民主革命中所作出的杰出贡献，整理出版了《田桐集》。

（原载《世纪》2021年第6期）

从田桐谈孙中山与商务印书馆说起

一

田桐（1879—1930），字梓琴，湖北蕲春人，民主革命家。早年追随孙中山参加反清和反对袁世凯复辟帝制的革命活动。南京国民政府成立后，田桐先后被任命为国府委员、立法院委员，因对蒋介石的不满，未就任命，来到上海。他住在辣斐德路永裕里72号兄弟田桓家里，主编《太平杂志》。该刊1929年10月至12月共出版3期。除连载田桐所著《太平策》书稿外，还设有"笔记·革命闲话""大事记""华侨消息"与"文苑"等栏目。"革命闲话"署名江介散人，即田桐化名，内容追忆往事，长短不一，披露了许多辛亥革命时期及民国初的政治事件内幕与人物轶事遗闻，富有史料价值。有一篇题为《商务印书馆》的笔记，记录了商务拒印孙中山先生书稿

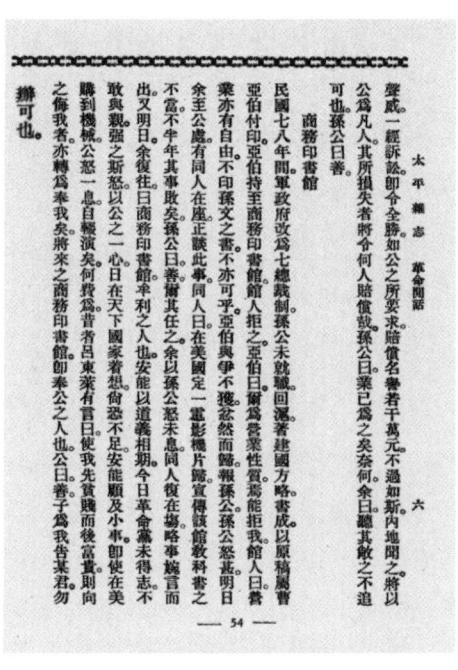

《太平杂志》第1卷第2期《革命闲话·商务印书馆》

而引起的一场风波。全文如下：

民国七、八年间，军政府改为七总裁制，孙公未就职。回沪，著《建国方略》。书成，以原稿属曹亚伯付印，亚伯持至商务印书馆。馆人拒之。亚伯曰："尔为营业性质，焉能拒我？"馆人曰："营业亦有自由，不印孙文之书，不亦可乎？"亚伯与争不获，愤然而归。报孙公，孙公怒甚。明日余至公处，有同人在座，正谈此事。同人曰："在美国定一电影机片归，宣传该馆教科书之不当，不半年其事败矣。"孙公曰："善。尔其任之。"余以孙公怒未息，同人复在场，略事婉言而出。又明日，余复往，曰："商务印书馆，牟利之人也。安能以道义相期？今日革命党未得志，不敢与亲，强之斯怒。以公之一心，日在天下国家着想，尚恐不足，安能顾及小事？即使在美购得机械，公怒一息，自辍演矣！何费为？昔者吕东莱有言曰'使我先贫贱而后富贵，则向之侮我者，亦转为奉我矣。'将来之商务印书馆，即奉公之人也。"公曰："善。子为我告某君，勿办可也。"（《太平杂志》第1卷第2期《革命闲话·商务印书馆》，1929年11月1日，第54—55页）

曹亚伯（1875—1937），湖北兴国（民国改称阳新县）人，武昌日知会和东京同盟会发起人之一，曾参加武昌起义。民国后在上海投资实业，任亚林化学制药厂经理。同时也是孙中山幕僚之一，经常代表孙中山出席各种活动和讲演，报上称其为"民党巨子"。著有《武昌革命真史》，由中华书局出版。田桐所说的"同人"，很可能就是曹某，对孙中山颇有影响。《张元济日记》也提到过这位曹亚伯。

二

商务印书馆"拒印"孙中山著作一事发生在民国八年（1919年），《张元济日记》中有数条记载：

1919年4月7日："函梦翁，……又询，《孙文学说》如何答复。"

1919年4月8日："《孙文学说》，与梦商定，先去信问其意见如何。"

1919年4月14日："卢信公交来《孙文学说》数卷，尚未完全。梦意恐有不便。余云不如婉却。当往访信公，并交还原稿。告以政府横暴，言论出版太不自由，敝处难与抗，只可从缓。"

卢信公，名信，字信公，广东顺德人，同盟会广东支部成员。1915年后在上海任金星水火保险公司沪局经理。这里与田桐记载稍有不同。第一，书名。田称《建国方略》，这是孙中山最重要的著作之一，由三部分组成，《孙文学说》（心理建设）为第一部分，全面阐述孙中山的哲学思想。另两部分为《实业计划》（物质建设）和《民权初步》（社会建设），三个部分一起构成一幅完整的国家建设蓝图，是孙中山政治思想和建国思想的集大成之作。三部分各自先后独立发表，1921年由民智书局正式集合成《建国方略》全书出版。第二，送稿者。田称曹亚伯，张元济记载则为卢信，恐更为准确。当然也有可能是曹亚伯委托卢信送的稿。商务印书馆退回《孙文学说》书稿在1919年4月，孙中山"怒甚"、某同人提议定制电影片攻击商务印书馆，以及田桐劝说孙中山打消主意，应该也是4月份当月的事。

民国时期，孙中山曾跟商务印书馆有过几次交往，关系不错。1916年初经钮永健劝募的"党人捐款"，张元济以个人名义为反袁斗争捐款五千元，给孙中山留下很深印象。1916年7月，孙中山会同廖仲恺、胡汉民、张继等来商务印书馆参观。孙中山的一些同事们与张元济等也经常见面，非常看重商务印书馆的出版能力和管理水平。平心而论，张元济与商务高层在处理孙中山书稿问题上，确实失策，退回《孙文学说》之前已经有过一回。1917年2月10日《张元济日记》写道："孙文派邓家彦号孟硕来商，《会议通则》拟交本馆印一万部，用连史纸二号字。得书三千部，版权送与本馆。未遇，留片所云如此。"2月14日又记："去信询问，可否交全稿一阅。"以后日记没有下文，似乎没有印行。《会议通则》是什么文件呢？其实它就是孙中山《建国方略》第三部分《民权初步》的原来名称，并非简单的会议规则，1917年4月由中华书局印行初版发行。显然正当商务印书馆犹豫之际，孙中山选择了中华书局。时值新文化运动高涨，商务印书馆又备受外界挑战批评其保守,如果接受孙中山的书稿,本来极可迅速改变自己的形象,张元济等当时也正在急切想方设法融入时代潮流。但在接连送上门的机遇面前,却一而再地失之交臂,把机遇拱手奉送给了竞争对手,十分可惜。

三

果然,商务印书馆没有出《孙文学说》,孙中山立刻把它交给了别的书局。1919年6月,上海华强印书局初版发行《孙文学说》,成为该书最早的版本。《申报》首版大幅广告以"破天荒之学识,救国之良药"相号召,连续刊登十余天。孙中山在收到样书当天,亲笔用英文题签赠予夫人宋庆龄。几个月中,《孙文学说》其他版本也相继行世,经他周边的人重提此事,孙中山更是不能原谅商务印书馆了,差一点闹到法律诉讼。

孙中山签名送与宋庆龄的《孙文学说》(上海宋庆龄故居藏)

《张元济日记》1919年9月19日记云:"本年四月○○日退还《孙文学说》一书不印。本日卢信公来言,当时两商,或商务印,或伊出钱印。今安福部及大学校均印,何以商务竟不肯印,阻碍伊之学说。孙文大怒,将登告白,遍告全国,并出告白一纸见示。余谓,此告白系孙君自有之权,且本馆出书系有关教育,亦极愿闻过。至当时不肯承印,实因官吏专制太甚,商人不敢与抗,并非反对孙君云。卢属复一信解说。余允之。廿六日复去一信,留稿。"1919年9月24日又写道:"《申报》送到曹亚伯诋毁本馆告白一纸,云不登。其词句与前日卢信公持来之稿大致相同。即持访丁律师。据云,可以起诉。但曹君家住法界，其亚林药厂又在华界，其人太无价值，不值与讼。如能不登最好。即访仙华，告知一切。仙往《新闻报》商阻，并派人至《时报》接洽矣。"丁律师，即商务董事会董事、法律顾问丁榕律师。仙华，即时任商务发行所所长王显华。张元济等着实忙碌了好一阵，曹伯亚的告白没有登出，避免了商务继续"失分"。

商务印书馆1920年夏出版了孙中山《建国方略》第二部分《实业计划》的英文版，书名 The International Development of China，署名 Sun Yat-sen（孙逸仙）。孙中山撰有序言。该书原用英文写成，部分章节曾于1918年在中外报纸上发表，1921年民智书局出版《建国方略》全书中文本，《实业计划》由朱执信、廖仲恺、林云陔与马君武译成中文。商务印书馆却最早出版了该书英文全本，联系上一年退回《孙文学说》书稿的不愉快事件，笔者以为，不能不视为商务印书馆当局某种补救之策。1928年商务印书馆又出版了《实业计划英文读本》（Principles of Industrlal Development of China）再版本。英文书名稍有不同，删除了孙氏为初版本撰写的序文。关于该书出版经过，希望有更多的档案史料出现，还原历史的真相。

（原载"出版六家"公众号2021年4月18日）

画家、谜家、报人吴天翁

"吴天翁 永裕里二十四号",这是漫画家丁悚(慕琴)生前通讯录中的一则记录。辛亥老人、书画家田桓先生之子田伯炎兄告诉笔者,20世纪50年代吴天翁常到永裕里72号来探望父亲,两家交往颇多。吴天翁是谁?他有着怎样的人生轨迹?且听我慢慢道来。

来自嘉兴的文艺新秀

吴天翁(1902—1963),名锡廷,别号天爵、天翁,原籍河南夏邑,生于浙江秀水(今嘉兴)。少年时代在嘉兴读完小学、中学,后考入杭州之江大学。浙江悠久的历史传统和浓郁的文化氛围,深深吸引着少年吴天翁。时值新旧文化碰撞交融,他努力吮吸着营养,加上天资聪颖,诗文、绘画、戏剧,各方面均有相当造诣。他15岁时就在家乡的《粉墨春秋》杂志上,发表戏剧剧本和剧评,如《梁祝艳史的传奇》《二刘之双蝴蝶》等。20年代初,吴天翁来到上海谋生,先后在晨报社、生生美术公司、工商人寿保险公司及英美烟草公司广告部任编辑或高级职员,也当过学校图画教员。一度还去镇江求职,职业经常变换,但这位来自嘉兴的文艺新秀在戏剧和绘画两方面的才能已崭露头角。

1923年1月,志成义务学校假座南京路市政厅举行游艺大会。节目有滑稽说书、音乐、舞蹈、讽刺剧、短剧、杂技等,吴天翁参加了新剧《狭路》的演出。游艺大会同台演出的有早期电影家郑正秋、周剑云等。（1923年1月20日《申报》）1924年开始吴天翁的画作不断被制成印刷品广为传播。这年年初，位于法大马路（今金陵东路）的中华工商学社编印了一份《甲子特刊》，全国商联会会长张笙伯题字，吴天翁作画，并有社务消息等内容，特印2万份，广为赠送。不久该学社编印的《工商学报》正式出版。该刊号称"为工商界必读之杂志"，专门刊登工商信息和工商应用文、工商成本会计方面知识，提供企业刊登各色广告。吴天翁每期都有画作发表。（1924年3月29日、5月10日《申报》）1925年，吴天翁与两家杂志社建立了密切关系。先是张秋虫创办的三日刊《上海声》，延聘吴天翁每期创作讽刺画，接着生生美术公司孙雪泥聘请他担任《世界画报》主编。1927年吴天翁又应邀为上海另一份小报《梦慧》三日刊撰稿。这些经历对吴天翁来说，无疑是人生道路上的重要支点，他的事业由此迈开大步，他的"朋友圈"得到进一步拓展。

吴天翁在上海风风火火的经历传到嘉兴，引起家乡父老的关注，有事时常把他当作名人请回，成为嘉兴人的一张"名片"。1923年嘉兴城东商界联合会成立，吴天翁被邀请作为"县署代表"之一到场演说；南门外商界联合会成立，他又被邀请作讲演；1924年县教育会选定中小学教员，吴天翁赫然在列……（1923年8月21日、22日，1924年1月21日《申报》）上海嘉兴同乡会成立，会址设于三马路恒丰里，另设两个通讯处，其中之一即天津路320号晨社吴天翁。（1924年10月23日《民国日报》）吴天翁的名字频繁出现在上海与嘉兴的报纸上，殊不知，那时他只是一个20岁刚出头的毛头小伙子。

民国时期社会崇尚体育教育。上海有家民间社团中国健学社编印出版了一套体育用书，内有一本《体育格言健光》。该书搜集古今中外名人关于体育的格言600余则，对于学校体育教学及研究很有参考意义。全书插图50多幅，出自画家丁悚、武次申、胡亚光与吴天翁四位之手笔。（1926年9月18日《申报》）丁悚作为当时画家圈里的老大哥，跟吴天翁又是英美烟草公司广告部同事，他们的友谊结出众多硕果，此书为其中之一。

为漫画会租用临时会所

吴天翁初来上海时，辣斐德路贝勒路口的永裕里尚未兴建，大约1927年夏吴由镇江返沪后入住永裕里24号。丁悚居住于贝勒路永年路口天祥里，两处相距不远。丁悚的通讯录上有吴家地址。1926年秋，丁悚等发起组织漫画会，吴天翁时在镇江，未参加漫画会，但他返沪后即帮朋友们办了一件事。1927年6月8日《申报》刊登了一则《漫画会第七次常会的决定》的新闻：

> 漫画会近因筹备第一届展览会，值月干事叶浅予、张振宇昨（五日）特召集第七次常会于辣斐德路永裕里三十六号临时会所讨论进行事宜。除鲁少飞在十七军不能到会，及丁慕琴、胡旭先因事请假外，余如王敦庆、季小波、张光宇、张振宇、黄文农、叶浅予等按时到会。讨论结果：展览会决于两月内举行。后又讨论新会员张眉荪、蔡翰丹二同志及《文农讽刺画集》作为该会出版丛书之一。并闻该会取公开态度，欢迎同志加入，但无征求会员之手续，愿入会者可与该会接洽云。

漫画会团结了一批热爱漫画艺术的年轻人，成员有丁悚、张光宇、张正宇、鲁少飞、叶浅予、黄文农等，丁悚年纪最大，无疑成为领头人。他们的活动主要为观摩作品，漫谈创作问题。初址设于宁波路65号三楼，后在丁悚、张光宇二人家中轮流举行，直到第十次常会后才定下丁悚家为会所。上述新闻显示永裕里36号举行漫画会第七次常会，并非24号吴天翁寓所，但该"临时会所"极可能是通过吴的关系租的。因为36号就位于24号对门。

漫画会第七次常会十分重要，讨论了三件事：第一，两月内举办展览会；第二，吸收两位新会员；第三，决定出版漫画会丛书，第一种为《文农讽刺画集》。黄文农善于创作政治讽刺画。1925年上海发生"五卅惨案"，黄文农在商务印书馆的《东方杂志》上，发表了一幅揭露英国侵略者暴行的漫画《最后之胜利》，引起租界当局的"控告"。这就是著名的"东方杂志漫画事件"。不久，《文农讽刺画集》出版问世，画集封面上印有"漫龙"会徽，徽下注有"漫画会丛书第一种"字样。这部漫画集引起社会各界人士的注意，书写了中国漫画史上浓重的一笔。

漫画会后几次常会也是在永裕里临时会所举行，直到1927年10月8日第十一、十二次常会，告别临时会所，正式移入贝勒路恒庆里31号（即天祥里）丁悚寓所。

丁悚与吴天翁不仅曾为同事、同好，而且还有一层特殊的亲密关系，丁悚做了吴天翁的大媒老爷。

名流云集的喜庆婚宴

吴天翁要结婚了，消息惊动了他的"朋友圈"。朋友们齐心协力为他举办了一个盛大的婚礼。

准新娘钱慕莲是吴天翁三年前任某学校教职时的同事。吴教授图画，钱教授英文，办公室里时有会晤。后学校解散，吴天翁去了镇江，钱到一家公馆当家庭教师，二人保持通信，其实早已自由恋爱，心心相印。1927年夏吴天翁辞职返沪，在朋友们怂恿下，二人正式订婚，丁悚、吴莲洲（著名中医）等担任男方介绍人，11月27日盛大的婚礼在二马路太和园酒家举行。"是日仪式完全打破旧制，并革除奢华，节俭从事"，"下午四时，军乐奏起，和以钢琴，遂以唐世昌先生司仪，袁抱存先生证婚，宣读证书时，声音清明，且操京语，益婉转动听"。这位操京语的证婚人袁抱存，即著名收藏家袁克文。喜堂周围挂满客人们送的礼物，除绸帐喜对外，杨清磐送的油画格外引人注目。画上宝帐微启，一个小爱神揭帐私窥。趣味既浓，含蓄尤深。来宾达186人，包括书画界、戏剧界、文学界、新闻界等各界名流，如袁克文、严独鹤、余毅民、江红蕉、任矜苹、荀慧生、舒舍予、郑正秋、史东山、张光宇等，可谓高朋满座，风光无限。婚宴进行中，有宾客代表演说，有表演余兴节目，内有音乐演奏，王美玉、荀慧生、张光宇、江小鹣等京剧清唱,郑小秋操琴,引来大家鼓掌喝彩。婚宴直到深夜12时才尽情而散。

一条《婚礼志》新闻记云:"书画家吴天翁君与钱慕莲女士,于本月廿七日假太和原礼堂举行结婚。请袁抱存君证婚,介绍人为丁慕琴、吴莲洲、葛雄夫、陈子谦四君。来宾到者如严独鹤、余大雄、鲁少飞、黄梅生、任矜苹、周剑云、荀慧生等,尚有杨清磐等滑稽颂词。钱女士容貌娟秀,熟谙英文,吴君国学既深,图画尤工云。"(1927年11月30日《申报》)次日《申报》,吴莲洲以《翁婆婚史》为题刊文,披露了吴钱的恋爱史以及婚礼现场一些有趣镜头。再次日《申报》发表了吴钱的结婚照。上海最大的报纸接连三天刊登吴天翁婚礼新闻,可见影响之大。

此后,吴天翁与钱慕莲都成了新闻人物。据不完全统计,有多种刊物刊登他俩的照片:

△吴天翁、李万春、王元龙、蓝月春(照片),《骆驼画报》第34期,1928年

△名画家吴天翁之夫人钱慕莲女士(照片),《上海画报》第319期,1928年

△文学家及画家吴天翁先生及其夫人钱慕莲女士(照片),《上海画报》第320期,1928年

△吴天翁夫人与丁慕琴夫人(照片),《上海画报》第327期,1929年

△画家吴天翁君之夫人慕莲女士(照片),《新家庭》第6期,1931年

专门倡导民众使用国货的《时事新报》副刊"机联会刊",还借用钱慕莲编成故事,撰成广告:"吴天翁夫人最喜欢用赛璐珞东西,她不但是肥皂缸等东西是大中华赛璐珞的出品,就是儿童的玩具,也全是如此的。她常对人说,此物不独是经用,而且水浸不烂,掷地不破。有一天他(指吴天翁)大醉而归,把我桌子上东西全挪地上也没坏。"(1929年9月10日《时事新报》)

猜谜家和"捧梅健者"

猜谜据说起源于易经八卦，具有悠久的历史，它是一种老少皆宜的智力游戏。猜谜就是指通过给定的提示性文字或者图像等，按照某种特定规则，猜出指定范围内的某事物或者文字等内容。猜灯谜向来为文人学士所钟爱。小说家陈蝶仙就是一位谜家，又特别喜欢制作画谜。民国初年他在《申报》上连续主持十多次画谜征射，这些谜作的绘图者即是丁悚。丁还为老友、大中虎社发起人吴莲洲主办的灯谜杂志《文虎》半月刊设计创作封面。吴天翁和张光宇也为《文虎》作画谜供人猜射，吴也设计过封面。

1928年2月15、16日，吴莲洲在《申报》副刊"自由谈"连载《西新桥畔闹灯虎》一文，介绍谜家们上元节期间在西新桥畔的大中楼菜馆，撰制灯谜让人猜射的情形："因约陈觉是、江红蕉、黄转陶、丁慕琴、吴天翁诸老友，互撰文虎，共一百八十余条，浅近者有之，玄奥者有之。遂于元宵日起，落灯日止，每夜六时至九时，分悬楼前，射中以该菜馆食品券奉酬。"文内收录各人雅撰的文字灯谜，吴天翁名下有："英皇故事（打字一）——鸽"，"四点五十九分（打字一）——酱"，"到了此地心方死（打本埠地名一）——黄河路"，"愿乘长风破万里浪（打名一）——远志"，"叫花子打野鸡（打俗语一）——穷开心"，"骑马布（打京剧名一）——宫门带"，"品（打京戏名一）——三门冲"等。

吴天翁能演戏，经常撰写剧评，还发表过《钱长生与秦腔及象姑》这样的戏曲论文。他交友广泛，跟众多京剧名伶有过从往还，他是梅兰芳迷，在《观梅诗》中记录了对梅兰芳戏剧的赞叹：

凋敝梨园感百哀，飞扬难得此奇才。
移来北地梅花楼，又向江南十月开。

对君才调总难忘，流水高山赣独长。
此曲只应天上有，人间容易见霓裳。

高安可撰序云:"前夕天翁邀聆畹华妙奏,天翁乃捧梅健者,执节赞叹,无所不至,即赋二绝,将以赠畹,并示余要和……"(1926年12月23日《申报》)

吴天翁撰《记李万春》(1928年1月6日《上海玫瑰》)

吴天翁在《记李万春》一文中记叙了与李氏父子交往的故事:"丙寅之冬,鸣举随畹华二度南来,红氍献艺,誉满东南。暇辄弄丹青,清秀拔俗,颇类其人,温文有礼,一无弄武之相。尊甫春利,为予同门。留沪五十日,几无不朝夕相共,而鸣举亦几时刻相随,聆予与侪辈讲文坛掌故,辄静坐默闻。余喜之甚,特以鸣儿呼之。此影成时,适鸣儿文定之日也。爰刊之,以飨阅者。"文章配以吴李合影。(1928年1月6日《上海玫瑰》)李万春,京剧武生名角,擅长演武松戏与猴戏,当时尚为少年。

1929年12月梅兰芳赴美巡演,朋友们为欢送梅兰芳题词献诗绘画,编印了一本《梅兰芳专集》,1930年初出版。《专集》收录张光宇、冒鹤亭、程十发、丁悚、严独鹤、周瘦鹃、舒舍予、吴莲洲等名家的作品,梅兰芳的肖像、剧照以及在美演出时与各界人士社交聚会、接受学位的留影。书籍署名编撰人"吟梅社",其实就是吴天翁。多人在文章内提及吴氏索稿,吴莲洲在文中说:"畹华之行,筹备至久,天翁为畹华出游美特刊,骊驹已在门矣,辄书此以当送别。"剧评家徐慕云与名报人尤半狂合撰《三喜三惧》一文中,对东方文化走出国门既感欣慰,又为西方人士能

1929年末梅兰芳赴美演出前与送行人合影
左起夏奇峰、冯叔鸾、张正宇、吴天翁、梅兰芳、石世磐、张光宇、姚玉芙，郎静山摄

1930年中秋节于冠生园"迎霜饯玉"宴会合影
前排右三荀慧生、右一冼冠生，中排右一吴天翁，后排左二严独鹤、左三丁悚

否认同有所担忧。吴天翁文后加注云:"此文具爱护之忱,爱护兰芳即爱护艺术。谠论玉言,西行诸人敢不拜受。惟睕华斐叔曾有言,此去抱牺牲主义并表扬东方剧之美点。再借此以游采风,拮菁他山之石可以攻玉。切磋学问,商兑艺术。此行不成,下次再来。我侪于佩其毅力之余,更须壮其志矣。"他对梅兰芳访美演出意义的认识颇为深刻。梅兰芳赴美演出回沪后,吴天翁在冠生园设宴欢迎,各界名流齐集一堂,梅兰芳笑谈访美趣闻轶事,票友即兴引吭唱曲。宴后合影留念,吴天翁题词"迎梅雅集",并记其原委。

吴天翁"捧"名角,与"四大名旦"之一的程砚秋有长期的交往。1930年中秋节,吴氏在冠生园设宴,为玉霜簃主人程砚秋到上海接风,同时为欧碧馆主黄玉麟将去云南巡演饯行,出席者横跨文学、美术、戏曲与实业各界。餐后21人合影留念,吴题照"迎霜饯玉",其阵容令人刮目相待。

漫画家擅长肖像画

吴天翁作漫画《皇帝梦》(1928年)

民国初年,西风渐浸,新知识、新文化广为流行,民众对图像出版物的需求日益强烈。随着印刷技术的改进,全国各地出现了大量画报画刊。上海得风气之先,图画读物的数量和质量全国第一。画家们以此为平台,得以大显身手。这些画报画刊记录了时代风云和民俗民风,具有很高的历史文献价值。吴天翁在报刊上发表的画作,如今能收集到的约有二三十幅,有漫画,有人物肖像画。如:

△人生之乐观(组画),《世界画报》第53期,1927年

△皇帝梦（讽刺画），《礼拜六》，1928年5月19日

△钟馗（画图），《戏报》，1928年6月

△新五毒图（漫画），《福报》，1928年6月22日

△讽画（漫画），《骆驼画报》，1928年第41期

△余三胜造像（与丁悚合绘），徐慕云主编《梨园影事》，1928年

△京剧脸谱（与张光宇合绘），同上

△名画家天罡传者陈刚叔先生松鼠（画图），《上海画报》，第507期，1929年

△吴天翁先生祝画，《金刚画报》第1期，1930年1月

△名琴师孙佐臣写照（画图），《金刚画报》，第2期，1930年1月

△无量寿佛（画图），《上海画报》第766期，1931年

△真谭（题词），《上海画报》第705期，1931年

△有产无产阶级对于暑夜之酣畅（漫画），《新上海》第2辑，1933年9月

△失了赤脚效用的摩登姑娘（漫画），《新上海》第3辑，1933年10月

△1934年之正面冲突：但看这套卍拳（漫画），《新上海》第5期，1933年12月

△清代画家画像·清代十一画家小传，《万象》1935年第3期

△子路读书养志图（漫画），《健康家庭》第5期，1937年8月

……

吴天翁可谓画家兼报人。他担任过主编的《世界画报》，创刊于1918年8月，是生生美术公司旗下的一个刊物。公司创办人孙雪泥，松江人，本人也是画家。《世界画报》的绘画与撰稿人包括张聿光、刘海粟、丁悚、刘晓霞等，都是当时名人。该画报栏目有名胜、工艺、历史、新闻、博物、轶事、装饰、风俗、游戏等，广告穿插在各栏目中。不定期，至1927年10月共出版55期。早期都用绘画，后期也使用照片。孙雪泥在第10期中声明，将编辑之责全委丁悚。至第53期他写道："从今年出版起，所用

图画,完全改用铜版或锌版。名人肖像、风景照片等类,可用铜版,尽量刊载出来。"此后各期常刊登舞台剧照、电影剧照和风光照。绘画方面有油画、国画、讽刺画、街头速写、京戏脸谱等。吴天翁主编过哪几期《世界画报》,不详。估计是后期几期。生生美术公司设于劳合路(今六合路),出版物还有《俱乐部杂志》。

与吴天翁关系密切的三日刊《上海画报》,由毕倚虹1925年6月创办并主编。四开报纸型画报,每期2版。创刊时正值"五卅惨案"发生,刊登了《学生在华界沿途自由讲演》《凄凉的南京路》《圣约翰大学学生罢课》等照片和相关文章。该刊重视时事和社会新闻,也刊登仕女照片、剧照、书画等,发表连载小说,内容丰富多彩。1926年毕倚虹去世,由周瘦鹃接办。张恨水的长篇名著《春明外史》,以及老舍的处女作都曾首刊于《上海画报》。1928年在德国举办的世界报纸博览会上,曾展出过此刊。该刊出版至1933年2月第858期为止。吴天翁在《上海画报》发表了多幅画作,他夫人的照片也多次披露于此画报。

《金刚画报》1930年1月在上海创刊,五日刊,峪云山人编辑。当年出版14期,娱乐性刊物。主要报道文艺界消息,娱乐圈明星动态,其中对京沪两地京剧界坤伶轶事、行踪报道尤多。也刊登名伶剧照、艺人照片、书法和漫画作品,以及艺术探讨文章与杂文、随笔等。停刊后于1939年复刊,6月至9月出版第15至24期。吴天翁在该刊创刊号上发表《祝

吴天翁作漫画《失了赤脚效用的摩登姑娘》(1933年)

吴天翁作漫画《有产无产阶级对于暑夜的酣畅》（1933年）

画》，可见关系之密切。

《新上海》是一本综合性文艺刊物，1933年9月创刊，1935年9月停刊，月刊，共出版10期。该刊由王天恨、邵飘飘主编，主任黄春荪、胡雄笙，图画编辑柳春风。四马路东华里沪滨出版社发行。主要供稿人有周瘦鹃、王钝根、汪仲贤、程小青、张资平、严独鹤、陈大悲、胡石予、郑逸梅等。栏目有照片、漫画、小说、补白、上海快车、电影等。绘画作者有丁悚、柳春风、吴天翁、丁聪等。吴的漫画《有产无产阶级对于暑夜之酣畅》，用强烈对比的形象描绘了一幅暑夜街景：富人们乘着敞篷汽车兜风，穷人们躺在马路边过夜。另一幅漫画，黄包车夫吃力地拉着赤脚摩登女郎招摇过市，也能让读者引发无限遐想⋯⋯

吴天翁作杜月笙肖像（1931年）

近年拍卖市场曾出现一幅杜月笙肖像立轴,吴天翁绘,马相伯、许世英题词。马的题词云:"福寿无疆 月笙先生玉照 辛未清和九一叟相伯题。"据说此画深受杜月笙的喜爱。漫画家擅长人物肖像画,也许并非溢美之词。

"小胡子"策划大展览

吴天翁喜欢留须,朋友们送他"小胡子"的雅号,《苏州明报》曾刊登《画苑点将录》,誉其为"美髯公"。他在各报刊上除发表漫画、肖像画外,还发表了许多杂文、剧评。1932年12月18日成立的中国画会,吴当选执行委员之一,30来岁就成为社会活动家,参与了众多公益和文化事业。《时事新报》"机联会刊"是提倡国货的一块园地,"机联会",全称机制国货工厂联合会。有人把吴天翁编入广告故事《途遇》:

吴天翁这一天,搭着电车,由南而北,到日昇楼,他便从电车上跳下来。恰巧遇到施老板,正立在那里等电车。

施老板便问他道:"你到哪里去?"天翁道:"今天没有什么事,打算回去了。"施老板道:"你回去,我劝你带几样东西回去。前天我看见嫂夫人洗衣服,用的肥皂很不佳,你买几条南阳皂回去,嫂夫人一定喜欢。还有三友实业社的三角牌家用药棉,你也带些回去,嫂夫人每月用了,一定感激你丈夫的周到了。"天翁听了,微笑点头。施老板又道:"你儿子的袜破了,很难看的,你今天买几双久和袜厂的玫瑰牌进步童袜回去,他一定肯对你笑。前天令堂不是要你买牙刷么?你带一枝一心牙刷回去,她爱用的。天冷了,她爱吃乳白鱼肝油,你到九福公司去买给她老人家吃罢!"(1929年1月27日《时事新报》)

作者将吴天翁夫妇编入提倡国货的广告,当然与他们身体力行热心公益有关。吴多次充任大型展览或游艺活动总策划等职务。如1928年7月上海举办义勇军游艺会,吴天翁被聘为游艺会特刊编辑。记者参观游艺会后，写下《吴天翁手不停挥》的报道："名画家吴天翁君此次在会编辑特刊极忙，每见其坐于办事处中，埋首案牍，手不停挥，在此盛暑天气，吴君尚不以天热而减其工作，予益叹其办事有精神也。"（1928年7月26日《时事新报》）位于南京路的冠生园食品公司，是一家著名国货企业。1930年12月13、14日假座宁波同乡会举办糖果展览会。特请郑正秋、吴天翁、汪仲贤、张聿光、孙雪泥等设计规划。展览分"欢天喜地""花烛之夜""糖宫艳舞""童军会操""含饴弄孙""假借馈赠""耶诞老人"等专题，展示产品，也展示生产过程。在漂亮的美术布景、生动的人物造型衬托下，展览取得巨大成功。（1930年12月8日《申报》）1932年12月"新浙江建设运动"在杭州举办书画展览会，江浙沪各地书画家纷纷提供展品参展。作为嘉兴老乡的吴天翁理所当然献出自己的作品参展。（1932年12月30日《时事新报》）1933年美国芝加哥举行国际博览会，中国政府在上海组织征品审定委员会，负责审定工作。分科学组、农业组、工业组、艺术组、戏剧组和运动组，共六个专业组，参加者均为各界名人。艺术组成员有叶恭绰、王一亭、夏敬观、吴天翁、郎静山、江小鹣、林风眠、柳亚子、徐悲鸿、刘海粟。（1933年1月21日《时事新报》）吴天翁与大师们同列其间，足见此时他已成为众望所归的专家里手。1936年9月，吴天翁与丁悚、胡伯翔发起"家庭模型展览会"，取得很大成功。该展览"以各种模型原料具系国产，如一几一椅，大仅数寸，一碗一杯，大仅如豆，亦必以红木、细瓷，像真定造。其余如婚礼丧仪，有关风俗沿革，百年来如此，今后将无以查考。尤其都市人众，及西欧人氏无不珍视，电影商及西报记者更有要求摄制有声电影，乃携往香港、伦敦展览之要求"。展览会在大新公司四楼展出，参观者达三四万人。（1936年9月29日《申报》）吴天翁等作为策划人功不可没。

画家的特殊收藏与他的绝唱

作为文化人，吴天翁与他的朋友们一样都喜欢收藏。虽则并无宋版

吴天翁作漫画《1934年之正面冲突：但看这套卍拳》（1933年）

元玺，却有几种令人瞩目的特殊藏品。譬如，第一，《忠烈录》，清道光年间粤雅堂精刻，内容为宋末抗击元军的文天祥、陆秀夫、张世杰等民族英雄传记，多为正史未载，极为珍贵。吴氏通篇朱笔点阅，题"甲戌天中天翁读过"。甲戌，即1934年。"九一八"后东北沦亡，华北危急，充满现实感的艺术家夜读《忠烈录》，绝不是发思古之幽情。联系吴天翁年前刊于《新上海》的漫画《1934年之正面冲突：但看这套卍拳》，画家对德日法西斯勾结的国际局势有清醒的认识。第二，明代祁氏《澹生堂藏书约》，现存中国最早的图书保管规则，通篇有吴天翁圈点。第三，清人钱氏《醉苏斋画诀》，以七言诗形式总结历代国画画法。第四，被誉为"天下第一奇书"的《素书》，相传为汉代张良的师父黄石公所作。此外，吴天翁还收藏有当时轰动一时的陈独秀案文件汇录，为陈氏辩护律师章士钊所赠。吴天翁的藏品现散落何处已不得而知。

抗战后吴天翁似乎很少在报刊上发表作品。1947年4月《小日报》复刊，新闻报道称得到"文坛名人通力合作"，内有吴天翁。50年代初，他利用广泛的人脉，组织起由他任主任的上海国画艺术合作社，积极投入新题材的创作，曾赴安徽淮河等地写生。1953年中华全国美术工作者协会举办国画展览会，时值印度总理尼赫鲁访华，吴天翁以《喜象图》立轴一幅入选展出。绘画显示一位印度老人悠然自得地坐在大象背上，背景为高耸的华表。大象表情滑稽可爱，令人发噱。作者题款云："公元一九五三年五月邻邦印度礼慕白象，应书于史，并因以记之。天翁吴伟。"陆俨少、张大壮也有作品参展。陈毅市长观看展览后，选定吴天翁的《喜象图》为国礼赠送给印度贵宾。（见龙江猎奇《吴天翁与民国时期名伶交游轶事》）《喜象图》所创造的辉煌，恐怕是吴天翁人生的绝唱。

鉴于当时的社会氛围，自由职业者已不再岁月静好，吴天翁的生活渐渐陷入困顿。他与陆俨少（时住于慈安里6号）一度应邀为永裕里居委会画宣传画。吴氏空闲之余百无聊赖，只得上田桓家叙谈，以解寂寞。吴氏晚年因中风卧床多年，1963年病逝，享年62岁。育有一女一子，儿子吴无尽曾是某部队篮球运动员。

　　吴天翁的绘画作品在他生前未曾辑集出版，直到2019年才有人将丰子恺、张光宇、张乐平与吴天翁四位漫画家作品，编为《寓庄于谐——二十世纪早期的漫画先锋》合集出版，终于弥补了现代美术史的一大遗憾。

2023年11月于上海浦东明丰花园南窗下
（原载《世纪》2025年第4期）

永裕里的书画家们

书画家古已有之，不论哪个朝代都从属于士大夫阶级。近代以来，随着城市社会的发展，书画家群体却是新兴知识阶层的一部分。特别像上海这样中西结合的大都市，书画品市场十分活跃，艺术家们成为创造社会精神财富的劳动者，同时他们的艺术创新也影响着时代的变迁。租界为书画家们提供了较为安全的环境，于是入住租金低廉的石库门住宅成了他们的普遍选择。已经消失在历史中的原复兴中路永裕里及毗邻的西湖坊、慈安里，前后居住过十多位著名书画家，他们在此创作了大量传世佳作，留下了众多令人难忘的轶事遗闻，值得后人敬慕和传扬。

马骀和他的画集、画谱

永裕里生活过的书画家中，马骀是入住较早并在此逝世的一位。

马骀（1886—1937），字企周，号邛池渔父，四川西昌人，回族，著名画家、美术理论家和教育家。于画无所不能，尤工北派山水。早在1924年春，马骀就与田桐等在沪举办青年书画会展览，并出版《画乘》。1926年4月3日《时事新报》刊登了一则新闻《画家马企周迁寓》："画家邛池渔父马企周所画山水，南北兼宗，雄健苍古，新奇秀丽，久为识者称赏。现迁寓法租界西门路口永裕里七十四号，闻今春改订润格后，求者愈多云。"马骀在永裕里开始了新的绘画生涯。

《马骀画问》书影

他发愿画佛,并陈列样张预定,成为轰动一时的画苑美谈。《马企周预定画佛陈列作品启事》曰:

> 自本日起发愿画三尺佛像一百幅,照人物例减收四分之一,每幅十元,以了夙愿,而供同好。特陈列佛像样张及诸作品于南京路昼锦里口民丰里内海上停云书画社一星期,不取门票,任人参观,照样预定。除此限百张佛像外,仍照润例,即祈诸法家下临指教为祷。画寓设法租界西门路永裕里七十四号。(1928年5月30日《申报》)

同年12月,马骀又在宁波同乡会举办个人画展五天,每天观众逾千,无不交口称赞。大家均推马氏为国画能手,无论人物山水、花草鸟兽,色色俱备,件件皆精。不仅陈列画作百余幅尽行售去,而且预订客户达三百余起,成绩之佳可谓空前。1930年马骀应日本画院邀请,赴日举办个人画展,后又参加过伦敦、巴拿马、中国香港、新加坡等地的画展。马骀在沪上声名日著,受聘为上海美术专科学校教授,与黄宾虹、张善孖、俞剑华等过从甚密。

马骀著作甚丰。1924年上海校经山房出版《马骀画问》4卷,吴昌

硕题签，熊松泉绘企周先生小像。田桐于卷首题诗云："大江南北一游人，天外昂头自在身。收拾烟云洗兵甲，书生胸臆有经纶。"马骀还自印《企周画剩》《企周画册》等画集。据《企周画剩》广告介绍，该书"网目版，精印一巨册，山水人物、花鸟走兽、鱼龙题字，共二十页，定价八角，减售七折……"落款即西门路永裕里74号。（1930年3月22日《时事新报》）1926年世界书局出版《马骀画谱》，分"百将""百花""百鸟""百兽"与"山水"五集。1928年，世界书局又出版了一套马骀辑编《分类画范·自习画谱大全》。这是画家为习画者所作的教范画谱。全书收录画稿2 000余幅，分装24册，包括《人物画范》《古今人物画谱》《仙佛图像画谱》《美人百态画谱》《历代名将画谱》《花卉草虫画法》《百花写生画谱》《花鸟画谱》《兰竹博物画谱》《鱼虫瓜果画谱》《鸟兽画法》《中外百兽画谱》《山水画诀》《名胜山水画谱》与《诗情画意画谱》等15编。黄宾虹为该书作序，称"马君企周，画宗南北，艺擅文词，众善兼该，各各精妙"。康有为题词"凤毛麟角"。该书又名《马骀画宝》，流传极广，1982年、1991年都有出版社再版。

1937年5月17日《申报》刊登《马企周廉润书佛》短讯一则："名画家马企周近值知命之年，因太夫人弃养十周，抱恨终天，特自浴佛日起，立愿减润，画三尺佛像百幅，以报母恩。用半工写北派山水补景，只收二十四元，照例不足半数。……本埠限十日，外埠准半月取画。定画处法租界贝勒路西门路口永裕里七十四号。"这可能是他最后一次公开发表的润例。抗战爆发，马骀作画义卖支援前线，还亲赴战地写生，创作了《临敌不惧，勇冠三军》等一批作品，鼓舞抗日士气。不久马骀因独生子在日机轰炸中遇难，忧愤成疾，英年早逝，年仅51岁。

熊松泉客串民鸣社新剧

与马骀隔门相邻的永裕里76号，曾居住过另一位画家熊松泉。殊不知他还是一位活跃于戏剧舞台的"名票"。民国初熊松泉客串过新剧，又是沪上著名京剧票房雅歌集的成员。漫画家丁悚在《民鸣社之〈家庭恩仇记〉》中写道:"客串熊松泉之同席嫖客,唱《逍遥津》,微带孙调气息,惟不能一气呵成。"(1913年12月30日《申报》)1914年3月,雅歌集假座第一台大会串,熊在《洪洋洞》《取成都》等戏中扮演角色。后来还客串了《黄鹤楼》中的刘备,与冯子和同演《游龙戏凤》,等等。

熊松泉(1884—1961),江苏南京人。早年于上海、汉口等地以画舞台布景为业,民鸣社新戏《琼岛仙葩》和汪笑侬《党人碑》的布景就是他的杰作。熊擅长雕塑,曾塑孙中山像,颇得好评。他编著有《雕塑浅说》,由商务印书馆出版。

熊松泉左腕画狮

熊松泉能以左手作画,挥洒自如。擅绘山水、花鸟、人物,俱臻佳妙,尤擅走兽,享誉海内。他所绘狮独称于时,与画虎驰名的张善孖齐名,人称"张虎熊狮"。熊松泉的作品善于刻画自然界中的野生动物,特别是狮子。他在表现狮子形态和神态上别具一格,给人以强烈的冲击力和震撼力。他运用细腻的线条和精湛的技法,栩栩如生地描绘出狮子的肌肉线条和毛发细节,使得画作充满了力量感和生命力。他不仅注重物象的形态特征,也赋予了狮子丰富的情感内涵,使观者能够深入感受到狮子的威武和威严。

熊松泉参与发起书画展览会广告（1924年5月11日《申报》）

随着艺术品市场的繁荣，书画家们常常举行雅集唱和，形成各种团体，探讨书理画趣，互相观摩，切磋技艺，广交朋友，汇聚人脉，熊松泉是最热心的组织者之一。1923年他发起中国艺术会，1924年组织海上停云书画社，1925年被推为宛米山房会董，1928年举办艺乘书画社名家扇面展览，1929年筹备陈刚叔鹭画展，1930年又任蜜蜂书画研究部指导员，等等，每年活动排得满满的。他还是海上题襟馆金石书画会、素月画社、烂漫画社会员。

尽管社会活动极多，熊松泉的创作从未懈怠，作品受到欢迎。1931年5月，著名画家孙雪泥提倡团扇，邀集商笙伯、马企周、谢公展、贺天健、熊松泉、王师子等50余人，各画山水花鸟人物，计1 000余幅，假宁波同乡会举办团扇展览会。风闻加入者有李秋君、陆小曼、杨雪玖等女士。展览第一天定画者相互争夺，"笙伯、企周、天健、公展、午昌、师子、松泉、雪泥、渭莘之画扇，竟有三四人争购而起喧闹者。后经雪泥排解，各定一扇而争始罢"（1931年6月24日《申报》）1932年，熊松泉与张大千、张聿光、汪亚尘、陈定山等组织中国画会，并任理事。他的传世作品《猴》《双狮》等图，均藏于上海中国画院。《九狮图》刊于1947年《中国美术年鉴》。

龚铁梅、郑烟樵与海上书画联合会

海上书画联合会是民国时期上海著名的书画团体，1925年11月28日由查烟谷发起创办，会址设于老西门林荫路三兴里7号查宅。会员有于右任、王一亭、吴昌硕、张善孖、张大千、叶柏皋、刘海粟等数十位，名家

永裕里的书画家们

海上书画联合会五周年在沪江宁公所摄影（1929年）。第一排左起：李翙东、张筱白、缪谷英、严子鸿、于右任、田梓琴、黄松盦、周逸安、龚铁梅、吴铁珊、马轶群、姚鸿钊；第二排左起：沈有壬、蔡逸民、李芳园、石侯头陀、关富亭、查丰诒、屈松声、马梅轩、姚墨村、郑烟樵、茅月潭；第三排左起：周芷江、吴雅之、顾伯达、王荇舟、徐孟针、高杭生、黄益斋、谭道一、陈馨之、倪寄尘、张鸿玉、富朴安

汇集，颇有规模。该会以研究发扬中国书画艺术为宗旨，曾多次举办会员作品展览，以1929年举行的"海上书画联合会五周年纪念作品展览"影响最广。1930年9月创办《墨海潮》美术月刊，查烟谷主编，共出三期。永裕里地块的书画家中有四位该会成员：田桐、马骀、龚铁梅与郑烟樵。

龚铁梅（1877—1969），名鸿恩，湖南长沙人。曾就读于长沙师范学校。1920年来到上海谋生，1924年进入文艺圈。他擅长花鸟画，下笔老辣，力求苍厚，受蒲华、吴昌硕画派影响。尤喜画菊花山石，古松翠柏，苍劲雄浑，具有独特风姿。时任上海美专国画教授。

1930年双十节（即辛亥革命纪念日），他刊登《龚铁梅国庆起赠画一月》广告："花鸟四尺中堂二元，五尺三元，六尺四元。屏幅加倍。接洽处各大笺扇庄。总收件处上海法租界贝勒路永裕里六十八号本寓。"（1930年10月10日《申报》）1931年9月，他的《鬻画减润助振》广告颇为别

龚铁梅画扇面

致,仅一句话:"照例对折。收件处贝勒路永裕里六八号本寓。"1949年后龚铁梅随夫人定居常州,1956年被聘为江苏省国画院画师。他的作品后收入《江苏省国画院名家系列·龚铁梅卷》。

郑烟樵(1880—1941),浙江海宁人。清季秀才。曾官两淮临兴场盐务。弱冠即工山水,得四王遗韵。书法六朝,精写章草。1928年前后住于西湖坊3号,与田桐、吴铁珊、姚墨村等有交往,参加海上书画联合会。天虚我生陈蝶仙等友人为龚刊登《归无居士郑烟樵书画润例》:

> 海宁郑君烟樵,别号归无居士,书宗汉魏,兼精章草;画则师法董巨,间参石涛,能于浑厚之中得清润之气。曩在旧都已名重一时,辛亥后服官江淮,彼都人士得其寸缣尺纸,尤争相宝贵。现解组来沪。同人等劝其以笔墨问世,以公同好。录其润例如左:

郑烟樵山水画

书例　楹联　四尺二元　五尺三元　屏条同

纨折扇　每柄四元　墨费加一　余详润单

收件处　上海法租界马浪路西湖坊三号郑寓所，爱多亚路律和票房及各大笺扇庄　天虚我生、周红树同启（1928年9月7日《申报》）

郑烟樵在西湖坊居住时间不长，1929年春便迁居麦特赫司脱路（今泰兴路）寿春里583号。有《烟樵山水册》传世。

贺天健三迁寓所

贺天健（1891—1977），江苏无锡人。幼年家贫，8岁学画。1907年考入苏州单级教员养成所，后赴南京求学。1915年来上海，专事美术创作和研究，曾任中华书局和民国第一图书局美编、上海美专教师。1923年被推为上海中国画会主任委员。约20年代后期入住西湖坊3号（很可能即郑烟樵1929年4月离开之后）。贺天健与谢海燕主编中国画会所办的《国画月刊》，编辑部就设在西湖坊贺天健寓所。

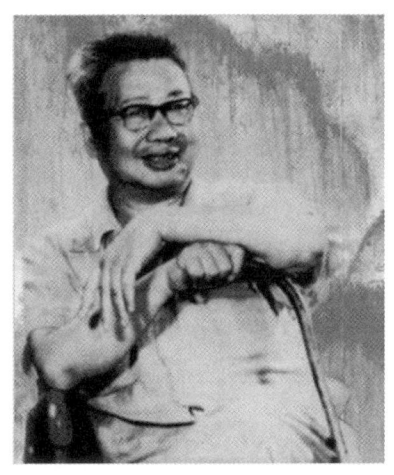
贺天健像

《国画月刊》书影

寻迹 永裕里——一条卢湾老弄堂的时光追影

《国画月刊》1934年11月创刊，共出12期。这份由山东路汉文正楷书局总发行的国画专业杂志，在美术界影响很大。《发刊语》云：

本刊在中国画会立场上，负有两大使命：
提倡绘画法度，改善作风。
沟通会员消息，推进会务。

第一使命之诠释：欲改善现在之作风，务知其敝因之所在：则法度之需要，不可缓矣。故本刊拟尽其力之所能，多搜古代现代名画而具有法度者以次发表，一方面则以文字演述法度之精神。另一方面因改善作风关系，不得不从纠正与指示之道路上着力。

第二使命之诠释：本会会员日渐继续增加，而又各处一方，设无沟通办法，则隔离与涣散之弊自不能免。因此每期将各会员消息，力尽其诚，以采访之。会员既能互知其情状，则一唱百和而有益于会务之推进，自不待言。

本刊除于役于此两大使命外，而于我文化立场上又须尽其一大职责。其职责之效用，即发挥固有艺术之精神提高国际艺术地位。（1934年第1卷第1期）

该刊第4期为"中西山水画思想专号"，内容有历史的考察，有技术的演述，有思想的分析与比较。撰稿人有郑午昌、黄宾虹、孙福熙、陈抱一、俞剑华、倪贻德、李宝泉等。插图有王维、吴道子、黄子久、达·芬奇等中外名迹30余幅。后还出了一期续编。《国画月刊》在讨论中国艺术、

贺天健山水画

评论国画作品、介绍国画技法、记述画苑掌故、报道画坛新闻等方面，发挥了很大作用。

贺天健1935年秋由西湖坊3号迁居西湖坊17号。据《贺天健画寓迁移》新闻云：

> 贺君天健原寓本埠西门路西湖坊三号，现因不适应用，迁居西门路西湖坊十七号。贺君在上海鬻画卖字，盖十七年矣。踵门求之者及远方函求之者颇多，虽其润例较昂，而每每一画以千余元易之者，亦不乏人。元代江南士人家，不备倪迂之画号为不雅。古今辉映，贺君诚不虚矣。今当贺君迁居之始，特志之以备指引云。（1935年11月10日《申报》）

1936年11月《贺天健画册》再版，新闻所刊出售处已改为上海西门路西湖坊十七号贺寓。

两年多后的1939年，上海时已沦为"孤岛"，贺天健第三次迁居。记者以《画家贺天健传授图画》为题报道说："现代第一流书画家贺天健，久以笔墨见称于时，中外人士凡得其寸缣片羽，无不视为瑰宝。前寓本埠西门路西湖坊十七号，求者络绎，现迁居霞飞路东安坊七十一号，仍以艺术自娱，并迎众请。闻贺氏鉴于国画之衰替，为昌明国粹之至意，愿将毕生所祈得外授个人。世之有志学习国画者，请到四马路艺苑真赏社报名可也。"（1939年2月4日《申报》）

俞剑华与张大千的友谊

俞剑华（1895—1979），山东济南人，早年考入北京高等师范，受教于陈师曾。后任教于上海美专、南京艺术学院等校。俞工于书画，并勤于研究中外美术史，著有《中国绘画史》《敦煌艺术考察记》，编著有《中国画论类编》等著述。20世纪20至30年代俞剑华曾居住于西湖坊32号。他

 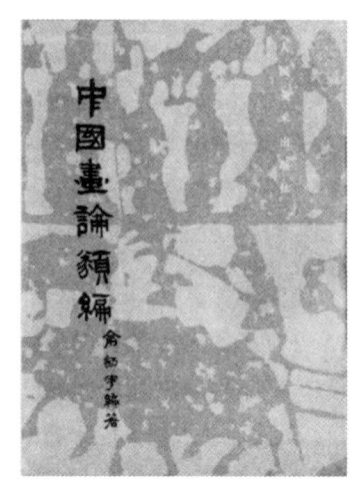

俞剑华像　　　俞剑华编著《中国画论类编》书影

与张大千兄弟及黄宾虹结下了深厚友谊。

　　1927年冬，张善孖、张大千兄弟将所藏明清书画，展览于他们西成里大风堂寓所。俞剑华闻讯冒雪往观，流连忘返，不忍离去，遂与订交。西湖坊与西成里衡宇相望，只隔一条马浪路，两人时相过从，张大千常留俞吃饭。俞剑华性不嗜辣，而大千四川人，每菜必辣，俞剑华"闭目强吞，汗涔涔下"。1928年他与张善孖、张大千、黄宾虹等组织书画家社团烂漫社，黄宾虹年高德劭，被推为社长。"烂漫社组织之初，本有种种计划，曾刊印《烂漫画集》一册，其后因人事沧桑，社务无法进行……"（非素《大千与剑华》，1947年7月13日《申报》）。俞剑华对烂漫社发起之缘由曾有回忆："民十八九年之顷，故友张善孖居西门路西成里，宾老曾由余之介，租居楼上厢房，而熊松泉与故友马企周均租居相去不远之永裕里，后余亦移居永裕里西邻之西湖坊，与西成里望衡对宇，遂邀故友陈刚叔、蔡逸民共八人组烂漫画社。"（《怀黄宾虹先生》）

　　1930年11月，俞剑华举办第一次个人画展，出品百件全数于会前预订一空。1931年2月，第二次个人画展在宁波同乡会举行，盛况空前。评论指出："较第一次更加精美，且每幅重定至数十件者。每幅均有变化，绝无板滞之弊。其经营章法，极费苦心，故参观者极为踊跃。"名家多人到会参观，赞叹不止，大收藏家狄楚青现场预定《泊舟垂钓》《雪山鸿蒙》两幅。日本友人参观者也极多，预定20多件。展览两日，共预定130余件。同年5月俞又举办第三次个人画展。1934年初，他在报上刊登《俞剑华书画廉润》：

> 海上书画名家俞剑华工书善画，为艺坛重镇，今以寒假之暇，为广结墨缘起见，自即日起，特举行廉润三十件。每件四尺立轴一幅，山水、花鸟、走兽，任意指定。只收墨洋十元，并赠书四尺楹联一副，篆隶行草亦可任意指定。额满照润，每尺八元，先润后绘，约日取件。收件处法租界西门路西湖坊三十二号本寓，外埠代办返邮费加一元。（1934年1月21日《申报》）

7月1日至8日，俞剑华在西湖坊32号寓所举办"小品书画个展"。据预告，"作品既精工秀雅，而定价则不及润例之半，以期嗜好艺术者，不致以价高向隅，并为增加参观者之兴趣起见，当时免费赠书扇面，每人以一柄为限。既观名画，又得法书，一举两得，故预料参观者必不畏炎热而争先趋之"。（1934年6月30日《申报》）

张大壮菜市场寻觅新画题

张大壮与江寒汀、唐云、陆抑非，合称现代花鸟画家四大名旦。有人看了张大壮画的虾，感到一个个会蹦到桌上似的；看了他笔下的带鱼，仿佛能闻到一股鱼腥味扑面而来；水淋淋的海鲜，更像刚从海里捞上来那样惟妙惟肖……

张大壮（1903—1980），浙江杭州人。自幼喜爱涂涂画画，他的舅舅章太炎见了很高兴，建议他习画，自此他便走上了中国画的道路。他1916年到上海，随李庆霄学恽派花卉，又从汪洛年习山水。1920年入商务印书馆任美工，次年被收藏家庞元济聘入其"虚斋"管理书画，历时十年。庞

张大壮画《海鲜肥》

张大壮和他的学生顾秉松

有意栽培张大壮,往往每收录一幅佳作,便让张临摹之后再重新装裱收藏。张大壮得览名迹,心摹手追,画技大进。1931年,他离开"虚斋",靠卖画和篆刻为生,过得十分清苦。1935年前后入住永裕里98号三楼。

1960年,上海中国画院成立,张大壮被聘为画师。他面临一个难题:花鸟画如何反映新生活?海派花鸟画在保持传统的同时,又怎样发掘符合社会审美价值的新画题?他善于观察生活,菜市场里的瓜果鱼虾,一一被他提炼在了作品中。这虽然出于无奈,但来自菜市场的新画题突出了浓厚的市民生活气息,张大壮的另辟蹊径取得成功。如《水产庆丰》(1958年)、《东海带鱼》(1972年)、《时令鲜蔬》(1973年)、《网鱼图》(1973年)、《新豆涌到》(1974年)、《海鲜》(1978年),等等,都受到观众的热烈欢迎,多幅被画院收藏。齐白石画虾名闻遐迩,张大壮受齐画墨虾的启示,取法革新,用彩墨画虾,虾身的青辉,虾头的红晕,生动活脱,别具韵致。在颜料的选取上他更有创新。他向菜场刮鱼鳞小贩讨得一些鱼鳞,洗清晾干后磨成粉末,掺入颜料,用来点缀画上的鱼鳞,闪闪发光,效果极佳。

田伯炎兄告诉笔者,他父亲田桓与张大壮交往颇多。50年代初,田桓、吴天翁等居住在永裕里的艺术家们常聚在居委会唱京戏,张大壮还是拉胡琴的高手呢。张大壮培养了众多海派书画弟子,顾叔雍、顾秉松、浦培芝、徐璐、舒伯展等皆从其学。

陆俨少为居委会绘宣传画

山水画大家陆俨少1951年入住慈安里6号,80年代初离开,约在此居住近三十年。他的成名很早,但经历坎坷。

陆俨少(1909—1993),字宛若,今上海市嘉定区南翔镇人。1926年考入无锡美专,学习中国画,未及半年即辍学。次年师从冯超然学画,多次参加冯师嵩山草堂雅集,结识穆藕初、吴湖帆等名流。其间临摹名家作品,打下扎实的基本功。1934年在父母安排下,到浙江武康上板山买地经营农场。同年游历天目山、黄山、云冈石窟和太行山等名山大川,又到北平游历长城、故宫。1935年陆俨少去

陆俨少在作画

南京参观第二届全国美展,又饱览了故宫藏品。由此眼界大开,为他今后的创作积累了丰富的生活经验。抗战爆发后,陆俨少携全家离开浙江,避难入川。为了生计在重庆一家兵工厂秘书室任职,后又当了该厂所属农场事务员。虽则画画成了业余所为,但仍取得不俗的成就。青城山、峨眉山等川中名胜他几乎都游历过,写生作画,收获甚丰。他多次在成都、重庆举办画展,引起不小的轰动。

1946年2月,陆俨少携全家搭乘木筏自重庆出发,历时一月有余东归回到嘉定。朋友们看了他川中的画作,赞不绝口,有诗赞曰:"陆君挥毫世莫匹,林中高士呼欲出。风烟苍茫来松间,绝涧幽壑回云日。远道赠我悬座隅,对之清旷复超逸。"(徐澄宇《梦外楼诗》,1947年5月7日《申报》)陆俨少也在《申报·自由谈》发表诗作《秋夜》,感慨时局的莫测和生活的艰辛:

急急雁鸣度，团团蟾影临。商声移古榭，秋色满高林。城阙惊寒事，风霜向暮砌。侧身当此日，还见蜀江深。（1948年9月16日《申报》）

1951年某日，陆俨少全家迁入慈安里6号。他很快前往永裕里72号拜访书画界前辈田桓。田桓当时已担任上海市政府参事室参事，交往广泛，他与陆俨少对当时国画与书画家的前途感到迷茫。大家聊起一些熟人画连环画的事，陆心里一动。听说连环画画稿5元钱一幅，在当时乃是不菲的收入。陆俨少虽以山水画为擅长，但也有人物画的功底，为了家庭生活他决定一试。慈安里与永裕里同属一个居委会，田桓介绍陆先到居委会画宣传画，以解决经济上的燃眉之急。一起画宣传画的还有永裕里24号的吴天翁。陆俨少画了哪些宣传画，现已不可考。然而，50年代他画的一大批现实主义题材的人物画，都留下了当时宣传画的影子。陆俨少所画的连环画有20多部，最有名的是《牛虻》。1953年由同康书局出版的飞虹改编、陆俨少绘图的连环画《牛虻》，一部三册。1955年新美术出版社、1956年上海人民美术出版社、1963年辽宁美术出版社先后再版，流传极广。田桓特地购买了十多部送人，他为陆俨少的成功庆贺。

陆俨少绘图的连环画《牛虻》

慈安里6号陆寓空间十分狭小，友人或来访者都为他鸣不平，陆俨少却坦然处之。在这逼仄的斗室里，诞生了一本本生动感人的小人书和一幅幅气势宏伟的山水画。他应邀参加了新国画研究会，当选上海市南市区人民代表，1956年又任上海中国画院画师。两年后他因言得祸，被打成"右派"。命运多舛，他手上的画笔却从没停下……1962年起陆俨少兼课于浙江美术学院，1980年正式调任浙江画院院长，定居杭州。

有人说，老上海石库门藏龙卧虎。此话不假。永裕里的书画家除上述几位外,还有田桐、田桓兄弟与吴天翁,笔者另撰有专文收入本书,兹不赘述。年轻一辈里,从永裕里52号走出的徐正濂,可谓佼佼者。徐正濂,1953年生于上海,书法篆刻自学成才。70年代曾拜田桓、钱君匋为师,学业大进。出版有《当代中青年篆刻家精选——徐正濂卷》《徐正濂篆刻》《徐正濂篆书楹联选》《徐正濂篆书选》等数十种。在永裕里生活过的书画家也许还有遗漏,请诸位知情者指正。

附:永裕里地块书画家一览(按出生年份先后排列)

姓　名	生卒年份	籍贯	擅　长	住　址
龚铁梅	1877—1969	湖南长沙	花卉	永裕里68号
田　桐	1879—1930	湖北蕲州	书法	永裕里72号
郑烟樵	1880—1941	浙江海宁	山水	西湖坊3号
熊松泉	1884—1961	江苏南京	走兽、雕塑	永裕里76号
马　骀	1886—1937	四川西昌	山水、花鸟	永裕里74号
贺天健	1891—1977	江苏无锡	山水	西湖坊3号、17号
田　桓	1893—1982	湖北蕲州	书法、翎毛花卉	永裕里72号
俞剑华	1895—1979	山东济南	山水、美术史研究	西湖坊32号
吴天翁	1903—1963	浙江秀水	漫画、人物	永裕里24号
张大壮	1903—1980	浙江杭州	花鸟	永裕里98号
陆俨少	1909—1993	上海嘉定	山水、人物	慈安里6号
徐正濂	1953—	上　海	书法、篆刻	永裕里52号

(原载2024年2月28日澎湃新闻·往事栏)

往事如烟：永裕里诊所撷忆

医生，在过去几乎都是自由职业者。肩背行囊，云游天下，人称江湖郎中；设肆市中，悬壶济世，人称诊所医师。病人上医院就诊求医，乃是近代才有的事。老上海石库门里弄多诊所，各科医生齐全，邻居们小毛小病不用去医院，来这儿很方便。人们口口相传，名望不径自走。如有报纸广告鼓吹相助，诊所必定生意兴隆，门庭若市。据不完全统计，永裕里及毗邻的西湖坊、敦仁里等里弄，自兴建后的20余年间至少出现过近20家诊所，存在时间有长有短，影响有大有小，在此居住过的医生更多，留下了值得后人深思的历史印迹。

李宪章首开"悬壶"记录

1926年1月3日至5日，《申报》连续几天刊出一则《介绍名医》的广告：

> 李宪章先生精理内外全科，悬壶海上，活人无算。敝同人全家老少遇有不适，均延先生诊视，莫不著手回春。愧无以报，谨志数言，并为各界介绍焉。先生寓法租界贝勒路西门路口永裕里内。电话西四零五七号。
>
> 李春利、万松山、云中凤、殷春虎、朱连奎、刘汉卿、郑来岩、谢月奎、周咏棠、周五宝、陈少亭、焦庆利、刘拟九同人谨启

往事如烟：永裕里诊所撷忆

所谓"悬壶"，即行医卖药。有个典故，出自《后汉书·方术传下》，说"市中有老翁卖药，悬一壶于肆头，及市罢，辄跳入壶中"。大伙儿感到奇怪，一个叫费长房的人在楼上看得明白，拜老翁为师，后来成为著名方术家。该广告所列李宪章诊所，地址不甚详细，缺永裕里门牌，这位李医生生平不详，当时永裕里刚建成不久，可谓首开"悬壶"记录。

南京国民政府成立后，曾有取消中医的议论，舆论哗然。后来卫生部门颁布法令，中医开业需要经过考试论证。1928年初上海市卫生局设立"中医试验委员会"，组织考试，某晚首场考试恰逢道路戒严，不少应试者未能及时赶到考场。卫生局发布中医师补考公告，云"此次应试之中医未能全到，盖考试系在晚间，近来戒严，夜行不能通过之故，现为原谅因戒严不能到会应试者之各中医起见，在定于本月十日下午一时，仍在六马路仁济善堂中医试验委员会，举行补考一次，以免向隅"。随后公布数十名补考人员名单，李宪章赫然在上。（1928年1月8日《申报》）

黄陂南路一侧永裕里

永裕里88号余道惟诊所也是较早"悬壶"的一家。实业家方椒伯曾为他站台介绍："中医余君道惟学术精深，夏秋之间家人患病，均蒙余君诊治而愈，用特鸣谢。并告知者余君医寓在法租界西门路永裕里八十八号。"（《方椒伯敬谢中医余道惟君》，1928年8月22日《申报》）方椒伯，浙江镇海人，大律师，宁绍轮船公司董事长，又是上海公共租界华人纳税人会董事长。由这样一位上海滩名人出面推荐，效果当然好。余道惟很可能也是浙江宁波籍，1930年8月他被宁波同乡会新设的施诊所聘为医务主任。该所设于西藏路80号，"只收号金一角，诊费免收"，开张后"来诊者颇为

拥挤"。(1930年7月8日《申报》)

陕西人李正之1931年8月由上海市卫生局审定合格挂牌，之前已"悬壶"永裕里91号数月。李擅长治疗伤寒、肠胃湿热与妇科各症。他自制"正之白带丸"，病人称为"灵效如神"。新闻介绍说："国医李正之精通岐黄，近以数十年研究所得，精制一种白带丸，专治妇女白带、阴道虫蚀溃烂等症。轻者一丸，重者二丸，灵效如神。每丸洋一元，每打洋十元，外埠均有分销处。"(1931年3月25日《时事新报》)1933年，"先生以事返陕，致求诊者均抱向隅。先生今已返沪，仍在贝勒路永裕里九十一号应诊。先生并制有'正之白带丸'，专治妇女一切白带等症，功效神奇，发售以来，风行全国。本埠先施、永安、新新三大公司，及本外埠各大药房，均有出售……"(1934年7月7日《时事新报》)

汉口名医张成陆抵沪后

先后在敦仁里、西湖坊设过诊所的汉口名医张成陆，20世纪20年代初即来沪行医。1925年设诊所于杨树浦路怡和纱厂对面新康里52号。张医生擅长妇科，曾有怡和蛋厂白玉山发表《感谢良医张成陆先生》启事，云："敝内因天癸不和，屡医无效，后蒙湖北张成陆大医士诊治，服药数剂，即获全愈。医士妇科之精诚，可谓独一无二之妙手也。""鄙人因受惠，无以为报，特登报端，以表谢忱。望患病者，勿以此作寻常文字看为幸。"(1925年12月15日《申报》)由于他的医术精良，1926年被两湖同乡会聘为义务医生。1930年张成陆迁寓马浪路敦仁里1号，《申报》"医药讯"栏刊文报道此消息：

法租界马浪路敦仁里南弄一号汉口张成陆医生宣称，胃病患者颇多，市上治胃药品对于各人体质及病因不同之点，不能概括，是以鲜见功效，非有良医诊治殊难霍然。本医生对于此病，可以负责包愈，诚患胃病者之救星也。志在济人，诊金并不计较，有斯疾者幸勿交臂

失此良机云云。(1930年9月21日《申报》)

在诊治病患过程中,张医生得知自闸北一带来诊者尤多,为减少贫病往还之苦,他于1931年夏特觅定闸北香山路合兴里13号设分诊所,时间规定上午8时至12时,敦仁里寓所诊所改为下午2时至5时。(1931年7月30日《申报》)可惜好景不长,1932年"一·二八"事变后,闸北分诊所受战事影响被迫停诊。这年夏天时疫流行,张医生又在辣斐德路瑞华坊设立新的分诊所。一则《国医张成陆善治时症》的新闻云:"汉口国医内科张成陆来沪行医,已十余年。近以时疫流行,求诊者颇众,杨某之妻患时痧症甚剧,经张治愈。又有喻逸芬赠以'寿人寿世'匾额。张君医所在法租界辣斐德路贝勒路瑞华坊六十八号云。"(1932年8月9日《申报》)报道虽则简略,字里行间透露出这位张医生多方面的医术和高尚的医德。

1933年夏,张成陆从敦仁里迁寓至隔壁西湖坊1号,《申报》"医药界"栏报道云:"张成陆专治妇科。寓居法租界西门路西湖坊一号之汉口名医张成陆医士,医理湛深,而于妇孺一科尤属擅长。自莅沪悬壶后,颇受其同乡及沪人士之赞许,历任浦东公善堂主任等职,故被救出重疴者不知凡几。如名会计师李庆成夫人之患痛经有年,嗣经张医士诊疗后已生育。"(1933年8月22日《申报》)1936年,张成陆移居西门路仁吉里11号。至1945年,张医诊所仍在仁吉里。

西湖坊尚有另几家诊所。如西湖坊4号白晴川诊所,也开业于1933年。据《白晴川医士医寓分诊所通告》云:"本医寓今迁移法租界巨籁达路永庆里一号,分诊所仍设于法租界西门路西湖坊四号。门诊时间下午一点至四点,上午八点至十二点。"(1933年9月22日《申报》)1936年3月,白晴川诊所迁至西门路辑五坊继续应诊。科目伤寒、妇科、儿科痧痘、咽喉等,"秘制舒筋活血接骨膏药。专治伤筋伤骨、脱臼、搅筋、淤血凝聚、青红紫肿、疼痛难忍、急伤等症,急敷此药,当面止痛,限时全愈"。(1936年3月15日《申报》)另据1940年《上海市行号路图录》

1933年9月22日《申报》

显示，西湖坊65号有林仲榕诊所。他于1930年被审定中医登记，1932年为灵通研究会聘请为"送诊给药"医师之一，诊所设于公共租界郑家木桥芜湖路兴泰祥花边号内。何时迁址西湖坊不详。

杜述盦系御医杜子良之子，行医20余年，早年在北京内城任医官、杭州红十字医院院长。经验丰富，于妇幼科及喉症尤擅特长。1927年来沪，先后在西门路太平桥宝安坊与云南路会乐里设有诊所，因"携有御医秘制吹喉药粉，专治白喉险症"，求治者络绎不绝。上海沦为"孤岛"后，杜迁居辣斐德路辣斐坊，又在马浪路康德堂中药店设分诊所。据《杜述盦之治绩》一文云：

> 杭州名医杜述盦，沪寓辣斐德路辣斐坊，近求治者日多。如银行公会钟哮卿夫人，患哮喘气急有年，杜君用加味十枣法数药即平。又陈姓小儿患伏暑，秋发壮热，廿余日甚剧，投凉膈散，即热退身安。杜君御医哲嗣，学有本源，近设分诊所于马浪路康德堂。午后应诊，以利病家。（1938年10月21日《申报》）

儒医许半龙倡导中医教育

在永裕里居住过的医生中，许半龙颇为特殊。他长期在中国医学院任教，并未在此设私人诊所，却以"半龙医药书社"名义，在永裕里71号寓所赠送自己的著作《中西医比观》。（1931年11月19日《申报》）许半龙精于医术，又于民初加入南社，有《静观轩诗集》等诗作行世，人称儒医。

许半龙（1898—1939），名观曾，字半龙，江苏吴江芦墟人。少年时代开始随舅父陈秋槎学医。学有所成之后，1922年来上海拜名医丁甘仁门下，研习中医外科。1925年应丁师之招任广益中医院外科主任，同时兼任上海中医学校教授。当时北洋政府拟取缔中医，通过教育部放风将取消中医教学资格，舆论哗然。许半龙与著名中医秦伯未（谦斋）等挺身而出，

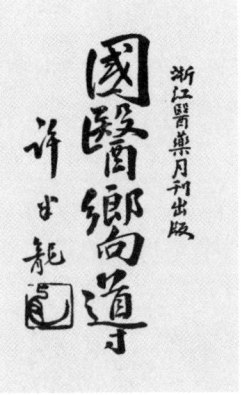

许半龙像　　　　许半龙为《浙江医药月刊》题词

致电北京执政府，严厉批驳取消中医的谬论，力倡中医教育加入教育系统。电云：

> 本国数千年相传不替之医药学术，既经苏、浙、晋、鄂各省教育会郑重提案，由中华教育改进社、全国教育联合会两大法团先后议决，均请教部将国有医药加入学校教育。讵教部不顾全国教育专家研究之结果，擅于十一月廿日会议打销废学不讲，何以图改进之方？且中国之人民，以中国之医药为业，不得中国之法律保障。中国自创之学术，既有中国人民公共之议请，反被中国教育部之拒却，岂非奇谈？即外国医药原备中国之参考酌用，乃倒行逆施，恃之以立教育，不惜为学术上之盗窃。此痛心者一。提倡国货、略知国耻者，类能实践，教部拒国产药学于教育之外，提倡舶来，不顾漏卮，将何以激爱国之天良？此痛心者二。展扬国学，为教部之职责，乃拒之为教育之外，证诸亡国先例，无此自灭学术。此痛心者三。中西医药，互相诋毁，界若鸿沟，教部又从而抑中扬西，何以平学术之争？此痛心者四。为此电请执政顾念先民创遣之艰，即令教育部长容纳议案，以全国家体面而图改进。临电迫切，不胜待命之至。上海中医学会许半龙、秦谦斋等。（1925年12月9日《申报》）

教育部面对全国汹涌舆论，竟公然称"中医不合教育原理"，拒绝各界要求。1926年1月，上海中医专门学校师生发表致"老虎总长"章士钊电，再次声明发扬我国固有文化之重要，希望教育部收回成命。同时，中医师们纷纷撰文著书，对发展中医教育、改革中医各抒己见。许半龙这一时期撰有《鸟瞰之中医》与《中西医比观》等著作，影响很广。

1927年，许半龙与秦伯未、王一仁、王苍山、章次公等发起创办上海中国医学院，培养中医人才。院址设于南市黄家阙路。许先后担任训育主任、教授与校董等职。许半龙热心参加上海中医学会、新中医社等社团活动，并担任领导职务。同时经常在医学杂志发表文章，为友人著作题词、撰写评语：

  新医学家之本身问题（《医界春秋》第2期，1926年6月）
  许半龙诊例（《江苏省全省中医联合会月刊》第50期，1926年）
  上海同志许半龙等联名致国民政府文（《医药杂志（吴兴）》1927年第1期）
  现行大学教员资格条例与医科（《医界春秋》1928年第19期）
  许半龙君对于国医之两大主张（梦西文，《医界春秋》1928年第25期）
  国庆与国医（诗歌）（《医界春秋》1928年第28期）
  国民革命与中医（《卫生报》1928年第11期）
  新中医运动之前驱（《卫生报》1928年第19期）
  中国方剂学概要（《中医世界》第5期，1930年1月）
  中西医之比观（《医界春秋》1930年第39—44期连载）
  许半龙验案：发背（《长寿》1936年第4卷第41—44期）
  ……

许半龙的著作还有《外科学大纲》《国药举诠》《内科概要》《中国方剂学》《中国诊断学纲要》《疡科临床讲义》等，享誉中医学界。

许半龙精于医学，又擅长文学。民国初在家乡时加入南社，与柳亚子交往甚笃。1918年柳亚子为许半龙作《静观轩记》云："许子性渊默，寡语言，每朋籍杂沓四座，议论蜂起，独哑然无一言，间或微笑而已。其文朴质而无华，其为学务实而不啖名，盖真无愧于静者。"这正是许半龙一生最好的写照。

抗战爆发后，中国医学院迁至法租界重庆路继续教学，环境恶劣，生活艰辛，1939年夏因母亲病危，许半龙回乡服侍老人而积劳成疾，9月1日在吴江芦墟不幸去世，年仅41岁。中医界举行隆重的追悼仪式，悼念这位为中医事业作出过重要贡献的中医教育家。

1937年秋冬之际，松江籍中医萧守仁与查剑峰在永裕里24号设立联合诊所。萧系外科，号称御医陈莲舫门人，查系儿科。据一则《查剑峰萧守仁应诊》医疗短讯云："松江幼科专家查剑峰，自松江沦为战区，即避难来沪，与咽喉外科专家萧守仁合组诊所于法租界西门路贝勒路永裕里二十四号。并闻查、萧二医士，以值此非常时期，对于难民之前往应诊者，一本救济慈怀，酬报不计，且内外儿科合诊便利病者，诚沪地避难病家之福音也。"（1937年11月25日《申报》）萧、查搭档时间似不太长，1939年春，萧守仁与同门师兄弟朱伟夫于白克路同春坊另组诊所。

"孤岛"时期，居住在蒲柏路（今太仓路）的沪南神州医院医士朱尧臣刊登出诊启事，早诊九时至十二时"辣斐大戏院对面慈安里十四号"与"贝勒路劳神父路口永安堂国药号"，下午三时至五时"天后宫桥北首成大弄怡和里廿八号"。（1939年4月27日《申报》）朱尧臣，绍兴人，早在清末就在上海悬壶，中国医药会聘请的内外科医师之一。

遭诬告，漆霖生陷入官司

30年代后期，永裕里10号有一家国医漆霖生诊所。他的广告称："精治儿科痧痘、急慢惊风，暨内科男妇伤寒、咳嗽、瘟疫霍乱，以及各科奇难杂症。并有秘制痧痘消毒药水，立可化险为夷。又有喉科吹药，常能消肿止痛。诊例门诊一元二角，出诊四元八角，拔号加倍。每日布种人痘，免除感受痧痘危险。门种幼童一元三角，成人二元六角，出种十三元。以上三项内提一、二、五角难民捐。在种痘一个月内，诊金不取。门种随到随种。上午门诊，下午出诊。诊所法租界贝勒路永裕里十号，电话八七二五一号。"（1939年4月15日《申报》）漆霖生，时年54岁，河南人。擅长中医内外科，尤对痧痘科特有专长，自制"痧痘消毒药水"与"喉科吹药"，似颇有疗效。在另一则《医药消息》中，又称漆"世传多代，家学渊源，经验丰富"等。（1939年4月16日《申报》）刊登上述广告及消息的同月，漆突然卷入一场诱奸少女的官司，几次被传讯至法庭。

住在霞飞路五凤里的苏州妇人陈王氏，延聘律师具状向特二法院刑事庭，控告漆霖生诱奸她19岁女儿陈三囡。状称上年陈女患病，连续几次至被告处求诊，被告以教授习医为由，教唆陈女离家出走与其在贝勒路225号同居，"请求判令被告偿付慰藉金一千元，终身赡养费二千元"。（1939年5月16日《申报》）漆不得不也聘请律师应诉。法庭上自诉人振振

《国医漆霖生》
广告（1939
年4月15日
《申报》）

新闻《医生被控诱奸》
（1939年5月30日《申报》）

有词，有日期，有地点，称女儿失踪数月，"直至今年四月十二日，始在西门路遇见三囡，回家询知被告勾引出外同居，向被告交涉，绝口否认"等等。漆霖生在法庭上否认所控之事，揭发陈王氏母女的真实身份。原来陈女求诊云云全属虚构，先由一位叫张树城的熟人介绍陈王氏到漆诊所，配戒烟膏药，"因第三次要配药不允欠宕，挟嫌诬告"。自诉人丈夫刘汉池与子女都有白粉毒瘾，其女更非19岁，而已二十七八岁。所谓"同居"处贝勒路225号，为民生女校，乃是公共场所，言下之意不可能允许外人"同居"。法庭听完双方陈述，表示需要取证调查。（1939年5月30日《申报》）

几天后，法庭继续开庭审讯"医生诱奸少女案"，陈女出庭，一口咬定遭漆引诱成奸，几时约看电影，几时被领至渔阳里霞飞公寓等等，绘声绘色，似乎铁证如山。法院谕令改期再讯。报纸上连日刊登漆案传讯的新闻，闹得沸沸扬扬。医药界和邻居们互相传递着消息，有信有不信，各执一词，而法院不当一回事，不见进展，连起码的证人都未曾调查。两个月后，所幸法院原审理此案的推事调任，一位孙姓推事接办此案，向证人张树城调查。7月2日开庭，证人出庭。张称被告漆霖生系其至友，当初陈王氏由本人介绍至漆处配药戒烟，控告完全虚构，意图敲诈。其母开妓院，其女做妓女，同居者另有其人，为二房东何某。至此，陈王氏的律师即席抗议，称证人侮辱自诉人太甚，请求书记官笔录在案，俾便另案起诉。法庭谕令尚须传二房东何某到庭质讯，改期8月2日再讯。

又一个月后，法庭总算审理完毕，报纸刊出消息"经孙彭衡推事审讯结果，判决漆无罪"。（1939年9月14日《申报》）至于诬告者是否得到处置，有否法律赔偿，漆霖生是否恢复名誉，新闻没有透露更多细节。从此报纸也不再出现漆医生的行医广告。一切仍然十分诡异。

1939年1月由上海事业调查研究所出版部编印的《上海指南针》一书，内"中西名医一览表"收录永裕里两位医生，一位即漆霖生，另一位陈兆仪"内外科，贝勒路永裕里八十号"。陈氏生平不详。又据1940年版《上海市行号路图录》永裕里地图显示，永裕里27号为曹半帆诊所，70号为国医钱雪庚诊所。曹半帆毕业于上海中医学院，复从谢利恒等名家实习，擅长内科、幼科、妇科。1935年初，设诊所于法租界菜市路祥顺里，并在马浪路济生堂国药号施诊。（《国医曹半帆悬壶送诊》，1935年3月23

日《时报》）1928年1月上海市卫生局发给免试考取医士中医登记执照名单内有钱雪庚。

顾筱岩门人姜恒孚在永裕里

1939年1月1日开始，《申报》连续几日刊登"大竹园喉科秦渭川、外科顾筱岩门人谢秋声"广告，云"诊所法租界西门路西湖坊八号（马浪路东），电话八四一〇一转"。1月1日同日刊登《外科顾筱岩门人姜恒孚（兼理喉科）》广告，云"寓北京路六二八号（石路西）。门诊上午十一时半至下午三时。电话九四九二五。九时至十一时在太平桥岑良心药号候诊"。姜恒孚当时于北京路设诊所，几年后迁寓永裕里28号。两位都以顾筱岩门人打广告，那么顾筱岩是谁呢？

顾筱岩（1892—1968），名鸿贤，上海浦东人。自幼从父兄习医，先后悬壶于浦东和南市老城厢多年，以擅长治疗疔疮、乳痈及疡科等症享誉沪上，人称"疔疮大王"。当时顾筱岩与伤科名医石筱山、妇科名医陈筱宝，并称"上海三筱"。顾筱岩在南市紫霞路敦安里诊所行医，开始每日二三十号求诊者，几年后门诊达百号。在抗生素诞生之前，"疔疮"是一种令人生畏的凶险疾病，而顾筱岩自制的"疔疮走黄"夺回了许多人的生命。抗战后，顾的诊所迁至福煦路（今延安中路）福民村，声誉大增，求诊者摩肩接踵，日日盈门，每日达三四百号。顾筱岩成为上海滩妇孺皆知的疡科名医。1956年后，顾筱岩被聘为上海市中医文献馆馆员。

姜恒孚1933年毕业于上海中医学院。他的毕业论文《痈疽之治有宜泻者宜补者，有宜发散者有宜解毒者，因外症用药各有所主，试分别言之》，被收录于《上海中医学院年刊（1934年）》"本届毕业生作"专栏。该校1926年1月由名医谢利恒等发起创办，院长丁甘仁。院址初设于沪宁车站西首北浙江路口，"孤岛"时迁至南京路天纶大楼。姜恒孚于30年代后期开始崭露头角。一则《外科医生姜恒孚治愈险症》的"医药丛讯"云：

> 顾筱岩先生得意门生姜恒孚医士，精外科，善治喉症，对于疗疮、发背、脑疽各种险症，允具把握。今夏辣斐德路瑞华坊四十四号程秉福之子生甫四月，即患盘颈痰毒，因该症有疫毒，势甚凶猛，屡次惊厥，几濒于危，幸经先生挽回，不一月而全愈。程君感激万分，日前特制"术参元化"匾额一方为赠。先生现寓北京路石路西首六二八号。门诊上午十一时半至下午三时，并谋便利法租界病家起见，特于太平桥岑良心药号附设分诊所，每晨九时至十一时候诊。住宅电话九四九二五号。（1938年11月24日《申报》）

在另一份《顾筱岩门人外科姜恒孚》广告中，还专门推荐了姜医生"特制神效冻瘃药膏"："专治冻瘃溃烂。每匣二角。本医寓及岑良心号、带钩桥北姜衍泽药号均售。电话购货九〇八七六。"（1939年2月24日《申报》）此时姜仍住在北京路，大约抗战胜利后迁居永裕里。1947年2月21日开始，《时事新报》连续数天刊登姜恒孚广告，云："顾筱岩门人姜恒孚外喉科中医师寓辣斐德路辣斐大戏院对面永裕里廿八号。门诊上午，星期照常。电话八七六四八。四时至五时在北福建路唐家弄对面义和德药号应诊，星期停诊。电话四五七七七。"在《天花猖獗，快种牛痘》一则新闻里，也为姜恒孚做了一番广告："兹有外科医师姜恒孚，精种牛痘，并备有新鲜痘苗，赠送痘罩。诊所辣斐德路辣斐大戏院对面永裕里廿八号。种痘时间每日下午一至二时。"（1948年3月15日《申报》）

40、50年代，上海中医界有三只著名的"老虎"：范新孚（眼科）、姜恒孚（外科）、汪成孚（内、妇科）。汪成孚与姜恒孚为知交，二人交往颇密。汪的寓所在八仙桥柳林路荫余里，一间小小的客堂间即为诊室，每日限号二十号，每号诊金二元六角，这是当时上海最高的号金。然而药费却便宜得出奇，贫厄求视，惯常免费。姜恒孚在永裕里28号的诊室大致相仿，他的邻里关系极好，他后来进了医院上班，邻居们有头疼脑热特别是冻疮、节痈一类外科病，仍常上门求教他，他总是热情接待。弄堂里遇

青年姜恒孚　　　　　　吴智安像

见,他也会笑呵呵地与邻居打招呼。姜医生有个儿子姜国平与笔者年龄相仿,60年代初曾同为待业青年,来往颇多,1965年姜国平去了新疆生产建设兵团,深深怀念。

永裕里95号曾居住过一位中医吴智安,其诊所似设于国药号。吴早年毕业于上海中医学院,留校任教。《鸣谢国医吴智安先生》记述了吴智安的经历:"先生为孟河丁济万门人。曾卒业于城内石皮弄中医专门学校。精理内外各科。去秋,家严患痢疾,经中西名医诊治仍不见效,转辗床褥凡二月余,气息奄奄,已呈不治。幸经先生诊断,不半月而痊愈。稍加调养,即复病前健康。家严之得以更生,实赖先生赐也。闻者先生已悬壶于城内虹桥太平街德华斋内应诊,爰为介绍,俾便病家之问津焉。"(1931年4月20日《申报》)"孤岛"时期,吴设诊所于离永裕里不远的五福堂国药号:"国医吴智安加惠贫病　内幼妇科专家国医吴智安,现设诊所于法租界辣斐德路菜市路(今复兴中路顺昌路)口五福堂国药号内。上午门诊,下午出诊。吴医士并为加惠贫病,于每晨八时至十时施诊只收号金二角。"(1938年12月19日《申报》)吴智安还在医学杂志上发表过文章,现能找到的有:《内经阴阳概要》(《中医世界》1929年第1卷第1期)、《如何诊治小儿病》(《中医药导报》1947年第2期)等。至今仍有一些永裕里老人记得这位老中医。

针灸名医陈慰昌二三事

20世纪50年代前期,永裕里总弄尚未搭建过街楼,在第七弄弄口墙上有一块"陈慰昌针灸"的铁皮广告牌,诊所地址为永裕里74号。

针灸包括"针"和"灸"两部分。针法是指将针具(通常指毫针)按照一定的角度刺入患者体内穴位,运用捻转与提插等针刺手法来对人体特定部位进行刺激,从而达到治疗疾病的目的。灸法是以预制的灸炷或灸草在体表一定的穴位上烧灼、熏熨,利用热的刺激来预防和治疗疾病。通常以艾草最为常用,故而称为艾灸,另有隔药灸、柳条灸、灯芯灸、桑枝灸等方法。现在生活中经常用到的也多是艾条灸。如今针灸已成为国家级非物质文化遗产之一。针灸医生用一根银针、一撮艾草解除人们的病痛,甚至救人一命,常常被人称为"神医"。

50年代陈慰昌的针灸名望很大,每日早晨排队挂号者常排到永裕里总弄。74号客堂间是他的诊所,往往挤满就诊者。后来陈慰昌到瑞金医院任针灸科主任。他在永裕里邻居中留下了许多妙手回春的故事。

黄陂南路沿街徐某热衷"三点水",常喝得醉醺醺,家人劝说无效。一次,徐某突然昏倒在地,口吐白沫,一会儿半身不遂,显然是脑中风病症。家人急得不知所措,一位邻居马上跑到74号请求陈慰昌诊治。陈二话没说,拿上针盒,快步奔向病家屋内。问了发病大概,取出银针,对准病人的几个穴位扎下,捻转着,提起、扎下,反复数次。徐某缓缓醒来,家人惊喜过望,一旁的邻居们无不赞叹不已。徐某有了意识,认出眼前救他命的是陈医生。陈慰昌笑了,亲切地叫着徐某的名字说:"老兄啊,今后必须戒酒,不然再发病我可救不了你了。"徐某逐渐恢复健康后,接受教训彻底戒酒。几年后,徐妻因受刺激,突发晕厥,陈慰昌应邀赶去抢救,又靠一根银针,将徐妻从死亡线上拉回,两次救人,分文不取。他的义诊美德,享誉四方。60年代初,永裕里73号张仁麟高中毕业,考上北京某大学,不料患类风湿关节炎被迫退学。他起先尚能行动,后病况逐渐加重,陈慰昌闻讯多次登楼探望,也试过针灸,无奈张生病况特殊,针灸

未能奏效，张瘫痪卧床多年后病逝，令人扼腕。

永裕里另有几个诊所，如84号中医陈鹤卿，未见报纸广告，在一则《擦枪走火车夫遭殃》的社会新闻里，披露了陈氏诊所的存在。新闻云：

> 江湾后方勤务总司令部第一○一医院护理员陈品芳（二十三岁），昨日上午十一时因乃嫂钱氏产后患病，共坐三轮车前往西门路永裕里八十四号中医陈鹤卿处诊治，迨车抵目的地，钱氏入内治病，而陈以天热，独坐三轮车上，取出公事手枪揩擦，孰料偶一不慎，突告走火，砰然一声，子弹适中车夫季兴国之右腰部，立即踣地，经送医院，生命已危。（1946年8月1日《申报》）

又如辣斐德路314号（后门位于永裕里第1弄）有一则广告："姜伟良医师白浊，当天止痛，决能断根。下疳，一针见效，三天收口。横痃，红肿疼痛，不用开刀。辣斐戏院对面永裕里一弄314号。"（1948年11月10日《申报》）再有，曾任瑞金医院感染科医生的诸葛勤，也住于永裕里某号；曾任卢湾区中心医院副院长、卢湾区副区长、上海市副市长的谢丽娟，亦由永裕里21号走向社会。

萍渔里也有两位医生。萍渔里6号主人西医金学高，1938年末开始于辣斐德路380号设立诊所，后迁至对马路转角处的马浪路454号，创设中国戒烟疗养院。笔者另文记述这位金医生的传奇一生。另据1940年版《上海市行号路图录》，萍渔里5号标注"汪尧章医师"，可惜其他不详。

时光百年，往事如烟。老上海以中医为主的石库门诊所，实际上是当时市民求医治病的"主角"，永裕里或许可谓缩影之一。

附表：永裕里地块医生一览

住　　址	姓　名	生卒年份	籍贯	擅　长	设立诊所年份
辣斐德路314号	姜伟良	—	—	中医妇科	1948年11月
永裕里10号	漆霖生	1886—?	河南	中医内外科	1939年1月

（续 表）

住　址	姓　名	生卒年份	籍贯	擅　长	设立诊所年份
永裕里21号	谢丽娟	1936—	浙江湖州	卢湾区中心医院主治医生、副院长	
永裕里24号	萧守仁 查剑峰	—	江苏松江 江苏松江	中医外科 中医儿科	1937年11月
永裕里27号	曹半帆	—	—	中医内、儿、妇科	1939年前后
永裕里28号	姜恒孚	—	—	中医外科	1947年
永裕里70号	钱雪庚	—	—	中医	1939年前后
永裕里71号	许半龙	1898—1939	江苏吴江	中医	1931年11月
永裕里74号	陈慰昌	—	—	针灸	1950年前后
永裕里80号	陈兆仪	—	—	中医内、外科	1939年1月
永裕里84号	陈鹤卿	—	—	中医	1946年8月
永裕里88号	余道惟	—	浙江镇海	中医	1928年8月
永裕里91号	李正之	—	陕西	中医	1931年9月
永裕里95号	吴智安	—	—	中医	
永裕里？号	李宪章	—	—	中医	1926年1月
永裕里？号	诸葛勤	—	—	瑞金医院感染科医生	
敦仁里1号	张成陆	—	湖北汉口	中医	1930年9月，1933年8月迁入西湖坊1号
西湖坊4号	白晴川	—	—	中医	1933年9月
西湖坊8号	秦渭川 谢秋声	—	—	中医喉科 中医儿科	1939年1月

（续　表）

住　址	姓　名	生卒年份	籍　贯	擅　长	设立诊所年份
西湖坊65号	林仲榕	—	—	—	1939年前后
慈安里14号	朱尧臣	—	浙江绍兴	中医内、外科	1939年4月
马浪路康德堂国药号内设诊所	杜述盦	—	浙江杭州	中医	1939年1月
萍渔里5号	汪尧章	—	—	—	1939年前后
萍渔里6号	金学高	1911—？	江苏启东	西医内、儿科	1938年12月于辣斐德路380号设诊所

2024年2月于浦东杨高南路南窗下

2024年9月修改

金学高创办戒烟疗养院

永裕里及附近的许多老人至今都记得，复兴中路坐南朝北的马当路转角上，曾有一所私人医院——复兴医院，院长金学高。永裕里毗邻的萍渔里有着金医生的寓所。复兴医院原名中国戒烟疗养院，1939年创办之初设于蒲石路（今长乐路），为当时上海一家专科戒烟的医疗机构。1940年版《上海市行号路图录》中，马浪路辣斐德路转角，显示为"金学高诊所"。金学高与他的这所医院的故事说来话长，笔者从头讲起。

由崇明堡镇到辣斐德路

金学高（1911—？），江苏启东人，约30年代中期毕业于上海南洋医学专门学校，擅长西医内科、小儿科，毕业后即在南洋医院担任实习医师。南洋医专与附属南洋医院均为著名医学教育家顾南群创办。顾南群（1892—1964），江苏启东人，与金学高同乡。1916年毕业于日本名古屋市爱仁医科大学，怀着仁心仁术用医学拯救世人的崇高理想，回国后于1918年在上海创办亚东医学专门学校。翌年，爆发五四运动，群情激奋，"亚东"二字致生误会，顾南群召集教职学员开会磋商，决定将校名改称"南洋"，以免误会。作为医专的附属医院从此定名南洋医院。该院初设于山海关路（今石门二路），不久租得南市小南门一所二层石库门房屋为院所。1930年秋，医院又迁至小东门中华路。其间南洋医院在公共租界西藏路与汉口路设立了两处门

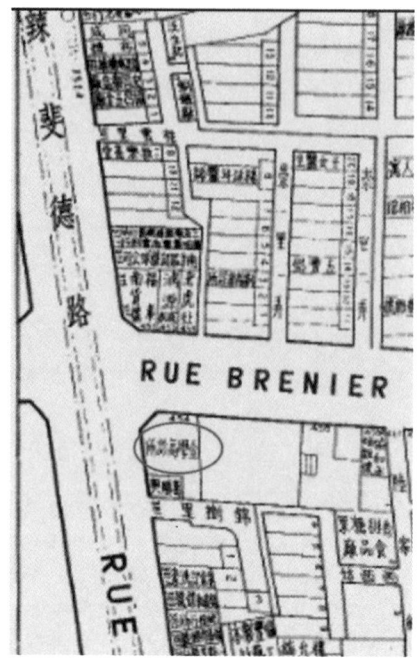 

地图上的金学高诊所　　金学高医师广告（1939年1月17日《申报》）

诊部，继而在南市董家渡东街设立南洋医院第一分院。医院的规模不断得到扩大。山海关路原院址则成为南洋医专的校址。金学高作为顾南群的学生，不仅学得老师的医术，也深深仰慕顾师经营医院事务的精神。经过几年医疗实践的磨炼，金学高来到崇明创办崇明堡镇医院并任院长。

1937年"八一三"事变后，南市一带遭日寇轰炸，破坏严重，南洋医院被迫暂时转移至法租界辣斐德路380号（马浪路口）一所民居，继续施诊。1938年6月迁入萨坡赛路（今淡水路）1号尚贤堂内。此时战火也已延及崇明，金学高于1938年底离开堡镇移沪应诊。通过老师顾南群的介绍，接替南洋医院临时院址辣斐德路380号设诊所。这是金学高的第一个诊所。定医例为"诊例上午九至十一时，代江苏救济会施诊，只取号金二角；下午门诊，诊金四角，特诊拔号一元，出诊诊金五元，拔号逾时加倍"。（《内科小儿科金学高医师应诊启事》，1938年12月26日《申报》）当时中国军队退出上海，租界沦为"孤岛"，大批难民涌入租界避难，江苏救济会承担着救济难民的重任，在同孚路常熟同乡会内主办施诊所，凡本省难民及贫苦病人均可于此请求诊断，不取分文。自1938年8月开始至年底的五个月中，每日诊治病人不下百余人。顾南群与金学高都毅然参与其中，为抗日救国作出了他们的一份贡献。

最早的金学高医师广告显示，医治科目有内儿科、花柳科，兼理戒烟。（1939年1月17日《申报》）辣斐德路诊所开张后，有以《金学高嘉惠贫病》为题报道，称"辣斐德路马浪路口金学高，擅长内科、幼儿科，就诊者甚为拥挤。近特加上午送诊一小时，嘉惠贫病。例诊下午二时至四时。出诊四时以后"。（1939年4月30日《申报》）可见其受欢迎程度。当时"孤岛"上各业都建有自己的行会组织，聘请医务人员为成员服务。上海市报业职业工会曾聘请金学高等多位中西各科"义务会医"。金医生的医术得到社会肯定，由此也显示他的社会活动之广泛。他的医治科目一开始就有"兼理戒烟"一项，可见其诊所的特色，奠定了他日后在戒烟事业上的成就。

"魔都"烟毒、禁毒与戒毒

有"魔都"之称的上海在繁荣的表象下，始终存在着难以消除的弊病。毒品泛滥即为一端。

鸦片传入中国后，虽然清政府明令禁止，然而庞大的消费市场刺激了走私泛滥。1860年第二次鸦片战争后，进口鸦片合法化，并成为上海贸易发展的动力之一，之后又逐渐被国产鸦片所取代。20世纪初的上海，鸦片店多于米铺，烟馆则多于饭馆。鸦片吸食者最多时达十万之众，鸦片成瘾者充斥于路旁。

民国政府虽则也讲禁烟，处决毒贩，但各路军阀几乎都靠种植鸦片和贩卖烟土，作为其重要军费来源。军阀勾结烟贩，烟贩依仗军阀势力，租界巡捕房的包探们包庇纵容，"魔都"烟毒泛滥成灾。南京国民政府成立后，官方多次释放出禁毒的信号。1934年声势浩大开展的"新生活运动"，就包括了禁烟"六年计划"，设立"戒烟日"，试图通过注册、发给许可证

以及大规模的宣传，逐渐减少鸦片吸食者，1940年前达到消灭鸦片吸食者的目标。宋子文成立税警团，期待控制上海毒品市场。1936年4月，蒋介石亲自出马要求加快推进上海禁毒工作。上海市警察局发起了一场检举烈性毒品的群众运动，宣传、调查和缉捕三条线同时进行。海报、传单、广播、电影、报纸广告、演讲动员、教育展览馆等囊括了当时所有公开宣传手段。市民自发游行，在广场演出禁毒话剧。人们把日本侵华和民族危难归结为烟毒泛滥，其中一句著名口号"烟毒一日不解决，国家必一日不可救药"响彻全国。警察查访烟馆，并对重点户籍人口上门宣讲劝告。最后是地毯式清查。先后有5 600多名吸毒者被强制送往戒毒医院。在这过程中还发现了在上海贩运鸦片的日本和朝鲜浪人。这场大张旗鼓、兴师动众的禁烟禁毒运动，最初确实取得了可观的成绩，社会面貌为之一变。1937年，全国已有1 000余家戒烟医院和戒毒所、400多万名吸毒者登记在册。据上海一家戒毒所报告，该所治愈700余名病人。一个戒毒周期约为两周，但这对戒毒收治还远远不够，况且还有不少漏网之鱼。

尽管曾颁布《禁烟禁毒治罪条例》，上海市也有肃清烟毒委员会、禁烟协会和"禁烟局"，但在政府征收高额烟毒税、垄断烟毒买卖面前都变得一文不值。另外，上海的秘密社会"青帮"不仅是毒品的庞大消费群，更是制毒贩毒的保护伞。公共租界成了鸦片走私的中转站，法租界21家提炼和销售鸦片的企业得到了黄金荣三鑫公司的"保护"。（参见［法］白吉尔《上海史：走向现代之路》第243页）禁烟命令对整个社会来说，如同一纸空文。看看当时报纸上连篇累牍的毒品犯罪新闻报道，就可知道毒品泛滥程度有多么严重。然而，一群热心公益、有志从事戒烟治疗的医生，正为消除社会痼疾默默地工作着，金学高即为其中的佼佼者。

黑海明灯——戒烟疗养院

随着化学工业的发展，白粉、吗啡、海洛因等化工合成毒品，又成为制毒贩毒的主流，瘾君子更为广泛，严重祸害社会。金学高有鉴于此，于

1939年9月创办中国戒烟疗养院，院址蒲石路（今长乐路）613号沪江别墅内。"设备贵族化，收费平民化，戒法科学化，膳食家庭化。"这虽是戒烟疗养院的广告用语，但真实反映了院长金学高的办院理念。"头等每日六元""二等每日三元""走戒每日药资二元，诊金免算"（1939年9月28日《申报》），这些条款吸引了众多戒毒求诊者。有一幅疗养院广告采用海上灯塔作为图案，旁注"黑海明灯"字样，十分形象而贴切。金学高很快感到蒲石路房屋已不敷使用，立即张罗马浪路新院舍的准备。新闻报道曰：

> 内儿科金学高医师近设戒烟疗养院于蒲石路六一三号，另设诊所于辣斐德路三八〇号。近为扩充诊务，改组马浪路辣斐德路转角三层巨厦为所址，正在装修，扩充病室。（1939年10月25日《申报》）

1940年开始多种中国戒烟疗养院的广告不时出现于报端，有一幅即采用马浪路辣斐德路转角三层楼房为图案。报纸新闻也接连披露相关消息，如"本埠辣斐德路马浪路口中国戒烟疗养院为金学高医师所创办。因戒法安善，毫无痛苦，是以就戒者颇为拥挤。兹金医生特在虞洽卿路一七八号（四马路口）华昇药房楼上设分诊所，俾便利中区人士走戒"。（1940年6月26日《申报》）金学高的戒烟事业再次得到扩充。

不久，商人杨少卿先是刊登启事，现身说法，盛赞戒烟疗养院的善举，鸣谢金医生高尚的医德。杨称"鄙人厕身商界，曩年因病吸烟成瘾，事变后以生活费用高涨，土价奇昂，废时误事，于是决心戒烟。奈戒法不良，备极痛苦，致屡戒无成。今春由友人介绍至中国戒烟疗养院就戒，经金学高院长详察身体，治病戒烟同时并举。为期不足四旬，不知不觉安然断瘾，而宿疾顿除，体重饮食均经增加。今则身体强健，精神饱满，前后判若两人。可见金院长医术之高妙，戒法之良善矣"。然后，决定捐出戒烟后所省之耗费，资助金院长免费戒烟之用。戒烟额暂定一年，按月两名，"凡青年男子染有鸦片烟瘾，决心戒烟而无经济能力者，可觅具妥保"，投函联系。（1940年10月29日《申报》）杨少卿后又以《脱离苦海同登彼岸》为题，撰文表达自己愿资助有志摒绝吸毒嗜好者的决心。两个月

中国戒烟疗养院广告之一　　中国戒烟疗养院广告之二
（1940年4月14日《申报》）　（1940年7月2日《申报》）

后，第一、第二批接受资助的四名戒烟者，刊登启事，现身说法，联名鸣谢杨善士与金院长的善举。（1941年1月31日《申报》）

此后，刊登鸣谢启事的还有几起。方再鸿、方再兴兄弟的启事云：

> 鸿与弟兴早年皆有胃病，厕身商业场中，胃病渐剧，以致染有烟瘾十余年。非但胃病变本加厉，抑且烟量日增，其痛苦更倍于前。以致烟色满面，精神萎靡，百事无兴。往往巨数出入，消形于一榻横陈之间。吾兄弟二人同处一境，恨焉极矣！乃与吾弟同具决心，先除烟瘾，继疗胃病，相继入中国戒烟疗养院求戒。承该院院长金学高医师悉心疗戒，未及一月，烟瘾基本戒除，胃病亦霍然而愈。……不敢忘其盛德，特为登报鸣谢，以扬仁术。（1941年11月2日《申报》）

另一名南汇人张兴初也有类似经历，在鸣谢金学高院长的启事里写道："深染嗜好垂二十余载，初则鸦片，继以白粉，金钱化为灰烬尚不足道，身体受其涂毒，性命堪忧。……念海上戒烟林立，不知内容是非，迟迟不果敢旋。经好友介绍入中国戒烟疗养院就戒，承金院长悉心疗治，不满一月，竟安然断瘾。如此成绩，实非始料所及。神医神术，复我健康。无以报答，特以登报以鸣谢悃。"（1942年5月10日《申报》）这些戒烟者的反馈消息，通过媒体传播，大大提升了戒烟疗养院的知名度。

金学高之所以能取得如此成绩，除了他的毅力与诚心外，治疗的科学化起了重要作用。他采用一种抗毒速戒方法，成效显著。据报道称："辣斐德路马浪路口中国戒烟疗养院，为金学高医师创办，维护上历史最久、设备最完善之专门戒烟医院。该院去年受大善士杨少卿之资助，办理免费戒烟，先后戒除二十余人。本月二十三日为总复验日期，计报道有袁秋秋等十余人，除少数戒除复往外埠谋生外，余均身体发胖，精神焕发，经金院长一一详细检查，结果均无反瘾重吸等现象，足见该院戒法可靠。近闻复施行抗毒速戒方法，无论深久老瘾、注射吗啡及北地那儿等毒品，均能于八日内彻底断瘾，诚瘾君子之福音也。"（1941年12月1日《申报》）直到1943年，表扬金氏戒烟疗养院的声音仍不绝于报端：称赞该院"分住戒、走戒、诊戒，并因体就宜，施以个别戒法，保证彻底断瘾。量大小收费一律，抗毒速戒，八日戒绝"。（1943年3月4日《申报》）

捐资创建南市平民医院

民国时期上海由于人口激增，住房狭窄拥挤，更有"滚地笼""棚户区"之类大片贫民窟存在，卫生条件甚差，夏季常常爆发疟疾、霍乱等传染病，人称时疫。一些乐善好施的名流、实业家届时常会登高一呼，联络医界人士创建时疫医院。1943年5月，由闻兰亭、袁履登、林康侯、王伯元、窦耀庭、王永康等发起，在各区分别设立时疫医院，免费救治因战乱无家可归、又受传染病侵袭的难民。

南市受战争之毁损极其严重，时虽经过几年尚未恢复，一切设施多因陋就范。居民大都为经济力薄弱的平民，用"蜗居"形容其环境并不为过，他们难以承担高昂的医药支出。故每至炎夏，疫情滋生，即束手无策。兴建南市时疫医院，可补该地区医院之不足。该院暂择定西门中华路肇嘉路口仪凤弄三乐厅为院址，在筹备会上推定王永康、周邦俊、王振川、杨立夫与金学高为筹备委员，分头负责。拟定1943年6月1日开幕，设筹备通讯处于中西药房。筹备会议定征聘医师四名、护士长一名、盐水间护士四名，诊察室及病房护士十二名，登报征选。随后开始紧张的装修工程与医生护士招聘，因连日阴雨，影响装修，新建病室未能如期竣工，医院开幕只得展期至6月16日。王永康、金学高任院长。医院布置就绪即行施诊给药，全院有六大间病房，自夏至秋冬，救活平民达五六千人。由于知者日多，病人益众，院址不敷使用，该地区又缺少设备完善的医院，该院董事会面临的压力越来越大。

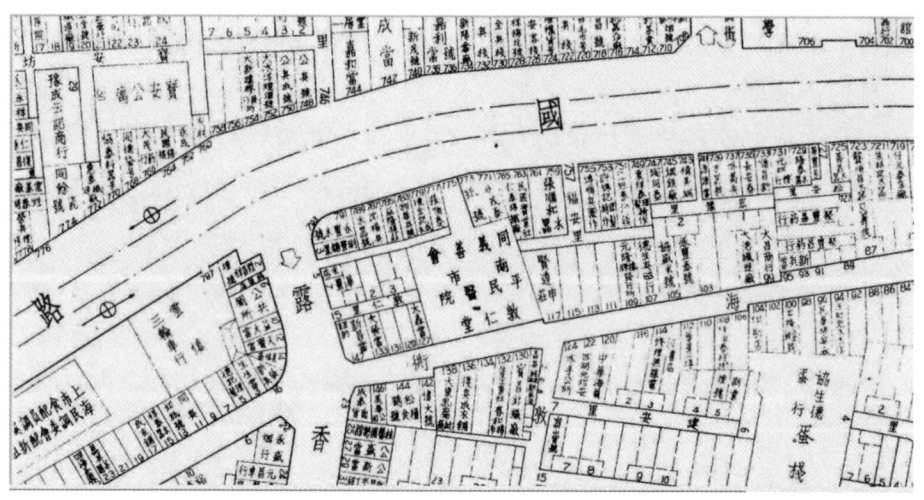

民国路露香园路口南市平民医院（《上海市行号路图录》1947年版）

时值敌伪时期，物价高涨，物资短缺，该院经费全依仗社会捐款。作为院长的金学高也带头捐赠200万元（储备券）。南市时疫医院收到捐款后都以"鸣谢"公告形式公诸报端，从第1号直到第28号。为适应病人的需求，1945年1月该院董事会议决扩充，并改名为南市平民医院。新院址设于民国路（今人民路）775号近露香园路口。此处房屋原为同义善会大厦，一度成为绿宝赌场，交通便利，有80余间房屋，颇合医疗之用。据《介绍南市平民医院》一文云，董事长王永康，院长金学高，有医师十人、护士十六人、练习生六人、院役十二人。医务部主任为郑伟如，分内科、儿科、外科、肺痨科、耳鼻喉科、理疗等。另设总务部，分管文书、会计、事务等。扩充后有病室40余间，病床120余张。配有X光机器，增辟开刀室，设置最新德国进口的手术台、电刀、电气止障器等。其化验室也备有极精密的仪器，"关于医院之重要设备，几应有尽有，实较市区之小型医院完善多多"。该院上午完全免费为平民医病，下午"略收号金"，"初诊一百元，复诊五十元，急诊二百元，应诊四百元"。"病房供膳头等每日二饭一粥，甲种二千四百元，乙种二千二百元。二等每日二饭一粥一千八百元，三等每日二粥一饭每日一千元。生产住院一星期医药手术费及房饭食在内共收一万元。""经济情况困难者，皆可请求免费医疗。故每月支出约四百万元，以收入相抵不敷极巨，盼望各界人士踊跃捐款，以便扩充平民医院医疗基金。"（1945年5月6日《申报》）

南市平民医院能在如此艰难困苦的条件下扎下根，并得到扩充和发展，实在难能可贵。该院50年代改为公立后，称邑庙区第一医院，1960年易名东新医院，1980年改称南市区妇幼保健院，直到近年保健院被撤并，人民路775号原址房屋改为他用。风雨沧桑七十年，又有多少人知道它的前世今生呢？

戒烟疗养院更名及其归宿

1945年上海龙文书店出版许晚成主编的《上海百业人才小史》，收有金学高简历一则：

> 金学高医师，年35岁，江苏启东人。历任上海南洋医院医师、崇明堡镇医院院长。现任中国戒烟疗养院院长，马浪路四五四号，电话八七四〇九，兼上海南市平民医院院长。

可能由于任职南市平民医院的关系，抗战胜利后金学高曾被南京国民

政府检察部门列入文教界汉奸嫌疑加以"侦查"。经过高检处的审查，排除汉奸嫌疑，在一份报告中公布："伍仲山曾任伪中华电影有限公司总务部副经理兼物料处主任，为伪华影重要干部之一。业经高检处侦查完毕，以汉奸嫌疑案提起公诉……""至何绍庭、金学高、史久茂等汉奸嫌疑案，丁长安藏匿汉奸嫌疑案，业经高检处不予起诉。"（1947年2月7日《申报》）金学高作为医生，天职为救死扶伤，解除病人痛苦，又从未担任过政府公职，跟发起时疫医院的闻兰亭、袁履登辈本质不同。金学高继续担任疗养院院长。1947年6月，他将医院更名为中国疗养院，从专业戒烟改为内外科综合医院。金学高刊登启事云：

> 敬启者，敝院成立有年，平日求治者以戒除痼疾为多。兹普遍服务起见，特辟标准术室，添备最新式爱克司机，现已装置就绪，开始收治各科病人，聘请各科专家分别担任诊务。尚希各界指教为幸。各科施诊下午二时至四时。贫病给药，X光透视。下午四时至六时，半价收费。院长金学高医师启。院址马当路三四四号。电话八七四〇九。（1947年6月6日《申报》）

永裕里老邻居田伯炎兄告诉笔者，金学高长得高大、帅气，常去他家探望父亲田桓先生。客人举止谈吐几分精干，几分儒雅，给伯炎兄留下深刻印象。1950年，中国疗养院更名为私立复兴医院，成为周边石库门里弄居民方便治疗的首选之地。1956年全市医院掀起公立浪潮，复兴医院与卢湾区第一门诊部、卢湾区儿童医院、东南医院等私家医院，合并为卢湾区区医院。院址设在香山路11号原儿童医院所在地，金学高似仍是医院负责人之一。可惜好景不长，在"疾风暴雨"式斗争的年代，金学高因言获罪，被打成右派分子，在安徽白茅岭农场劳动改造，最后在那里不幸去世。复兴中路马当路口原复兴医院旧址多年前已拆除，如今为Soho复兴广场北门处。

2024年2月于上海浦东明丰花园南窗下

永裕里46号电台忆旧

原复兴中路320弄永裕里与紧邻的慈安里、萍渔里、西湖坊、敦仁里及承遂里等石库门弄堂,十多年前已经拆除,建起了高档楼盘翠湖天地嘉苑。可老弄堂的历史沉淀与人文掌故仍叫人难以忘怀,我们这些在此生活了大半辈子的老人,更有着说不尽的儿时记忆值得回顾和倾诉。

父亲留下的照片与卡片

据《现代上海大事记》1924年5月15日条记:"开洛无线电广播公司开幕。美商开洛公司与《申报》合设,功率一百瓦,申报馆今起用该电台报告新闻,每日两次。上午九时三刻至十时十五分,下午七时至八时半。报告内容有:重要新闻、汇兑、汇价、钱庄兑现价格、小菜市场以及音乐、名人演讲等。"当时连申报馆都只能与一家外国公司合用电台,可见电台之珍稀。永裕里建于1925年,笔者的父亲柳中爔(1902—1996),字霁晨,浙江鄞县人,是第一批住户。当时父亲的职业为法工部局职员,业余时间搞无线电收发报机并创设业余电台,交往过许多无线电朋友。无线电技术传入中国时间较晚,但20世纪20年代上海就有民间业余电台,只需登记,电台都是公开的。国际上将业余无线电爱好者称为Radio Amateur,业余电台简称HAM。父亲设置业余电台从1925年迁居辣斐德路永裕里不久即开始。据邻居父辈回忆,永裕里46号电台发射天线就矗

柳中熤像

永裕里46号电台工作室

立在永裕里总弄高空，拖线接入我家三楼父亲工作室。电台频率为中波1500千周，50瓦发射机，波及范围方圆几十公里，据说远在嘉兴也能方便收听。父亲晚年曾回忆说，当时亚美台（频率1500千周）一天播音几小时，等亚美台播音一停，永裕里46号台即开机广播。听到广播的市民们常问，这是哪家私台？播音质量不输亚美台。等听众反映效果很好后，这才宣布此地是永裕里46号电台。电台除播放唱片外，还请过人讲鬼故事，中间插几段商业广告，广告收入颇丰，商人更得利。

父亲留下的遗物里有一张电台机器的照片。显示的机器设备摆放比较整齐，照片边上父亲用英文写着一行字："(H Continents wkd) From 1925 to 1930 wing 5 watter"。括号中的字很可能是当时电台的名称。一副听筒，一个电键，证明为早期"嘀嘀嘀、嗒嗒嗒"电报电台跟国外通信的短波发射器，功率5瓦，很简陋。墙上"XL1"标牌显示了Amateur Radio Station（业余广播台）字样，应是永裕里46号电台的标志。另外那些英文的卡片，则是当年国内外无线电通讯组织成员的名片。父亲也有类似的空白卡片。卡片上有中华业余无线电社（CRC）与万国业余无线电上海分社（IARAC）字样，中间的XU8TC系电台呼号。当时规定电台呼号冠以XU，电台按地区分为九个业余通信区，上海为XU8。中华业余无线电社由赵振德创立于1936年4月，总社设于杭州，卡片当为30年代中期父亲加入这

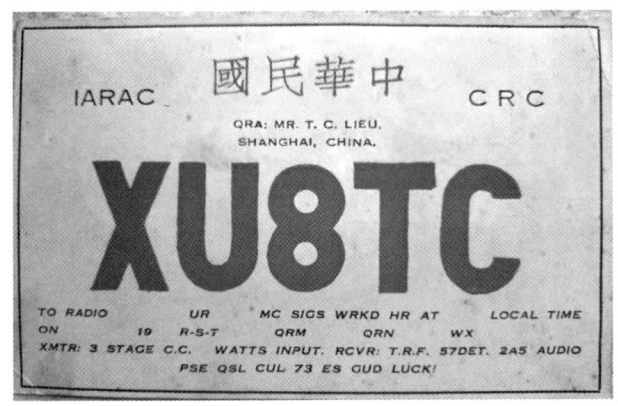

永裕里46号电台呼号卡片

个组织后所印制。此时电台发射功率为50瓦,即已达到法定业余电台功率的最高值。

河南路上海无线电机公司

父亲是宁波人,却有唱评弹的苏州朋友,他经常说起杨仁麟、杨德麟的名字,我已耳熟能详。我辈出世已晚,未能亲见电台与苏州朋友,近年翻阅《申报》,一条条关于父亲电台的新闻呈现在眼前。我渐渐清晰地勾勒出一幅幅历史剪影,有些父亲可能已忘却而没能留下文字材料的故事赫然纸上。

1930年12月13日《申报》"本埠新闻"栏刊登有《无线电界新组织》一文,副题"本埠将有播音电台出现"。文曰:

本埠无线电界诸专家,鉴于我国无线电事业极为幼稚,各种器械均自外洋输入。为挽回利权计,有设厂自造之必要。近特纠集资本,在河南路四九九号设立上海无线电机公司,专门制造各种无线电机械,代各方面装设无线电机,并作无线电学之种种研究。闻该公司资

◎國人發明
長距離無線電音機
▲秀伯峰無線電話機
▲可以收歐洲之電音

柳仲燧、金志榮等二十餘人，於兩月前籌備竣事，於本埠河南路四九九號，合組上海無線電機公司，準備裝置國人所需之無線電收音發音機，近復發明秀伯峰無線電長距離之收音機，在蘇聯莫斯科及德國柏林與南洋西貢等處之無線電話，均能直接吸收波音，且甚清晰。柳仲燧寓本埠辣斐德路永裕里四十六號，設有五十華脫之無線電話播音台一座，在每次播音時，可以使江浙兩省同時收音，此次播音力充足，擬可先建造五十華脫之播音台，以供實驗，俟籌備就緒，即可開幕。對於秀伯峰長距離之無線電收音機之裝置工程，前此大部領於外人，今則可以直接由國人新紀元之發明云。

1931年3月23日《申报》

力充足，拟可先建造五十华脱之播音台，以供实验，俟筹备就绪，即可开幕。

这篇报道没有写明河南路499号上海无线电机公司组织与人员等情况，三个月后《申报》另一篇新闻报道这家公司则明确提到与父亲的关系以及我家住址。题目为《国人发明长距离无线电音机》，副题"秀伯峰无线电话机可以收欧洲之电音"，文曰："柳中燨、金志荣等二十余人，合组上海无线电机公司于本埠河南路四九九号。于两月前筹备竣事，准备装置国人所需之无线电收音发音机。近复发明秀伯峰无线电长距离之收音机，在苏联莫斯科及德国柏林与南洋西贡等处之无线电话，均能直接吸收波音，且甚清晰。柳中燨寓本埠辣斐德路永裕里四十六号，设有五十华脱之无线电话播音台一座，在每次播音时，可以使江浙两省同时收音。"（1931年3月23日《申报》）"秀伯峰"，即Super（超级）电话。我们知道父亲办过电台，但从没听说过他与友人合办过无线电公司。我取出父亲的一本"备忘录"，内记有一篇他亲笔写的简历：

1913—1920　徐汇（公学）读书（旁注：初中三年，高中三年，大学商科一年）

1921　震旦学习化学，半工半读

1923—1929　法工部局职员

1930　申报馆无线电台

1931—1932　耀明电器厂厂长兼工程师

1933—1934　亚浦耳董事会工程股主任

1935—1938　汇明电池厂工程师

1940—1941　华明电池厂工程师

1942—1945　中国电工厂长兼工程师

1946—1949　　中国电工顾问工程师

这里没有"合组"河南路无线电机公司的记载。1956年，父亲在船舶工业局产品设计处工作时撰写过一份自传，经历部分这样写道："一九一三年来上海，考入徐汇公学读书。一九二〇年高中毕业，受父命转入商科。毕业后校方介绍，至震旦大学化学实验室任译员，学习分析化学至一九二三年，由友人介绍进前法公董局捐务处任职员。但本人自幼爱好科学，对于电学、化学更有兴趣，从此每月收入所得购买书籍及器材，研究电学，曾自造无线电收发报机，作国外业余通信试验。"经历中也没有提到与友人"合组"无线电公司。显然，设于河南路499号的上海无线电机公司只是父亲的"业余"行为，他主要负责技术上的事，并不参与经营和管理活动。金志荣，生平不详，但从后来《申报》上的报道来看，他是公司的实际主持人。至于另外"二十余人"，那就更不知道姓甚名谁了。

弹词光裕社演唱《玉蜻蜓》

父亲晚年时我曾问过，电台播音播放些什么节目。父亲说，放唱片。有邻居告诉我，听长辈说起，我家的电台播放过佛经，大概属于唱片的一个内容吧。其实，电台曾请到光裕社弹词名家来我家弹唱，直播评弹节目，而且以无线电机公司实验室名义由《申报》发了消息，等于广告。这就是1931年元旦《申报》"本埠新闻"栏刊登的《光裕社弹词》一文：

> 本埠各界备有无线电收音机者达数千户，值兹新年休假，收听广播音乐，诚为良好娱乐之一。但各播音台多数于此数日间停止播音殊觉遗憾。上海无线电机公司有鉴于此，特商借该公司股东柳宗（中）爔之实验室，自元旦起至五日止，每日午后五时至六时，请光裕社弹词名家金耀孙等弹唱《玉蜻蜓》，并随时穿插各种音乐，诚新年中之一新点缀也。

光裕社是苏州评弹艺人的行会组织,有悠久的历史。原名"光裕会所",建于清乾隆四十一年(1776年),传说乾隆南巡曾召姑苏弹词名家王周士说书,后随驾进京唱书,并赐七品顶戴,被后人誉为"七品书王"。民国后,"光裕会所"改称光裕社,随着苏州艺人迁居上海,光裕社也设有上海分社,加入者越来越多,名家辈出,流派纷呈,各书场以及大世界、新世界等游乐场都曾留下光裕社评弹艺人的身影。黄兆熊、金耀孙演唱的《落金扇》属于"响档"之一,1930年胜利唱片公司出版过唱片。1931年元旦起连续五天,永裕里46号广播电台播出光裕社演出,除了《玉蜻蜓》外是否还有别档节目,不得而知。此后也不排除有其他评弹演员来电台播音的可能,这也许就是父亲苏州朋友的来历。

《光裕社弹词》新闻中说,评弹弹唱中"穿插各种音乐",显然指留声机放唱片。我记得父亲那个玻璃移门书柜最底下有一格抽屉,放有不少百代公司的胶木唱片,小时候家里有架手摇唱机,唱片经常取出播放,主要是电影歌曲等音乐唱片,是否有评弹或别的什么,记不得了。到了"文革"的年代,父亲怕惹麻烦,将这些唱片统统敲碎,丢入垃圾桶了。

无线电机公司的创立与歇业

《申报》关于河南路上无线电机公司的新闻还有几则。1931年5月12日"本埠新闻"栏有《上海无线电机公司创立会》一文,云:"本埠河南路491号上海无线电机公司昨日(十日)上午九时,在山东路尚仁里D三二一号事务所开创立会,全体股东均到。王廷赓主席,行礼如仪。由发起人报告筹备经过,次修改章程,选举董事监察人。开会时,对于无线电机器、材料之装置制造,亦有极精密之讨论云。"这里提到的地址"河南路491号",与《无线电界新组织》一文的"河南路499号"稍有不同,不知哪个正确。新闻未列出参会者名单,既然"全体股东均到",那么父亲作为股东之一应该是出席此创立会的。

1931、1932年,上海无线电机公司前后维持了不到两年,1932年股东会决议公司解散。年末报上出现公司"汽车廉售"的广告，称"今有飞霞牌汽车一辆"，愿意廉价出让，"请至山东路尚仁里D三二一号上海无线电机公司与金君接洽试车"。（《申报》1932年12月18日）这证实了公司解散，原因除了行业竞争激烈、资金不足外，恐怕与公司所在地房屋拆除有关。原来河南路491号（或499号）沿马路店面房被拆除，建起永利大楼，成为恒利银行本部办公楼，即今日河南中路495号楼。隔壁沿马路同时也建起锦兴大楼，即今日河南中路505号楼。1933年12月7日，《申报》刊出《上海无线电机公司保管委员会启事》，向社会说明公司歇业以来一年清理后事的经过。文曰：

> 上海无线电机公司于中华民国廿一年终股东大会议决解散，其生财、存货、账面等款一切作价六千元出盘，委由金君志荣负责办理。当因无人承受，由金君缩小范围，另行改组，第以款项未能即时交齐，故由股东会公推沃君莼庄等为保管委员，暂为保管。兹金君已将盘价陆续交齐，股本由委员会凭股票如数发还。一切手续，均已清楚，委员会亦即从此解散，诸祈公鉴。

公司歇业后的清理似乎延续了近一年，过程还挺复杂。幸亏《申报》留下了一点记载，让我们后人知晓当年父辈们创业的艰辛！金志荣在经营无线电机公司的同时，还为中国业余无线电出版社的《无线电杂志》撰稿，如创刊号上的《演讲用放音器说明》，第3期上的《电表的改造》等文，都是金志荣的作品。他无疑是当年上海无线电界的活跃分子。

广播电台的中断与复兴

父亲留下的电台照片还有两张，显然机器设备已破损，为1931年一场火灾后所摄。父亲对这场火灾记忆犹新，多次讲述，记得为隔壁45号三楼起火而殃及。笔者从1931年2月7日《申报》上找到永裕里火灾的有

寻迹 永裕里——一条卢湾老弄堂的时光追影

永裕里46号火灾后电台残存

关报道：

  昨日侵（清）晨六时四十五分，法租界辣斐德路永裕里四十五号本地人沈锐生家突然失慎。当时该里居民，均在睡梦中惊起。火势顷刻燎原，不及灌救。随由大时鸣钟及嵩山路救火会闻警，驱车赶往，竭力施救，直至八时五十五分方始扑灭。共殃及四十六、四十七、四十八号三家。计四十五、四十六两号二、三层楼全部被毁，四十七、四十八号仅焚去三楼三层之一部。惟当起火时，有寄居四十五号之房客妇人尚氏，由三层楼跃下，下颚及足骨均跌碎，受伤甚重，随由救火会将该氏送往医院救治。据医生诊断云，足部恐成残废。

  我家与起火的45号贴邻，损失惨重，三楼正是父亲设立的广播电台播音间，设备全毁。两张照片反映了灾后一片狼藉的景象。那时正是弹词光裕社播音一个月后，电台不得不停止播出。但时隔不久，父亲又重整旗鼓，买来新的机器设备，完成装置，永裕里46号广播电台又恢复了播音。父亲加入中华业余无线电社（CRC），应该是这次电台中断后的复兴行动之一。播音室则由三楼移至亭子间，直到抗战爆发上海沦为"孤岛"，民间电台受到限制而拆除为止。

  从无线电的发明到电视、手机、互联网和AI人工智能的应用，人类通信技术的发展已走过一百余年历程，靠的是思想的自由、科学的创新。下一个百年会是怎样的景象？靠的应该仍然是思想的自由和科学的创新，历史经验已告诉了我们。

2021年3月于上海浦东明丰花园北窗下

（原载澎湃新闻2021年4月2日）

2024年3月修改

一封北京来信的故事

青年李强

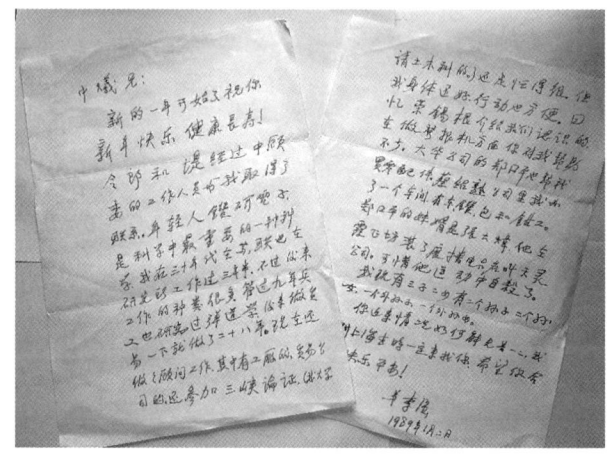

李强致柳中㷫信（1989年1月2日）

2015年笔者与哥哥柳和堤合撰《父亲柳中㷫与中共第一座电台》（以下简称《电台》）一文，刊于《档案春秋》2015年第11期。内提到父亲早年与李强伯伯的交往与通信，当时主要凭借父亲对我们的叙述，以及涂作潮伯伯回忆录中的资料，通信原件尚未发现。后来我们找到李强伯伯1989年初写给父亲的一封信，内容很丰富，可补充《电台》一文的缺漏。

北 京 来 信

李伯伯来信用的是航空信封，全文如下：

中燨兄：

　　新的一年开始了，祝你新年快乐，健康长寿！

　　令郎和堤经过中顾委的工作人员与我取得了联系。年轻人钻研电子，是科学中最重要的一种科学。我在三十年代在苏联，也在研究所工作过三年半。不过后来工作的种类很多，管过九年兵工，也研究过弹道学，后来做贸易，一下就做了二十八年。现在还做做顾问工作，其中有工厂的，贸易公司的，还参加三峡论证（我大学清土木科的），还是忙得很。但我身体还好，行动也方便。

　　回忆荣锡根介绍我们认识的，在做发报机方面，你对我帮助不少。大华公司的郑国平也帮我买零配件。蔡绍埶（敦）公司里我办了一个车间，有车、钻、包（刨）和钳工。郑国平的妹婿是张大炜，他在霞飞坊装了广播电台，名叫天灵公司，可惜他运动中自杀了。

　　我现有三子二女，有二个孙子，二个孙女，一个外孙子，一个外孙女。

　　你近来情况如何？能见告一二。我到上海去时一定来找你。希望你全家快乐平安！

弟李强

1989年1月2日

李伯伯1951年夏到复兴中路永裕里拜访我父亲的情形，《电台》一文已有叙述，这里不再重复。后来他长期担任我国驻苏联大使馆商务参赞，驻节国外，父亲与他没有联系。李伯伯回国后担任对外贸易部部长，正如信中所说"一下就做了二十八年"。父亲只是从报纸上注意这位老朋友的行踪，并无联系，更无高攀之意。"文革"时期，大批老干部或被"打

倒",或被"靠边",而李伯伯依然在许多公开场合"露面",职位未变,父亲感到庆幸和欣慰。"文革"结束后,李伯伯又任中顾委委员,也常在各种活动中出场。我哥哥和堤在北京中国科学院电子所工作,1988年秋冬父亲让他设法打听李伯伯住址,上门拜见一次,传递问候。这就是上述李伯伯来信的由来。

大华电器公司忆旧

李伯伯信中回忆当年在上海与父亲等的交往,提及好几位共同的朋友。父亲告诉我们,他与李伯伯认识于大华电器公司,买无线电零件时多次相逢而开始交往。李伯伯说"荣锡根介绍我们认识的",补充了父亲的回忆。荣应该就是大华公司职员之一。"在做发报机方面,你对我帮助不少",指当时安装中共地下电台的事,父亲几乎将自己的收发报机零件都支援了李伯伯,《电台》文中已述。李伯伯当年去大华公司,目的很明确,就是做发报机。"大华公司的郑国平也帮我买零配件",郑这位大华公司职员,对中共第一座电台同样做出过贡献。五十多年后,李伯伯仍然记忆犹新,没有忘记这些老朋友。

大华公司是怎样的一家企业呢?它的全称为大华电器公司,笔者找到《申报》上一篇介绍:

> 大华电器公司宣称:本公司为电业界巨子集合殷实富商创办,专造无线电商用、军用水陆大小收发报机,并各种应用材料。资本丰厚,规模宏大,暂设办事处于四川路一六八号。本外埠各大商轮公司,如招商、宁绍、三北、政记、安泰、大道、国民航业,法国刘正记、隆茂、恒安、泰丰、济通等之船上无线电机,皆系本公司出品。内部聘有无线电专门学识之工程师,及欧美各大学物理博士分任工作,悉心研究,精益求精,故出品精良,有口皆碑。……经理系新近回国曾考察英法德比无线电专门学识曹仲渊君;总工程师兼监督为久

享中外盛誉物理系学博士颜任白君；营业部主任为前任德商礼和洋行华经理之丁禄成君云云。(《申报》1931年7月31日"上海市场"栏）

新闻稿表明，大华公司的无线电收发报机十分畅销，中外许多航运船舶都装备大华的产品，经理曹仲渊，总工程师颜任白，营业部主任丁禄成，地址四川路168号。父亲回忆大华公司在博物院路，两地相距不远，也许年代久远记忆有误吧。大华公司的产品曾装备国民政府的军队，殊不知也曾配备了中共地下电台。1930年末至1932年底，父亲与二十余位业余无线电爱好者曾集资在河南路499号开设过一家名为上海无线电机公司的商号，规模不大，维持了两年而解散。当时我家设有广播电台，也成了公司的实验室，1931年元旦连续数日聘请光裕社评弹演员直播弹词《玉蜻蜓》。报纸多次刊有上海无线电机公司有关消息。河南路离四川路不远，父亲经常光顾大华公司，显然跟自己参与经营的公司、电台有关，其间邂逅李强伯伯而成为朋友，可以说也是必然吧。

"九一八"后，上海各界成立了各种团体支援东北义勇军抗日。中华无线电研究社、大华电器公司与中华三极锐电公司等三家民间机构，发起组织东北义勇军通信队，捐献机器设备。据报道，第一批募款赶制出50—100瓦无线电发报机五架，5瓦机十架，并绘制军用通讯网与系统图等，送往东北，其中大华公司捐献了价值大洋2 400元的机器设备。第二批预算大洋3.5万元，每月经费约大洋6 000元，他们在报上呼吁"爱国人士再接再厉，继起劝募，组织第二批通训队，出关援助。通信迅速，则军事有利；军事有利，则东北不难收复"。(《申报》1932年8月5日）大华电器公司这段轶事，值得一书。该公司1937年还在四川路营业。

蔡叔厚与绍敦电机公司

李伯伯信中提及"蔡绍孰（敦）公司里我办了一个车间，有车、钻、包（刨）和钳工"。蔡绍敦，即蔡叔厚（1898—1971），天津人，绍敦是他

寻迹
永裕里——一条卢湾老弄堂的时光追影

蔡叔厚像　　　绍敦电机公司广告（《申报》1925年5月16日）

的字。五四运动时期蔡叔厚在上海参加过工人大罢工。1921年，蔡叔厚考取官费留日专科实习生，赴日本电机专门学校插班学习电机专业。后来，又考取东京工业大学研究生，研究高压电器的设计与制造。1924年，蔡叔厚毕业回国，第二年就创办了绍敦电机公司，地址在虹口有恒路（今东余杭路）1号。1925年春，《申报》就刊登了绍敦电机公司"招请协理"的启事（《申报》1925年3月27日），不久又登了"修理电器风扇"的广告（《申报》1925年5月16日）。绍敦公司研制生产高周波紫光放电机、霓虹灯高压镇流变压器、断路指示器等，兼营电机修理业务。1929年它的产品"电光报"在西湖博览会上曾得到高度赞誉。类似今天的大屏幕广告牌，当年还没有电视，靠的是灯泡。据报道，"本埠绍敦电机公司最近发明电光新闻报一种，极为西湖博览会所赞誉，特商得该公司同意，拨给会场中心地点，建设一电光新闻报放映台，随时报告各种时事新闻于观众，以引起有人兴趣。同时并插入各大公司大商号广告，以资提倡。闻此项电光报，高约十六丈，阔二十五丈，装置灯泡万余盏，照耀光明虽四五里之路，亦能视见。此项电光报所放映之字，甚为清晰。据该会人云，利用电光放映新闻，不特在我国为创举，即世界各国亦乏先例，云云"。（《申报》1929年5月5日）

1927年，蔡叔厚加入中国共产党，是共产党的秘密无线电工作者之一，并利用他的商人身份掩护同志。他的绍敦公司曾收留了许多被国民党当局追捕的共产党人，夏衍在《懒寻旧梦录》一书中写道："人世间的确也会有一些奇事和奇人，在'世风日下'的当时，竟会有蔡叔厚这样的颇有孟尝君风度的人物，甘冒政治风险，为我们这些流亡者出钱出力。"帮助李强伯伯制造地下电台，只是一个例子而已。父亲当时通过李伯伯结识蔡伯伯，两人过往甚密，《电台》一文已有记述，本文从略。

1930年，蔡叔厚调中共中央特科工作，绍敦公司迁入法租界福煦路403号，以避耳目。公司开始制造修理收发报机供应苏区。1935年蔡伯伯创办中国电工企业公司，周旋于国民政府上层人士中间。抗战中，他在重庆创办中国工矿建设公司、面粉厂、机械厂和工矿沙龙等，在实业界颇为活跃。抗战胜利后，回沪复任中国电工企业公司董事长，并开办了华浮实业公司和同庆钱庄，自任总经理和经理，并投资昆仑影片公司，任常务董事，还兼任上海华丰钢铁厂、利华保险公司、华昌毛纺织厂和苏州太湖煤矿总经理等职。在共产党的白区斗争史上，蔡叔厚堪称奇人。新中国成立后，蔡伯伯任上海市公用事业局、机械工业局副局长。因为奇特的经历与复杂的社会关系，他在"文化大革命"中难逃厄运，遭到残酷迫害，1971年在北京监狱含冤逝世。父亲得知此消息比较晚，唏嘘不已！

霞飞路天灵公司广播电台

张大炜伯伯的名字听父亲多次说起过，他也是一位无线电发烧友，20世纪50年代与父亲还有往来，但后来断了联系，不知所终。李伯伯在信中特地告诉父亲，张是大华公司郑国平的妹婿，在霞飞坊办了座天灵公司广播电台，"可惜他运动中自杀了"。查《申报》，1930年至1931年间上海果然有一家天灵公司无线广播电台，"市面"做得还挺大的。他的"宣言"广告占有《申报》四分之一版面，其中写道：

我们在几年前发了一个决誓，是竭我们的思想，尽我们的责任，

利用广播无线电的效力,作统一宣传的计划,谋广大敏捷的实施,给社会上任何事业,作一个宣传广告的公仆。本公司是根据欧美各国用无线电传播商情、发布新闻,速率敏捷,费简效宏的意旨,来促进我中国商业进化感觉滞呆的发展、别树普及的先声,建设广告的利器,来谋公共的便利。本公司所以很忠诚的在大众欢迎鼓舞的元旦日开始服务了!但是本公司的播音台,无政治的彩色,有服务的责任,在调剂各界娱乐之余,是给各界一个发展大事业的机会,而且在比较别的广告上耗费去(却)要节省不少的经济。反正是一定能满足理想中的收效。(《申报》1930年12月31日)

"宣言"比较了各种宣传广告,指出无线电广播有普及大众、超越地域的优势。"一室发音,万方环听,可以实现普及。国语播音,可以言语统一。衬以高尚娱乐的节目,如新闻、商情、音乐、演讲、弹词、票房、歌剧、唱片等,可以陶情冶性。"广告包括"商店廉价、机关征求、戏院报告、宣传出品、地产买卖、召盘拍卖、房屋招租、银团广告、聘请人才、悬赏找寻、遗失通告等"天灵公司经理张剑秋,即张大炜的父亲。地址为霞飞路462号,后迁至霞飞路和合坊47号。

该电台1931年元旦开始播音,《申报》经常刊登预告天灵公司播音的内容。如中华口琴会的口琴合奏、独奏与重奏,节目包括口琴队合奏《怀旧序曲》《美国巡逻兵》,石人望的口琴独奏《回忆巴黎》等。又如,请花月歌舞社演唱流行歌曲,京剧票房烟社表演京唱,滑稽名家刘春山配合防治霍乱的独角戏,弹词名家张少蟾、赵家秋的《双金锭》,还请来社会局局长潘公展讲演"如何消遣空闲光阴"和教育局官员讲演"生产教育",等等,相当活跃。当时有声电影问世不久,天灵公司与电影公司订有合约,几乎与电影院影片上映同步播放《歌剧红牡丹》《虞美人》《雨过天青》及《歌场春色》等影片的插曲,受到听众热烈欢迎。天灵公司播音稍晚于永裕里46号父亲的电台,我家的广播主要放唱片,天灵公司的节目及其影响显然胜过一筹。九一八事变后,天灵公司似改变了以往宣称"无政治的彩色","于每日各档节目中,游艺缩少,大事宣传救国工作,讲演御日方针及报告各地新的重要消息"。(《申报》1931年10月2日)也许正是这种方针的改变，导致同年11月广播电台被巡捕房查封。

据报道，法租界巡捕房以"未得交通部给照准许，私装无线电台，有碍电信条例"的罪名，取缔了霞飞路和合坊47号的天灵公司广播电台。张剑秋与电台的主要设备被带到捕房"侦讯"，不久案子移交地方法院"庭审"。张出示4月间已申请执照、交通部有回复的证据，只是执照迟迟未发下，声明责任不在公司，并报告近一年播放节目，包括社会局、教育局官员讲演在内，清清楚楚，有案可查。但法庭根本不听张经理的陈述与律师的辩护，维持巡捕房的"起诉"，广

天灵公司无线电播音放送电影《雨过天青》插曲广告（《申报》1931年6月27日）

播电台仍以没有执照为由被查封，没收机器设备，还判罚金300元。（《申报》1931年11月18日）郭镇之《上海民营广播大事年表》记载："1930年春，张剑秋、张大炜父子创办天灵无线电广播公司播音台，承办外界广告，佐以娱乐节目。发射功率100瓦。一年后被所在法租界巡捕房封闭。"张大炜伯伯后来的经历不详，希望张氏后人与知情者告知。

李强伯伯写给父亲的信虽然简单，但内容丰富，对于我们了解前辈的奋斗历史和中国无线电事业的发展，不无史料价值。

（原载《档案春秋》2021年第6期）

柳尧章与中西音乐研究室

一条旧广告跳入眼帘:"中西音乐研究室柳尧章教授音乐","地址法租界辣斐德路马浪路口慈安里十号。"(1933年9月23日《时事新报》)柳尧章,笔者的三叔,一生从事音乐教学。居住在福煦路(今延安中路)四明邨,我记忆中他也在那里教授音乐,怎么曾在永裕里隔壁慈安里办学施教?我怀着好奇,作了一番探求。

大同乐会琵琶手

柳尧章像

柳尧章(1905—1996),名中尧,字尧章,以字行,浙江鄞县人。祖父在上海经商,却酷好民间音乐,家中丝竹乐器常备。三叔自幼耳濡目染,音乐天赋极高,各种民族乐器玩得有模有样。我父亲与三叔少年时代随祖父来上海,就读于教会学校徐汇公学,兄弟俩同班。三叔在徐汇公学首次接触到西洋音乐。校长刚提达·伐那拉(C.Vanara)神甫是一位意大利钢琴家,非常注重音乐教学。三叔向他学钢琴、小提琴和大提琴,受到了正规的音乐教育,为他今后的事业打下了基础。顺便提一句，我父亲缺乏音乐天赋，在徐汇公学学到了物理、化学等科学知识，日后所从事的也是科技工作。

20世纪20年代上海有家民族音乐团体大同乐会，创建于1920年，会址初在法租界爱多亚路（今延安东路），后迁至嵩山路。创办人郑觐文是著名民乐演奏家和音乐教育家，为民族音乐的传承与发展贡献卓著。三叔1924年加入大同乐会，跟汪昱庭学琵琶。他十分好学，还向郑先生学古乐器箜篌，向苏少卿学二胡，甚至向过去自己的学生学吉他。他很快成为大同乐会演出的第一琵琶手，参加各种演出活动。一篇《大同乐会新翻古调》的新闻称赞柳尧章：

> 本埠大同乐会专门研究古乐，近日又得古《霓裳羽衣》真本，用筝、琵琶、洞箫、阮、提琴、弦鼓各种乐器合组，依和声法积极编练，该曲内容共十大段，忽整忽散，忽紧忽慢，忽高忽低，忽以一字为一句，忽以数十字为一句，听者仿佛置身舞场中，见多少仙子舞蹈目前，确有出尘之慨。各种乐器以琵琶为主体，担任琵琶者为柳尧章，已先行练熟。古有赞美霓裳诗云："此曲只应天上有，人间能得几回闻。"又因与他本所传《霓裳曲》不同，故定名《难得几回闻》云。（1927年5月5日《申报》）

南洋学会设有国乐部，1925年邀请三叔前去指导。据报道称，"该部本届敦请大同乐会教授柳尧章先生来校指导。现有部员卅余人，为便利练习起见，分为甲乙两组，本届部长为许庆圻君，许君对于音乐一道，极为热心，而该部教师柳先生又精于丝竹，故该部之进步有厚望焉"。（《南洋周刊》1925年第7卷第4期）大同乐会经常组织民乐演出，三叔参加各种游艺会、赈灾义演很多，名字不时出现在报端。如大同乐会古乐投壶大会（1927年1月），古乐合奏《春江花月夜》，"琵琶柳尧章先生，筝王巽之先生，忽雷严工上先生。阮郑惠国先生，笛冯懋岑先生……"。同年6月上海学生联合会同乐大会。1928年夏，法租界中华义勇团举行游艺会，"同乐丝竹"为其中一台重要演出，演奏员中有"琵琶柳尧章"。这些演出三叔大多演奏琵琶，有独奏，也有合奏。1931年9月中华俭德会筹赈全国水灾游艺大会上，大同乐会有两个节目，郑惠国琵琶独奏《十面埋伏》和柳尧章箜篌独奏《月儿高》。箜篌是一种历史悠久的传统弦丝弹拨乐器，常出现在古诗中，现代人很少见到。经过三叔演绎，古乐器大放异彩，让国人惊叹不已！1932年6月12日，上海各界举行追悼"一·二八"事变中抗日阵亡将士大会，大同乐会担任奏哀乐。这是一场特殊的演奏，意义深长。

《春江花月夜》的由来

三叔既懂工尺谱，又懂五线谱与简谱，很早就开始整理、记录古曲与民间板腔。他在《戏剧月刊》1928年第1卷第3期上发表《西皮柳摇金》曲牌的曲谱，即为其中之一。1929年柳尧章在郑觐文的支持下，为大同乐会组建四十余人的大乐队，编写了《国民大乐》，演出取得成功。

柳尧章整理《西皮柳摇金》曲谱之一　　刊登《西皮柳摇金》的《戏剧月刊》书影

由于三叔有西洋音乐功底，学习琵琶演奏的同时，他用五线谱精心记录、整理了一批濒临失传的传统民乐古曲，取得很大成就。著名的《春江花月夜》和《月儿高》，就是由他整理之后得以流传的，尤其是《春江花月夜》。

《春江花月夜》原是一首琵琶大曲，名为《夕阳箫鼓》，又名《浔阳琵琶》《浔阳夜月》等。1925年前后，三叔根据汪昱庭先生所教的《浔阳夜月》，首次将该曲改编成民族管弦乐曲，并借用唐代白居易的《琵琶行》中"春江花朝秋月夜，往往取酒还独倾"的诗句，改名为《春江花月夜》。1991年三叔在一份《〈春江花月夜〉产生的过程》手稿中写道：

> 五十多年前，大同乐会为了丰富演奏曲目，我便将《浔阳夜月》改编成合奏曲，第一次演出只有四个人：我主奏琵琶，我弟柳燿岑拉二胡，郑觐文先生抓筝，郑老先生的侄儿郑树声吹箫。演奏的规模虽小，由于四件乐器的旋律时分时合，互相穿插，充分发挥了各自的性能，使演奏得到了意想不到的成功。此后郑觐文先生便将《浔阳夜月》易名为《春江花月夜》，成了大同乐会的保留节目。当年演奏的原谱，十年动乱时已当"四旧"处理掉了。（原件照片）

《春江花月夜》共十段：一、江楼钟鼓，二、月上东山，三、风回曲水，四、花影层叠，五、水云深际，六、渔舟唱晚，七、回澜拍岸，八、棹鸣远濑，九、欸乃归舟，十、尾声。后来三叔等将《春江花月夜》改编成三四十人乐队的大合奏，更加生动感人。该曲与大同乐会的其他节目，1933年4月由上海明星影片公司摄制成彩色纪录片，各影院放映正片之前常常加映这些音乐短片。影片还送到芝加哥万国博览会参展，中国古乐的传播更广更远了。至于《月儿高》一曲，又名《霓裳羽衣曲》，当时根本没人会弹奏，是柳尧章从华秋苹《琵琶谱》中挖掘整理出来的。有人评论上海的琵琶人才，少不了提到柳尧章："柳君现任南洋大学国乐指导员，亦能琵琶，《春江花月夜》《寿亭侯》诸曲甚佳。"（志鸣《上海琵琶界之人才》，1927年1月9日《时事新报》）

梅兰坊—慈安里—四明邨

　　民国后艺术教育受到教育界重视，音乐、美术普遍进入校园。三叔除1925年至1926年任教于刘海粟的上海美术专科学校，1927年又任教于南洋大学之外，30年代初还担任过两年申报馆总经理史量才的家庭教师，一生从事音乐教学事业。他后来离开大同乐会，按照他自己的说法是为了照顾家庭。大同乐会毕竟是民间团体，演出收入并不多。1932年夏秋之际，三叔开创"中西音乐研究室"，第一个教学场所是贝勒路（今黄陂南路）梅兰坊。

　　想来也对，当时三叔、四叔两家与祖父母同住福煦路（今延安中路）四明邨。我家大姐、大哥、二哥也跟祖父母一起生活。四明邨93号人丁兴旺，屋子有限，教授音乐只能另租他处，我家在辣斐德路永裕里46号，三叔选择离我家不远处的梅兰坊，很可能跟我父亲有关。当时刊登于《申报》的广告《中西音乐研究室》云："宗旨：宣传国乐，介绍西乐。研究法实行大同主义教授。""柳尧章君教授古琴、琵琶等及梵哑铃；张子玉君教授钢琴、洋箫及萨克索风。凡有志研究或公馆欲聘者，请至本室接洽。""地址上海法租界贝勒路劳神父路口梅兰坊五十三号。简章备索。"（1932年10月22日《申报》）这幅中西音乐研究室最早的广告，有两条值得注意：第一，宗旨"宣传国乐，介绍西乐"，研究法"实行大同主义"，显然有着大同乐会的影子。第二，与三叔一起教授音乐的另有一位专教西洋乐器的张子玉。

　　中西音乐研究室在梅兰坊大约存在了一年，迁至慈安里10号。当时报上的广告云："学科古琴、琵琶、京胡、钢琴、梵哑铃、夏威夷轧他等。""资格不限年龄、性别与程度。""学费每月四元。""地址法租界辣斐德路辣斐戏院对面慈安里十号"。（1933年9月25日《申报》）梵哑铃即小提琴，轧他即吉他。《时事新报》也有中西音乐研究室广告，文字稍异，学科有多有少，但仅有柳尧章一人署名，不见张子玉名字。《申报》另有一则《贵重乐器廉价出让》的启事："接洽处法租界辣斐德路马浪路口慈

梅兰坊53号时中西音乐研究室广告（1932年10月22日《申报》）　　慈安里10号时中西音乐研究室广告（1933年9月23日《时事新报》）　　四明邨93号时中西音乐研究室广告（1934年1月13日《申报》）

安里十号柳君。"（1933年9月26日《申报》）无疑显示当年三叔在慈安里还兼营乐器买卖，生意如何不得而知。

三叔在慈安里的音乐教授持续时间较短，1934年初就回到四明邨，一直到1937年抗战全面爆发，他的中西音乐研究室不再刊登广告为止。此后三叔依然收学生教音乐，笔者1962年、1963年间也曾在四明邨跟三叔学过小提琴，不过只学了个皮毛，没能坚持下去。

从梅兰坊到慈安里，再到四明邨，柳尧章的中西音乐研究室教了多少学生，现已无从查考，但是他的音乐才华与成就已为音乐界所公认。

音乐世家有传人

柳尧章一生潜心于音乐教育。1924年大同乐会开办暑期班，刚加入不久的他就担任琵琶、小提琴与二胡的教学。后来成为"琵琶大王"的卫仲乐就是当时的学员之一。我家镜堤大姐、和塈二哥少年时生活在四明邨，都跟三叔学过乐器，大姐后来还以钢琴教学为生。

据上海艺术研究所陈正生《柳尧章对民族音乐的贡献》一文介绍，三叔的中西音乐研究室在从事私人教学时，为了提高学生的合奏能力，还组织了一个管弦乐队，社会上的一些演奏家也曾参加过这个乐队，如王伯英、朱起东、司徒海城、司徒华城，当年都曾参加过中西音乐研究室乐队的排练。排练的曲目有舒伯特的《未完成交响曲》等名家作品。

三叔一家可称音乐世家。他1935年开始教七岁的儿子柳和埙（字仲篪）小提琴。1940年3月2日，上海青年会举办"全沪儿童音乐比赛"，柳和埙获第四名。其实，器乐组只有四位，另三位全是钢琴。据当时新闻报道，"第四名柳仲篪演奏提琴，其成绩平均为最优良者。因其年龄已十三岁，超过该会规定，故屈其第四。"（1940年3月4日《申报》）同年5月18日上海又举行国际儿童音乐比赛，柳和埙获得第二特奖。仲篪后考入上海工部局交响乐团，成为唯一的中国乐手，并长期担任上海交响乐团首席小提琴。1964年，三叔又教三周岁的外孙顾维舫（堂姐柳玉华之子）小提琴，八年之后，顾维舫也获得了好成绩，多次入选国际比赛，如今为美国克利夫兰交响乐团的小提琴手。

真可谓——艺术探索九十春，音乐世家有传人。

2023年9月于上海浦东明丰花园南窗下

董天民：一位不该被埋没的戏剧家

在中国话剧史上，有一大批默默耕耘的戏剧家，创剧团，编剧本，办演出，红红火火，长期活跃于市民社会之中，为话剧在我国的扎根和发展立下了汗马功劳。可是由于所谓非主流、非经典等原因，他们长期湮没于世。专业史中语焉不详，工具书里找不到踪迹，当年居住于永裕里35号的董天民，就是这样一位不该被埋没的戏剧家。

董天民像

春柳新剧同志会一员

董天民（1892—1966），原籍浙江山阴，太平天国战争时董氏上辈流徙至江苏吴县，遂为吴县人。天民排行老二，当过锡箔庄徒工，与长兄天涯、三弟天慰都迷上了戏剧，尤其对新剧情有独钟。

新剧，又称文明戏，是相对于旧剧而言的。学术界有"学校演剧"与"春柳社始演"等几种不同起源说。新剧始于清末，盛行于民初。据《民初上海的文明戏》(火山)一文记载，民国元年至民国九年（1912—1920）上海先后有43家新剧社团，有的昙花一现，有的持续多年，影响较大，春柳剧场即为其中佼佼者。(1937年1月23日《民报》)1912年初，由原

寻迹
永裕里——一条卢湾老弄堂的时光追影

春柳剧场演出《家庭恩怨记》剧照

留日中国学生组成的春柳社的成员陆镜若、马绛士、蒋镜澄等在沪成立新剧同志会，不久吴我尊、欧阳予倩、管小髭、张冥飞等陆续加入。1914年4月，陆镜若等租得南京路谋得利洋行栈房楼上的小剧场作为演出基地，称"春柳剧场"，董天涯、董天民兄弟等沪上戏剧迷也加盟其中。董氏兄弟参与演出的剧目有《飞艇缘》《不如归》《家庭恩怨记》等。1915年1月，春柳剧场转移至石路新民舞台，董氏兄弟参加演出了《劫花缘》《鸳鸯剑》《庞静宜》《红妆侠士》等戏。其间，董天民还参加过哈同花园慈善游览大会，义务演出《家庭恩怨记》。新剧同志会前后演出一年多，由于陆镜若不幸去世，同志会解散。作为早期话剧的重要流派之一，春柳剧场的社会影响很大。《剧场月报》第1期铁柔《春柳剧场观剧谈》云："近日新剧场林立沪上，大受社会之欢迎，声誉隆起，几欲凌驾各舞台而上之。春柳剧场为同志会所组织，中国新剧之鼻祖也。凡所演剧，优美高尚，实含有文学及美术之关系。《一缕麻》《兰因絮果》《不如归》《爱欲海》《浮云》诸剧，犹杰作也。"

1916年3月，董天民加入民醒新剧社，演出《乔太守乱点鸳鸯谱》

《珍珠塔》《三盒奇缘记》《火车出游》《开矿总钥》《欧洲大战事》与《飞艇掷炸弹》等。民醒社创办于1914年4月，社长沈景星，社员有庞志方、柴晓云等，以慈善义务演闻名海上。民醒社以西门外方板桥共和新剧影戏园为演出基地，节目由传统故事与家庭戏向现实时事题材延伸。直接将尚在进行中的世界大战故事搬上舞台，形同后来的活报剧，尚属创举。虽则当时观众反响平平，但对董天民十年后钟社话剧团编演《蒋介石北伐记》等政治戏，无疑是极好的借鉴。

从新世界到笑舞台

新剧兴盛了几年，就渐渐衰落。1915年至1917年，新世界、大世界游乐场相继开业，文明戏多被归并到游乐场，成为场中各种"玩意"的一种。1919年5月，有"中国第一游艺场"之称的新世界开始上演新剧。据《正心新剧团开幕广告》云："新剧绝迹于上海有半年多了，新剧有无独立的精神？有无存在的价值？与旧戏是否向混？如果否认，一二十年前为什么有人提倡？为什么有人研究？近十年来为什么也能各自成班？一般的也能高朋满座。从这上头看起来，可见新剧与旧戏是分道扬镳、两不相见的，是有独立精神的，是有研究价值的。那么为什么这两年又站不住呢？我敢说一句直截了当的话，这是人的问题，不是戏的问题，也是地点的问题。现在新世界添加新剧，定名正心新剧社，心正身自正，身正行自正。社员既知正心，又有人从旁监督，人的问题可以不烦多虑了。新世界的四通八达，面对南京路，比邻跑马厅，建筑巩固，气象辉煌。地点的问题一解决，再从编戏上用工夫，新戏是自然派的写真，是最能感化人心的。当此国本飘摇的时候，借此鼓吹，也不无裨益。所以新世界注定全神组织定备，定于五月初一日正式开幕。"（1919年5月27日《申报》）宣言的自问自答，反映出主持者与演员们对于新剧的认识，很有代表性。正心新剧社上演《欢喜冤家》《侠女伶》《梅玉配》《恶婆婆》《两度新嫁娘》与《美人计》等，董天民都参加了演出。

经过多年舞台实践磨炼，董天民在新剧界名望逐渐提高。1920年，郑正秋等发起组织新剧公会，董天民被选为调查员、理事等职务，可见这位不到30岁的年轻人，组织能力已为新剧界认可。不久他应邀加盟笑舞台。位于广西路71号汕头路口的笑舞台，从1915年初兴建到1929年被拆除，几乎都在上演新剧，在上海新剧发展史上具有里程碑的地位。笑舞台房产属于周耕记经租公司，老板周渭石是上海著名地产商，本人喜欢新剧，出租对象都选择经营新剧者。十几年中在此演出的新剧社很多，经营者与演出者关系也颇复杂，不在本文叙述范围，从略。这里只说与董天民相关的新中华剧社与和平社。

1922年9月7日起，笑舞台一连数日在报上刊登广告，宣告"笑舞台新中华剧团特请优美演员开演文明新剧。特置全新背景、中外服饰，布置完备。择日开演"。此时，笑舞台的经租人张啸林、浦金荣很会迎合观众的需求。几天后，笑舞台新中华剧社发表《本社开幕宣言》，称"本社是纯粹的营业性质，不戴什么社会教育的假面具，只晓得用全副精神灌注在舞台上，拿来供看客娱乐。这是本社的宗旨"，"今天的新剧，虽徒有新剧

笑舞台和平社新剧部开幕宣言（1923年9月16日《申报》）

之名，其实已失实际。试看各处的新剧社，演的都不是那七八年前的旧东西么，哪里还配得上称这个'新'字？无怪观客要不能满足了"。本社的方针"第一要实行这'新剧'两个字"，"特地请徐卓呆先生来做本社的剧本主任"，因此第一个月里要排演三十出新戏。此外"还请了好几位帮做编戏的人，如朱双云先生，他编的戏五六年前已经很有名了……"宣言对主要演员的特色也做了介绍。（1922年9月12日《申报》）

新中华剧社成立后，舆论颇为关注。有寄予希望的，也有批评它"寄人篱下，专做游戏场的寄生虫"。批评者集中抨击上述《宣言》对新剧"娱乐"作用的定位。确实之前不少新剧社以"改良社会"为号召，编演过《秋瑾》《蔡锷》《孙中山》等"高大上"的剧目，然而，因缺乏艺术感染力，观众不满意，演了几场，票房不佳即辍演。新中华剧社则强调剧本，请来专门家编戏，都是极有见地的举措，强调戏剧的娱乐性也无可厚非。它上演的第一个剧目《杀我者父》，由朱双云改编自何海鸣的小说《娼门之子》。第二个剧目是《三年的婚约》，"双云新编"：

  这是一出英国戏，原名叫做《奴隶》，很有名气。十六年前王钟声在张园开演，叫做《爱海波》。又有某君译其原本，名曰《异母兄弟》。从前春柳社也曾把他演过，成绩很佳，大受观众欢迎。现在本社有映霞、悲世、天然等名角，演起来自然更胜人万倍了。为适合于中国舞台起见，已经由本社把他修改过一下，自然更完善无疵了，一定可以博诸君的满意咧。（1922年9月28日《新闻报》）

当时浦东三林塘发生了一件张欣生弑父的案件，笑舞台很快编演了一出新剧《张欣生》，重现案子的来龙去脉。前三天"逐日座满"，过后也归于沉寂。新中华在笑舞台演了半年多，1923年4月便偃旗息鼓。

笑舞台经租人改为张巨石、张石川与邵醉翁，很快张氏兄弟退出，邵独掌笑舞台，邀请郑正秋的和平新剧社二度回归。演员阵容也有所改变，请来张冶儿、谭志远、易方朔、夏天一、王无能等，董天民仍名列其间。演出《马永贞》一剧，大获成功。《马》剧叙拳术家马永贞摆擂台与黄胡子大比武，白癞痢结仇，一洞天被害，及马素贞报仇等情节。故事以上海

为背景，布景出现静安寺、龙华庙、一洞天、北城角，以及旧式烟馆、茶馆等，让观众耳目一新。剧中还穿插入游艺，如张冶儿说书，王无能小贩叫唤，易方朔、董天民相声，冯毓秀绍兴戏，陆有文滑稽京曲，周情纳木人头戏等，"颇足令人发噱"。（《新剧〈马永贞〉将演于笑舞台》，1923年10月21日《申报》）由此让我们想起后来上海的滑稽戏。和平社所演剧目还有《三妻之命》《活神仙》《红衣女郎》《铁血鸳鸯》等。董天民在《红衣女郎》戏中饰石绿脱一角，夏天一反串主角红衣女郎。1924年初，董天民参加了《左宗棠》的演出。这是一部反映晚清大臣左宗棠收复新疆的历史剧，鲜明的爱国主题，精湛的演员演技，加上新奇的"电光机关，幻术布景"，引来观众一片叫好声。广告里有董天民名字，演何角色不详。1925年初，笑舞台上演了"新编醒世好戏"《女菩萨》等。因"五卅"事件影响，笑舞台停演了个把月。同年6月，邵醉翁拉出笑舞台原班人马开始了他的电影事业，董天民的人生也随之改变。

穿梭于银幕与舞台之间

20年代以来电影业在上海勃然兴起。1922年5月，张石川、郑正秋等创办明星影片公司，首部影片《孤儿救祖记》获得成功，观众踊跃，票房收入颇丰。董天涯在明星创办之初就加入其中，担任布景师。受大哥影响，董天民也钻研起制景这门学问。邵醉翁在明星公司成功的刺激下，看到了商机。他认为，新剧与电影剧其表演方法虽不同，但关于艺术则一。他与兄弟邵邨人、邵仁枚创办了天一影片公司。天一的第一部影片《立地成佛》，邵邨人编剧，邵醉翁导演，"其中角色以新剧家扮演者居多……有谭志远、张大公、夏天一、秦哈哈、张冶儿、王无能、易方朔、张铎声、魏笑梅、高梨痕、董天民、周空空、杨笑云、周念衷、王天鸥、彭德惠等数十人。"（《天一影片公司之创设》，1925年8月14日《申报》）不久，天一公司又拍摄了第二部影片《女侠李飞飞》，董天民也参加了拍摄。

1926年初，董天民等曾一度回笑舞台演出新剧《天下第一快活人》。

当时上海的游艺场所除戏馆、影剧院之外，四大百货公司纷纷开辟屋顶花园，都有文明戏演出。自邵醉翁拉走人马后，笑舞台风雨飘摇，后台不断改组，演出时断时续，甚至出现一两个月停演的空白窗口期。1926年11月19日，笑舞台重新开幕，上演《新旧大总督》，董天涯、董天民兄弟成了笑舞台"老板"：

> 在上月停闭之笑舞台，今已重新开幕矣。惟内部□另换一新气象。此次笑舞台老板为董天涯、董天民二君，规定资本洋六万元。前和平社剧务主任郑正秋现聘为该班排演主任，凡一切新戏，均由郑主持之，月薪贰佰元。演员薪俸最多者为王无恐，计每月贰佰元，余陈秋风一百六十元，胡化魂亦如是。重入笑舞台之滑稽角张大公，则只九十元。现已定十五（明日）开演，其第一剧名《新旧大总督》。不知开幕以后，能否在梅兰芳登台期间不生影响否。（阿珠《笑舞台之新猷》，1926年11月18日《小日报》）

《新旧大总督》自称"惊醒战争迷梦的应时戏""研究婚姻问题的爱情戏""提倡孝悌仁慈的伦理戏"（1926年11月19日《新闻报》）。故事描写两波总督的争斗，本是手足，却你打我，我打你，不言而喻，影射的是现实中的军阀混战。演出没有打原先和平社的旗号，董氏兄弟也并未亲自登场。

董天民精力充沛，热情高涨，担任明星第二摄影场布景师的同时，还参与了多部影片的拍摄，并被选为明星公司职工会主席团成员。董当演员的有《血泪碑》《真假千金》，任布景师的则有《北京杨贵妃》《黑衣女侠》等。《北京杨贵妃》的布景在行内评价颇高，称"堂会一场，刻方从事布置，由导演郑正秋商同董天涯、天民昆仲规定图样，一扫从前陈陈相因之弊"。（1927年10月2日《民国日报》）又称"明星公司郑正秋导演之《北京杨贵妃》中有党人避祸一场，竟能布一乡间土屋，较之北地风光实无丝毫或异，即室内布置靡不像真。郑君与置景师董天民擘画斯剧不遗余力，于此等处可见一斑"。（1927年10月16日《民国日报》）1929年，董氏昆仲担任明星公司影片《新西游记》与《红莲寺》的布景师。董天民又担任中国电影研究会名誉顾问和大同影片公司布景师,可谓日夜穿梭在银幕与舞台之间。他主持钟社话剧团12年,书写了话剧史上的重要一页。

新新屋顶花园钟社开幕

1926年1月,董天民发起创办钟社,恰值笑舞台的文明戏停演,遂与南京路新新公司屋顶花园签约开演文明戏。董天民将原隶属于笑舞台的一批名演员,如夏天人、李曼英、慎愁红、谭志远、秦哈哈、萧天呆等40余人,都网罗到其门下。钟社开幕剧目是《仇人的丈夫》与《空谷兰》,而它的成功却在于时事剧。

钟社成立之初,吸收了春柳剧场以来新剧演出舞台职业化商演的成功经验,将当时市民瞩目的社会新闻编成剧目,在新新花园演出多部时事剧,受到观众的欢迎。1927年北伐军南下,蒋介石成为当时重要的新闻人物。五洲影片公司拍摄了《蒋介石北伐记》的战地新闻片,钟社也不失时机排演了同名舞台剧。两台"蒋介石"各领风骚,舞台剧更胜一筹。有报

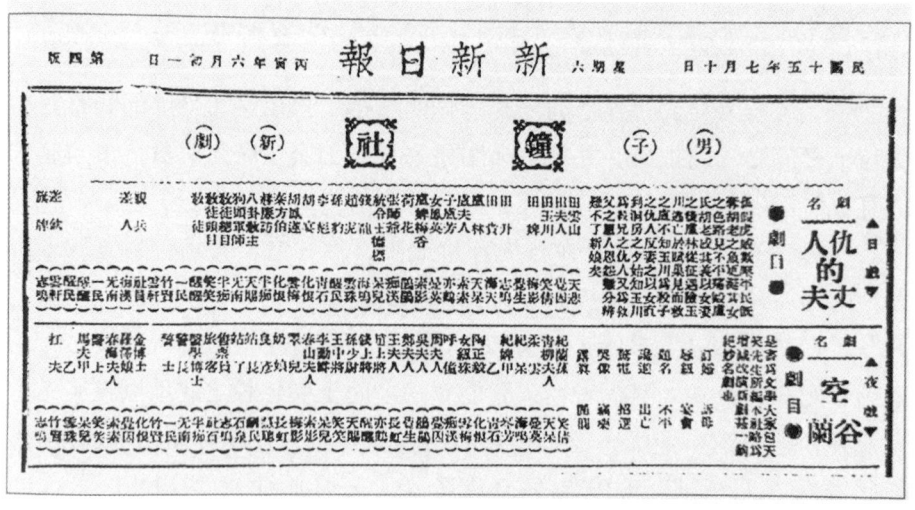

新新屋顶花园钟社开幕广告(1926年7月10日《新新日报》)

道说，1927年5月16日初次开演，"七时左右，宣告客满，迨至八时，观众拥挤不堪，全场水泄不通，而观客尚纷至沓来。该剧由孙中山攻击陈炯明起，情节紧凑，演员认真，军械服装，簇新整齐"。（1927年5月18日《申报》）这部戏连续上演了半年之久。

1928年"五三惨案"发生后，钟社立马上演了新剧《日本与山东》；1928年6月4日，皇姑屯事件发生后，钟社编演了《张作霖被炸记》，连续演出十几天；"九一八事变"发生，钟社又创作了《铁血将军马占山》，连续上演一个多月。有人评《张作霖被炸记》云："张铎声扮张作霖，形容极像一个失败多愁的军阀。头场开军事会议一幕，好像逼真，四周防卫森严，杀气腾腾。顾剑秋的张宗昌，也非常肖像。末了老张责备张宗昌道，'你上次说的两星期可以夺回徐州，何以徐州倒没有夺回？反而失去不少地盘。恐怕你姨太太太多的缘故么。'""秦炳炎的蒋介石，英气勃发，言词激昂，也十分老练。和日军福田司令不承认签约一幕，更做得刚义兴奋，扬眉吐气，把观众爱国心油然而生……胡化魂的翻译，是借此刺探日本军情……炸车一幕，做得虽像，而终带点牵强之气……"肯定该剧有助于认识军阀与日本侵略者的本性。（江柳声《看了钟社〈张作霖被炸记〉后》，1928年8月6日《时事新报》）

1928年3月，上海发生马振华自杀殉情事件，轰动一时。董天民作为钟社后台经理兼编剧主任，不惜工夫，亲自收集报纸刊登的所有资料，并实地考察马振华女士住所环境与投江处，随后编成新剧《马振华爱史》。

钟社演出《蒋介石北伐记》广告
（1927年5月16日《申报》）

钟社演出《铁血将军马占山》广告
（1931年12月6日《申报》）

消息披露后，马振华家属聘请律师与钟社交涉，试图阻止其演出。你来我往，报纸都有报道，反而为钟社做了免费广告，上演后卖座胜过其他剧社同样题材的戏。由于办事认真，后黄慧如陆根荣之恋新闻出来，钟社落后了一步，没赶上好票房。

后文明戏时代，新剧的生存环境日趋复杂，在传统戏曲与电影业的竞争压力下，文明戏一直处于风雨飘摇中。各剧团内部的倾轧、部分成员的堕落，影响着演出质量。而董天民领导的钟社，则较好地处理了内部的人际关系，使得钟社的演出一直持续到30年代中期。赵骥先生在《上海都市与文明戏的变迁》一书里，举了两个董天民管理有方的例子。第一，组织演员空闲时间从事简单的手工劳动：

> 新新花园钟社演员如夏天一、林雍容、胡化魂、张大公、张铎声等，皆束身自好，毫无习气。后台经理董天民主持不遗余力，以故声誉颇佳，秩序井然。日来董天民因鉴于男女各演员除登台表演外，每在后台无所事事，互相闲谈，浪费光阴，未免可惜，特发起一种手工，系将影片废片制成各色香烟盒，五光十色，精巧玲珑。各演员皆勤慎从事，从不荒职。讵料消息传出后，各烟纸店各洋货［店］纷纷咸来订购，即外埠亦有来函批发者，大有山阴道上应接不暇之慨。昨晚记者赴该社访董天民，见各演员赶制烟盒，手忙脚乱，肃静无声。天民则周旋其间，不啻一总指挥。此种副业在剧场后台中，尚属创举。天民诚改良后台生活中之有心人矣。（汤姆摩《钟社演员之副业》，1928年7月31日《罗宾汉》）

第二，在钟社内设置图书室，记者报道说：

> 前天我在四马路望平街口，瞧见新新花园钟社主任董天民君和他夫人，拿了许多书籍，我就问他这许多书买去□什么，他说钟社后台同人新近组织了一个小小图书室。原因是演戏之后，大家在后台嘻嘻笑笑，空闲得没事做，岂非枉摩光阴吗？所以一致提议创办这个图书室，可以使得同志们演□戏剧之后，借此余暇，研究学问。我听了他

这一番话，委实佩服钟社诸演员们的好学心，在晚近新剧界里真难得呀。归根结底，一半也是董君办理得法有以致之。（笔花《钟社新善政》，1931年4月7日《罗宾汉》）

董天民这些革新措施，在当时的演剧圈中可能是绝无仅有的。

钟社离开新新屋顶花园后

1934年底，钟社脱离新新公司。董天民刊登与新新公司解约启事，钟社办事处就在永裕里35号：

> 本社自隶新新屋顶花园以来，倏已九载，深蒙观众嘉奖，予以热烈之拥护，并认识话剧界中之最有希望者，因是益为奋勉，以副厚爱。兹因新新方面已届期满，惟对我挚爱之观众，所予提携掖奖之诚意，铭感莫铭，用特登报布臆，以表微忱，并乞各界时加赐教匡我不逮为幸。本社办事处贝勒路永裕里三十五号（1934年12月31日《申报》）

随后，钟社先后赴南浔、无锡、镇江、硖石与嘉善等地巡演，演出剧目有《新杨贵妃》《满清三百年》等。1935年秋，董天民率钟社回沪，在中南话剧场、大千世界游艺场、小世界等处演出。是时钟社改称钟社话剧团。

据《中南话剧今晚开演》记："爱多亚路东新桥中南饭店，兹应各界要求，特于其东厅新辟中南话剧场一所，聘请钟社话剧团表演真美善高尚话剧。按钟社即曩昔笑舞台班子，演员除原有谭志远、胡化魂、裴灼灼等外，并有新进演员如张彩霞、黄君甫等，不下四十余人，准于今晚（十四）开幕。该场营业方针，革新案目小账小贩等陋习，且为节省观众时间，废除开场戏。日戏每日下午三时起，票价二角四分；夜戏晚间九时起，票价三角五分。所有布景，系联合电影界布景巨子多位，共同设计，完全根据真善美三点。今晚夜戏为《上海三女子》，情节离奇，描摹细腻，

爱观者请早光降。"（1935年9月14日《申报》）钟社在中南话剧场演出的剧目，还有《多情的女伶》《女明星的秘密》《最后的夫妻》《兄弟型》等，又根据著名新剧大家郑正秋生平编演《郑正秋先生》一剧，由胡化魂饰演郑氏。但《郑》剧反响并不大，剧场地段不佳，场子又小，不久董天民将演出移至大千世界游乐场。该处位于圣马院路梵皇宫（今瑞金一路4弄），演出了谭志远导演的《济公传》，以及《反倭袍》《西太后》等戏。

　　钟社对文明戏的改革，除了废除剧场小贩等戏馆陋习，废除开场戏、重视布景外，更重要的是坚持剧本制，聘请专业编剧，即按剧本演出，彻底革除早期新剧的幕表制，并且排练引入现代导演体系，这些都是现代话剧走向成熟的重大标志。当时有评论说："上海话剧界除掉一般业余剧人偶然公演一些话剧外，钟社可能是话剧线上永远踏实的战士，在上海的话剧爱好者，总不会否认这句话。""的确，钟社在话剧界上，是有不可磨灭的历史。现在话剧空气这么消沉……爱好话剧的人，都感得气闷。钟社同人，就在这时候给人们一个安慰、一个新的刺激、一服提神健脾的兴奋剂，那便是正在排练的三个伟大名（剧）：《夜会》《船家女》《韩庄皇后》。这三出戏，不久要在新新游艺场演出，主演的是谭志远、董天心、宋小天、张彩霞、田晓青、胡化魂、周丽云等。以钟社那般齐全的人才主演，定有良好的收获。"（江南《新新钟社努力迈进》，1937年3月10日《戏世界》）

　　1926年10月1日，钟社重返新新花园，直至1938年5月结束，前后历时12年之久，见证了中国话剧运动由早期新剧向成熟话剧的过渡和渐变的历史过程。

影星剧团坚守"孤岛"

　　"八一三"后中国军队退出上海，租界沦为"孤岛"。江浙一带大量难民涌入租界，造成娱乐市场繁荣超过战前的状态。据统计，当时全市有"平剧院"6家，"电影院"20家，"话剧院"3家，"越剧场"10家，"书场"12家，"申曲"4家，"游乐场"6家，"昆曲"1家，"跳舞场"32家，

"溜冰场"8家,属于巡捕房查禁的"书寓""向导社""伴舞社""歌唱社"达数百家之多。3家"话剧院"为皇后剧院、绿宝剧场与红宝剧场,"皇后"即由董天民等组织。

1938年,董天民结束钟社后,就开始组织影星剧团,坚持话剧演出。报道称:"电影演员董天民,刻组织电影明星孤岛艺林剧团,团员有女明星徐琴芳、朱秋痕、白燕、朱秀英,男明星王吉亭、王梦石、谭志远、萧正中、孙亚伦、贺志刚等四十余人。闻内部已组织就绪,不日即将在八仙桥青年会大礼堂表演。所有表演之节目,均为各大男女明星生平杰作,在表演之范围内,所售票资提出几成作救济难民之用。现时董天民已托人向青年会当局负责人接洽云。"(《电声》1938年第7卷第41期)至今未发现青年会演出广告,可能没有成功,遂即转向虞洽卿路静安寺路口新世界饭店楼下的皇后剧院:

> 职业话剧团前经"中旅"倡导,继以"业实""四十年代"等纷纷踵起,早曾极见蓬勃气象。自"八一三"战事发生,各剧人率多参加救亡演剧队远征离沪,海上话剧事业,因亦濒于销歇久矣。最后有王逸公、董天民等发起组织"红星剧团",以月租九百元之代价,接

南京路新世界旧址

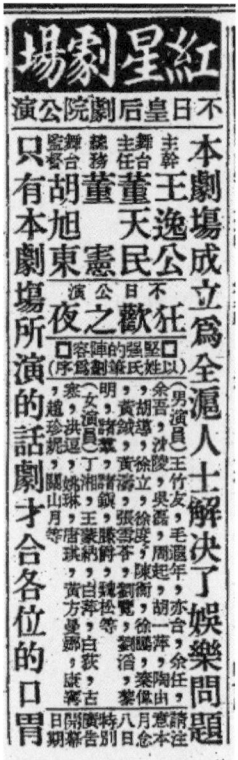

皇后戏院红星剧场开幕广告（1938年12月25日《申报》）

办皇后剧院，合同暂行四个月，定自元旦日起开始上演。剧员系集"晓峰""青鸟"及"中旅"留沪诸角，混合组成。日内正在作演出准备，且已有《狂欢之夜》《人之初》诸剧排练矣。（辛人《艺谭琐闻》，1938年12月20日《申报》）

董天民以"舞台主任"头衔，出现在红星剧场演出的广告上。但开演仅一个月，"亏创甚巨，不堪维持"，宣告停演。（《梨园汇讯》，1939年2月2日《申报》）根本原因是内部纠纷。王逸公原是律师，投入资本六千元，业已耗去大半，欠演员两期薪水（定十天为一期，开幕后已演三期，只曾发薪一次）。内部紧急磋商数日，决定彻底改组，王逸公放弃主权，改由董天民领导各演员接办。王逸公将价值千余元的舞台布景暂作抵押，劳方对王所垫资本三千余元，规定在将来营业收入项下，每天提成归还。各演员暂不支薪水，实行利益均沾的拆账制度。就这样，红星剧场暂时渡过了难关。

1939年10月起，董天民等又以新钟剧团名义，在康脑脱路延平路的申园剧场与蒙脱卡罗剧场先后演出话剧。剧目有《都市风光》、"新型香艳喜剧"《春色满园》、"伦理名剧"《暴雨残花》与"侦探侠义、香艳滑稽连台名剧"《神秘夫人》等，参加演出的有王曼君、王斐、夏萍、王吉亭、沈一鹤、夏悲天、张彩霞、谭志远等，大都是原钟社成员。此外新钟剧团还邀请黄耐霜、沈亚伦与鄢燕等电影界人士加入，阵容强大。

董天民"孤岛"演剧同时，热心参与演艺界各种活动，如被推为游艺联谊社常务理事；职业话剧界组织话剧同人协会，他又被选为负责人之一。当时上海的游艺界，包括戏剧、曲艺、杂技、魔术、游乐场，甚至堂会和电台演唱者，都归属于游艺界。游艺联谊社担负着与政府、资方交涉之责，维护所属社团与个人的权益，负责人责任重大。董天民在游艺联谊社的职务一直延续到抗战胜利后。

"筱快乐受辱事件"后援会

抗战胜利后,董天民与刘一新一度合作,组织了一班话剧演员在西藏路东方饭店(今上海市工人文化宫)二楼演出,广告称"东方话剧"。剧目有《琴箫家》《步步高升》《一步登天》与《啼笑因缘》等,演员有秦哈哈、胡君安等。这是1947年的事。其间,董天民更多的精力投身于游艺协会,为各社团及艺人们的权益而努力。

1947年5月发生的"筱快乐受辱事件"轰动上海。筱快乐,本名朱良,滑稽演员,当时在多家电台演唱。抗战胜利将近两年,却民生凋敝,物价飞涨,尤其米价由一石10万元涨至30万元,市民叫苦不迭。上海、杭州、无锡等地还爆发"抢米""打米店"风潮。筱快乐在电台上根据报载事实,痛责米商囤积居奇,操纵粮价的不法行为,得到市民大众的拥护,也招致米商们的嫉恨。5月8日早晨,全市零售米商停业,组织了300多人乘坐大卡车四辆,赴市政府请愿。市长吴国桢召见米业公会代表,劝令即日起恢复门市。米商则要求派军警保护米号,制止电台"侮辱"米商,改良配给米办法。请愿后回程中,米商遭到路人的谩骂,双方发生冲突,几家商号遭米商冲击受损。恰巧有些商店无线电正播放筱快乐的节目,米商们竟然冲入中坚、天声两家电台,企图搜查筱快乐其人。见筱不在,就大砸电台内机器设备和家具,又大队人马冲至云南路筱快乐的家,大肆破

筱快乐在皇后大戏院演出社会滑稽

坏，筱的妻女遭殴打。经邻居报警警察赶到时，筱快乐的家已一片狼藉。

事件发生时，筱快乐正在新新公司五楼民粹电台演唱，该台经理接到听众电话，立即告诉筱快乐。筱当即通过电波发布消息，大骂米蛀虫。那些打手似也打听到筱快乐在民粹台，竟扬言要来拿人。为保护筱快乐和电台，泥城桥自来水公司出动全体工人，会同新新公司职工和自发前来支持筱的听众，达五千余人。米商们见对方人多势众，只得悻悻而退。警察抓了几个打手，平息了风波。后事如何处理？重任落到游艺协会董天民等人的身上。

上海市剧艺界播音人员受辱后援会赴市府请愿代表合影

当天游艺协会召开紧急会议，议定成立上海市剧艺界播音人员受辱后援会。其宗旨：（甲）惩凶，（乙）赔偿损失，（丙）保障以后不发生同类事件。随即，伶界联合会、话剧研究会、沪剧研究会、滑稽戏剧研究会、常锡文戏研究会、评话弹词研究会、越剧职工会等十余团体均参加后援会。推梁一鸣为主任委员，董天民、沈菊隐任副主任委员。梁、董兼任交际组负责人。除呈报党政军警各机关外，拟定登报公告，呼吁社会各界予以关注。很快收到社会各界的声援函电，多位大律师表示义务充任顾问，各电台也一致要求严惩凶手。三天后，筱快乐在李竹庵、董天民、张冶儿等人保护下，再次来到新新公司五楼民粹电台演唱。先由张醉池代表连唱，大骂"米蛀虫"。筱快乐抱定"头可断，血可流，志不可屈"，坚持演唱一小时。

事情闹得这么大，淞沪警备司令部不得不派出一名队长出面调解。后援会推定董天民等五人参加谈判。米商方面也派出代表，表示愿意和解。经过几轮谈判，市米业同业公会发表道歉声明，赔偿五千万元，保证以后不再发生同类事件。当局也对控制米价、改良市民粮食供给作出了承诺。事后，后援会搜集该事件相关照片、新闻报道、交涉经过，编成《筱快乐特刊》一册，董天民等撰序。

1948年2月，社会正处于大变革前夜，官方借庆祝第四届戏剧节名义，传出将取缔游艺协会下各地方戏组织的风声。董天民在戏剧节的领奖会上发言，特别提及政府有意解散地方戏组织一事，当面向国民党上海市社会局长潘公展表示不同意，台下高声呼喊"对！"董大声疾呼"剧人应以团结力量，争取一定身份与公民权利"，得到与会者的响应。戏剧节还举办戏剧文物展览会，董天民与其他戏剧家提供大批珍贵图片与历史文献，共计达万余件之多。

斗转星移，物是人非。1949年7月2日至19日中华全国文学艺术工作者第一次代表大会在北平举行，董天民代表上海游艺界出席会议。回沪后，沪剧会解洪元等设宴欢迎董天民，"因为董与沪剧界过去由于游艺协会的关系，交谊方面非常深厚。这一次的欢宴，也是沪剧界在游艺方面的一种表示。席间，董君把北行的经过和收获，作一概括的报告。沪剧会五代表也相继发言，祝贺他的使命完成，并且希望以后大家还要多多联络，俾在剧艺方面有所切磋检讨的机会"（铁帆《沪剧界代表欢宴董天民》，《沪剧周报》1949年第172期，1949年8月14日）20世纪五六十年代，董天民担任上海戏剧家协会理事，仍然对通俗话剧孜孜以求，但在那特殊的环境下他的努力基本无效。董天民去世于1966年，终年75岁。

2024年4月撰

女滑稽夏萍的戏剧生涯

永裕里59号包家，20世纪50年代中期二楼迁入夏萍一家。夏萍原先居住于第四弄35号，是著名的姚慕双周柏春滑稽剧团的演员。当时广播电台经常播放他们演出的实况录音，夏萍可谓是家喻户晓的女滑稽。夏萍的戏剧生涯则起步于30年代，后由话剧舞台走向滑稽戏舞台。

文明戏新秀崭露头角

夏萍（1920—2017），苏州荡口镇人（一说南京）。夏家在南京有薄田数顷，也算殷实之家。她早年来沪，迷上戏剧。这可能与她入住永裕里后，认戏剧家董天民为义父有直接关系。夏萍14岁就登台演唱文明戏，演技出众，舞台形象靓丽，成为有名的小童星。因此被张石川、朱石麟等大导演看好，在多部影片中客串过角色。1939年，19岁的她正式挂牌演出话剧，一炮打响，声誉鹊起。

"孤岛"时期上海租界人口大增，社会生活一度出现畸形的繁荣景象。戏剧、

夏萍像

电影等娱乐业十分兴旺，各戏院、游乐场观众如潮，艺人团体此起彼伏，好不热闹。多台话剧演出，内容主要反映现实生活，演技也逐渐超过以往新剧的水准，受到观众的认可。四马路西藏路口的大中华饭店，附有一座剧场，1939年秋上演两台话剧——《乱世姊妹》与《刁刘氏》。夏萍在剧中担任重要角色。七幕话剧《乱世姊妹》，由王君达导演，演员有"电影明星、舞台皇后"王美玉饰主角二小姐，"有声巨片《红花瓶》主角"王兰，以及顾梦痴、朱球、王吉亭等在剧中分别担任角色。夏萍在剧中饰二小姐B角，初次挂牌即演主角，虽是B角，实属难得。该剧写"聪敏小姐摆水果摊，伶俐小姐玩弄男性，糊涂小姐风流送命"。剧情为"乱世中生财有道""乱世中美人送来"等当代现实，讽刺意义不言而喻。剧中还配有"最新灯光技术"和"古雅歌曲"

蒙脱卡罗剧场上演话剧《春色满园》广告（1940年1月1日《申报》）

多首。《刁刘氏》系古装戏，夏萍饰主角刁刘氏，王美玉饰女儿。这是一部民国初由民鸣社创作的著名新剧，故事说刁刘氏本良家妇，因被恶棍诱奸，致使尚侠好义的刁南楼死于非命。民鸣社"抱着警劝世人之旨趣，激善惩恶为宗旨"，成为新剧的代表作之一。此剧被拍成电影，改编为申曲、维扬大戏与南方歌剧等多种剧种，久演不衰。大中华戏院这班演员，原是王君达率领的大世界尚乐新剧社的班底。20年代末到30年代中后期，"尚乐"活跃于大世界与皇后大戏院，演出过《多情歌舞女》《天涯二孤女》《马振华》《天长地久》与《华丽缘》等新编话剧。演员中曾有王无能、汪优游、宋小天等。王无能为滑稽前辈，汪优游则为新剧开创者之一，夏萍初涉剧坛就跟这些元老级人物搭戏，可谓幸运至极。

夏萍演完《乱世姊妹》与《刁刘氏》后，1939年11月加入董天民的新钟剧团。该团假座康脑脱路（今康定路）申园剧场，上演"社会讽刺写实名剧"《都市风光》。编剧慎霭臣，导演沈文奎。特聘电影界王曼君、宣景琳参加演出。剧场广告以"本年度震动剧坛的生力军""话剧界异军突起的急先锋"相号召,招徕观众。所谓"剧场摩登化""灯光电影化""布景艺术化""座价平民化",一时传为美谈。接着,新钟剧团又转战同在康脑脱路上的蒙脱卡罗剧场,连续上演《春色满园》《暴雨残花》与《神秘夫人》等剧。广告称"新钟剧团全体影剧明星联合演出""新型香艳喜剧《春色满园》",又称"新添三支生力军黄耐霜、沈亚伦、鄢燕"。黄、沈等都是当时已成名的电影明星,他们的加盟使得"新钟"阵容更强了。这几个戏,夏萍似演配角,但演技无疑得到进一步提高。

从九星到金国大戏院

1941年后,夏萍曾一度离开舞台,两年后重登剧坛后则转向滑稽戏。滑稽戏是上海及其周边吴语地区流行的一种戏剧,脱胎于上海曲艺"独脚戏"与文明戏,极具海派特色。1914年由移风社与任天知的开明新剧社演出的《谁先死》,被公认为第一部滑稽戏。30年代上海滑稽戏形成三大流派,即"老牌滑稽"王无能,"社会滑稽"江笑笑、鲍乐乐,"潮流滑稽"刘春山。三四十年代是滑稽戏鼎盛时代,在上海各大游乐场表演、电台播音和堂会演出中,"独脚戏"艺人最多时达一百多档。1941年末日军进占租界,娱乐场营业萧条,电台受日军管制,艺人谋生艰难,滑稽戏与其他剧种一样沉寂了一段辰光。1942年初,江笑笑、鲍乐乐发起采用文明戏体制,演出了一台有故事、有情节、有人物的大戏《一碗饭》,讽刺囤积居奇的米店老板,同情衣食无着的下层百姓,引起市

金国大戏院上演《怪现象》广告(1946年9月2日《申报》)

民的共鸣，由此带动了滑稽戏的复兴。裴扬华、程笑亭组织的华亭剧团，此前曾上演《小山东到上海》，获得成功。裴扬华扮演小山东刘德才，程笑亭扮演巡长陶桃。由于程笑亭的冷面风格日趋成熟，在滑稽表演中独树一帜。随后，继续以这两个人物为贯穿线索，编演了第二至第九本《小山东到上海》，使之成为滑稽戏的连台本戏。1945年4月28日起，华亭剧团在洛阳路（今延安中路）成都路口的九星大戏院演出滑稽戏《小浦东到上海》，夏萍应邀加入演出。

裴、程在《申报》上刊登启事说："扬华、笑亭合组华亭滑稽剧团出演以来三载于兹，谬荷社会观众赞赏，感愧奚似。日前小休，原拟暂时调剂精神，顷因洛阳路九星大戏院主人谆谆相邀，同人等以盛情难却，乃定今日（廿八）起在该院日夜登台重现色相，于下午二时隆重举行开幕典礼。敦请袁履登先生揭幕致词，张淑娴与曹慧麟两位小姐剪彩。礼毕献演陈秋凤先生编导，扬华、笑亭主演之《小浦东到上海》。为答观众欢迎之雅意，特将头本、二本一次演完，尚望各界观众仍本以往爱护之精神，惠然肯来，时锡南针，是所深幸。"（1945年4月28日《申报》）滑稽戏女演员很少，以往戏里需要女角，还不得不由男子反串，夏萍的加盟当然为剧团增光添彩。后来有人称赞夏萍："演文明戏花旦中年纪最轻、面孔最漂亮、艺术最好的，要算董天民的义女夏萍了。别看她在舞台上跳跳跃跃，天真未泯的作风，可是她在台下却是沉默寡言，谁都想不到夏萍是最诚实的姑娘。"（曼蘋《夏萍多产》，1949年4月6日《诚报》）

艺术市场需要竞争，竞争能促使艺术繁荣，演员的流动也是常事。一个月后，华亭剧团的朱培声登报宣布脱离九星大戏院，另组万象剧团，并"挖"走了女滑稽夏萍。位于静安寺路国际饭店东首的金国大戏院刊登启事，说"敝院兹聘小宁波朱培声等主持之万象剧团，定于今日下午二时在本院公演新剧《郭阿德到上海》。届时恭请夏仲明先生揭幕，李慧芳小姐剪彩。尚祈各界惠临指导"。（1945年6月1日《申报》）同日，夏萍也刊出启事：

> 萍献身游艺界数年来，辱承各界爱护，至深铭感。兹自即日起脱离九星大戏院，另应万象剧团之聘，参加合作，并定于今日下午二

时，在金国大戏院演出。尚祈各界惠临指导为幸。

金国大戏院位于国际饭店与金门大酒家（今华侨饭店）之间的金国商场内，建于1943年，由浦东闻人金廷石、陆少璋、张介平、龙德明等主持。场子不大，刚开张时有报道云："日前记者偶然经过静安寺路，顺道到金国去了一次巡礼。踏进大门，眼前见到的是一派新颖美化的气色，台上正演至浦东巡警调查户口。程笑亭的浦东巡警冷面滑稽，早已有口皆碑，出言诙谐滑稽突梯，令人捧腹可称一绝；而裴扬华之小山东，仲醒啸之滑稽少爷，亦精彩绝伦，令人拍案叫绝。""场中四壁悬挂着各界闻人名流致送的屏条匾额，琳琅满目。记者在场中巡视一周，觉金国内部装置设备，较天宫、美华不知超过若干倍，实在是一个演出滑稽、说书最最理想的场子。"（金宜《金国大戏院巡礼记》，1943年10月14日《力报》）

《郭阿德到上海》又名《小宁波到上海》，朱培声饰主角小宁波，与九星的小浦东显然形成友好竞争。参加万象剧团的演员中，有范哈哈、筱快乐、笑嘻嘻、筱春山，后来杨华生、张樵侬、袁一灵等一大批滑稽戏明星也加盟。万象的影响已逐渐超出华亭。剧目不断更新，先后演出《怪现象》《鸾凤和鸣》《万宝全书》《地产大王》《将错就错》《三星高照》《笨到极点》《狗头军师》《一厢情愿》《纸头老虎》等，许多都是讽刺现实、针砭时弊的作品，深得观众的共鸣。广告语显示，《郭阿德到上海》："小宁波朱培声主演""滑稽讽刺，语语发噱"；《怪现象》："於斗斗编剧，筱快乐导演""噱足输赢，笑足输赢"；《将错就错》："李汉云编导，董天民舞台监督"；《笨到极点》："社会讽刺大趣剧""胡了然导，范哈哈夏萍主演"；《狗头军师》："范哈哈夏萍合演"……小报上对金国剧场头牌旦角夏萍这样点评：

金国剧场昨日停演的《地产大王》，即黄宗英杰作之一。《甜姐儿》女主角由夏萍饰，朱培声则演汽车夫一角。夏萍之甜姐儿照样噱过明白，演技不错，可惜在金国剧场，此种洋噱头不为人吃，再加上他们模仿"话剧作风"，反成了话剧之"讽刺版"。（流言《喜讯多》，1946年1月16日《铁报》）

这里提到的黄宗英，应该就是著名电影家兼剧作家黄宗英吧，想不到她曾创作过滑稽戏。

小报上的夏萍逸事遗闻

演员作为公众人物，自然受到人们的关注。特别是女明星，她们的私人空间更加为人瞩目。40年代上海有很多小报，大都热衷报道影剧界各种花边新闻，有些格调并不高，但是留下不少真实的细节，为后人了解历史提供了较为可靠的资料。

关于夏萍有不少新闻短文，涉及董天民的一条说："金国万象剧团旦角台柱夏萍，今日在家宴请其由杭州来沪之义父董天民，及宋小天、沈云鹏、武太虚、顾剑秋等，略尽地主之谊。又金国票价，今日起涨售四千。"（1946年12月10日《商报》"剧艺春秋"）董天民与金国也有直接关系，1946年7、8月间由夏萍参加的滑稽戏《将错就错》，董天民任舞台监督。当时董与夏萍都住在永裕里35号，这次宴请被小报披露，还可能与夏萍不久前去杭州有关。该年秋天，金国剧场曾停演，艺人们曾向杭州大世界艺明剧团求援，夏萍自告奋勇赴杭州"打路"，不料"被该团小生胡君安霉头触回上海"。（1946年8月9日《罗宾汉》）董天民再度赴杭，是否有意出力相助呢？

夏萍成家较早，育有一子。1942年后夏曾息演两年，盖因产子所致。丈夫常年在外经商，两人感情淡薄可想而知。到金国大戏院演出后，夏萍结识剧院前台职员小陈，坠入恋情，众人皆知。《戏报》刊慕尔《饭泡粥集》，其中一则谓："近来之文明戏旦角，论色夏萍似属上选。其人与'金国'前台一职员恋，同居且育儿，刻犹爱好无间也。"（1946年12月12日《戏报》）《夏萍怀孕》（《力报》）、《夏萍待产》（《飞报》）、《夏萍赴京待产》（《罗宾汉》）等花边新闻，相继出现在小报上。有人写道："金国朱培声万象剧团女演员夏萍，自从与小陈实行同居以后，已有一年之久了。谈到夏萍嫁给小陈，则有一般人士是很替她惋惜的，其实这是多余的。夏萍是后台的旦角台柱,小陈是前台股东老板之一,他们一个愿嫁,一个愿娶,名副其实的前后台通力合作,夫唱妇随,旁人根本没有论长道短的必要性!"(梅霞《纪夏萍闹蹩扭》,1946年10月16日《甦报》)有一段时间剧场卖座欠佳,传闻他俩"闹蹩扭",其实是夏萍怀孕,小陈陪她去了家乡苏州荡口镇待产,"闹蹩扭"的谣传不攻自破。1946年12月26日《铁报》记:"夏萍演完下期新戏《眼睛翻白条子飞》讽刺趣剧,宣布辍演,静养待产。"另有一篇记述她"辍演"到重登舞台的内情:

> 文明戏女演员中,除掉王雪艳以外,要算夏萍是头块牌子了。夏的姿色虽并不怎样,上得台去,倒也颇有些风头。
>
> 当年夏在大世界出演时,追求她的人很多,结果却嫁给一个外行,不过至今未曾结婚,只是同居关系,并且已养下一结晶品。前年春天,夏夫为了衣食,到杭州去做生意,一去两年,没有消息,夏只得重现色相,其间以搭班金国剧场的时候为多,因此又爱上了前台职员小陈,干柴烈火,很容易的就搅得难解难分。
>
> 三个月前,夏萍曾回到故乡苏州荡口镇,耽搁了一阵,原因是腹中有了小陈的种子,为避人耳目,不得不回去一趟。现在夏的存货业已出清,又在金国登台了。
>
> (麟翁《夏萍二度破产》,1947年6月3日《光报》)

夏萍分娩后加入东方剧团,重登金国舞台的第一个戏是《钞票机器》。

《钞票机器》和《越剧明星自杀记》

自内战爆发以来,内地人口大量流入上海。物价飞涨,本市批发物价指数每月以10%左右上涨,有的月份竟达60%以上。南京国民政府放话将进行币制改革,实际上靠大量印钞,财政依赖通货膨胀,新币形同废纸。在这样的社会背景中,1947年6月,金国大戏院上演滑稽戏《钞票机器》，因为，"该剧描写完全针对现实目前形势，无微不至。已得当局许可，准予上演。"（1947年5月29日《飞报》）确实有点儿以身试法的味道，胆子不小。"已得当局许可"一句，宣告已通过审查，显然针对南京国民政府上年严禁"讽刺政府"的戏剧而言。夏萍担任该剧女主角。小报以"于素秋金国剪彩，夏萍卷土重来"为题报道金国开幕：

> "金国"剧场内部装修后，已于六月一日开幕，由黄金荣先生揭幕，于素秋剪彩，并有该院经理陆少璋致词，对于娱乐与人生演说了一番大道理。该院现由杨华生、杨笑峰、朱培声、张樵侬、张幻尔、袁一灵、陆希希、王亚森等领衔上演醒世滑稽《钞票机器》，冷嘲热讽，也是东方朔之流亚也。
>
> 《钞票机器》的女主角夏萍，为游艺界之优秀演员，过去自办剧团，曾一度息影舞台，此番为情商客串，东山再起，卷土重来，益觉其不易多得也。（1947年6月3日《真报》）

《钞票机器》广告用"四班滑稽剧团联合主演""特请夏萍助演""空前罕有，曲折喜剧"等相号召。该剧演员阵容强大，1947年6月1日首场，请来黄金荣揭幕，童芷苓、曹慧麟剪彩。《钞票机器》连续演出一个多月，"狂满42场"。

1947年10月13日，越剧名旦筱丹桂吞服来沙尔自杀，留下"做人难，难做人，死了"八字遗言，案件轰动上海滩。筱丹桂死后，上海各越剧团体宣布停演三天，以示哀悼。筱丹桂遗体在安乐殡仪馆大殓，越剧界三百多人齐赴殡仪馆致哀，五万多戏迷前往向遗体告别，花圈、挽联多得无法摆放。案情很快指向戏院老板、戏霸张春帆长期欺压、霸凌，导致筱丹桂自尽。警察局在舆论压力下，逮捕了张，后因证据不足，将张释放。当时许多剧团根据筱丹桂自杀事件，迅速赶排出剧目，形象地揭露社会上的黑暗势力对艺人的迫害，要求当局严惩凶手，以平民愤。同年11月金国大戏院上演的《越剧明星自杀记》，即为其中之一。广告词云"大闹殡馆，像真孝堂""越剧姊妹，敌忾同仇"，还原了抗议的现场。夏萍参加演出。这出戏应该已不是滑稽戏了，当为文明戏，即话剧。

此后，夏萍又参与演出了滑稽戏《吃饭忘记种田人》。该剧由方一也编导，广告称"饱经离合悲欢，备尝甜酸苦辣。迭本戏好得呒啥话头，看过都说好"。1948年，夏萍与朱翔飞、唐笑飞、包一飞"三飞"在红宝剧场同台演出《摩登西游记》，夏担任主角。红宝剧场位于西藏路南京路口原新世界剧场。一度传言夏萍将上银幕："三飞剧团台柱夏萍，近有转入电影界之讯，与之接洽者为大同影业公司，由游艺协会主席董天民居间介绍。董系大同之制片主任，刻双方正在谈判条件，大致可成事实。""按董天民与夏萍之关系，实为父女，而画家董天野则为夏萍之叔，此番董天民促成夏上银幕，盖亦捧捧女儿之意耳。"（慕尔《夏萍将上银幕》，1948年6月6日《罗宾汉》）后因夏萍又怀孕，拍电影事遂告吹，红宝也辍演了。翌年2月，夏萍生下一位千金，消息很快被人捅到小报上，还得到褒奖。文云：

　　夏萍今年已二十七岁（应为29岁——引者注），因为人生得矮小的缘故，看上去只像十七八岁的小姑娘。可是，她已经（是）有了二个孩子的母亲了。除了演戏之外，抱着孩子玩弄，不赌，不吃酒，不跳舞，什么都没有兴趣，完全是贤妻良母的典型。

　　最近夏萍又产下一位千金，辍演"红宝"，在家静养调理。一年一个孩子，在游艺圈中，夏萍也是一位多子多孙的子孙太太。（曼蘋《夏萍多产》）

加盟蜜蜂滑稽剧团以后

　　历史翻过沉重的一页。1949年5月上海解放，滑稽界艺人排演了《天亮了》一剧，迎接新时代的到来。该剧在西藏路二马路口的天宫戏院演出，刘谦编导，演员有姚慕双、周柏春、程笑飞、俞翔民、胡君安、小刘春山、夏萍、陆希希等。（1949年6月29日《新闻日报》）1950年"姚周"创建蜜蜂滑稽剧团，夏成为该团演员。蜜蜂剧团在红宝剧场上演的第一个戏《红姑娘》，是一部关于惩处汉奸的滑稽戏，轰动一时。这年秋冬，北京召开全国戏曲工作会议，周柏春当选上海滑稽界代表，赴京莅会。11月27日上午，滑稽界在红宝剧场举行欢送会。"滑稽人才，济济一堂，除掉提出许多宝贵意见外，不免噱头百出。"王山樵被推为主席，妙语连珠，引得全场阵阵欢笑；周柏春讲话幽默风趣；老艺人陆希希一口苏白，讲出大家的心声，引来一片掌声……夏萍讲话，台下拍手，她说："请大家不要拍手，一拍手，闲话讲不出了。"接下去，她向周柏春一鞠躬，说"祝侬一路顺风！别样闲话我也吭没。"次日《亦报》用《台上台下随声附和，夏萍讲话鞠躬代替》为题，报道了这次欢送会上的种种花絮。

夏萍参与了蜜蜂剧团所有重要滑稽戏的演出。1957年的《西望长安》，1959年的《不夜的村庄》，1961年的《笑着向昨天告别》，1964年的《一千零一天》，以及《小儿科》《望子成龙》《只进勿出》《满园春色》等戏，正反角色、主角配角都能演，观众无不赞叹不已。《西望长安》根据老舍同名话剧改编，以当时轰动全国的一件真实案件为原型，演绎了一场社会的悲喜剧。骗子栗晚成冒充"战斗英雄"四处行骗，骗飞机票，骗生活补助，骗荣誉，骗爱情，骗了三年，终于被拆穿。栗晚成以看望旧识农林所杨主任为名，从兰州转往西安，殊不知公安处已经开始怀疑并调查他

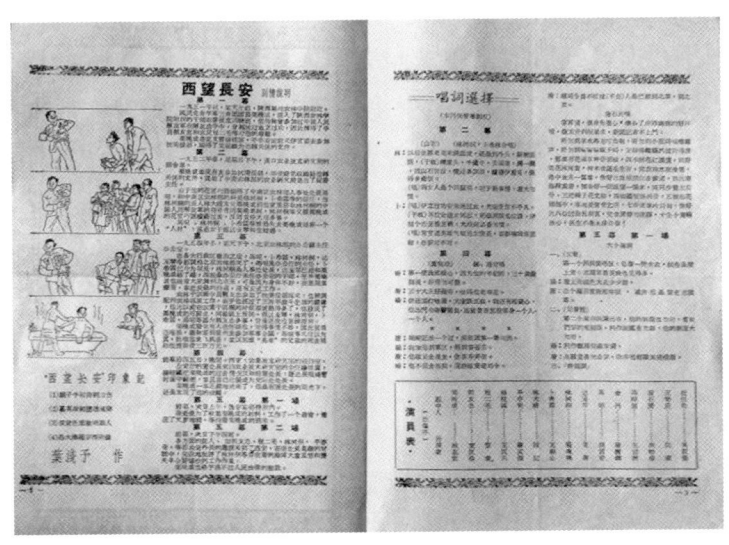

滑稽戏《西望长安》戏单

夏萍参加演出《西望长安》剧照（1957年）

的底细……故事本身具有很大的讽刺意义，滑稽戏以其独有的夸张语言和形体动作，演绎得惟妙惟肖。姚慕双饰大骗子栗晚成，夏萍扮演"仰慕"英雄的女青年达玉琴，鲜明的时代氛围和人性的弱点交织其中，令人忍俊不禁，又发人深思。

1960年春，蜜蜂滑稽剧团划归上海人民艺术剧院建制，定名上海人民艺术剧院滑稽剧团。1963年上半年，剧团改名上海市滑稽剧团，"文革"时期曾被解散。1978年重新组建为上海曲艺剧团，1985年更名为上海滑稽剧团。夏萍常说，她一生只做了一件事——唱滑稽。到了古稀之年，仍担任辅导学员、培养新一代滑稽新秀的重任。

夏萍于20世纪60年代离开永裕里，迁居绍兴路新居。晚年生活上得到子女们的很好照顾，身体康健，四世同堂。2017年10月27日，夏萍以98岁高寿谢世，成为当时滑稽界最长寿的寿星。

2024年3月于上海浦东明丰花园南窗下

影星周起的喜悲人生

60年代初,在永裕里总弄常能遇见一个扫弄堂的老头,矮矮的个子,身体蛮壮实,胡子拉碴,衣服邋遢。逢人笑呵呵,点头哈腰,有人告诉我,他是"四类分子"周起,当过电影演员,住在永裕里16号。说是老头,其实不算老,当时年纪还不到五十岁呢。这位曾与周璇、舒适、龚秋霞、王丹凤等同台演戏的影星,是怎么变成扫街大爷的呢?他如同一场喜悲剧的人生转换,听我从头说起。

"做过苦工,流过血汗"

这是1940年第9期《影迷画报》上一篇介绍周起的文章的题头语。接着题头语对周起作了如下评述:"赤诚、忠厚,从实践中体会到理论","具有最高演技水平的多方面演员"。

周起,原名周先金,祖籍湖南,1915年出生于北京,自幼口齿伶俐,能说一口漂亮的"京片子"。他在《我爱〈青春〉》一文中回忆说:"余生也晚,没有赶上'辫子的时代',却也多少赶上了一点辫子没落了的

周起像

余剩。也就仗了这点仅有的'残余',便使我读完了《青春》后,生出了亲切之感,虽然我的长成不是在乡村。""在童年,我曾有小虎儿一样的顽皮、淘气,也曾受过郑老师型人物的管教。虽然我爬的不是人家的墙头,而是古旧的城墙。虽然摘的不是石榴,而是野生的酸枣。但是,在小虎儿的身上多少能找出来一点我童年的影子。""及长,我看见过天性善良、头脑封建的杨村长,也曾会到过心里开通、嘴里啰苏心口不一致的田寡妇。并且我也曾对香苹型的大辫子姑娘,有过'甜美的憧憬'……"(《影剧》第1卷第6期,1949年1月17日)

他曾受过中等教育,在天津某机器厂做工,自称是一个"吸过三年多铁末的机器匠"。"一·二八"事变后,日货很快占领北方市场,周起所在的机器厂倒闭,他失业了,流浪到上海谋生。从报纸上读到一篇话剧《怒吼吧!中国》的剧评,"自己亦怒吼起来了",决心走演剧的道路,用他的话说是"侵略者的炮火"把他"轰"进戏剧圈。(周起《我怎样走进戏剧圈里来的》,《戏剧杂志》1939年第2卷第4期)

1936年秋,天一影业公司招考演员,周起以本名投函报考。报名者有1 700余人,取得应试资格者110余人,实际参加考试者仅97人。经天一公司经理邵醉翁等考试的结果,录取预备演员3人、练习演员20人,周先金为20名练习演员之一。他后来改名周起,寓意屹立于社会,堂堂正正地做人。不过他有时也用周先金本名,或另一艺名"金静"拍戏、演剧。他个子不高,有点胖,先天条件并不优秀,更没有进过专门的艺术学校深造,完全依靠自身努力,在舞台和银幕上塑造了许多让人难忘的艺术形象。他首先叩开了电影公司的大门,成名却是在"孤岛"后的话剧舞台。

从"青鸟""晓风"到剧艺社

1937年11月上海沦为"孤岛"后,于伶等以留守上海的第十二抗敌演剧队为班底组建青鸟剧社。从1938年元旦开始在新光大戏院公演《雷雨》《日出》《女子公寓》《大雷雨》和《衣锦荣归》等话剧。周起似较晚加入"青鸟"，仅参加了《衣锦荣归》的演出。"青鸟"是一个具有相当规模的话剧团体，可惜于几次公演之后，内部发生纠纷，加上经济原因，1938年4月宣布解散，分裂为晓风剧团和上海艺术剧院两个团体。晓风剧团拥有超群的人才，舞台设计、化装、音乐等都是一流的。演员方面，"晓风拥有傅威廉、顾梦鹤、徐琴芳、路明、尚冠武、夏霞、洪逗、周先金、何剑飞、梁凯元、姚琳、陈明、黎明、魏征、杨铎、舒适、贺彬、常袭六、张徵宇等数十员影剧巨星"。（心愁《谈谈晓风剧

晓风剧团公演《洪水》特刊

团》，1938年《学报周刊》创刊号）周先金即周起。周起参加晓风剧团，先后演出了《洪水》和《武则天》两部大戏。

《洪水》是田汉的作品。1935年，江苏洪水成灾，哀鸿遍野，同年10月，田汉与徐州民众教育馆的赵光涛一起去徐州黄泛区实地考察，写了长篇考察报告，还以此为素材创作了话剧《洪水》。晓风剧团演出之前，有剧团演过。此剧晓风剧团排练时间短，仓促登台，显得有点乱。1938年7月15日起，晓风剧团在新光大戏院上演《武则天》。这是一部宫闱历史剧，人物服装与舞台装置富丽堂皇，动人的剧情，宏大的场面，演出效果相当完美。新光戏院门前连日车水马龙，热闹非凡。《武则天》一剧需演四个小时，内有名曲七支，由晓风弦乐队伴奏，为全剧生色不少。

不久发生了"晓风事件"，即有人揭露其经费有来自敌伪之嫌疑，晓风剧团随之解体。上海艺术剧院在参加上海各界救济难民公演后，因租界当局拒绝登记也被迫终止。

上海艺术剧院解体后，于伶等借中法联谊会戏剧组主办名义，于法租界组成上海剧艺社。剧艺社以"严肃的态度，努力提高演剧水准，选成功的舞台名剧，供给观众精神食粮"为宗旨，运用曲折隐蔽的方式开展进步戏剧运动。周起等原晓风剧团的演员纷纷加入。上海剧艺社"于法工务局立了案，巩固了底基，现她可算是'孤岛'上唯一的大剧团了。它拥有

优秀的演员和技术人才,第一流的导演如吴仞之、许幸之、李健吾等,第一流剧作家尤竞、顾仲彝等都是该社的赞助者。演员如蓝兰、夏霞、舒适、周起、徐立、夏风、吴湄等都是基本演员,每次演出都贡献了最高的表演"。(纬蓝《孤岛剧运一周年》,1939年2月26日《申报》)剧艺社先在法租界工部局大礼堂(今南昌路科学会堂)上演了两部法国剧目。第一部《人之初》,法国巴若原著,郑延毅译,顾仲彝改编,吴仞之导演。1938年9月23—25日,连续演出三天,每天日夜两场。第二部《爱与死的搏斗》,法国罗曼·罗兰著,李健吾译,许幸之导演。1938年10月27日起公演,也是每日两场,同时加演李健吾导演奥尼尔的独幕剧《早点前》,受到观众的热烈好评。演出广告的演员栏中都有周起的名字。

上海剧艺社公演《人之初》广告
(1938年10月14日《申报》)

上海剧艺社公演《花溅泪》广告
(1939年2月7日《申报》)

剧艺社取得法租界当局信任后,在卡尔登大戏院(今黄河路长江剧场旧址)演出了反映"孤岛"现实生活的《花溅泪》。该剧由于伶编剧,吴永刚导演,描写舞女的悲惨命运,极富现实意义。"国破山河在,城春草木深。感时花溅泪,恨别鸟惊心。""中国第一部以舞场为背景的舞女大悲剧。"虽是广告用语,也是现实的写照。周起在剧中扮演匡先生一角,尽管为配角,但他演得很认真。《花溅泪》中的插曲《舞女曲》,原由音乐家陈田鹤谱曲，如今由黎锦光做了一首爵士化些的曲子，很快在舞厅传开了。

活跃于银幕和舞台的"两栖"人

周起在话剧舞台大显身手的同时，1939年加入大同摄影场，参与多部影片的拍摄。大同摄影场为当时多家影业公司共同投资设立的影片拍摄

国华影业公司《新地狱》广告（1939年8月30日《申报》）

金城大戏院（今黄浦剧场）旧址

国华影业公司上映《小侠女》广告（1939年10月9日《申报》）

基地,演员与摄影场签订合同,根据需要为各影业公司拍片。周起的处女作是国华影业公司出品、周璇主演的《李三娘》。

国华公司系金城大戏院老板柳中亮、柳中浩昆仲创办的电影公司,成立于1938年初。起先拍摄了多部民间故事、戏曲改编的古装片,后来也拍摄了一批现实题材的影片。周起参加拍摄、1939年上映的影片有侦探片《夜明珠》,由程小青编剧,所谓"赤手空拳深入虎穴""单枪匹马直捣黄龙"。演员中还有舒适、龚秋霞、白燕等。又如《新地狱》,柳中浩监制,吴村导演。影片成为"都市阴暗面的透视""孤岛畸形态的暴露",全剧揭示"欢笑中饱含血泪,忧愤下打开出路"的主题。由周璇、舒适主演,另外还有周曼华、白燕、龚稼农、洪逗等参加拍摄。又如《小侠女》,古装片。柳中亮监制,郑小秋、张石川导演,胡蓉蓉、龚秋霞、龚稼农等参加。叙述奸佞"篡王位,劫忠良",小侠女为民除害的故事。国华公司上映、周起参演的影片还有《孟姜女》《杨乃武》《七重天》《歌声泪痕》(以上1939年),《西厢记》《三笑》《李香君》《碧玉簪》(以上1940年)等。

周起在影片《西厢记》中扮演惠明和尚剧照

周起在影片《红花瓶》中也扮演过角色。这部由明星影片公司摄制、天声影业公司出品的电影,陈大悲编剧,张石川导演,演员中还有王兰、舒适、白燕、王汉伦等。1939年6月上映。在这部影片中周起用的是原名周先金。金星影业公司出品、1940年10月上映的《秦淮世家》,改编自张恨水同名小说,周起在影片中有出色的表演,被影剧界评为周起的代表作。上述各影片演员中,不少人跟周起一样,都是同时活跃于银幕和舞台的"两栖"人。

"孤岛"时期上海的话剧演出相当活跃,有多家剧场同时上演话剧。卡尔登大戏院是当时话剧演出最多的一家剧场,职业的、业余的剧团都有。新演剧社1939年4月成立,周起担任该社《伪君子》一戏导演兼演员,颇为成功。

卡尔登大戏院(后改为长江剧场)旧址

新演剧社《伪君子》演出广告(1939年6月4日《申报》)

《伪君子》为法国大剧作家莫里哀的名作。故事说:白雪刚最信任的朋友戴度甫,表面上拘谨老实,满口仁义道德,然而白雪刚家没有一个人不憎恶他。因为戴的虚伪和狡诈,为了达到与白的女儿玛丽结婚的目的,不惜破坏玛丽与杨慰如的婚姻。他更无耻地调戏白妻爱密,等等。当人们当面拆穿戴度甫伪君子的伪装,白雪刚却斥责家人,并要把家产继承权送给他……这出戏1939年6月上演后,受到观众好评。有评论称:"这出戏剧的题材是最精粹的社会实相的描写,尽管情节不大错综复杂,而它的演出的效果,终能抓住观众的心。"对演员的表演,评论也大加赞扬:

  饰伪君子的周起,是成功的一个。表情的深刻,确是处处都能

贴合剧中人。记得好许多日子以前,他在晓风剧团《洪水》及《武则天》里的演出,已得到很多观众的拥戴,这一次是给人们更满意了。饰玛丽的陈琦与饰杨蔚如的严化,当这一对情人闹得尴尬的当儿,喜剧的气氛多么的浓厚呢。饰丫鬟的蔡瑾,伶牙俐齿,把剧中人的身份完全刻划出来。饰白夫人张婉的情态,更得人家的好评。(觉《〈伪君子〉观后》,1939年6月13日《申报》)

剧艺社又以中法剧艺学校主办的中法剧社名义,从1939年7月起在辣斐花园剧场上演许幸之编导的《阿Q正传》。这部改编自鲁迅小说的作品,题材严肃,幽默中给人以思索,常常客满,连演一个月之久。剧中王竹友饰阿Q,天然饰小D,华容饰孔乙己,周起饰县官。参与演出的还有乔奇、吕吉、王献斋、杨帆、蒙纳、洪逗、韩非与舒适等。演出期间,剧社印制了一批《阿Q正传》剧本单行本供应,受到观众好评。接着,中法剧社上演曹禺名剧《原野》和《雷雨》,阵容强大,广告称为"影坛剧坛精诚合作,堪称话剧界之马奇诺防线!"周起在《原野》中饰常五。1939年10月,未名剧社在辣斐花园剧场上演音乐剧《上海之歌》,周起也参加了演出。

上海剧艺社1938年几次成功的公演后,在上海立下根基,1939年8月又在璇宫剧院演出于伶的《夜上海》。此后,陆续演出了一系列具有民族意识的中外历史剧。如《祖国》,一出法国六幕历史剧,吴江帆导演,周起在剧中饰剑侠。此剧1940年新年前后连续演出21天,观众爆满,影响深远。又如《陈圆圆》,编剧蒋旂在《申报》上发表《谁是陈圆圆?》的文章,为陈圆圆鸣不平。有评论引编剧的话,进一步对吴梅村把吴三桂的引狼入室、屈膝媚异,归之于"冲冠一怒为红颜"提出质疑。指出《陈圆圆》一剧脱离了"倾国倾城"的旧范畴,并不以陈为中心,而是通过陈圆圆这个人物的时代背景,批判了吴三桂和李闯两种不同的政治倾向。矛头所指,不言而喻。周起在《祖国》和《陈圆圆》中的剧照,还登上了《影迷画报》。

《海国英雄》是剧作家魏如晦(即钱杏邨,笔名阿英)1940年创作的一部四幕历史剧,1940年9月由剧艺社在璇宫剧场上演。该剧描写明末民

影星周起的喜悲人生

周起在《祖国》中的角色剧照

周起在《陈圆圆》中的角色剧照

上海剧艺社上演《祖国》《陈圆圆》广告（1940年10月17日《申报》）

上海剧艺社上演《海国英雄》广告（1940年1月1日《申报》）

族英雄郑成功抗击清兵的故事。当时南明隆武帝在闽即位抗清,但掌执兵权的大将郑芝龙因畏惧清军而投降,其子郑成功大义凛然,与父决裂,坚持抗击清兵并出师北伐。虽因力量悬殊而失败,但他并没有悲观失望,仍然表示了恢复大明江山的决心。而郑芝龙则被解送北京。作者通过战与降两条路线、两种结局的对照,表现了强烈的爱国主义思想感情,具有针砭时政、教育群众的现实意义。剧中郑芝龙由徐立扮演,郑成功由刘琼扮演,周起扮演清军大帅博洛,全体演员达70余人之多,为《怒吼吧!中国》以后所仅见。可惜,上演之日恰逢上海天灾(大水)人祸(电车汽车工人罢工),"卖座受到影响,约计亏蚀千元左右",后与剧场方谈妥,自10月11日起重演一星期。"璇宫主人吴邦藩自动将每日租价减低一百二十元(原为五百五十元),以助话剧之发展耳。"(《〈海国英雄〉明日重演》,1940年10月10日《申报》)

上海剧艺社接着又排演了《李秀成殉国》《大明英烈传》等剧,周起都参加了演出。

在"中联""华影"拍片、演戏

1941年末太平洋战争爆发,日军占领上海租界。军方通过日本电影巨擘川喜多长政的关系,找到新华影业公司张善琨,拉拢张"落水"。张起先托词未允,据说张善琨向重庆方面地下工作人员商量,获得指示后才应允出面主持。翌年4月,日伪将上海包括新华、艺华、国华、金星、光华、天声在内的12家影片公司强行合并,组成中华联合制片股份有限公司(简称"中联"),主要负责影片制作。张善琨任总经理,原各公司签约演职人员也都成了"中联"的雇员。张拍摄了几部爱情家庭题材的影片,在日方压力下也拍摄了两部宣传日中"亲善"的片子,受到演员的抵制。1943年5月,侵华日军为了加强对上海电影业的垄断,指使汪精卫政府颁布所谓《电影事业统筹办法》,把中华联合制片股份有限公司、中华电影股份有限公司及上海影院公司合并,成立中华电影联合股份有限公司(简称

"华影"),使制片、发行、放映一元化。张善琨任副总经理兼制作部主任。

从成立到1945年8月日本投降的两年多时间,"华影"共拍摄了80部故事片(1943年24部,1944年32部,1945年24部)。从题材内容看,这些影片大都以家庭伦理、爱情纠葛为主题,如《春》《秋海棠》《燕归来》《两地相思》《鸾凤和鸣》《大富之家》《何日君再来》等。同时,制作有一批报道"大东亚共荣圈"动态的新闻片,还与日本合作拍摄了《万紫千红》和《春江遗恨》两部影片。从当时报刊所刊登的广告及相关史料,我们可知周起在"中联""华联"所拍过的影片有以下6部:

《白衣天使》:"中联"出品,张石川导演,周曼华、舒适主演,1942年6月上映。

《春》:"中联"出品,巴金原著,杨小仲导演,周曼华、舒适主演,1942年9月上映,周起饰郑国光。

《秋海棠》:"华影"出品,秦瘦鸥原著,李丽华主演,1943年上映,周起饰沈麻子。

《乐府烟云》:"华影"出品,陶泰编剧,何兆玮导演,舒适、严俊等主演,1944年2月上映。

《雪梅风柳》:"华影"出品,张石川、吴文超导演,李丽华、吕文堃等主演,1944年3月上映。

《草木皆兵》:"华影"出品,朱石麟导演,严俊、陈琦、周起主演,1944年8月上映。

"中联"时期,周起与许多同事参加了四幕话剧《江舟泣血记》的演出。这出戏原名《怒吼吧!中国》,是苏联剧作家特列季亚科夫的名作。剧情大致为:1924年6月,英国军舰停泊在四川万县长江中。舰上一个美国商人搭小船上岸,因渡资与两名船夫发生争执。商人欲行凶,却失足落水淹死。舰长限令中国官府一日内拘捕船夫,并处以极刑。由于船夫已逃走,官府竟然连夜在码头工人中抽签,将两名无辜者送死。次日在码头行刑时,群情激愤,引起"暴乱"。冲突中,英舰炮轰县城,酿成"万县惨案"。该剧1933年由左翼文艺团体戏剧协社首演,轰动上海。1942年11月

"华影"影片《草木皆兵》广告
（1944年9月14日《申报》）

国华影业公司《金玉满堂》
广告（1942年5月20日
《申报》）

日伪"反英美协会"为庆祝"大东亚圣战一周年"，组织"中联"明星和话剧界名演员，在大光明大戏院演《江舟泣血记》。首场演出突发一件事，演"暴乱"码头工人的顾也鲁，把口号"打倒英帝国主义"下意识喊成"打倒日本帝国主义"！群众呼应，也有人喊"打倒日本……"一批日本人和汪伪政府官员就坐在台下。人们神经立刻紧绷起来，也许那些人以为口号属于戏中的台词，没发觉异常。

1944年10月，上海伪警察局司法处防犯科宣传禁毒，让大伙儿演话剧《回头是岸》。该剧由陶泰编剧，张石川、徐欣夫导演，周起等演出，在兰心大戏院连演四场。1945年4月，"华影"演员们以"联华艺术剧团"名义，排练的话剧《龙凤花烛》在卡尔登上演。周起还曾以和平剧团名义，组织了一班朋友到崇明、南通一带乡镇演出话剧。

1942年上映周起参加演出的影片里，还有原国华公司拍摄的《金玉满堂》《血泪鸳鸯》和《艺海春秋》等几部。《血泪鸳鸯》由周起、张石川合作导演，也是周起导演生涯的作品之一。由于在"中联""华影"拍片、演戏，后来给他带来了一场官司，下文将会提到。这里说说周起的恋爱与婚姻。

作为影星的个人生活，向来为世人所瞩目。1940年周起父亲去世时，一份电影杂志以《周起丧父》为题，披露此消息："舒适、周璇等各送礼十元，周曼华六元，凤凰、蒙纳各四元，总共连老板等的礼，共收四百余元。丧事是在上海殡仪馆举行。"（《电声》1940年第26号）电影杂志对于周起的花边新闻，更是滴水不漏，有闻必录。1942年10月10日《申报》刊出《周起王美珠订婚启事》，传出消息，《大众影讯》在第1版显著地位披露王小姐是教育界中人，"结婚佳期在明年元旦举行云"。实

周起与夫人王美珠

际婚礼延至3月8日，《申报》与多家小报都报道了在万寿叶酒楼的婚礼现场。次日，新婚夫妇去南京旅行，媒体继续跟进报道，《大众影讯》刊登《周起的一封信》，以通信形式让周起自述在南京旅行中的若干画面。后《新影坛》杂志又连载周起的《游京十日记》，记叙两次拜谒中山陵，游览玄武湖、雨花台、夫子庙等处的见闻与感慨；游记还记叙观看影片《血泪鸳鸯》与应邀参观戏院的感受。

电影圈风声鹤唳，周起否认"附逆"

"八一五"日本投降，"中联""华影"寿终正寝。当时一大批汉奸被南京国民政府逮捕，送上法庭受审，街上常有载着五花大绑的汉奸被押赴刑场处决的警车飞驰而过。上海的电影圈风声鹤唳，许多参加过"中联""华影"的电影人被指控为"附逆"汉奸遭通缉，张善琨、张石川首当其冲。1946年2月，二张被舆论指控为汉奸。张善琨避居香港，张石川找门路洗刷"附逆"嫌疑。日本投降前不久，恰张善琨被日军怀疑跟国民党有来往，拘捕了张，后来被监视居住。加上"中联"成立前他与重庆地下工作人员的联络，此时摇身一变成了"地下工作者"。张石川则找到国民党接收大员吴绍澍为靠山，轻易通过了审查关。

在二张被审查之际，周起也被人举报，差一点上演"苏三起解"。

1946年秋,演艺界选举"上海小姐",周起担任主持人,站在话筒前摆出十足的噱头,全场瞩目。《大众夜报》副刊讽刺挖苦他,称"落水影星""大出风头,是上海人的耻辱",等等。周起委托律师,具状向地方法院控告《大众夜报》侵犯名誉。被告也正式具状向地检处检举周起,首席检察官"发出正式拘票,由季检察官率同法警多名,驰往贝勒路永裕里十六号周之寓所搜捕。周之妻弟,均从梦中警醒,惶骇万状。据称周已赴平拍摄电影,确未在家,如法院要拘捕,当可立写快信通知其到沪投案"。(1946年9月1日《立报》)

话剧《江舟泣血记》演出广告
(1942年11月20日《申报》)

话剧《回头是岸》演出广告
(1944年11月21日《申报》)

1946年9月30日,地方法院开庭审问,周起委托律师出庭。法庭先是驳回周起对《大众夜报》的控告。《大众夜报》胡汉君、钱台生带《太平洋周报》呈庭做证,"证明周起于本市沦陷时期内,参加演出敌反英美协会所主办之《江舟泣血记》及伪警局主办之《回头是岸》两话剧,并拍摄《雪梅风柳》《乐府烟云》等含有毒素之影片"(1946年10月1日《申报》)。

当时"剧协"成立了一个特委会,说要分批公布"附逆"演艺人员名单,却迟迟不见动静。有人为周起抱不平,指出一家小报指控周起"附逆",那么周起以外罪孽更大的人呢?周起更是理直气壮地否认自己有"附逆"罪。上海法院向北平传讯周起,有记者采访周起,周说:"《回头是岸》是一部影射上海流氓不法贩卖烟土的故事,以破坏毒窟为结局。片中并没有提到美国或者英国。至于《江舟泣血记》,是描写万县的事件,是一部爱国影片（话剧——引者注），仅不过涉及英国。"他对指控很愤慨，说："动不动就把汉奸的帽子套到人家头上，像我这种人算是附逆，全体拍影片的人都可以算汉奸了。所以，我很愿意到上海去应审，想法官自有公平的审判，断定我是不是汉奸。"（1946年9月23日《新上海》）

《大众夜报》依旧不依不饶，接连刊登《周起控本报，本报无罪》《关于周起》等文，一口咬定《江舟泣血记》是反英美的戏。法院公开审问两次，双方律师各不相让，法官宣布休庭。一"休"就是一年多，其间有的媒体担心周起凶多吉少，跟周起一样在"中联""华影"做过导演演员的人，提心吊胆，注视着案子的进展。1948年1月13日高等法院继续开庭，周起充分展露演员的口才，侃侃而谈，自我辩护说："在伪华影充任演员，悉为生活所迫，在南通、崇明演出之话剧中，均富有民族意识，并无为敌伪张目之处。""庭谕改期再讯，周仍交原保。"（1948年1月14日《申报》）几周后，法庭宣布周起无罪。理由是周起所拍影片都是爱情家庭娱乐片，与政治无关，对电影人不予起诉。

是的，连"华影"副总经理、大导演都成了"地下工作者"，还有必要起诉一位普通演员吗？闹剧终于落下帷幕。

勤于拍片乐于笔耕的影星

1942年初，国华公司完成影片《艺海春秋》后歇业。柳氏兄弟以停办国华抵制加入"中联"，但公司还是被日方强行并吞，柳氏兄弟无能为力。他们经营的金城、金都两家戏院也不再放映电影，只演戏曲和话剧，为此生意萧条，柳氏不得不变卖家产弥补亏损，尽力维护之前的事业和人员。想不到抗战胜利后，柳氏兄弟也一度蒙受"附逆"之祸，柳中浩曾被法庭传讯，一时闹得沸沸扬扬。所幸他们在沦陷时期的经历有目共睹，最后有惊无险，平安过关。随后，柳氏兄弟重整旗鼓，创办国泰影业公司，田汉、于伶、洪深等被聘为编剧，原国华公司的演员们纷纷集于国泰旗下，周起即为其中一员。

国泰影业公司《民族的火花》海报（1946年）　　国泰影业公司《十步芳草》海报（1947年12月22日《申报》）

从1946年到1951年，国泰影业公司拍摄了30多部影片，周起参加的至少有16部：

《民族的火花》：国泰的处女作。杨小仲导演，王丹凤主演，描写抗战时期悲恸壮烈的事迹，1946年12月上映。

《湖上春痕》：李萍倩导演，顾兰君、严化主演，1947年1月上映。

《假面女郎》：张彻编剧，方沛霖导演，顾兰君、严化主演，1947年9月上映。

《钗头凤》：杨小仲导演，陈云华、郭平主演，1947年12月上映。

《吕四娘》：徐欣夫导演，李慧芳主演，1948年1月上映。

《爱情爱情》：又名《鸾凤怨》，岳枫导演，王丹凤、冯喆、周峰、周起等主演，1948年2月上映。

《美人血》：侦探片。徐欣夫导演，吴惊鸿、陈云华主演，1948年8月上映。

《痴男怨女》：刘沧浪编剧，杨小仲导演，束荑、李梅、周起等联合主演，1948年9月上映。

《黑河魂》：李慧芳、乔奇主演，周起、房珊联合主演，1948年11

月上映。

《一帆风顺》：讽刺戏剧。应云卫、吴天导演，冯喆、束荑主演，1948年11月上映。

《凶手》：李萍倩导演，陶金、舒绣文主演，1948年上映。

《十步芳草》：杨小仲导演，陈云华、郭平主演，1948年上映。

《青灯怨》：林默予、白荷、周起等主演，1950年上映。

《杀人夜》：岳枫导演，严俊、白光主演，韩梅、周起等联合主演，1950年上映。

《江南春晓》：徐昌霖导演，蒋天流、周伯勋等主演，1948年拍摄，1950年上映。

《再生凤凰》：徐昌霖编剧，应云卫导演，朱莎、乔奇主演，1951年上映。

除上述国泰公司影片外，周起还参加拍摄了中央电影企业股份有限公司（简称"中电"）二厂的影片《肠断天涯》上下集。该片编剧尤纪，导演岳枫，演员有王丹凤、张伐、卫禹平等。"中电"组建于1946年4月，由国民党中宣部接收上海、北平等地日伪电影企业改组而成，下设三个电影厂，一、二厂在上海，三厂在北平。

50年代，周起在上海电影制片厂当演员，从事配音工作。1960年，

周起在上影影片《城南旧事》中的剧照

周起在影片《城南旧事》中扮演老北京骆驼队长一角，这大约是周起拍摄的最后一部影片。该片改编自台湾作家林海音的同名小说，反映老北京的风土人情，周起作为在北京长大的人自然更觉亲切。

"周起能演各种角色的戏，而且能写得一笔好文章。"这是1948年《影剧》杂志对他的评价。如今能找到周起刊登在各种报刊上的文章不下十篇，包括影剧评论、演艺经验等。如《我怎样走进戏剧圈里来的?》（《戏剧杂志》1939年第2卷第4期）、《漫谈演员的"思想磨炼"》（《舞台艺术》1941年第1期）、《我怎样创造三个不同性格的老年角色》（《影剧》1948年第1期）、《我爱〈青春〉》（《影剧》1949年第6期），甚至还有《爱情·婚姻·人生态度》（1947年12月4日《中央日报》）这样谈论人生修养的文章。他在《几个小的问答——关于通俗化戏剧》（《舞台艺术》1941年第2期）中这样回答编者的提问：

> 问：通俗化与新演剧有什么不同？
>
> 答：表面上虽有分别，实际却是互相辅助的，因为通俗化戏剧运动是争取落后的观众，新演剧运动却是说明民族形式，新演剧应用通俗的手法来说明，通俗戏剧应以民族形式做准绳。
>
> 问：通俗化在现阶段的意义怎样？
>
> 答：在戏剧的教育力量没有深入大众内层的现在，通俗化戏剧的提出，是富于良好教育、启示群众的意义的。

他认为通俗化的对象，应以欣赏力低微、理解力薄弱的小市民为对象。"文明戏的本质是脱离现实社会所需要的，内容是落后的、腐败的，形式是浮浅的，然而文明戏却是准通俗的。"他认为，通俗化作品应来自现实，他对剧本的改编、演员的选择，都有很好的见解。

这样一位勤于拍片乐于笔耕的影星，在那个荒唐年代陨落了。他演完了人生喜悲剧，被逼自杀，离开了他曾热爱的世界，连年份都未曾留下……

2024年4月于上海浦东明丰花园南窗下

沈笑亭住进永裕里72号

田家来了新房客

沈笑亭是谁？20世纪三四十年代上海滩著名滑稽艺人。现已很少有人知晓其大名了，沈笑亭曾居住在永裕里，恐怕更鲜为人知。

永裕里72号，不是书画家田桓先生的寓所吗？在笔者记忆中，72号从来是田家独门独户，怎么突然冒出一个笑星邻居呢？田伯炎兄告诉了我其中缘由。

伯炎兄说，抗战时期，日伪当局不断派汉奸来游说，企图拉父亲田桓下水，据说曾许诺委任他担任伪江苏省省长，遭到田桓的严词拒绝。日本侵占租界后，市场萧条，物价飞涨，光顾书画的文人雅士也很少上门求字索画，全家生活陷入困顿。田桓夫妇商议如何渡过难关，家里唯一的财产就剩永裕里72号的房子了。夫妇俩决定将二楼、三楼与亭子间全部租出去，以微薄的租金收入维持全家生活。于是沈笑亭一家住进永裕里72号，成了田家二楼、三楼的房客，亭子间租给了戴某，时间约在1942年初。

沈笑亭（1913—1963），原名沈庆魁，上海人。少年时与滑稽戏名角程笑亭、韩兰根等在南市一带"玩票"，后拜程笑亭为师，"下海"唱独脚戏。1936年4月，新光大戏院举行"电影明星、滑稽大家、话剧先进"的联合会串《海上一老板》，沈笑亭为演员之一。同时，他与何双呆搭档，担任下手，在元昌台、李树德堂台、华兴台等广播电台挂牌"自由谈唱"，

寻迹 永裕里——一条卢湾老弄堂的时光追影

沈笑亭像　　　　　　李树德堂电台滑稽大会串广告
　　　　　　　　　　　（1940年5月9日《申报》）

系"电台滑稽"响档，一时红遍申江。他们自组"流线型滑稽剧团"，经常与其他同行在剧场演出滑稽戏。当时"流线型滑稽"广告落款地址"寓法租界贝勒路福煦路口道德里十九号内"，是何双呆还是沈笑亭的寓所，不得而知。沈笑亭嗓音甜润，擅用"小嗓"，能唱女腔，故常扮演女角，与何双呆合演西洋人跳舞之类的，亦会踢踏舞，穿插于载歌载舞的独脚戏之中。独脚戏代表作有《广东上海话》《娘姨讲东家》《外婆阿奶》《二房东相骂》等，经常演播的唱段有《金铃塔》《三乐》《三鲜汤》《捏鼻头做梦》等。沈笑亭演唱口齿清楚，字正腔圆，底气充沛，还善操各种中西乐器，可自拉自唱。

"电台滑稽"经常带广告，颇为商界欢迎，电台也为滑稽艺人出书。1937年4月，位于上海菜市路三让坊7号的元昌广播电台，出版了一本《咪咪集·滑稽专号》，为何双呆、沈笑亭续集。1941年《上海的米》杂志也发行"何双呆、沈笑亭特刊"。何、沈自己还出版有《流线型滑稽》特刊。滑稽界能享此殊荣者没有几位。

《上海的米》"何双呆、沈笑亭特刊"　　银门戏院上演《白蛇传》广告
（1941年）　　　　　　　　　　　　　（1943年6月4日《申报》）

电话与灶台风波

田桓家出租房间后，全家十多人挤在客堂里，可想而知给生活带来多大不方便。滑稽人成了邻居，并未给田家带来欢乐，相反增添了无穷烦恼，甚至两家发生了一场纠纷。这是当初未曾想到的。

沈笑亭唱滑稽收入颇丰，手头阔绰，趾高气扬，瞧不起邻居家的寒酸境地，让田家子女极为反感。田伯炎兄说起这样几件往事：亭子间戴家一次主人生日，煮了几碗寿面送给邻居们尝尝。沈笑亭根本看不上，把寿面倒进了垃圾桶。沈家住进72号后在二楼装了个电话，那时电话还是稀罕之物，田家这么多年也没装成。一次，有人找田桓先生，电话打到沈家，要求叫一声楼下田家。本是邻居，理应相互关照，不料遭沈家严词拒绝，沈笑亭还蛮横地说："你们要接，自己去装！"田桓大女儿田佑气坏了，将灶台锅子藏了起来，并扬言："你们要吃饭，自己去买锅。"那时石库门房子烧饭煮水都在灶间，如几户同住，灶间与灶台应该都是公用的。有了矛盾纠纷，这就麻烦了，两家吵得不可开交。此事闹得半条弄堂沸沸扬扬，最后还是田桓出面打圆场，才偃旗息鼓，暂时"停战"。沈笑亭有吸鸦片的嗜好，警察常会上门查巡，他来往的人又多又杂，让田家烦恼异常。无奈自己招租来的房客，为了房租收入，解决生活困难，只好忍气吞声。沈笑亭一家当然也不愉快，导致最后搬离永裕里72号。田家收回房屋后，搬到二楼居住，那个惹事的电话沈笑亭并未带走，归了田家，前后用了六十多年。底楼、三楼与亭子间继续出租，亭子间戴家搬走后，来了永裕里67号美德小学体育老师陈先生，陈搬走后又住进了法商电车公司售票员潘某。底楼客堂被隔成三间，还搭了阁楼，几十年来邻居换了几轮，相处都不错。这是后话。

伯炎兄另一位姐姐田信，跟父亲学得一手好书法。敌伪时期，田桓不便出面卖字，田信公开登报招徕顾客，帮助父亲减轻生活负担。《田子信女士鬻书》广告云：

> 蕲春田寄苇氏，以书画鸣海内。其书自三代鼎彝，降逮于汉东西两京，魏晋以还，南北两朝，顺流俯拾，莫不精妙，尤为清道人章太炎辈所推重。讵意其女公子信，年方及笄，渊源家学，亦善作各体书。偶抚散氏盘，深得古人神髓，曩出品于女子书画会，所悬联轴，争购一空，且纷纷复定，至数百件之多，瘁数日之力，兹已了结竣事，愿以岁序更新之际，与海内人士广结墨缘。通讯处法租界贝勒路永裕里七十二号，各大笺扇庄均代收件。（1942年1月14日《申报》）

田氏父女靠出租住房和卖字艰难度日，沈笑亭的演艺生涯却可谓风生水起。"电台滑稽"仍是他赚钱的强项。据一份《申报无线电分类时刻表》显示，1938年秋上海有25家广播电台，日夜播送弹词、评话、故事、苏滩、话剧、申曲、滑稽与戏曲等节目数百档，滑稽所占比例甚大，何双呆、沈笑亭又在多家电台播音，无疑属于"响档"。一些救济活动也常常安排在电台举行，何、沈双档滑稽是少不了受邀请的节目。1942年8月，演艺界在大舞台联合演出《新天河配》大戏，综合杂技、申曲、滑稽等，内有何、沈的"滑稽跳舞"。虽则有点不伦不类，但颇为卖座。

1943年6月，由新世界原址改造而成的银门戏院，原先上演滑稽戏《小山东到上海》，演到第三本，观众已看腻了，戏院方感到有必要调剂观众的口味，于是推出李竹庵编导的滑稽戏《白蛇传》。何双呆、沈笑亭领衔，杨笑峰、姚慕双、周柏春助演。广告称："十丈蟒蛇满台乱飞，孩童当心。摩登白蛇传，与众不同，看过晓得。摩登白蛇传，戏中串戏，噱头造反。"（1943年6月3日《申报》）姚慕双、周柏春那时只是配角。

离开永裕里之后

抗战胜利后，何双呆"下海"经商，"双档"不得不拆档。沈笑亭先后与钮再呆、杨柳村、范笑卿等合作，仍以电台为据点，并独自播送《聊斋》故事。大约也就在此时，全家迁居普安路。沈笑亭住在永裕里72号，前后约四年。1947年初，沈氏普安路寓所发生盗案，消息披露于报端，题为《滑稽人遇滑稽事，笨贼夜盗假山石》。文曰：

> 唱滑稽戏之沈笑亭，家住普安路卅一弄卅五号，因沈收入颇丰，家中陈设华丽，客堂中置有锡腊扦，重逾二十余斤；古铜如来佛一尊，约重五十余斤（用红木架装置），并有假山石等，价值甚巨。不意昨晨六时许，女佣起身后，发觉门户洞开，已遭梁上君子光顾，所有如来佛、锡腊扦、假山石等，被窃一空。失主沈笑亭已报告泰山分局请缉。（1947年1月18日《申报》）

这条消息至少透露几点信息：一，沈家住址。二，新址宽敞，摆设阔绰，受到梁上君子的觊觎。三，沈氏收入颇丰，雇有佣人，想来与永裕里72号占据二、三楼时的"派头"一致。盗案是否侦破，不见下文。正巧此时何双呆经商失败，重返艺坛，何、沈恢复搭档关系，四处演出，沈笑亭忙得不可开交，无暇顾及自家的盗案。

祸不单行，不久沈笑亭又缠上一场官司，1947年3月他因吸毒遭拘捕。几家小报纷纷报道："流线型播音剧团领导沈笑亭，昨起各电台告假辍唱，由杨柳村、沈一乐暂代。据圈中人传出消息，沈笑亭嗜好未绝，其邻居恐遭是非，乃联合检举告发。且传沈笑亭已于十二日被警察局逮捕，进狱调验烟毒矣。"（1947年3月15日《罗宾汉》）"沈笑亭素有烟瘾，当局限期未能戒绝，乃于前日为警局拘解法院，短期内恐难恢复自由。"（1947年3月18日《诚报》）另一家小报还刊出《沈笑亭兄妹交恶》为题的"花边新闻"，也是说沈吸食鸦片被拘捕的事，文章说他有个妹妹"亦沉沦黑海"，有一子寄养于兄处，因每日耗于吞云吐雾之费甚多，来兄嫂处借钱。不料遭嫂子两记耳光，从此两家断绝往来。后来沈妹嫁给警备司令部某军官为妾，因兄妹交恶眼看兄长被拘捕，妹妹也不闻不问。（1947年3月20日《戏报》）吸毒被拘捕，本是自作孽，但平心而论沈笑亭在滑稽界口碑还是不错的，敌伪时期又没做过坏事。他吃了苦头后接受教训，改过自新，摆脱烟瘾，继续了他的演艺生涯。1953年他与龚一飞等共建玫瑰滑稽剧团，收过多名徒弟，可惜1963年刚满50岁就病逝了，恐怕还是那个坏嗜好害了他。

沈笑亭的儿子沈贵鑫1939年出生，子承父业成了"小滑稽"，曾用艺名"小沈笑亭"，五岁即随父亲登台演出。后改名沈少亭。当年沈家居住在永裕里72号时尚为两三岁幼童。50年代初沈少亭在文彬彬、范哈哈的奋斗滑稽团学艺，1953年入玫瑰滑稽剧团当演员，在《八年离乱，天亮前后》剧中崭露头角。60年代参加海燕滑稽剧团，与田丽丽搭档，演出独脚戏《白相大世界》《各派越剧》等，多次参加上海人民广播电台春节广播会直播演出。1978年参加上海滑稽剧团，其代表作有独脚戏《赞歌唱不尽》《长辫子姑娘》《姻缘》，小品《无鼠区》《烧树板》等，屡屡获得各项演出奖。1988年，沈少亭与仲星火、马莉莉联合主演上海电视台摄制的电视喜剧片《冒险家的乐园》。

这位从永裕里走出来的艺术家，是否还记得他曾经生活过的石库门弄堂呢？

2024年7月于上海浦东明丰花园南窗下

第三辑 遗踪寻迹

亭子间杂志社，陋室观世界

亭子间，指老上海旧式楼房正楼后楼梯中间的小房间，面向朝北，光线较暗。由于租金较廉，常常成为爬格子文人的租房选择。建于1925年的石库门里弄永裕里，南临辣斐德路、北通西门路、东连贝勒路，西侧与慈安里、西湖坊等相毗邻。永裕里最大，我们统称永裕里地块。这里亭子间文人颇多，前后诞生过多家杂志社，成为上海石库门弄堂一道特有的风景，也为中国现代出版史留下了一段难忘的印记。

孙师毅与《汎报》

孙师毅（1904—1966），浙江杭州人，著名电影编剧与导演。早年在北京、上海求学。1926年至1929年，先后在长城画片公司、商务印书馆活动影戏部等影片公司任职。1934年孙师毅为联华影业公司编写电影剧本《新女性》，生动地揭示了中国正直的知识妇女在当时社会中的悲惨命运，并首次与聂耳合作创作了该片主题歌《新女性歌》。不久孙师毅又与聂耳合作，为影片《大路》创作《开路先锋歌》和《大路歌》，这些电影歌曲流传甚广。殊不知，孙师毅在影剧圈成名前曾居住于永裕里79号，并在此主编了《汎报》杂志。

1926年12月，上海各大小报纸纷纷报道《汎报》即将创刊的新闻。12月2日《时事新报》短讯《〈汎报〉即将出版》云："上海近有一部分文

孙师毅像　　　　　　　《汎报》第 1 期书影

艺界同人，组织星期杂志一种，定名《汎报》。创刊号定于一月一日出版，定价国内半年一元二角，全年二元；国外半年一元七角，全年三元，邮费均在内、零售本埠每期铜元十三枚，外埠大洋五分，各大书店、报贩均有代售。通讯暂由上海西门路永裕里七十九号孙师毅转云。"12月22日《光报》短讯《介绍〈汎报〉》云："电影界芳信、孙师毅等最近合编杂志，名曰《汎报》，计每周发行一次。取材方面，无所不谈，唯一以趣味为主。现已定阳历元旦出版……"芳信，即蔡芳信，江西南昌人，诗人、演员，时加盟上海新艺华影片公司任职。该刊版权页清晰地印着编辑者及汎报社地址：上海贝勒路西门路永裕里七十九号孙师毅；发行者：上海北四川路鸿庆坊良友印刷公司。《汎报》篇幅不大，类目却不少。《汎报》第 1 卷第 1 期即创刊号目录如下：

这一页声明作废	孙师毅
朔风	田　汉
诺贝尔死不瞑目	明　园
本地风光	东　兴
可怕	梁　所
译诗二首	芳信 维基

一年又二百〇五日纪念	光　光
报馆也难维持穿褂子的风化	趾　青
人体素描	鲁少飞

国际周·国内周·上海周

"汎"系"泛"的异体字。取为报名，恐怕含有"泛泛而谈"的自谦之意。开卷第一篇孙师毅《这一页声明作废》，题目有点古怪，其实是一篇发刊辞。作者用杂文笔触写道：

> 我们不肖，卖的是狗肉，却不愿在门前挂旗一具羊头。在当初我们计划办这个刊物的时候，本来也想找个什么主义来提倡提倡，也即使做招牌之意，后来四面八方一打听，才知道现在的什么什么主义，都给人家用完无剩，供不应求了。虽然主义也是由人创造的，何况我们中国人又是富有善创主义之天才的民族，要造几个出来用用，也不见得是十分难事，意思不承认是Typical的中国人。然而思想当中，竟不瞒诸位说，多少实不免有点"非我族类"的东西在里边，所以我们的同胞最善于做的事，而我们竟一件也做不出来……

虽则说得有些弯弯绕，但字里行间呈现出不同凡响的独立精神呼之欲出。这是一份综合性的文艺杂志，刊登小说、杂文、诗歌与绘画等作品。作者不乏诸如芳信、田汉、鲁少飞等已崭露头角的诗人、剧作家与画家。"国际周·国内周·上海周"栏目记载国内外文艺动态、作品推荐，应该出自孙师毅之手，至今不无参考价值。孙师毅在《汎报》中的作品还有《羊头狗肉斋评话》（第2期）、《论出恭等及其他》（第3期）等，似以杂文居多。良友图书印刷公司广告介绍《汎报》周刊："无适当之语句可说明其旨趣，读者须看后始知。大致偏重于'自由思想'及'大胆说话'两点。文艺作品亦占一半。"（1927年2月12日《申报》）可见其风格之一斑。

良友公司由广东人伍联德等于1925年发起创办，次年开始发行《良友画报》，享誉四方。良友发行《汎报》的同时，还出版《良友报》月刊、《银星杂志》月刊、《艺术界》周刊与《体育世界》季刊等期刊，影响很广。孙师毅在良友公司还出版了《影剧论集》《谚语汇编》，以及译作《希腊的人生观》等书籍。《汎报》在上海、北京、广州、杭州、天津、南京、武昌、芜湖、成都、南昌、重庆、宁波、琼州、汕头、开封，以及新加坡等地，拥有40余家书店的发行网，可见其影响之广。有人称"中国文坛异军突起之《汎报》"，有人还就《汎报》第5期上的随笔《荒山里的古寺》撰写评论。

由于孙师毅忙于大东影片公司创建等影业圈的活动，又被国民革命军某军政治部聘为学员培训班监考官，无暇顾及刊物的编辑。《汎报》连续出版八期后，戛然而止。

沈镇潮与《体育世界》

1935年5月18日《申报》刊出一篇新闻稿，题为《体育舆论界突起之异军，〈体育世界〉今日出版》。报道称："兹有体育著述界同人数人，鉴于体育定期出版物之寥落，爰有《体育世界》周刊之发行，已于今日出版。由潘公展局长题签，内容有潘公展局长《提倡体育之意义》长文一篇，洋洋洒洒。其他有漫谈多则，文辞警惕生动。尚有本届国际运动会专页，甚多参考价值……""每逢星期六出版，道林纸精印一大张，各报贩均有出售。全年定价一元，定报处上海辣斐德路慈安里五号该社，及汉口路三〇九号申报服务部亦可代订。"又一家亭子间杂志社脱颖而出，主编沈镇潮本是《申报》体育记者，他似乎对主业不满足，充分利用其社会人脉和经验，业余办了个"自媒体"周刊，结果一发而不可收，成就了一番事业。

上海得风气之先，清末以来各种体育运动蓬勃开展，曾取得不俗的成绩。1915年、1921年与1927年上海成功举办了三届远东运动会。当时比赛项目有田径、游泳、篮球、排球、足球、钢球、棒球、拳击以及自行车等。我国运动员在1915年第二届远东运动会上，获得总分第一名的成绩，世界为之惊叹，但是总的运动水准不高，普及率很低，有识之士疾呼必须加强体育宣传，提高国人对体育运动意义的认识。沈镇潮作为一名体育记者，热爱自己的事业，利用他手中的笔，联络各种体育组织和运动员，努力介绍各类运动的技巧和经验。

《体育世界》每期四版,创刊号有一篇介绍网球的译文,第2期起连载足球家乐秀荣的体育讲座,第4期刊发一组学校体育活动的讨论文章,第5期登载对亚洲足球大王李惠堂在沪活动的专访,等等。该刊出版的乒乓小球特辑、极力呼吁发展乒乓球运动。据报道,"体育世界社编印之乒乓小球特辑,自公开征求参加以来,乒乓小球之第一流球队纷纷参加……"由此当时上海掀起一股乒乓球热。《体育世界》还设有多种短小精悍的副刊,图文并茂,生动活泼,风行一时,销量不断攀升。

《体育世界》第2期第1版

由于它是一份报纸型的周刊,不易保存,为便利读者收藏,1936年初出版前30期的合订本《体育世界汇刊》第一集,并开展向全国图书馆赠阅活动。《体育世界》周刊持续两年多,出版了100余期,《汇刊》也出了3集。亭子间杂志社有此业绩,令人刮目相待。

抗战爆发,上海租界沦为"孤岛",《体育世界》被迫停刊。沈镇潮为全家生计奔忙的同时,并未忘却他钟爱的体育著述事业,1940年他联络同志,以体育世界社名义出版年刊《上海体育年鉴》。《申报》在报道此刊出版时写道:世界各国俱有体育年鉴之发行,甚至每一项运动节目,俱有分门别类之年鉴,而中国独付阙如。体育世界社鉴于编印年鉴工作之重要,先从上海着手,聘招专家撰述,并公开征求各种史料,"凡本市各男女体育会、足球会、篮球会,排球、越野、乒乓、小球、击弹、国术会等等之组织内容、历史、近况及各会本年度之工作报告"。1940年5月1日《上海体育年鉴》第一集问世,版权页发行者一栏为"上海辣斐德路慈安里五号上海体育世界社"。序文强调新闻界对体育事业发展的作用,肯定了沈镇潮等的贡献:

《上海体育年鉴》第一集封面

体育所以维持人类之健康，故一国体育事业之消长，足以觇其民族之强弱。我国近年以来，深知民族积弱，虽原因不一，而体育之未能普及，亦其中一端。于是执政者督促于先，有识者倡导于后；即青年英俊亦自知奋勉，埋头苦干。顾我国地广人众，难求普遍，欲求体育思想深入大众脑际，端赖广大宣传，发挥体育真谛，引起大众之注意。不但此也，方今世界文化演进奇速，而体育事业之发展亦日新月异，关于技术之改进，记录之创造，在在有待我新闻界，摘其精华，介绍于国人，观摩竞进，以故宣传工作，实能助长体育事业之发展也。上海为我国体育要区，人才辈出，宣传功效昭著，举凡体育动态，运动记录，非惟报章竞相记载，且有杂志专刊印行市上，流行全国，以此沪地人士对于体育之认识，最为普遍，而全国各地亦多受其影响，纷起注意，其发挥体育之精神，有足多也。沈君镇潮为海上名体育记者，著作等身，经验宏富，平时维护体育不遗余力，今出其全力编著《上海体育年鉴》第一集，周家骐、马崇淦、裴顺元、孙道胜诸君复助其成，纵横上下，搜罗无遗，其裨益国家社会，实非浅鲜。承属为序，爰志数语以归之。 中华民国二十九年二月沈嗣良

《上海体育年鉴》第一集里，专题文章有《篮球新战术》《社会足球技术的弱点》《网球运动之特点及对我国网运之希望》《社会游泳界》《手球谈》《自由车在中国进展的过程》《上海乒乓史》等，工作报告有《上海青年会体育概况》《一年来上海女青年会的体育工作》《上海精武体育会简史》《十年来之东华体育会》《青华体育会史略》等，还有多项运动比赛成绩记录。1941年、1943年，《上海体育年鉴》出版第二、三集。在当时战争环境下，编者们的劳动会是何等艰辛！

沈镇潮先生生平不详。1944年《申报》一则沈宅女主人去世的报丧启事告诉我们，那时他仍居住在辣斐德路慈安里五号。1948年沈镇潮还担任上海体育记者联谊会理事。从《体育世界》到《体育世界汇刊》，再到《上海体育年鉴》，沈镇潮与他的同志们努力奋斗了七八年，为我国体育史留下了一批丰富的史料。

在永裕里居住过的与杂志、出版直接或间接有渊源的文化人，还能稽考出几位。如左翼作家胡也频、丁玲夫妇1928年自北平来沪，永裕里13号是他们第一个寓所。胡也频在此为《中央日报》编辑《黑白副刊》，自8月至10月持续了三个月。随后离开永裕里，迁居相距不远的萨坡赛路（今淡水路）204号，办起了一份《黑白周刊》，1929年1月创刊。（《丁玲年谱》）1931年11月，永裕里71号中医许半龙曾以半龙医药书社名义，编印《中西医比观》，并刊登广告"函索附邮资一角即寄"。（1931年11月19日《申报》）几年后，隔壁西门路西湖坊30号青年无线电研究社，出版了一份无线电杂志《射电》月刊，共出了四期三册。

（原载《档案春秋》2024年第3期）

文化资料供应所：图书资料服务新尝试

自忠路马当路口的西湖坊与隔壁永裕里近在咫尺，因为有一道围墙阻隔，在笔者记忆中少年时几乎未曾踏入一步，印象最深的只有西湖坊耶稣堂教民的唱经声飞越高墙从空中飘来……1958年两条弄堂间的围墙拆了，从此向马当路方向出行穿西湖坊成了必走的捷径。在五年的"社青"生活时期，需要常常去西湖坊，那里的熟人也多了起来，然而对它的历史并不了解。动迁后离开生活了60年的老弄堂，在追忆往事中发现，当年穿越弄堂必经的西湖坊57号，20世纪30年代曾出现过一家"文化机关"——文化资料供应所，值得后人回眸与敬慕。

西湖坊有家私人图书馆

私家藏书楼在中国有着悠久的历史。近代以降，许多有识之士捐赠自己的藏书，建立起各式各样的图书馆成为时尚。这些图书馆大都以图书、报刊为主提供服务。文化资料供应所（以下简称"文供所"）提供的却是经过分类整理的专题文献资料，在当时可谓独一无二的新型图书服务模式。文供所成立于1936年6月，所址为法租界西门路西湖坊57号。

据报道《文化资料供应所讯》云："该所宗旨系搜集国内外各项出版物，将其中有关政治、经济、文化及社会问题，加以剪贴并整理，以供社会各界参考。据该所负责人称，目下各界对该所甚为借重，日有访问及加入该所为订户者。"关于收费标准,"按该所订户约分三种,一为每半年纳费一元,即可至该所任意借阅各项材料;二为每半年纳费五元,更可将各项材料借出参考;三为每半年纳费十五元,除前述权利外,且可指定该所代为采集并整理某项必须材料。该所印有各项之章程及各项材料索引,以备各界索寄,并欢迎各界人士前往参观"。(1936年8月30日《申报》)

文供所一经建立,即受到各界关注。当时没有复印机,没有电脑扫描仪,更无数据平台之类的科技新工具,工作全凭手工劳动。开始时文供所已订有国内外报纸60余种,每日分发剪贴。国内外著名杂志拥有120余种,均按论著内容作出卡片索引。他们搜集的范围异常广泛,包括国内外政治、经济、文化、农业、工业、交通、贸易、金融、财政、妇女问题、儿童问题、青年问题、白银问题、文艺理论,等等。此外,诸如新闻照片、时事漫画、天象、电影资料,也不轻易滑过。总之,凡有参考价值的材料,他们统统收集起来。当时有人撰文介绍文供所,称赞说:

> 他们分类的方法是异常精细的,每一大的部门下又各分十数或数十小的项目。这样,所有天地间一切形形色色,在他们二百八十六个项目里都可以找到它自己的栖身之处。

作者举了一个例子:如你打算写一篇关于日本在华北的"经济提携"的文章,单在"华北问题"里是不能找全要用的材料的,而在"粮食问题""棉花""农产品及运销""煤矿""其他矿冶""棉纺织业""丝纺织业""其他纺织业""火柴业""铁道""公路""航运""航空""电政"里面,才能找到你的"宝贝"。可见其资料分类之精细。

文供所采用有偿服务形式,借阅有三种办法:(一)五元半年。读者半年内可随时去找材料,可借回家。(二)一元一月。在一月内所享权利同上。(三)十五元半年。在半年内除享有同上权利外,读者还可以用电话或书信通知文供所需要的资料内容,文供所送资料上门可达六次。这名为"特种服务",专为大学教授、著作家、杂志编者而设。此外,还有一个特别优待学生大众和职业界的办法,即一元半年,但不能借出,只能在所里看抄,次数不限。

由于文供所收集的材料之广泛,写政治经济论文的可去找他需要的材料,就是写小说的也少不了光顾。比如,"普希金百年纪"的完整资料,只有他们能够提供。"对于这一朵沙漠里的鲜花,我们觉得不应该自私,我们应当介绍给我们的同好。"(《介绍"文化资料供应站"》,《关声》1936年第5卷第5期)此评论甚为中肯。文供所取得如此声誉,当然与它的所长李百蒙分不开。

所长李百蒙的传奇人生

青年李百蒙(笔名骆耕漠)

李百蒙(1908—2008),原名丁龙孝,曾用名李政、李抗风、李百蒙。浙江於潜(今临安)人,1923年入浙江省立商专。1927年投奔国民革命军,参加北伐。"四一二"事变后他流亡武昌,在国民革命军总政治部军政教导团接受训练,后随教导团从水路奔赴南昌,准备赶上共产党领导的武装起义部队。由于在九江受阻,他被迫返回杭州,毅然加入共青团,从事地下活动。1927年底,由于叛徒出卖,他被国民党政府逮捕,作为政治犯被关入浙江陆军监狱达六年之久。在监狱中,他与难友们自修马列主义理论及文化知识。1934年出狱后,来到上海定居。他积极投入抗日救亡运动,撰写文稿、编辑期刊、组织活动。从那时起,他开始研究和论述中国各种经济问题,参加了中国经济情报社、中国农业研究会、新知书店、职业界救国会理事会等社会团体的活动,引起经济界和文化界的关注。此时他使用"骆耕漠"作为笔名,寓意"在沙漠中耕耘的骆驼",伴随他之后数十年的理论耕耘。

在上海,李百蒙结识著名银行家、经济学家章乃器的弟弟章秋阳。章

文化资料供应所：图书资料服务新尝试

《征信工商行名录》
（1935年）书影

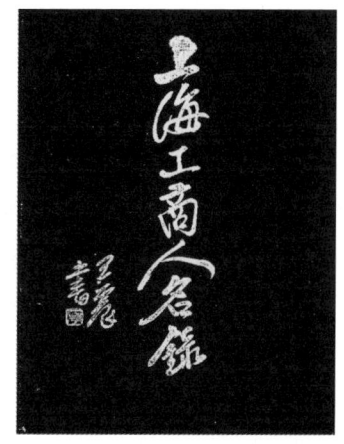
《上海工商人名录》书影

秋阳为中共秘密党员，了解了李百蒙的经历和特长后，推荐李进入他兄长为董事长的中国征信所任资料室主任。中国征信所是一个什么机构呢？现在知道的人恐怕已经不多，需要普及一些常识。

现代社会的经济生活中，金融业起着关键的作用，银行信用程度的高低以及征信工作强弱，已成为银行工作重要的一环。所谓征信工作，即为银行及时提供包括国际国内政治、经济等各种信息。1932年前，上海已有多家洋商征信机构，但没有一家中国的信用调查机构。章乃器很早就呼吁建立中国自己的征信机构，因条件不成熟而作罢。1928年，国民政府完成"武力统一"中国大部分地区，虽则外患频仍，但国内政治相对稳定，故而30年代前期民族工商业发展迅速，上海作为中国经济中心和远东金融中心的地位也得到确立。一批官商合办的华资银行，诸如中国、交通、通商、浙兴、浙实、金城、上海等银行，与老牌洋商银行展开了激烈的竞争。当时上海银行公会内设有"银行实务研究会"和银行界人士组成的"银行学会"，时任浙江实业银行副总经理的章乃器提出，为了适应银行收受国内外财政金融市场信息，建议组织中国征信所，作为国内同业横向联合的科学管理机构。1932年6月，中国征信所在上海香港路4号银行公会内成立，1934年迁至圆明园路133号大厅，业务发展鼎盛时期，全所职工达百人。

中国征信所下设信用调查、资料档案、编审、行名录编辑与总务五

个部门，及一个小型印刷所，后来还在天津、汉口设立分所。主要工作是信用调查、商品研究、市场预测、编印《征信工商行名录》和市场研究报告等。征信所还编印出版《上海工商人名录》《华商股票手册》、主编《上海工商业概况》在《申报》连载。后者包括纺织、棉布、肥皂、水泥、面粉、调味粉、新药、卷烟、桐油、造纸、房地产、证券、粮食、玻璃等行业的历史和现状。这些工作都依靠资料档案，李百蒙担任资料室主任，可见其擅长指挥文献资料的采集、管理与运用。这段经历无疑为他自己创办文供所积累了丰富的经验。

1936年8月，征信所发生了一起罢工风波，李百蒙成为焦点人物。那年夏天，章乃器因参与救国会领导工作，辞去征信所董事长职务，由中国银行调查科主任祝仰辰继任。祝上任伊始，即撤销李百蒙资料室主任职务，调为文牍科办事员，另调原秘书葛某担任资料室负责人。同时又无故开除文牍、调查两科职员三人，引起全体同仁不满，联合印刷部工人及茶役等一致罢工。李百蒙与事务科主任杨家仑被推为代表与祝仰辰谈判，提出复工条件五条：一、保障职务之安全；二、撤回开除职员成命；三、请政府当局彻查内部不良分子；四、严厉惩处播弄是非之职员；五、恢复秘书职务。工人方面则须增加工资、减少工作时间等保障工人权益不受侵害。（1936年8月8日《申报》）原先每天早晨都有信用调查与市场调查报告送至各银行经理的办公桌上，征信所罢工当日，经理们收到的是一纸罢工宣言。罢工震动了整个金融界，成为上海各报的特大新闻。章乃器支持职工的正义行动，因为祝仰辰违背了向章承诺的"方针政策不变和重要人事不变"两项条件。中国银行董事长宋子文不得不亲自出马，找章乃器谈判，最后撤换祝的职务，章乃器推荐新华银行孙瑞璜担任征信所董事长。持续三天的罢工终于结束。

骆耕漠与读者的互动

从1935年开始，李百蒙以"骆耕漠"为笔名在上海众多刊物上接连发表政治、经济研究文章。据不完全统计，不下数十篇。譬如：

《中国农产运销底新趋势》(《中国农村》第1卷第1期，1935年1月)

《废历年关前的中国城市和农村》(《通俗文化》第1卷第4号，1935年2月)

《最近中国劳工失业问题》(《申报月刊》1935年5月号)

《近年来中国经济建设的检讨》(《新中华》第3卷第13号，1935年7月)

《阎锡山说出了一般真理》(《生活知识》半月刊第1卷第5期，1935年12月)

《经济动向：工业日本与农业中国》(《中国农村》第2卷第2期，1936年2月)

《日本南下和福建"自治"》(《时事论坛》半月刊创刊号，1936年4月)

《罗斯爵士再渡东京的结果》(《世界知识》第4卷第8号，1936年7月)

《英日对华政策的奇异点》(《生活知识》半月刊第2卷第4期，1936年4月)

《中国金融问题》(《中国农村》第2卷第8期，1936年8月)

《过去缉私工作的总检讨》(《现世界》创刊号，1936年8月)

《"经济开发"下的"九一八"》(《生活知识》第2卷第9期，1936年9月)

《职业与救国》(《现世界》第1卷第4期，1936年10月)

《谈法郎贬值》(《新认识》第4号，1936年10月)

《对于绥东抗战的几点感想》(《大众语》第1卷第2号，1936年11月)

《新学经济学的时候》(《新知识》创刊号，1936年12月)

《论目下的物价的高涨与市场景气》(《一般话》第1卷第2期，1937年1月)

《现阶段的中国经济讲解》(《自修大学》创刊号，1937年1月)

《怎样研究中国经济》(同上)

《一九三六年的中国对外贸易》(《世界知识》第5卷第10号，1937年2月)

《关于所得税》(《自修大学》第1辑第3号，1937年2月)

《我学习使用价值的一点经验》(《新学识》第3期，1937年3月)

《儿玉谦次的来华》(《文化粮食》创刊号，1937年3月)

《日本经济考察团来华干什么》(《少年时代》第1卷第1期，1937年4月)

《日本对华的资本输出》(《世界知识》第6卷第3号，1937年4月)

《工人与工潮》(《少年时代》第2期，1937年4月)

《再谈使用价值与商品的矛盾》(《新学识》半月刊第1卷第8期，1937年5月)

《论目下中国经济的景气》(《认识月刊》第2号，1937年7月)

《战时的财政金融问题》(《国民周刊》第1卷第15期"民族抗战专号"，1937年8月)

……

骆耕漠著《中日经济提携》书影

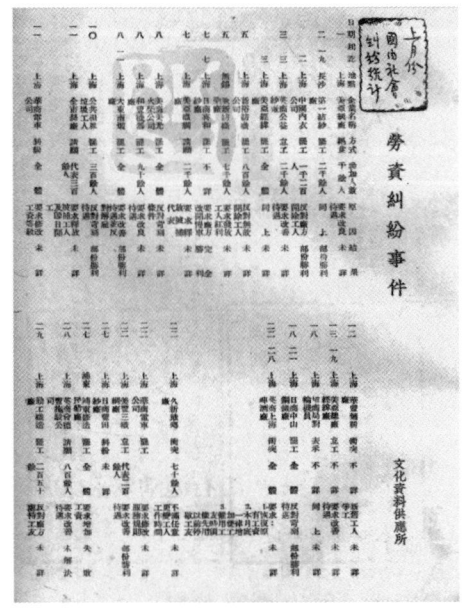

文供所《国内社会纠纷统计》之一
(《月报》1937年第7期)

其间，骆耕漠又出版了几种经济学通俗读本。其一，《中国经济讲话》，潘念之主编、上海天马书店"今日丛书"之一。其二，《中日经济提携》，钱俊瑞主编、生活书店"黑白丛书"之一。这是一套以介绍世界现状及中国救亡图存之必要知识为宗旨的丛书。包括一般理论、一般国际政治、外交政策、中日关系、经济问题、各项技术，及关于重要时事问题的分析。其三，《现代青年的职业问题》，新知书局1937年6月出版。其四，《战时后方民众训练》，黎明书局1938年1月出版。全面抗战爆发前后，骆耕漠是一位非常活跃的政治、经济研究学者。

骆耕漠上述著述与文供所整理的资料内容高度一致。骆通过自己的著述与读者进行了一场互动，同时他的文供所通过刊物，又直接与读者进行了另一场互动。上海海关所办的《关声》第5卷第5期（1937年5月）刊登了读者蔡鸿幹的来信，对文供所存在的缺点提出改进的建议。文供所立即在《关声》第5卷第6、7期合刊上发表《赞成蔡先生的建议》的来函，作为回应。蔡在海关服务，对海关图书馆十分熟悉，"他认为海关图书馆在各方面的设备和基础都极裕如，假使能关心敝所这种性质的文化机关，并进而取得合作，则不独帮助敝所发展和促进社会文化的新事业，而且也使海关图书馆增添了可贵的极有系统的报章杂志材料……"《关声》编辑还加了"编者按"，鼓励海关图书馆一类公立文化机关，与文供所这样的私人事业进行合作。

开明书店由胡愈之等主编的《月报》1937年1月创刊。该刊注意发表各类社会统计资料。从第4期开始，连续刊登文供所的《国内社会纠纷统计》。该统计采用表格形式，记录上一月国内发生的劳工纠纷事件、农民纠纷事件，有"日期起讫""地点""方式""参加人数""原因"和"结果"等栏目，简明扼要，一目了然。

文供所迁至蒲柏路

西湖坊57号，应该是李百蒙的寓所。他一面供职于中国征信所，一

面为这家小小的弄堂图书馆奔走忙碌。狭小逼仄的场地限制了文供所的发展。经过努力,1937年4月,文供所终于找到离西湖坊不远的蒲柏路(今太仓路)一处沿街房屋,一份迁址启事在《申报》上刊出:

文化资料供应所启事

迁移新所址　增添新书报

　　本所创办于去年六月,以搜集各项书报杂志材料,提供社会各界参考为目的。兹因旧址(上海西门路西湖坊五十七号)狭隘,不敷外界人士在内阅览,故自四月一日起迁至上海蒲柏路四七九号,电话八五〇六号。所内原有材料亦重加整理,并添备新书报多种,每年纳费大洋三角,即可来所常年阅览。详备章程,函索即寄。

　　所长李百蒙谨启

　　文供所迁址后不久,读者谢志清在《读书》杂志创刊号上撰文介绍该所新址:"并不大,是临街的一层底屋,推进门去就是一间小小的阅览室,可容八九个人阅览,但是陈列着的日报和期刊却很完备。前者将近二十种,后者差不多有一百种,此外还有不少通俗的小册子,也可随手取阅。该所的办公室(同时也是材料室)和阅览室只隔一层轻巧的板壁,当我被引入室的时候,我就感觉到这里面一切都配置得非常合理,说得抽象一点就是充满着活的现代感。那儿有两位办事员系统地负责五十多种报纸(内有地方报纸三十余种)的圈划、剪贴和整理,另有一位则专心将一本一本新出的杂志,按它里面所有的文章,分门别类地登记到活页的索引簿上去。"办事员告诉谢志清,剪贴好的报纸材料已有三四年,一格格陈列在特制的木橱内;做好索引的杂志也有两年多,放在一个很大的木架上。

　　对于文供所存在的缺点,所方与读者有一致的看法,即"房屋不够大,外国文书报杂志及一般图书不够齐备"。谢志清在文中记录了招待他的负责人的谈话:"文供所自去年夏间成立以来,就感到这一缺点,因为是私人创办的事业,要克服这一缺点也实在困难;不过现在却正向着三方面迈进:第一是设法请求政府当局援助;第二是向外界筹募图书基金;第三是向上海各图书馆和各文化资料机关组织'文化资料同盟',由敝所代为局部流通。"作者透露了文供所目前在做的几项工作,诸如根据上海各图书馆的书目编一总目录,并介绍向各图书馆借阅的手续。"此外,该所还有两个计划要做:一是根据该所现有两三年来的材料,将重要的整理出来,重加编印,使需要那项材料的人更易于有所参考,如日本在满投资、中日经济提携、中日外交重要文献、国民大会参考资料等等,该所都想着手汇编。还有一个计划是编辑"国防经济参考资料丛书",暂定六辑,每辑二十万字,预备交给新知书店或光明书局代为发行。"这些计划的实行,目的在使该所的材料更好地为社会各界所享用。

文供所印有材料分类目录和服务章程,供各界人士取阅或函索。迁址后收费有所调整,共分三档:一是每年纳费三角,可看该所阅览室内书报杂志;二是每月纳费一元;三是半年纳费五元,借阅并可借出该所相关全部材料。如有特殊需要还能委托该所采集,该项服务收费面商。由于取费低廉,材料丰富,受到各界读者的广泛欢迎。许多大学生来到文供所寻找写作专题论文的材料,一般都会满载而归。这位接受谢志清采访的文供所负责人,极可能就是所长李百蒙即骆耕漠。

由于抗战爆发,文供所的工作戛然而止。然而,它短暂的历史却留下了中国图书馆事业一段可贵的新尝试,在西湖坊的历史上也增添了一道绚丽光彩。

从20世纪50年代中期起,骆耕漠一直担任中国科学院哲学社会科学部学部委员和经济研究所研究员。1981年任中国科学院哲学社会科学部学部委员,中国社会科学院经济研究所研究员、顾问,国家计委副主任。

2014年5月于上海浦东明丰花园南窗下

西湖坊曾有两家杂志社

近代上海是中国新闻出版中心，在当时东亚地区也占有数一数二的地位。公共租界的四马路及周边街巷，曾出现过数不清的书局和杂志社，被称为"文化一条街"。除沿马路的大中型书局外，大多数为隐现在里弄或民居群的小书局。半间客堂，一间亭子间，配上一两个编辑，就能成一家杂志社。清末民初四马路东段有条惠福里，就曾出现过20多家书局、报馆。法租界的书局与杂志社少得多，基本上也都开设在石库门弄堂内。20世纪30年代西门路西湖坊曾有两家杂志社，如今可能已很少有人知晓了。

无线电杂志《射电》月刊

19世纪末意大利人马可尼和俄国人波波夫先后发明了无线电通信。这种便捷的通信方式很快进入商用领域，并传遍世界各地。无线电在清末已传入中国，最早由直隶总督兼北洋大臣袁世凯引进，用于军事联络。民国初，北洋政府的交通部、海军部、陆军部都各自向外国借款、聘请专家设立无线电台。20年代后，中国民间出现众多业余电台，从发报到广播都有，市场上出售无线电器材的商店也接连开设，意味着无线电技术在中国已进入普及阶段。在此背景下，涌现出越来越多的无线电爱好者，迫切需要继续学习，掌握更多的无线电新知识。上海一群年轻的无线电爱好者，组织起"青年无线电研究社"，1934年5月创办《射电》月刊。新闻报道

西湖坊曾有两家杂志社

《射电》月刊创刊号封面

《无线电杂志》书影

《〈射电〉月刊出版》云：

> 法租界西门路西湖坊三十号青年无线电研究社编辑之《射电》月刊创刊号，业已出版。内容丰富，材料新颖，图解详明，为我国业余无线电家之新贡献。研究无线电者不可不备。每册实价一角，全年十二册，连邮费一元。本埠各大无线电料行及四马路作者书社均有代售。（1934年5月28日《申报》）

《射电》月刊署名"青年无线电研究社"主编，主要撰稿人有梁辉忠、雨田、玄一、王张全、靖国、克勤、自新、雷等。创刊号"发刊词"署名"雨田"，很可能即该刊负责人。联系到三年后西湖坊另一家杂志社《时代儿童》主编杨雨田，应该与这位"雨田"为同一人。《射电》发刊词云：

> 在未来的一九三六年，假使第二次世界大战开始爆发，无线电将展施他的威力，征服全世界的一切……这不过是预言家的一个推测罢了。但是照现在情形看起来，或者也有可能性。因为现在科学先进的

国家，对于无线电发明许多——什么无线电的控制术，就是用无线电来指挥飞机和兵舰行驶，及管理运用兵器的射击。又发明什么最适于军师的秘密无线电话——照这些新发明看来，可见无线电这个东西，简直是间接杀人的利器，同时也是人类的自卫的必需品了。

　　回顾科学落后的我中华民国，无线电事业现尚在萌芽时代，沿海各大商埠虽然比较发达，内地呢？电台实属寥寥无几。考察他的原因，归纳起来，固然因为政治未上轨道，政府未能特加提倡，而人民对于此种最重要的科学，大多数没有彻底的认识，更没有竞争的心理，这是无可讳言的。当这个第二次世界大战正在剧烈酝酿，我国在这个积薪厝火的下面，充满许多危险的恐怖。吾人为自卫起见，固然对于飞机、兵舰、兵器等项，是应该十二分的努力去准备，同时对于指挥飞机、兵舰、兵器的灵魂无线电，更应该萃精会神去研究。我民族性酷爱和平，纵不愿以杀人，也可以作自卫。至于传达消息，及家庭娱乐的设备犹其余事，不用我们赘说了。

　　同人不敏，组织青年无线电研究社，无非想集合同志共同研究学术。为什么又要发行这个《射电》月刊呢？因为我们的推想，发行这个刊物，或者可以唤起国人的注意，同时做业余界研究的园地，以求无线电发展。明知我们是初出茅庐的青年，知识浅薄，经验缺乏，但不以这个原因，来阻止我们的奋斗。然而我们始终抱着孙中山先生所说"中国科学要迎头赶去"的遗训，不辞辛苦，不怕失败。我们最希望本刊，能够逐渐普及到各市镇乡村，就是我们的志愿和精神所到的地方。在初创的时期，还求科学的先进，多多指教和提携，这是我们万分诚恳的盼望而感激的。

　　《射电》至少有以下三个特色。第一，注重给无线电爱好者介绍初步电理常识，如《初步讲话（附图）》（雷）、《半交流一管收音机》（贻樵）、《电压放大之研究》（雨田）、《电池概论》（玄一）、《杀人光线之防护法》（非非）及《真空管特性一览表》等文章。第二，注重介绍实际操作，提高无线电爱好者的动手能力，如《直流三管机的制作》和《无须整流的发报机》（自新）、《绕制线圈的常识》（王张全）、《直流电压计之原理与使用法》(克勤)、《传形电报的制作法》(自强)、《直流收音机的新趋向》(玄一)等。第三，介绍无线电学的细节知识。如《无线电学中基本公式解释》和《无线电常用的符号》(梁辉忠)、《关于波长表之知识》(克勤)、《短波重要线路汇编》等，从基本符号、公式出发，展示无线电学理。此外，该刊还刊发《无线电发明家马可尼先生六十诞辰》等介绍历史知识的文章，增加可读性。据《射电》月刊版权页显示，该刊由西门路润安里启智印务公司印刷。西门路润安里即永裕里贝勒路一侧对马路的天和里。那时有这么一家印刷厂，也可谓历史遗迹。

中国有无线电杂志时间较晚，1925年前后苏氏公司、亚美公司经销诸如Radio Wews, Radio Science等美国进口无线电期刊。1932年上海有了中国业余无线电社出版的中文版《无线电杂志》。1934年上海三马路大华无线电公司编印出版《无线电杂志》，四川路飞利浦洋行出版《飞利浦无线电杂志》、新声无线电研究社出版《新声无线电》半月刊等，这一年又多了《射电》月刊，无线电杂志呈现多样竞争的态势。《射电》创刊不久，受到青年读者的欢迎，从1934年5月至8月出版了1至4期（第3、第4期合刊），共三册。可惜经费不足，在竞争中败下阵来，退出了市场。

1937年5月，西湖坊38号又出现了一家"友声无线电研究社"，它的开幕新闻写道："友声无线电研究社以专研无线电学识为宗旨，完全业余性质。其中社员悉皆著名大学电机科毕业之士，成立以来，已于本月二十三日开幕。其修理机件以社员介绍为限，不论如何疑难损坏，悉能根据学理修配。沪上可称唯一之学理修法。业经社员介绍而往者，已应接不暇。其社址在法租界西门路西湖坊三十八号，电话八二五五二号。"（1937年5月28日《申报》）同年10月，该社在西湖坊对马路新民邨口马浪路430号开设修理部。"友声"与"青年"是否有继承关系不详，待考。

少儿周刊《时代儿童》

从清末外国传教士办的《小孩月报》开始，上海的童书出版一直引领全国之先声。除了商务印书馆、中华书局等几家大书局各自出版的儿童期刊外,众多小书局或私人也编印了一大批五光十色的儿童报刊。其中报纸型童刊成为通常的选择。如20年代小西门少年宣讲团出版社的半月刊《新少年》,1925年徐家汇儿童教养院编印的周报《儿童报》,良友公司出版的《少年良友》《儿童晨报》,以及《儿童俱乐部》(1931年)、《婴儿文艺报》(1934年)与《儿童日报》(1935年)等,虽则寿命大都不长,但在当时社会影响不小。1937年开始至"孤岛"时期,《少年先锋》(周楼翼主编)、《儿童月刊》(王人路主编)、《时代儿童》(周鸡晨、王人路主编)、《新儿童》(柳文浩主编)等以"儿童"命名的刊物,几乎都上了租界当局禁止发行的"黑名单"。在这样的背景下,1937年2月,西门路西湖坊57号诞生了一份儿童期刊《时代儿童》。

《时代儿童》出版广告(1937年2月1日《申报》)

此时,西湖坊57号仍是文化资料供应所(文供所)所址,两个月后它才迁往蒲柏路。二者同处一楼,显然地域狭窄,不易施展,文供所搬家势在必行。《时代儿童》为报纸型周刊,逢星期四出版,每期两张,杨雨田主编。"采取活的教学方法,谋求儿童求知与德性的平衡发展"为该刊主旨。内容有"时事新闻""时代知识""文艺图画"与"儿童的话"等栏目。文辞形式力求"词句浅显,叙述扼要",知识传播讲究"搜集精粹,注重启发",文艺作品"题材切实,趣味纯正",多用"儿童言论,儿童创作"。该刊由生活书店发行。(1937年2月1日《申报》)《时代儿童》原刊迄今未能找到,上海图书馆也无收藏,只找到它在《申报》上刊登的两幅广告。另一幅为《时代儿童》创刊号要目：

  时事新闻
  时代知识
    空袭与防空的新知识（顾均正）
    一个奇怪的然而是真实的故事（胡绳）
    苏联的儿童铁道（索原）
    炉火的旁边（李可）
  文艺
    小百灵（童话）（蒋蘅）
    那是什么（连环图画）（沈振黄）
    瓜子壳的玩具（劳作）（何明斋）
  儿童的话
    小莺的日记   （1937年2月4日《申报》）

  仅从这份广告，我们似乎就能感觉到这份小小的儿童周刊不简单。请看几位作者：顾均正（1902—1980），浙江嘉兴人，浙江一师毕业。1923年考入商务印书馆编译所，先在理化部当编辑，1925年调入《少年杂志》，兼《学生杂志》编辑。1928年加入开明书店，负责少儿读物和自然科学读物的编辑。30年代后，他的业余编译创作转向理化方面。《中学生》杂志上的"科学拾零"，陈望道主编的《太白》半月刊上的科学小品，都有他的作品，受到少年读者的欢迎。作品辑集出版的有《越想越糊涂》《科学之惊异》《电子姑娘》《在北极底下》等。"孤岛"时期他与索非等创办《科学趣味》杂志，刊有生物、化学、天文、数学、物理、电学、机械等方面的知识及医药卫生和生活常识，并辟有"趣味实验""科学新闻""科技小制作"等栏目。沈振黄（1912—1944），浙江嘉兴人，美术家，1933年进入开明书店任插图及装潢设计工作。主要作品有《能言树》《三羽毛》等外国儿童文学译丛书籍封面画与插图。胡绳（1918—2008），苏州人，著名哲学家、近代史研究家。1935年至1937年在上海从事革命文化工作，为《读书生活》《生活周刊》《新认识》和《自修大学》等期刊撰稿。

　　西湖坊《时代儿童》主编杨雨田，生平不详。从为《射电》月刊撰写发刊词和稿件来看，杨既是一位笃信"科学救国"的有识之士，也是一位热心儿童教育的社会贤达。《时代儿童》周刊一共出版了多少期不详，希望还有原物存世，从而能揭开这份儿童周刊的秘密。

　　抗战胜利后，上海出现了一份与西湖坊《时代儿童》同名的半月刊，从1945年12月至1947年，大约维持了两年，主编潘一尘、李楚才，万象书店总经销。立此存照。

2024年2月于上海浦东明丰花园南窗下

永裕里"商圈"话旧

一

永裕里，老上海法租界的一条石库门里弄，始建于1925年。连同毗邻的慈安里、萍渔里、西湖坊、敦仁里与承遂里，构成一整块居民住宅区。南靠辣斐德路，东临贝勒路，北接西门路，西连马浪路。随着居民的入住，沿马路陆续出现了一家又一家商铺，几乎样样齐全，可以满足居民日常生活需求。没有"顶层设计"，更无"统一规划"，靠自由经营的市场经济自然而然形成了一个商业网。那时还没有"商圈"这一新名词，但实际上可称作永裕里"商圈"。

上海"孤岛"时期，租界人口激增，永裕里"商圈"也随之日趋完备。弄堂里也纷纷亮出商铺、诊所及小型工厂作坊的招牌。各位请看1939年版《上海行号路图录》中永裕里周边与弄内商铺林立的情景（见下页图）。

这里有米号、面粉坊、肉庄、熟食店、南货店、水果行、糕团店、炒货店、酱园、酒行与煤号，解决居民食的问题。服装店、成衣铺、理发店、鞋庄、绸布庄、钟表公司与百货店，解决居民穿用与美容的需求。济生堂、康德堂两家老字号中药铺，给居民看病配药提供了方便。棕绷店、油漆店、水电工程维修店，乃至银行、当铺、旅馆、荸头店与道院、冥器锡箔店，一应齐全，多方位满足居民的各种需求。自由贸易和市场经济，造就了永裕里"商圈"。历史见证了这一切。列表介绍如下。

寻迹 永裕里———一条卢湾老弄堂的时光追影

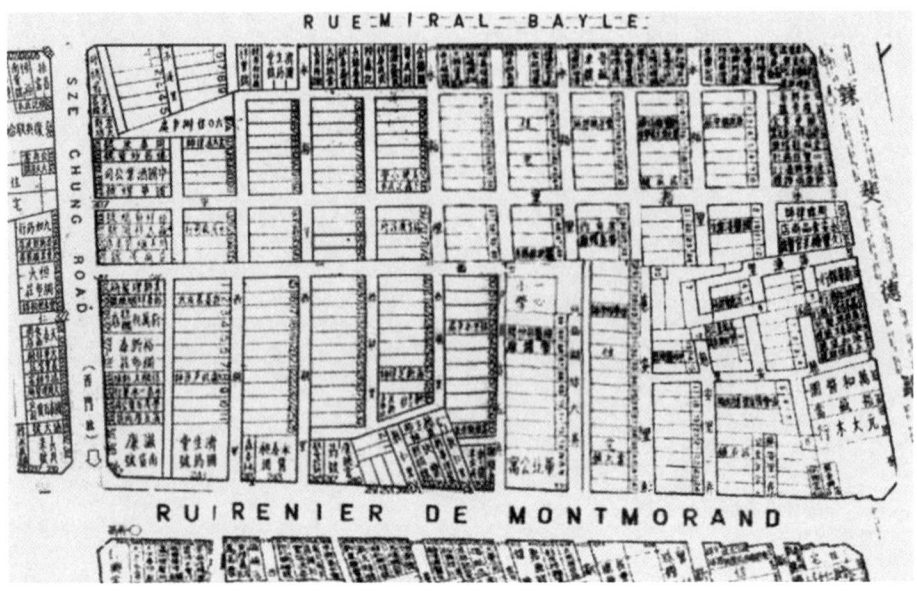

1940年永裕里地块地图

二

表1　辣斐德路沿街（自贝勒路口由东向西）

门牌（号）	名　　称	备　　注
296	南货店	后为老大房食品店
298	华新钟表公司	
300	新顺兴号	
302、304	永祥泰粮食号	
306	辣斐食堂	
308	荣昌祥仿真冥器	
310	金城鞋帽号	

（续 表）

门牌（号）	名　　称	备　　注
312	四宝服务所	
314	德云兴酒号	
316	乾康烟杂号	
318	（永裕里总弄）	后改320弄
320	周霖律师	
322	永安食品商店	
324	久丰机米官酱号	
326	（萍渔里弄口）	后改328弄
328、330	新华信托储蓄银行营业所*	
332	申湘裕酒行	
334	鑫华水管工程行	
336	广发理发所	
338	振诚泰洋铁号	
340	协和煤号	
342	永泰烟杂店	
344	（慈安里总弄）	后改346弄
346	万和酱园	
348	裕盛当	
350、352	元大木行	
360	（空）	

* 1925年永裕里、慈安里新建初，辣斐德路328号为范永泰号南货店，店主范永树。见下文。

表2 马浪路沿街(自西门路口由北向南)

门牌(号)	名　　称	备　　注
241	济生堂国药号	包括西湖坊12、14号
241(?)	森泰水木	
243	永泰旭酱园	
245	联合诊所	
247、249	康德堂药号	
251	(空。疑为居民住宅)	1940年版地图改383号
253	(空。疑为居民住宅)	1940年版地图改385号
255	(空。疑为居民住宅)	1940年版地图改385号
257	(敦仁里弄口)	1940年版地图改387弄
259、261	快乐照相馆	1940年版地图改389、391号
263	新华理发	1940年版地图改393号
265	(敦仁里弄口)	1940年版地图改395号
○	庆余米号	1940年版地图改427号
○	谢顺兴成衣	1940年版地图改429号
西湖坊五弄		
○ 华北公寓(包括西湖坊74、75号)		1940年版地图改431号
○ 慈安里42号		
慈安里三弄口		
○ 慈安里24号		
慈安里二弄口		
○ 慈安里?号		
慈安里一弄口		1940年版地图改437号
○ □兴当(接辣斐德路360号)		1940年版地图改439号
○ 钱东兴箔庄		

表3 西门路沿街（自贝勒路口由东向西）

门牌（号）	名　　称	备　注
289、291	陆稿荐	
293	范老荐头	
295	宏大面坊	
297	同泰米号	
299	穗昌炒货店	
301、303	中国酒业公司	
305	国华煤号	又称国华煤球发行所
307	（永裕里总弄）	
309	裕祥兴烟杂号	
311	鼎大桂圆店	
313	时美内衣商店	
315	益盛茂天津酒行	
317	（西湖坊总弄）	
319	美新理发馆	
321	裕泰祥烟杂号	
323、325	新万兴糕团店	
327—331	裕新泰绸布庄	
333	徐顺大粉面坊	
335	永昌一水果行	
337	荣茂百货公司	
339	隆大鲜肉庄	
341、343	滋康海味南货店	

表4 贝勒路沿街（自西门路口由北向南）

门牌（号）	名　称	备　注
482	（承遂里弄口）	
484	裕丰号	
486	竞华粉印厂	
488—493	济生堂国药号（分店）	
494	（永裕里第8弄弄口）	
496	义兴隆鞋庄	
498	大新纸盒	
500	振泰麻袋	
502	长余麻袋	
504	陆森记	
506	祥康成衣	
508	孙源记成衣	
510	同兴煤号	又名集成祥
512	全福园大饼店、老虎灶	
514	（永裕里第6弄弄口）	
516	吴天福烟杂店	
518	大饼店	
520	邬顺兴成衣	
522	顺昌煤号（后改永大祥水电旧铁店）	
524	（永裕里第5弄弄口）	
526	锦泰旭麻袋	
528	（空）	
530	宏记理发店	

（续 表）

门牌（号）	名　　称	备　　注
532	孙协记水木工程	
534	（永裕里第4弄弄口）	
536	倪康记油漆	
538、540	晋盛米号	
542	福德道院	
544	鼎丰瓷号	
546	罗芳记成衣	
548	王绪成棕绷	
550	香港洗染公司	
552	致和砖灰号	
554	（永裕里第2弄弄口）	
556	惠丰公司	
558	赵祥泰油漆	
560	福兴祥号	
562	庆丰煤号	
564	恒仁祥钟表店	
566	新隆泰水电工程	
568、570	永丰酱园	

三

　　永裕里等里弄兴建之初，周边商业网点应该已经陆续出现。如今虽则能考者不多，但从报纸新闻或广告的字里行间也能找到若干信息。如1925年

寻迹

永裕里——一条卢湾老弄堂的时光追影

新开华北公寓广告
（1928年1月16日《申报》）

7月9日《申报》一则社会新闻"前夜辣斐德路之劫案"云："法新租界辣斐德路慈安里口三百二十八号门牌，范永树新开之范永泰号南货店于前晚十点时，突来盗匪四人劫掠……"盗匪显然冲着新开店而来。辣斐德路328号正是1939年时的新华储蓄银行辣斐德路营业所。慈安里兴建于1924年，稍早于永裕里。其35号一度是京城烟草公司的办事处。1925年10月2日《申报》一则《烟草事业之近讯》新闻中写道："任援道、朱文中等所创办京城烟草公司，总办事处设辣斐德路慈安里，发行所设白克路，厂址择定法界康悌路，一俟新机运到即行装机开工……"不久刊登的外埠经理招聘广告又署有慈安里35号地址。新万兴糕团店可谓老字号，民国初设于虹口横浜桥南首，1920年盘给浦东人李福兴。1935年一则西门路新万兴店堂发生斗殴事件的消息，提到"新万兴浦东李长生所开"云云（《申报》1935年3月19日），两位李姓老板是否一人抑或两代人？

20世纪20年代上海出现了一种称"公寓"或"寄宿舍"的旅馆。《上海游览指南》（中华书局1935年9月版）"起居饮食"编云："尚有一种成为公寓者，多设于法租界一带，房间陈设较普通旅馆为简，其营业章程略同，房金分按月、按日二种，按日者价称稍廉。"马浪路上的华北公寓1928年初开张。广告称："法租界贝勒路西门路西湖坊地点适宜，公共汽车直达弄口。房间宽大清洁慎重，卫生家具陈设一应俱新。招待周到，并备南北饭菜。凡商学各界久住寄宿，无不相宜。如蒙惠顾，竭诚欢迎。"当时经理是河北人李善亭。三年后一则"剥衣服开枪伤人"的新闻，提升了这家弄堂旅馆的知名度。1931年初的一天晚上，李经理回公寓，刚进门，两个持枪匪徒尾随闯入，强行剥去他身上的羊皮袍与呢马夹。茶房何某闻声追出店门，被匪徒开枪击伤。(《申报》1931年1月10日）1939年的华北公寓已换了主人，一件股东状告经理金文富的诉讼案，又引起社会关注。报道云："法租界马浪路四三一号华北公寓，为皖人贾兰生、谷宗昌、张张氏、贾鲁氏、金文富、张鸿九、王克林等合资开设，推股东金文富兼充经理。自前年'八一三'战争发生后，因沪市租界内人多屋少，故该公寓之营业非常获利。……"股东们发现经理有舞弊侵占行为，提起诉讼，经会审公廨调查达成和解。(《申报》1939年8月16日）此后，华北公寓发生警察拘捕鸦片贩子、假钞案嫌疑人及抢劫犯的消息，不断披露于报端。最惊悚的一起是辛亥女杰吴木兰被刺杀事件，1939年圣诞节前夕发生在华北公寓而轰动中外。虽然许多"不吉利"的新闻从这儿传出，但1947年地图上华北公寓已改称华北旅社，1948年时仍在营业。50年代后似已改为民居，没有了旅馆的踪影。

新华银行，全称新华信托储蓄银行，近代上海著名的"南四行"之一。1914年创建于北京，1931年迁上海江西路。王志莘任总经理。次年开始先后设有老西门、静安寺、提篮桥与霞飞路四家办事处。辣斐德路萍渔里弄口的新华银行，应该是霞飞路办事处属下营业所。60年代该银行原址一度成为卢湾区嵩山街道派出所，沿马路窗户的钢栅栏装饰物尚是银行原物。

太平洋战争后日军进驻租界。日伪政府大改路名，将辣斐德路改为大兴路，贝勒路改为黄陂路。原贝勒路522号顺昌煤号已换了主人，成为永大祥水电旧铁店。1944年9月，这里发生了一场惊人的爆炸案。报道称："据警察局司法处防范科发表：昨（十二）日上午十时左右，本市南黄陂路（贝勒路）大兴路（辣斐德路）附近，因旧铁铺误收危险爆炸物，而发生不幸爆炸事件……"事后统计共死7人，重伤者10余人。日伪军警闻讯赶来调查，最后判定该铁球实系巨型水雷，爆炸威力达50米以上范围，天和里沿街一带房屋都被震塌。

四

"八一三"后，各地难民涌入租界。到1938年10月中旬，两租界人口猛增至500万人（一说450万人）。民以食为天。一年间新设米店近千家，"孤岛"米店共达2 700家。(《现代上海大事记》，第724页）小小永裕里

寻迹
永裕里——一条卢湾老弄堂的时光追影

地块四周米店、杂粮店就有五家，面粉作坊两家，当时家家户户烧火灶或煤球炉，与之配套的煤号也达五家。西门路上的陆稿荐、新万兴糕团店、隆大鲜肉庄，几十年后仍在。陆稿荐的酱猪肉与熟菜，我父亲经常去购买，是他下酒的好菜肴；新万兴的定升糕和糯米团子，成为许多人儿时的美好回忆。辣斐德路贝勒路口的南货店，不知何时改为老大房。老大房本是上海一家著名的苏式糕点商店，1851年创设于南市董家渡，1920年在南京路福建路口设分店，后又在静安寺附近开设西区老大房。抗战爆发，董家渡老大房被毁，于是南京路老大房成为总店，至今用"真老大房"作招牌。民国时因店名一直未曾到政府注册，当老大房名声日隆时，上海冒出五六十家老大房食品店，复兴中路黄陂南路口的老大房也是其中一家。不过，店名冒牌货不假，生意靠诚信，永裕里一带长大的孩子恐怕都跟着大人去买过糖果、饼干或鸡蛋糕，会留有很深的印象。在使用粮票、糕点券的年代，这里也是顾客川流不息，远近闻名。"老大房"又改"长城"，门面扩大了，招牌几经变化，直到拆迁。西门路马浪路口的滋康海味南货店，门前摆放到马路边的时令水果，吸引着路人的目光，几十年来几乎很少改变。贝勒路（今黄陂南路）512号、518号大饼店，笔者没有印象，但512号兼营的老虎灶60年代后期还在，1分钱一瓶、2分钱一壶热水，老少无欺。老虎灶"小开"还是熟人呢。西门路对马路仁吉里沿街也鳞次栉比地布满商店，由东向西为振昌当店、复兴联合商场、天天茶号、九如药号、东升服装商店、恒大绸布庄、天泰糖果店、隆泰百货公司与长兴米号等，似乎可称作永裕里"商圈"的延伸吧。

永裕里"商圈"有四五家烟杂号，都是夫妻老婆店，规模很小，但日常用品包括香烟、肥皂、草纸乃至糖果、酒类都有供应。复兴中路广发与西门路美新南北两家理发店，七八十年代仍在营业，算来已有40年店龄。黄陂南路与马当路的两家理发店，似早已歇业，改换门庭了。马当路上的快乐照相馆直到80年代还在原处，学生时代的毕业照与家庭合影大都在此拍摄。

永裕里弄口摆过小人书摊，两个书架，几张长凳，出租连环图画，出几分钱就能借回家看。那是小孩子的天地。除此以外，周边文化消费场所确实不多，辣斐德路永裕里总弄对面的辣斐大戏院（后改长城电影院）恐怕是最近的文化设施。顺昌路上雅庐书场与大同大戏院，则相隔一两条马

20世纪40年代上海街头的小人书摊　　顺昌路90号月光大戏院

路，不算远。位于顺昌路近兴业路的大同大戏院，值得多写几句。该戏院建于1935年2月，原名月光大戏院，专映电影，白俄商人创建，与杜美路上杜美戏院（东湖电影院）为同一老板。1937年改名亚蒙大戏院。1952年更名大同大戏院。1966年又更名大庆剧场，以上演地方戏为主兼映电影。1992年改建后更名为上海雅蒙文化发展中心，附设雅蒙娱乐总汇。2000年底因太平桥地区改造而拆除，彻底消失在人们的视野中。原址今为新天地太平湖一部分。

回想60年代老大房隔壁与慈安里口，曾出现过两家个体经营的旧书店，笔者记得自己经常进去翻阅，买过几本旧书旧杂志。对马路近马当路处有过一家一开间的新书店，买过什么书已记不得了。

五

1939年永裕里地图标注各弄堂内也有不少店铺、公司甚至工厂。这些弄堂实业成为永裕里"商圈"不可或缺的组成部分。具体如下：

永裕里有盈记号申庄（3号）、新丰织造厂（15号）、成衣铺（20号）、皮夹作（34号）、华泰帽厂（35号）、元益五金号（61号）、王鑫记成衣（68号）、庆华水电公司（104号）。慈安里有协丰国货号（6号）、美饴食品公司（9号）。西湖坊有兴泰昌成衣（2号）、同昌五金厂（14号）、中华艺术手工社（49号）、富强织造厂（58—60号）、制罐厂（66号）。查阅《申报》，还能找到永裕里地块更多弄堂实业的历史印迹：

永裕里

？号　女子家庭工业社（《申报》1926年12月31日，全国妇女代表会筹备处设于此）

1号　养蜂界后援会办事处（《申报》1929年5月27日）

？号　王顺泰木器号临时营业所（《申报》1939年3月5日）

38号　中国生化制药厂（《申报》1946年11月1日）

？号　民生农业公司（《申报》1933年6月24日）

86号　大通西药行（《申报》1945年11月23日）

90号　金英西药行"收买西药"。（《申报》1941年3月6日）

97号　南市第一殡仪馆分办事处（《申报》1941年12月20日）

103号　永茂盛药行（《申报》1945年8月20日）

可以发现，"孤岛"时期永裕里居然还有过殡仪馆的办事处。据新闻云，南市首创南市第一殡仪馆，馆址陆家浜路大兴街口。总办事处北无锡路六四号，分办事处西门路永裕里九十七号。

慈安里

13号　新安昌记袜厂（《申报》1941年6月19日）

35号　京城烟草公司（《申报》1925年9月24日）

西湖坊

1号　良心制药公司（《申报》1930年5月26日）

56号　中央美术公司（《申报》1935年8月31日）

中央美术公司的信息采自该公司招收学员的广告："名画家叶青、隐龙马居士，近本其数十年之绘画经验，合创中央美术公司于法租界西门路西湖坊五十六号。专绘广告、水彩、照相、油漆、月份牌、商标，以及中西画件。笔法劲逸，布局新颖，润资低廉，约期不误。另辟面授夜校等部，招收男女学员。诚意传授，保证毕业，函索章程，附邮即寄。名额无多，报名从速。"

承遂里

1号　中华女子织工厂（《申报》1925年8月13日）

没能上地图、上报纸的弄堂摊点，留在了人们的记忆中。永裕里第五、第六弄间有个烟杂摊，卖香烟火柴、儿童玩具之类小商品，摊主是一位山西老头。一个有轮子的流动柜台和一顶遮阳伞，就是他的全部家当，早出晚归，50年代末还在摆摊。第六弄有个馄饨摊，摊主早早夫妇，人缘不错。第六、第七弄间有个皮鞋摊，摊主汤盘涌是擦皮鞋老手。永裕里西门路弄口熨衣作，摊主江有为人称阿为先生，那时还没有家用洗衣机，来这里洗衣、熨衣的邻居们很多。西湖坊弄口则有过早点摊，摊主人称馒头老爷，他蒸的馒头远近闻名……更有一些走街串巷的商贩，靠吆喝招揽顾客。我们小时候常能听到弄堂里传来叫唤声："栀子花白兰花""白糖莲心粥""火腿粽子""淡香橄榄——卖橄榄""长锭要伐长锭"，这几种都能懂。"也——乎！"这是卖啥？吆喝者挑着担子，吆喝得另有一功，原来是收购旧货、废品。这些弄堂摊点和流动商贩为"商圈"拾遗补缺，颇受欢迎，与居民也相安无事。

回过身来再说弄堂实业。有的昙花一现，有的只见筹备不见开办，但有的还是成功运行数年甚至十几年。

承遂里1号的中华女子织工厂，1925年8月由安静生、施影芬发起，成立临时筹备处。安氏不是等闲之人，袁世凯称帝时她是筹安会妇女团成员，后又当上军阀张宗昌暗杀团首领。这样的角色忽然下海办起实业，不会没有别的企图。果然这家女子织工厂不久便销声匿迹，无果而终。

1925年9月，由任振道、朱文中创办的京城烟草公司从北京地安门迁至上海法租界康悌路，公司设于慈安里35号。一则"京城烟草公司招请外埠经理"的广告云："本公司所出十支硬盒装大北京香烟，烟叶嫩黄，烟支放大，极受上等社会欢迎。现为推销全国起见，拟招请各地商号经理筹备，办法特别从优，凡愿意担任者，请径函或驾临上海辣斐德路慈安里三十五号本公司接洽。"（《申报》1925年11月10日）。该公司生产大北京牌、南京牌、京都牌、京师牌、卓别林牌等十余种香烟。大北京香烟风行一时，每盒附赠活佛灵签或活佛白话签一张，俗称香烟牌子。但过了年，就不见这家烟草公司上报纸了。

民生农业公司"敬告各省养鸡同志注意"广告称："业已筹备五年余，国内养鸡场中规模最大，设备最完美。自中国提倡科学养鸡以来，唯一达到成功目的之民生种鸡场，自四月一号起开始分让来克亨种卵及孵化机、保姆器等养鸡用具，售品目录也已印成……"（《申报》1933年6月24日）公司种鸡场、苗圃设于江湾翔殷路534号，永裕里仅为办事处一类机构。翌年，民生农业公司扩充的新闻上了报端，提及创办人与规模："本埠实业界张子良、李正之等，近以国内经济不振，农村破产，非努力于实业之救济殊不足以挽此狂澜，曾集合同志，组织一大规模之民生农业公司（暂设辣斐德路永裕里），从事农业生产。其出品以果木鱼畜为大宗，计划周密，资本雄厚，前已购进昆山则田三百余亩，作初步农场之用，曾经披载各报。现闻该公司将向实（业）部立案，并拟在本埠附近寻觅相当地基，逐渐扩充，并欢迎各界指导。"（《申报》1934年6月2日）1937年初，市动物园举办毛皮制品展览会，民生公司出品的童帽、女披肩、绒衫与毛线等，被评为超等。（《申报》1937年2月22日）民生公司的相关新闻延续至1944年，不过其地址已不再是永裕里，而是变成哈同路慈厚南里86号。

辣斐德路马浪路口有家元大木号，永裕里内1938年10月又出现一家王顺泰木器行临时营业处。据该行次年一份迁移通告云："本号开设于新北门民国路，历有八十余年，所售各货，质料高超，式样新颖，价格公平。素抱定诚信相孚宗旨，黾勉经营，罔敢或懈，深蒙各界人士爱顾。无如沪战爆发，店址工场，交通阻隔，以致无法经营，本可早日恢复，惟恐仓卒从事，难免出货欠精，故忍可牺牲一时之营业，不粗制，不滥造，仍本惟诚惟信之旨，继续为各界服务，爰于去岁十月间，在西门路永裕里设临时营业处。兹因地址不敷及接待各界便利起见，今特迁移新址，陈列现代家具、古雅厅堂，尚祈各界赏临光顾，加以指导。"新址在法租界紫来街（今紫金路）南首。（《申报》1939年3月5日）该木器行在永裕里设店时间不长，却难得成为离开战区、避入租界继续营业的商店之一。

西湖坊58—60号富强织造厂，也许是永裕里地段寿命最长的一家弄堂工厂。它的名字1938年就出现在报纸慈善捐款的榜单中。1941年至

1947年它的产品三轮牌麻纱袜、脱水游泳衣、羊毛男女衫裤广告,经常跻身《申报》的商品广告丛林。"坚固耐穿,定价最廉"(麻纱袜),"颜色鲜艳,售价最廉,花色甚多,柔软舒适"(游泳衣),都属于它的三轮老牌。它的创办人叫钱联元。他的一份"寿仪敬师"启事,受到申报馆的赞誉:

> 敬启者,国历四月廿五日为家慈八十晋二寿辰。辱承亲友宠锡隆仪,拜领之余弥切感荷。兹将当日所收现金除一部分捐助地方教育费外,尚剩国币七十五万二千元,因念沪上教师职重酬菲,生活清苦,尊师之心,不敢后人。请将该款七十五万二千元递交贵馆,请转尊师运动委员会,借作抛砖引玉之举,即请核收制据是荷。此致申报馆。富强织造厂钱联元谨启。(《申报》1946年4月30日)

1946年后的广告出现富强织造厂股份有限公司的字样。

富强厂50年代时仍在。1963年原址改建为卢湾区马当路第二小学,地址为马当路271弄60号。1974年改民办前进小学,1985年又改回马当路第二小学。据上海市地方志办公室1993年公布的卢湾区小学情况调查,马二小学共有11个班级,303名学生,全校面积1 246平方米。由于没有操场,学生广播体操都在西湖坊弄堂里进行,甚至延伸至隔壁永裕里。凡此地居民朋友对此都记忆犹新。

1995年马二小学并入复兴中路第二小学。2004年,马二小学原址以及它的前身富强织造厂、西湖坊乃至整个永裕里地块,随着拆迁一起步入了历史的长河……

富强织造厂广告
(1941年5月17日《申报》)

2022年5月初稿于上海浦东明丰花园北窗下
2023年9月修改

老字号中药铺济生堂与康德堂

老上海每个较大的石库门里弄群周围，沿马路一般都会自然形成商业网点，各式各样商店鳞次栉比，方便满足居民日常生活的需求，其中少不了中药铺和西药房。今复兴中路黄陂南路翠湖天地嘉苑小区，原是建造于1925年的永裕里、慈安里与西湖坊等石库门里弄。周边的马当路上有济生堂与康德堂两家中药号，相距很近，可称"邻居"。济生堂比康德堂早三年创建，起先设于近西门路的贝勒路上，坐西朝东，与永裕里建筑几乎同时出现。

马当路上海药房股份有限公司济生堂原址（刘承摄）

岑炳璜创设济生堂总号分号

叫济生堂的药铺药号各地都有,上海清末就曾有数家济生堂。如五马路的济生堂医局,石路的济生堂药号,西华德路的济生堂大药房,等等。民国时闸北恒丰路福和里口也有济生堂药铺。1925年8月在辣斐德路与西门路间的贝勒路上,一家济生堂药材号开张,当时的门牌是贝勒路488—492号,三开间店面,颇为气派。创办人兼经理为浙江余姚人岑炳璜。它的第一幅广告,刊登于1926年4月6日《申报》:

> 玄珊瑚手镯
> 乃产于大洋之中,直自石中迸出珍物所制成,为上海空前未有。专治疗或预防风湿症、手脚酸软、周身骨节疼痛、缠绵不愈不服药之神品。并为装饰品中别开生面之奇品。因系初行,价值从廉,尚有可赁试带。备有说明书,函索即寄。本堂且陈列有原生标本,欢迎参观。法租界贝勒路西门路口济生堂药材号。

当时周边地区石库门里弄雨后春笋般地拔地而起,连成一片。辣斐德路285弄瑞华坊建于1920年,贝勒路润安里(后改称天和里)建于1921年,辣斐德路221弄成裕里建于1923年,还有更早的广明里、维厚里建于民国初。西门路北面,马浪路西面,新的里弄也一条接一条地出现。随着新居入住,居民人口激增,各种商业服务设施按照市场规律也自然扩展。济生堂生意日渐红火,1928年4月岑炳璜在马浪路西门路口又建起一座新店,命名为济生堂参药总号,贝勒路上那家改称支店。4月17日《申报》刊登《济生堂药号明日开幕》的消息,云:"法租界白来尼蒙马浪路济生堂药号,乃药业巨子岑君所创办。其营业之发达,货物之精良,久已有口皆碑。新屋现已落成,明日正式开幕,所有汤剂、饮片,货真地道,丸散膏露,遵古配制,均由岑君亲自督率,选择上品,虔诚修合,发求其真,价取其廉。"同日刊出的济生堂广告,又增加了花露药酒、杜煎诸品、

济生堂"玄珊瑚手镯"广告　　　　　济生堂参药总东号通告
（1926年4月6日《申报》）　　　　（1929年4月7日《申报》）

仙肢官燕、银耳、弗兰洋参、高丽人参等商品名称，"值兹新张，特别放盘，以广招徕"。岑炳璜1929年还编印出版了一本《医学卫生录——济生堂国药总号特刊》，介绍医疗保健与药品常识，随商品广为散发，受到顾客欢迎。

　　1931年8月，济生堂国药第三分号在西爱咸斯路（今永嘉路）279号开张。岑炳璜短短几年中创办济生堂总号与两家分号，上海药业同行刮目相待。

康德堂工场、分号配套齐全

　　济生堂总号矗立于马浪路275号的同时，那一年，马浪路281—283号康德堂参药号也开张营业。老板叫沙伯扬。1928年3月28日《申报》"康德堂参药号新张露布"广告写道："本号为便利市民卫生起见，特于法租界马浪路中市定建石库门面，创设门市。发兑吉林人参、东西洋参、关东鹿茸、四川银耳、上瑶玉桂、各种地道官料药材、杜煎虎鹿诸胶、虔修丸散胶丹、古法制种子灵丹、沙瓿花露、京方茄皮、各种药酒。存心济世，不图近利，兹值开张，格外放盘，以广招徕，凡蒙赐顾，无任欢迎。先行露布，展吉开张。"4月4日康德堂正式开张，减价三天，周围居民得了个大实惠。

沙伯扬一边创办康德堂药号，一边在虹口华德路（今长阳路）1085号创设苏生制药社，生产苏生本牌各种药品。比较著名的有止血棉、除虫儿乐糕、消食儿乐糕和止痒药水。（1930年4月25日《申报》"苏生良药广告"）某地发生战事，赈务会募集战地药品，苏生制药社捐赠止血棉一千包。战地新闻与赈务会报告中，都提到苏生止血棉和它的捐赠者。该社在重庆、奉天、徐州、汕头等地设有办事处，生意做得挺大。苏生止血棉尤其热销，在本市外地各大药房、洋广杂货及烟纸店都有销售，是当时家用常备药品之一。

1931年4月，沙伯扬又在沪西曹家渡新设福德堂国药号，为康德堂分号。据同年5月22日《申报》"上海市场"消息披露："曹家渡五角场福德堂国药号宣称，本号系法租界康德堂分号。自开幕以来营业鼎盛，大有供不应求之势。良以沪西一隅，设备完善……经理黄君润之经理康德堂多年，经验丰富，现再兼任斯职，驾轻就熟……"社会反映良好。当时商家都习惯聘请专业律师与会计师，沙老板请的两位是叶莩康律师和夏孙焕会计师，成为康德堂、福德堂、苏生制药社与他本人共同的常年法律顾问。顾问启事与福德堂开张的广告同时刊出。从此康德堂成为一家工场、分号配备齐全的国药企业。

同业竞争在商品社会本是正常现象，竞争带来活力，可

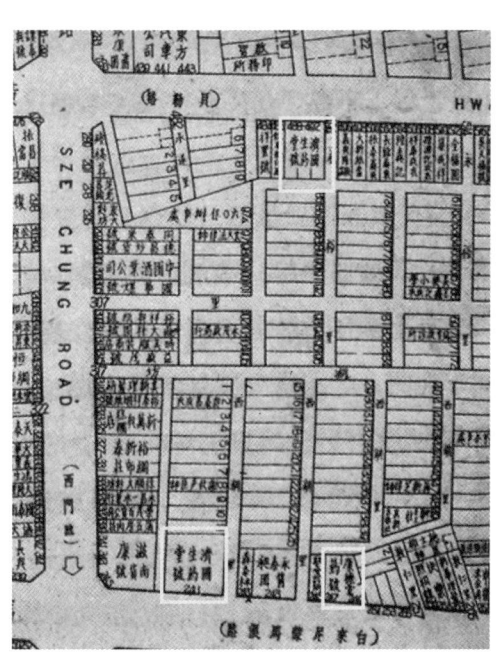

地图上的济生堂与康德堂

有时也会闹得不可开交,各个行业都有此先例。济生堂、康德堂近在咫尺,却没有见到两家恶意竞争引起纠纷的记录存世,可见两家主人的气度不凡。这恐怕与当时上海国药界行业团结一致的行风有关。

两场惊动南京国民政府的药业抗争

1929年2月下旬,南京国民政府卫生部召开中央卫生委员会会议,决议"旧医登记限至民国十九年底为止""禁止旧医学校""取缔新闻杂志等非科学医之宣传品及登报介绍旧医"。实质上就是要在数年内消灭中医,通常称之为"废止中医案"。将中医定为"旧医""非科学医",欲彻底消灭之而后快。消息传出,医界震惊,舆论哗然。

上海中医药界群情激奋,率先成立"上海特别市医药团体联合会",通电反对,电促全国中药团体代表到沪,共挽中医危亡。3月17日,全国医学团体代表大会在天后宫桥北块总商会开幕,到会262人,代表15省130多个中医中药团体。会议表示,坚决反对中央卫生部门废止中医的议案,提出"提倡中国医药,就是保全中国文化经济"等声明,并议决以"三一七"为中医药界大团结纪念日。当天上海全市中药店铺均停业半日,各店门张贴"拥护中医药就是保持我国的国粹""取缔中医药就是致病民的死命""反对卫生部取缔中医的决议案"等标语。全市中医2 000余人也同时休业半天。两天后会议结束,决定成立全国医药团体总联合会,并推定代表5名赴京请愿,要求废除卫生部不合理的决议案,排除发展中医药的障碍。抗争风潮虽不及"五卅",但也声势浩大,影响遍及全国。南京当局不得不顺从舆情,卫生部长改口称那个决议案"只是一种主张",不是定论。不久发出公文答复代表们的申诉,"将考虑中西医平等待遇",那个"废止中医案"从此销声匿迹,不了了之。在这场中医药界的抗争中,济生堂岑炳璜经理始终参与其间,并担任大会药物组招待员之一。这场风潮刚平息,想不到济生堂又卷入另一场抗争。

1930年3月,法租界有家药铺解雇两名员工,工会派遣人员上门与店方交涉，遭拒后双方发生冲突，引发斗殴事件。巡捕房介入，工会方二人被处罚款。但劳资纠纷并未解决，各药号药店之前因各种原因被解雇除名的员工，纷纷向社会局申诉，要求回店。社会局召开调解会，向各药铺店主施压，要求店方能继续留用这些员工，减少社会失业人员。中药铺的店员本来有相当技术，熟练操作工一般不会随意解雇，因此店方没有马上同意。在第二次调解会许多代表没有到场的情况下，社会局擅自通过报纸，向社会公布药业纠纷的"裁决决定"，一大串各药铺复工人员名单出现在报端（其中有济生堂），根本没有到会的药业代表名字，居然也荒唐地出现在裁决参会者之列。这是3月25日的事。

这一下激怒了上海中医药界，当天就向市政府、南京国民党中央党部发出抗争信件与电报，要求给予仲裁。第二天，报纸刊出《上海五十三家药铺誓死反对强制安插》的声明，包括济生堂在内这么多药铺一致拒绝社会局的片面裁决，罢市抗争，行动惊动了南京最高当局。一封由蒋中正、胡汉民、谭延闿、孙科等联名签署的中央党部批复上海药业分会的电报云：

> 可转饬各药商将失业会员设法尽先任用。至社会市执委会、民训会强制安插，如系实情，自属不合，已据情电令制止矣。查春季疾病甚多，药号有关民命，仰即克日开市，静候上海市执行委员会会同市政府善意斡旋，毋得玩忽为要。（《申报》1930年3月26日）

上一年那场药业抗争事件历历在目，当局不敢怠慢，社会局只得按照南京电令收回强制安插的决定。上海药业又一次胜利了，济生堂等中药号也恢复了正常营业。

济生堂易主改"绅记"

济生堂总支店三家，规模宏大，声誉鹊起，经营盛极一时。1931年9

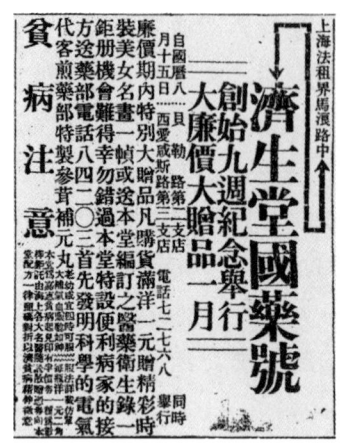 

济生堂创始九周年纪念大廉价广告（1932年8月15日《申报》）　　济生堂绅记受盘声明（1934年12月5日《申报》）

月，马浪路总号内新设门诊所，由中国医学院校友会轮派该会校友在所应诊，科目有内、外、妇幼、咽喉等科。消息传开，门诊者络绎不绝。翌年8月，济生堂又举办创业九周年纪念活动，大廉价一个月。广告开示门市内容和优惠办法，《申报》新闻也为之介绍：

> 马浪路济生堂国药总号，为余姚岑炳璜君所创设，素以选药精良，驰誉海上。故营业非常发达，逐年分设支店，已有贝勒路及西爱咸斯路两处，规模均极宏敞，社会并皆赞许。兹该号于本月十五日起，举行九周年纪念一个月，在纪念期内，除特别大廉价外，凡购满洋一元，并得赠精彩时装美女画一帧，或该号编订之《医学卫生录》一巨册，以表酬答顾客之意。又该号鉴于夏秋疾盛，贫病堪怜，特印有半价券一种，托由本埠各大名医，随诊分赠贫病之户。凡持券前往该号总支各店配方购药者，一律照码减收半价，借尽人群互助之天职，诚善举也。

附赠医书和优惠券，当时药业还不多，济生堂的营销方略很有创新意识。

济生堂正在兴旺时期，1934年12月，报上突然刊出它的"推受盘声明"，其堂号及全部财产盘与济生堂绅记为业，未透露原因。一篇《济生堂绅记受盘声明》云：

> 兹有坐落法租界西门路马浪路西湖坊坐北朝南三间石库门面二七五号门牌济生堂药号，及贝勒路永裕里坐西朝东三间洋台门面四八八号至四九四号门牌济生堂药号，两店之招牌、生财货物、店基等一应在内，凭中出盘与仲佩绅管业。所有济生堂人欠欠人以及担保等情，一概凭中言明，归前济生堂股东理涉，不关后东仲佩绅之事。恐各界未名内容，故特登《申》《新》《民》三报声明。自本年国历十二月二日起均归仲佩绅管理，并与前济生堂无涉。（《申报》1934年12月5日）

仲佩绅，江阴人，在接盘济生堂之前已是药业中人，经营过数家中药号，并担任过沪北五区商联会委员、虹口市民联合会执委等社团职务。从此马浪路与贝勒路济生堂开启仲氏"绅记"时代，西爱咸斯路济生堂第三支店则出盘与郭庆标、沈祥裕等新店主，改称"慎记"，对外都仍用济生堂国药号招牌。

沙家老店灾后重现辉煌

济生堂易主并未影响康德堂的营业，两家和睦相处如旧。战争阴云笼罩下的上海租界"孤岛"，在表面的繁华之下，隐藏着危机。1938年圣诞节晚，康德堂突发电线走电事故，引起火灾，楼面被毁，损失巨大，不得不停业整顿。所幸沙家老店资本雄厚，另有巨量药材存于他处货栈，同时沪西分号福德堂也有大批精品药材可以分调，一个月后马浪路店面整修一新，于新年前2月8日复业开幕。

几天来报上不断刊登消息和广告，复业当日《申报》头版又刊登"康德堂参药号复业开幕"的大幅广告。内"本堂复业宣言"云："本堂为社会服务，存心济世，注重营业道德，过去数十年之声誉，早为各界人士尽

康德堂参药号复业开幕广告（1939年2月8日《申报》）

知。上月流电失慎，停业月余，徒劳顾客往返，深为歉疚。兹值复业伊始，全部布置一新，设备、药品，益求精良。现虽成本奇昂，本堂为顾全信誉起见，仍不惜重大牺牲，实行廉价发售，以报各界人士惠顾之雅意，幸加明察。"全店分膏方补品部、药剂饮片部、参茸燕耳部、丸散膏丹部与代客煎药部，经销主要品种"特效良药"有：强身补脑膏、纯阳戒烟膏、人参再造丸、秘制玳参酒、五茄皮药酒、虎骨木瓜酒等。复业当日商业电台为之播放特别节目，有申曲、独角戏名角表演，十分热闹。康德堂灾后重现昔日辉煌。

可惜好景不长。1939年开始上海中药业大都刊登联合型广告，康德堂、济生堂很少再有单独的广告出现在报端。1939年末，康德堂登载过"买一送一"大减价的广告，篇幅也小得多。当然有些传统项目仍在进行。康德堂店堂内经常设有门诊。一条"施诊给药"的启事写道："内妇幼科俞培元受李府委托，自即日起每日中午十二时至二时，送诊给药。号金诊金药资，一概免除，以十号为限。午前预先挂号。诊所马浪路二八一号康德堂国药号内。"（《申报》1943年8月3日）即使日寇占领时期的艰难岁月里，上海药业存心济世行善的宗旨依然不变。

历史进入20世纪50年代，随着全行业公私合营的进程，济生堂、康德堂归属几经变化，后共同归于卢湾区医药公司。黄陂南路济生堂支店似较早就歇业了。马当路康德堂维持至80年代,济生堂(此时门牌是马当路241号)倒一直保持原状,坚守到2004年拆迁。当时的招牌为上海医药有限公司徐重道国药店。

2021年5月于上海浦东明丰花园北窗下

(原载《档案春秋》2022年第3期)

石库门里的一心小学

1933年2月,新年刚过,上海法租界西门路马浪路(今自忠路马当路)口西湖坊61至63号的一心小学开学了。这所新创建的弄堂小学共10个教室,教职员14人,学生560余人,初高级班级齐全。随着人口的激增,像这样建于石库门弄堂内的学校,遍布上海大小街区,不仅有小学、

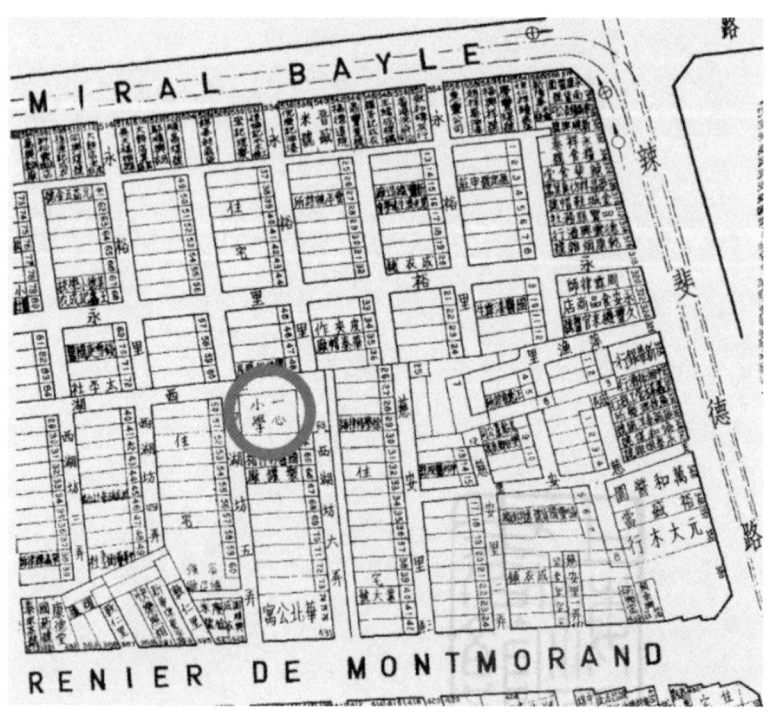

西湖坊中的一心小学(《上海市行号路图录》,1940年)

幼稚园，还有中学和各种补习学校、专业进修班。一心小学所在的西湖坊，就先后有过仁爱小学、上海小学、上海美术丝织专修学院等数家学校。石库门学校有故事，还真出人才呢。

一心小学刚开办，陈应贤校长就面临一场考验。

陈校长在停办风波中

这年4月，法租界当局突然以卫生或食宿不清洁为理由，下令包括一心小学在内的十来所中小学立即停办。巡捕房派出探员到学校阻止学生上课，师生人心惶惶，空气顿然紧张起来。学校当局出面交涉无结果，集中向市政府教育局投诉，希望政府为大家做主。当时报纸报道："向设于法租界之博文女中、晨曦女中、南昌商科高中、乐园小学、兴中小学、新瑕小学、一心小学、新浦小学、锦通小学等学校，近忽奉法租界公董局之命令，以不合卫生或食宿不清洁，着即停办，并于前（十三）日分派探员，分投各校阻止上课。各该校当局，以均向市教育局或京教育部立案，故向法租界当局请求，顾到我教育行政权之完整，易予干涉。但法租界当局则认租界以内，法当局自有行使职权之自由云云。现各该校当局已向市政府请予严重交涉。"（《申报》1933年4月18日）一心小学又多了一条"罪名"——未向法租界公董局"备案"。

一心小学刚开办两个月，就遇上这等事，确实够烦心的了。陈应贤校长与几位教职员工一面安排学生暂时回家，一面联络别的学校，交换情况。得知租界当局并无什么正式命令发下，只凭几个巡捕房探员口头通知而已，再说各校也没有发现疫情，学校更无理由停办。学校已向市教育局登记备案，租界当局备案只是手续问题。大伙决心抗争到底，绝不妥协。

学生家长到学校询问情况，陈校长一一接待，告知交涉进展。每天一批又一批，谁看了都会感到校长难当啊。与教育局方面联络还算顺利，当局派员与公董局谈判，要求取消停办令，恢复这些学校的正常教学秩序。

社会舆论也都在学校一边,《申报》等报纸连续多日刊发法租界小学停办风波的消息,租界当局感到压力不小,也希望早日使风波平息。经过十几天的交涉,公董局找了个台阶,允许这些学校补办卫生许可证之后可以复课。各学校马上依照公董局要求补办了所谓的卫生证件,一心小学借此机会也办了"备案"手续。手续齐全,5月初各校陆续复课。

陈校长在停办风波中敢想敢说,得到同行的好评。不久,一心小学童子军活动的消息披露报端,又提及陈校长:

> 法租界马浪路私立一心小学,自创办以来,虽经多方挫折,然陈校长本服务社会之素旨,抱不屈不挠之精神,奋斗迄今,学校已告正式备案。陈校长又创办童子军团,于昨今两日,假半淞园举行夏令露营,以资练习儿童野外生活。

陈校长组织有方,一心小学童子军在全市童子军比赛中荣获奖励。

"一心"走出的电影童星

陈娟娟,20世纪30年代成名的电影童星。1933年,她6岁那年,一个偶然的机会在某学校登台表演,被暨南影片公司主持人黄槐生发现,邀她参加拍摄《为国争光》一片。1934年参加影片《飞花村》的拍摄,首唱由孙师毅作词、聂耳作曲的中国第一支电影儿童歌曲《牧羊女》。两年后她在蔡楚生执导的《迷途的羔羊》中扮演小翠一角,而负盛名。紧接着,她又参加《小孤女》的拍摄,在影片中主唱冼星海作曲的著名儿歌《团团坐》,这支歌至今还在学前儿童中传唱。之后,陈娟娟又接连拍摄了《壮志凌云》《慈母曲》《江南小侠》《博爱》等影片,成为影坛上一位杰出的童星,被誉为中国的秀兰·邓波儿。她所唱的一些电影歌曲被灌成唱片,广为流行。殊不知,1937年10岁时,她正就读于上海西湖坊一心小学。这里是童星成长的第一站,童星从这里走向影坛……

《影迷画报》封面上的陈娟娟　　陈娟娟主演《江南小侠》电影广告（1941年6月4日《申报》）

当时有位影评人士振声在《介绍几位童星》一文中，第一位介绍的就是陈娟娟，写了她的身世与经历，也写了她的近况：

中国影坛近年出现了几位小天使，像陈娟娟、吴蓉蓉、牟菱三位小姐，小朋友一定很知道她们的艺术天才，我现在逐一介绍出来。

娟娟诞生于南洋的麻六甲，小时候遭遇很凄惨，是一颗不幸的人海遗珠。她爸爸载明，四川人，是一位热心教育事业的人，在南洋办育才学校，失败后漂泊流浪到上海来，愤而跳海自杀，她妈妈受了这重大刺激，神经便有些失常了。娟娟口齿很伶俐，记忆力又强，她跟母亲回国后，先侨居岭南，以至长江流域及华北，也曾踏到过关外，虽然是小小年纪，阅历却很广，头脑更相当冷静，对上流社会、下级社会的人情世故，都有透彻的体验和认识，所以搬上镜头的时候，就有非常深刻的演出。她是一个有戏剧天才的女孩子，四岁就开始参加歌舞表演，六岁上银幕，先后在暨南、明星、艺华、联华四大公司演出。到《迷途的羔羊》公演以后，头角大露，受新华当局的赏识，便和她签订了四年合同，都是当着很重要的角色。她一面拍电影，一面

在一心小学四年级读书,学名是陈素。这也有一个原因的。据说从前她爸爸代她取的名字叫素娟,后来顺口喊惯了娟娟,叫陈素是寓有追念她亡父的深意。

娟娟最近的环境已经好转,生活也渐渐安定,除了每月有新华的巨额月薪外,成名的代表作有十几支流行的歌曲,也一律由百代公司灌成唱片,每月都有版税可提。她自己的志愿,想致力于实业,婆婆的意思也想等到她拍戏拍到十二岁,便不再继续订合同。一方面婆婆也正计划着恢复创办学校的雄心,现在娟娟除了从事水银灯生活以外,还跟她干娘童月娟小姐习唱青衣,《苏三起解》已经唱得很纯熟。目前她正准备利用暑期不拍戏,去青岛小住,跟北平李丽在一起,请了教师补习英文。下半年或许要去四川拍外景,顺便投到故乡的怀抱里,重温一下旧梦。传闻今年旧历八月二十四日,是娟娟的诞生十周年纪念,新华同人将为她筹备盛大的庆祝礼呢。(《申报》1937年7月4日)

"八一三"事变后,陈娟娟随梅花歌舞团赴南洋、香港等地演出,影响颇大。从此她到香港发展,成为名闻遐迩的影星兼电影导演。中国电影发展史上少不了这位童星的身影,是否也应该附带提到一心小学的名字呢?

母亲节的一篇小学生作文

一心小学在陈应贤校长主持下,学生们积极参加社会公益活动。1936年秋冬之际,傅作义将军率部发起百灵庙战役并肃清了绥远境内的伪军,挫败日军西侵绥远的阴谋。前线传来将士们衣着单薄亟待救援的消息,南京中央大学学生发起"首都十万元运动",得到全国教育界的热烈响应,上海中小学也发起募捐。一心小学小朋友向《申报》投书,表示决心说:"敝校小朋友在贵报上,看见绥远省主席傅作义将军,率领了勇敢军人,在那冰天雪地里，为着祖国的利益牺牲性命，抵抗那野心家所指使的王英匪部和伪军。所以我们小朋友也发起募捐。现已决定每人至少捐大洋一角，捐齐后，即寄呈傅作义将军。一心小学全体小朋友谨启。"

"八一三"事变后，报纸上经常刊登上海救济委员会等团体"鸣谢捐赠"的通告，少不了一心小学的名字。如"一心小学经募一百十八元七角二分，小洋十角"（《申报》1937年9月6日），"一心小学经募面粉十包"（《申报》1937年9月13日），"一心小学四十五元七角三分"（《申报》1939年1月8日），"一心小学四〇一元"，等等。在伟大的全民抗战浪潮里，石库门学校的小朋友始终站在第一线，略尽微薄之力，支援抗战事业走向胜利。一心小学的同学们在学业上更是毫不放松，成绩优秀，教育界、实业界多次评奖活动中也少不了"一心"的学生。在中西大药房的一次奖学金评选中，一心小学有两名同学获奖。

1939年5月，《申报》"母亲节特刊"，举办小学生作文评选，一心小学四年级杨仰冈的《我的妈妈》得奖并刊出。文章写道：

> 妈妈是世界上最伟大的人，世界上哪个人哪个动物是没有妈妈产生的？
>
> 我是民国十四年一个严冬的晚上，呱呱地钻出了母胎，投进了人世。从那天起，我经过妈妈多年的抚育和栽培，送我入学，到了现在，我才算是一个四年级的学生。
>
> 大约二年前的某天，我同小朋友们玩小足球，一个小朋友不当心，踢痛了我的脚，我就板起了面孔，还踢了一脚。不料被妈妈知道了，把我叫到室内，训斥了一顿，而且打了十多下手心，我呜呜的哭。
>
> 我受了这次严厉的惩戒以后，知道朋友间应当亲爱，不应该吵架。所以从那天以后，我没有和别人吵架过一次。
>
> 一个炎热的夏天，我不听妈妈的话，多吃了冰淇淋和西瓜，生了重病，呻吟转侧地睡在床上，她很忧愁，很着急，一面不离一步地坐在我的身旁，一面忙着替我煎药，我只希望我病早些好。经过她多日专心的看护，我病势已渐渐的痊愈了。

从那天以后,我知道妈妈的话,是不错的,所以从那天起,妈妈对我说的话,我都听从她,从没有违背过一次。

妈妈因为我能改过自新,所以常常领我去游公园,看电影,并且常常讲故事给我听,还叫我不要做坏事,我觉得很快乐。

以上的二段事实,是我亲自所经历的,我非常感激妈妈。我希望全世界的妈妈,都能这样的爱护儿子,更希望全世界的小朋友,都能尊重他们的妈妈。

这个"母亲节专刊"刊登了十篇小学生作文,每篇作文配有小作者与妈妈的照片。一心小学能获此殊荣,可见它的教学水平不在大校名校之下。

女扮男装的三轮车夫

抗战"孤岛"时期,处于法租界的一心小学相对安全,面对战区逃难而来的同行,陈校长不时伸出援手。1937年9月,审美女子中小学、中国女子中学先后借用一心小学校舍办理招生考试。10月,旦华小学又登出公告,"另找安全地点定期开学,现借西门路西湖坊一心小学办理登记手续"。1939年,一心小学开办幼稚园,招生通告还附告"本校全日上课,暑期补习班七月十日上课"。可见这小小三个门洞、仅有十间教室的弄堂学校,是如何全负荷地工作着。

1940年初,一心补习夜校又出现在西湖坊总弄底一心小学原址。当时报纸报道说:"本市教育界名流,因鉴战后失学青年苦无进修机会,爰于本学期起,创设一心补习夜校。分语学系、科学系、技术系、妇女补习班等,附设在西门路马浪路西湖坊一心小学内,不日即将开学。"这所补习夜校主要负责人是素有"交际博士"之称的黄警顽,校董还有刘练成、江荣祥等。

一心小学以它的教学成绩优异、校长慷慨大方而著称教育界,同时也常有社会新闻提及它的学生走出学校后的遭遇,令人唏嘘。1948年一则

"女扮男装三年始揭穿"新闻的主角,就是曾就读于一心小学的女生李某。该女时仅19岁,家境原先不错,父亲在西门万生弄经营一家米店,不幸早逝,母亲染上烟毒,米店倒闭,母女俩生活无所依靠,亲戚推之门外。"李女幼年曾在马浪路一心小学受三年教育,兼以个性倔强,至此乃思依人无计,不若自力谋生,嗣经百方请托,但终鲜成效,而老母烟瘾日深,罗掘俱穷,最后乃毅然自动定名'李义',易钗而弁,于茫茫人海中踏起三轮车。""李女踏车生活开始于卅四年冬,初系向南市斜桥筱松林车行租一无照之车,日夜奔驰,聊堪仰供菽水,不料去冬其母突以吸毒罪发,判刑七月,至此李女遂成孤儿。斯时适逢三轮车严格查照,车行碍于规定,拒绝出租。李女受此打击,更兼两载辛劳,体力已感不济,遂觉百念俱灰。嗣后流浪月余,彷徨间得悉神州旅社内宁波妓院生意兴隆,三轮车来往接送频繁,乃萌重操旧业之念。经向神州门前各车夫辗转自荐,并泣陈身世,各车夫怜之,遂议决同伴中如有需要休息者,即将座车及号衣轮流借与李女,职业问题因是得以解决。妓院上下及四马路附近,均已知悉此事,深寄同情,每有需坐,辄予厚遗,并为其提名'罗明'……"

李女的故事还在继续。记者写道:"李女体格坚实,胸部束有宽紧带,头发甚短,经常穿着香港衫、短裤、球鞋,故外形绝不类少女。渠自言在入神州前执业两年,乘客千百,竟无一能辨其雌雄。渠夜间因无固定宿处,或露卧车上,或寄居小菜场中,常年餐风宿露,面部更见憔悴。渠昨晚倚其暂借之五八三〇号黑牌车旁,缕述三年来驰骋经过,并说明前夜因为该处修车匠李志善护客'阿龙',指其盗窃车胎,被带入老闸警局。惟经询明无关,即予释放,而女扮男装事亦于焉揭穿。渠末对记者力言不甘堕落,决继续以努力换取生活,为状实令人感动无已。"

不公的社会与多舛的命运,造成了李女的不幸际遇。她的故事只是当时社会的一个缩影而已。

1938年秋本市学校计700余所,学生30万人左右。其中专科以上学校43所,中等学校240所,小学400余所。因校舍不足,多采取半日制、轮流课外活动、轮流休假,或开设夜校等办法办学。据《二十八年上海教育一览》(上海教育年鉴社编印,现代出版社1939年1月版)、《上海学校调

查录》（许晚成编，龙文书店1940年2月版），一心小学都有条目。1940年8月出版的《上海市行号路图录》永裕里西湖坊地图更明确标明一心小学位置。这些都证明这所在上海有一定知名度的学校1940年时还正常运转。该校约1941年暑期后停办，原因不详。一心补习夜校那年下半年度移至小沙渡路新闸路北建德中学内上课，恐怕是最有力的证据。

此后，西湖坊61至63号一心小学原址被改建成耶稣堂。周日做礼拜的唱经声飘荡在西湖坊及隔壁永裕里、慈安里的上空。每逢圣诞节，耶稣堂门前领取圣诞礼物的小朋友人头攒动，等待圣诞老人的出现。西湖坊耶稣堂1958年关闭，几度成为里弄生产组工场及居民住宅。到2004年拆迁时，耶稣堂大门仅剩下一个水泥门框……

（原载《档案春秋》2023年第1期）

[补记]

上海滩人口的膨胀，教育资源的不足，造成了石库门小学这道独特的风景线，永裕里地块也不例外。

永裕里67号私立美德小学，创建于1938年，校长陆懋德，主要教职员鲍鸿生、陈林惠等。系完全小学，有五个教室。（上海教育年鉴社编印《二十八年上海教育一览》，现代出版社1939年1月版）随着上海战事的进展，市立养正、仓基、朝宗、时化、南薰、江境、明伦、旦华等小学转移至租界，美德小学成为临时校舍之一。尽管自身校舍十分狭小，还是克服困难，努力接纳了一部分逃离战区的师生。美德小学50年代初还存在，永裕里总弄出现小学生做早操的队伍，持续了好多年。

西湖坊除曾有过一心小学外，还有过另外两所小学：上海小学和仁爱小学。据1930年6月2日《申报》《筹备国学研究会征求同志》广告云："本社以集合海内同志，研究经传，修己安人之学，勉为笃实力行之士，并协力开发实业为宗旨。发起人赵宗抃、瞿尚德、沈斌、陈卓云、汪复、瞿诚。通讯处上海西门路西湖坊上海小学校。"西湖坊几号？不详。国学研究会与上海小学的关系也不清楚。有待继续查证。仁爱小学出现在一则新闻中：

法租界马浪路西湖坊私立仁爱小学校，开办以来业已五年，历年由校董会捐输巨款，经费充足，学生人数素称发达，早经市教育局核准立案。本学期起，为增加发展效率计，由校董会议决聘李椿森君担任校长，职务经市教育局准予备案，并于昨日下午派员前往该校先行点收，另著前陈校长清理移交手续。兹定二月一日开学、六日上课。连日到校报名入学者，颇为踊跃。虽因校长问题，引起学生家长误会，然一经解释，亦即冰释。现李君正草拟整顿及发展计划，送请校董会核夺。本学期添聘教员，均经教育局登记合格，学识经验，俱称丰富。(《仁爱小学校易长》，1933年2月1日《申报》)

1963年创办的民办马当路第二小学，校址设于西湖坊54号至57号，楼下与二楼都是教室，天井间的墙被打通成了操场。不过早晨的早操，还得让小学生排队到西湖坊五弄与总弄去进行，有时甚至延续到永裕里内，因为两条弄堂间的墙早已拆除。1974年马二小学改为前进小学，1985年又恢复马当路第二小学名称。1995年并入复兴中路第二小学，前后存续三十余年。

附：永裕里地块学校、专科补习一览表

	号　数	名　称	主持人	创办时间	备　注
永裕里	1号	梦云珠算专科		1939年4月	
	66号	教授跳舞		1928年3月	
	67号	美德小学	陆懋德	1930年中期	
慈安里	10号	中西音乐研究室	柳尧章	1933年9月	
	24号	华北哲学研究会		1928年3月	
	?号	汇文小学·志成两级商业小学	施九基 李长源	1926年5月	
西湖坊	54—57号	马当路第二小学		1963年	曾改名前进小学
	61—63号	一心小学	陈应贤	1933年2月	

（续　表）

	号　数	名　称	主持人	创办时间	备　注
西湖坊	？号	上海小学		1930年6月	
	？号	仁爱小学	李椿森	1929年	
	？号	上海美术丝织专修学院	金　涛 万剑鸣	1928年8月	
敦仁里	？号	敦仁女子公学	张衡彬 张菊如等	1926年	校董徐兰墅、高汉声、陈去病
承遂里	1号	上海新闻专修函授学校		1925年9月	
	4号	上海算学专修社		1930年11月	

2024年10月于上海浦东明丰花园南窗下

梅花歌舞团与海风剧社遗踪钩沉

永裕里及毗邻的几条弄堂，除了生活过多位影剧明星外，还曾是几家文艺社团的发祥之地。西湖坊49号作为梅花少女歌舞团诞生地亮相娱乐界，钟社话剧团曾以永裕里35号为驻地，"孤岛"时期的海风剧社在萍渔里1号留下第一个脚印，这些早已消失在历史长河中的文艺社团，其遗踪史迹已成为老上海文化史的一部分载入史册。

从"梨花"到"梅花"

20世纪20年代，中华书局出版的儿童图书推出了新品种——儿童歌舞剧。由《小朋友》杂志主编黎锦晖编著的《麻雀与小孩》《葡萄仙子》《神仙妹妹》《月明之夜》《小羊救母》《小小画家》等，催生了歌舞表演这一新文艺形式。黎锦晖1927年初创办中华歌舞专门学校，组织中华歌舞剧团赴南洋各地演出，1929年返沪后改称明月歌舞剧社。几乎同时，法租界西门路的石库门弄堂诞生了中国第一个职业歌舞团——梨花少女歌舞团。它的创办人是女舞蹈家魏紫波。

魏紫波早年在东南女子体育专科学校学体育，因酷爱舞蹈艺术，被中华歌舞专修学校聘为舞蹈教员。她教授的舞蹈有西洋古典舞、土风舞及中国戏曲舞蹈。她还先后协助黎锦晖为儿童歌舞剧设计动作。1927年，魏紫波排练了《专制皇后》《抵抗》《胜利》等。同年12月她发起创办梨花

寻迹 永裕里——一条卢湾老弄堂的时光追影

舞蹈家魏紫波女士

少女歌舞团,初期团员有20余人,团址就设在西门路西湖坊49号。1928年先后在南京路工部局市政厅等处演出,内有歌舞剧《和平之神》《嚎啕》《春之生日》《爱之死》等,舞蹈有《梨花舞》《紫罗兰舞》《红玫瑰》《大金铃舞》《碧水舞》《西班牙舞》等,歌曲则有《人面桃花》《邨晓》《春朝曲》《西宫怨》《因为你》等。1929年初,一则《梅花少女歌舞团启事》刊于报端:"敝团即梨花少女歌舞团,兹因十八年一月起改名为梅花少女歌舞团。特此声明。"(1929年1月11日《申报》)

梅花团初次献艺在夏令配克大戏院,接着在丹桂第一台,上演团舞《梅花舞》,大型歌舞《七姊妹游花园》《春天的快乐》《三蝴蝶》,舞蹈《天鹅湖》《金井梧桐》《柳迎风》等。继而又在四马路上海舞台的娱乐游艺大会上亮相,观众为之喝彩。有评论说:"西门路西湖坊四十九号梨花少女歌舞团现已改名为梅花少女歌舞团。主事者仍系魏紫波、蔡文俊、魏芸湄等。兹闻应复旦影片公司之请,于岁底率领全体演员,赴厦门、小吕宋等处表演。"(1929年1月13日《申报》)梅花团在各地演出的消息、剧照通过报刊传递,传遍大江南北,人们盛赞魏紫波为中国歌舞艺术所付出的努力:

> 魏紫波女士富有毅力,百折不挠,初为中华歌舞学校教授,继组梨花少女歌舞团,最后又罗致优秀歌舞人才,组织梅花少女歌舞团,引领群彦,越山涉海,先后在汕头、福州、厦门、香港、澳门以及台湾各埠奏艺,行益远,艺益精,而名亦益著。近复应日本之约,将有东渡之行。魏女士为友谊所迫,在先有杭州西湖博览会之行,在后有一品香记者交谊会之奏艺,其歌派之新,舞艺之美化,无往不为观众所赞赏。(《梅花歌舞团友谊登台表演》,《申报》1929年8月20日)

马浪路新民邨弄口旧址

魏紫波组织梅花团演出的同时，又在马浪路新民邨25号设立国华歌舞专门学校。1929年冬，梅花团迁址于巨籁达路（今巨鹿路）361号，与新民邨一街相隔的西湖坊49号似乎仍有空屋常被用来集会。如1931年11月，由严兆桢、段右军、周觉民等发起的中华民众救国联合会，曾借用西湖坊49号召开谈话会，有50多人出席。（1931年11月27日《申报》）这里被当作梅花团驻地前后约两年。

享誉海内外的新型歌舞

1929年冬，魏紫波等根据《西游记》"盘丝洞"故事，改编出歌舞剧《七情》。情节一反《西游记》主旨，称唐僧过盘丝洞，惑于七情，竟而招亲入赘，由神话提升为反封建、反迷信。龚秋霞、张绮、张仙琳、蔡一鸣、徐粲莺、钱镜秀、翁兰魂分饰七情，杨泮、黄昏、孙德嘉分饰唐僧、悟空、悟能。歌舞中有八戒跳舞，尤引起观者笑声不绝。1930年夏初，

《七情》在南京路市政厅正式公演，轰动一时。12月6日，梅花歌舞团在上海奥迪安大戏院演出《七情》《浪舞》《归来》《不见去年人》（歌剧）等，《申报》广告称："梅花少女歌舞团是中国唯一的歌舞组织，她的芳名在全中国，哪个不知，哪个不晓。"此时龚秋霞、徐粲莺、蔡一鸣、钱镜秀、张绮等人并称"梅花五虎将"，广受赞誉。龚秋霞是五虎之首，水手舞和踢踏舞是她的保留节目。

梅花团演出歌舞剧《七情》剧照（1930年《上海画报》）

梅花团与当时上海音乐界有广泛的联系。"五虎将"之一蔡一鸣的哥哥蔡问津，是乐乐乐音乐社发起人，该音乐社多次邀请梅花团参加演出。一次为筹募基金，假座上海舞台举办音乐歌舞大会，广告称"节目由驰誉中华之梅花少女歌舞团担任。入座券分二元、一元二种，代售处有马浪路新民邨二十五号梅花少女歌舞团、四马路商务、中华、世界等各书局及各大旅行社"。（1929年12月17日《申报》）12月20日的演出主要节目为《小小画家》《浪漫鸳鸯》《假妹妹》《桌上舞》《白日之惠》，以及爱美剧《青春底悲哀》等。梅花团1930年1月在南市民国路福佑门对面东南大戏院演出，节目单如下：

（一）团舞《梅花舞》

（二）浪漫歌舞《蝴蝶姑娘》

（三）情歌《人面桃花》

（四）合舞《燕儿双飞》

（五）大轴歌舞《春天的快乐》（1930年1月11日《申报》）

当时电影业兴起不久，电影院常常在影片开映前或幕间加演歌舞节目，以便招揽观众，梅花团则是影院老板的绝佳选择。梅花团迁至巨籁达路新址后，人员大为扩充，分成甲乙丙三组，分组排练节目，有的组赴外埠，有的组留沪，还建立了自己的乐队，其影响日益扩大。龚秋霞、徐粲莺、钱镜秀等还应邀上天灵公司广播电台举行听众点播演唱。后来她们的一些节目被灌成唱片，流传四方。

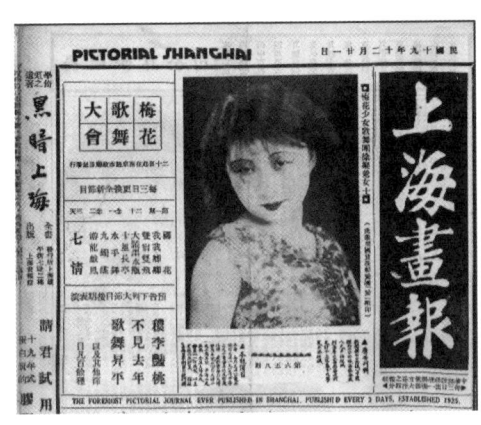

梅花团徐粲莺及梅花歌舞大会广告
（1930年12月《上海画报》）

除了有关梅花团演出消息外，报刊上也不时出现对其新派歌舞的剧评。一篇题为《清歌妙舞说梅花》的评论写了作者在奥迪安大戏院观看梅花团演出后，对几位主要演员的评点：

> 龚秋霞、张绮之《双宿双飞》，步伐合拍，举止如一，殊见美观。二女士之柔术，当非朝夕之功可以臻此。秋霞复有《大闹墨水瓶》一折，滑稽突梯，歌舞兼长，诚人才也。张仙琳之《清歌》《他到跳舞场去》及《十里长亭十杯酒》，嗓音表情，酷肖黎明辉。今黎已退隐，仙琳当可独步矣。蔡一鸣女士，闻系音乐家蔡问津之弱妹，富于男性之美，得乃兄之熏陶，作品自是不弱。《水手舞》为舞中之最难讨好者，一鸣舞来，好处恰到，掌声随起，意中事耳。张绮、黄昏之《游龙戏凤》，完全表演人体美化之艺术，殊见卖力。大歌舞剧《七情》，闻系魏芸湄、蔡问津、魏紫波三君之合作品，以全团人员表演之，情节为反《西游记》。盖唐僧过盘丝洞，惑于七情，竟而招亲入赘，宁非奇事。……（1930年12月12日《申报》）

1930年前后,《上海画报》《上海漫画》《中国摄影学会画报》《北京画报》《时时周报》《时事新画》与《商报画刊》等沪上与北平多家画报,纷纷刊登梅花歌舞团演出消息和明星介绍,图文并茂,影响颇大。

1932年7月,梅花团到青岛演出,《青岛民报》辟"梅花特刊"专版介绍。发刊词用诗一般的语言说:"幽绿的夏,刚刚展在我们的面前,海面上就飘来了'梅花'的信息,她带着醉人的清凉,投到我们的怀里来了。"特刊浓墨重彩地向读者推荐了"梅花五虎将"的歌声与舞姿,还全过程报道了男女团员在青岛跟市民互动的动人场景。

演出《一个铁蹄下的女性》

梅花团并非只演轻歌艳舞,在时局的刺激下,也排演过悲愤激昂的作品。"九一八"后,梅花团排演了爱国话剧《一个铁蹄下的女性》,直

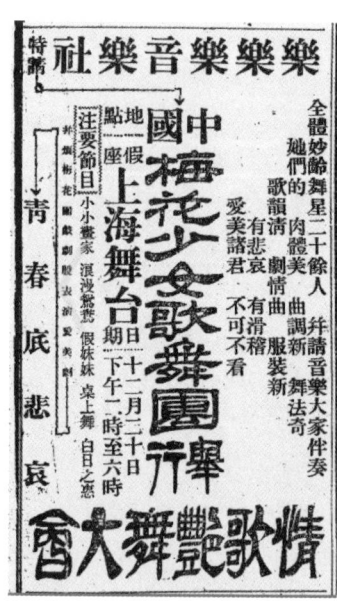

梅花歌舞团在上海舞台演出广告
(1929年12月17日《申报》)

梅花歌舞剧团上演话剧《一个铁蹄下的女性》广告(1931年11月7日《申报》)

接反映东北人民在铁蹄下的苦难生活。演出广告以激扬的文字表达了创作者的心情:"打破话剧沉闷的空气,提倡爱国兴奋的艺术;强权不是公理,牺牲才能救国!这是二十年份(指1931年——引者注)伟大香艳爱国表演。看后能使你热血沸腾,能使你悲愤交集,能使你非常刺激,能使你共赴国难!""在战神的铁蹄下,恐怖的时期中,一个弱女子(尤其是一个舞女),在军人(尤其是兽兵)的掌握中,那蹂躏、侮辱,诸位请闭目一思,何等不堪;但是,在国难声中,有一段可歌可泣的实事,一个女同胞,舞女,竟能在百万分千万分羞辱、忍耐、兽欲、蛮横、欺凌、污秽的中间,奋斗到底,替国家争一口气。"(《一个铁蹄下的女性》,1931年11月12日《申报》)此后,梅花歌舞团又排演了大型歌舞《抵抗之神》,海报自问自答:"在国难声中,我们需要的歌舞是什么?不是那颓废的萎靡之音,而是这富有抵抗精神的民族性的伟大表现!抵抗之神所昭示我们的教训,是那抵抗的力量,可以消灭一切外来侵袭的暴焰。"抗战前后,有多部以歌女、舞女为题材的戏剧或电影,梅花团的这部话剧可谓首创制作。

1932年8月,梅花团在北平中央戏院演出,其中有个《爱国战史》的节目,为了制造"巨炮"轰鸣的效果,后台发出巨大声响,正巧此时空中飞来一架飞机,盘旋在剧场上空,"观众惶惑,秩序打乱",惊动了警察。梅花团主任魏紫波和一男团员被传唤到警局调查,谣传二人"被捕",上了报纸。(1932年8月16日《申报》)一场误会,令人发噱。

1934年,梅花团赴南洋、曼谷等地表演,载誉而归。第二年再次赴曼谷、新加坡演出,除民族歌舞及《小小画家》等儿童歌舞外,还演出了"抗敌战争爱国大猛剧"《到前线去》,受到华侨同胞的热烈欢迎。这两年里,潘文霞、潘文娟姐妹脱颖而出,演出风格较新,深受观众喜欢。从南洋归国后,梅花团计划办一家梅花影业公司,曾摄制《蔷薇之歌》一片,潘氏姐妹担任影片主角。蔡问津此时已加入梅花团,在魏紫波带团赴南洋各地演出时,蔡在上海组织"梅花少女歌舞团第二分团",在大世界登台。由于票价低廉,观众如潮,游乐场有歌舞表演,当推该团为鼻祖。

抗战爆发后,梅花歌舞团渐渐由盛变衰,原因很多。其一,梅花团的艳俗表演遭到从民间到官方的抵制,对其歌舞内容有所质疑,导致生意清淡,亏损严重。其二,歌舞团长期赴国外演出,在国内的影响反而渐行渐弱。30年代中后期，银月歌舞团崛起并逐渐取代梅花团的地位。其三，内部纠纷，人心涣散。歌舞团曾发生过改名风波，引起部分团员不满。最重要的是主要演员纷纷流散，后继乏人。"梅花五虎将"已不复存在，有的成了电影明星，有的嫁人，有的病逝。魏紫波等主持者虽苦心支撑，不断搜罗人才，无奈后来仅靠童星陈娟娟相号召，一度把歌舞团改名为"娟娟旅行歌剧团"，但也无大起色。报刊上已很少出现梅花团的新闻和照片，1947年上海《戏世界》杂志刊发了一则《二十年历史的梅花歌舞团悄然返沪》的新闻，记录了它在北平、天津的短暂演出，从此梅花团消失于公众视野。

中国歌舞走过三个时代：明月、梅花、银月。梅花团起了承上启下的作用。银月导演张蟾娥、作曲殷晓秋、男角杨泮等演职人员，很多是梅花团旧人。从"梨花"到"梅花"，中国第一个职业歌舞团早已走入历史，如今成为中国音乐舞蹈史研究的一个课题。然而，似乎很少有人注意到它曾经的诞生地——已消失了的法租界石库门弄堂——所承载的厚重历史。

海风剧社在萍渔里诞生

1940年9月1日《申报》刊出一幅《海风剧社征求社员》的广告：

宗旨：以集合爱好戏剧艺术之高尚青年，互相研究为目的。
名额：五十名。
限制：凡愿入社青年，须先填具入社申请书，经审察合格，始得缴费为本社社员。
社址：暂设辣斐德路萍渔里一号。
时间：每日上午九时至十一时，下午二时至四时。
报名：即日起九月五日止。
社章：函索附邮二分。

萍渔里是辣斐德路永裕里与慈安里之间的一条旧式里弄，建于1925年，共九幢。萍渔里1号是谁的住宅？海风剧社征求到多少社员？未详。此后《申报》也不见这家剧社演出的消息，但这家剧社若隐若现，始终存在。

"孤岛"时期，话剧演出十分活跃，专业的、业余的剧团争相斗艳，各显其能。有的几经更名，有的昙花一现，不一定能找到活动踪迹。而这个业余话剧团海风剧社曾有过演出，则是不争的事实，虽则做不起报纸广告，但有人看了他们的演出后，发表了一篇《敬告海风剧社》的评论，庆祝他们的首次公演，祝贺剧社"能给剧运无限的贡献"。同时，对演出过高的票价提出委婉的批评："'戏剧大众化'这个呼号，已喊了五六个年头，为了打进平民阶级，一般的戏剧先进者不惜喊破了喉咙，仍旧继续的喊，素有'修养'而又'富于经验'的'海风'负责人，大概早已有所听闻，也许晓得更多，然而资格尽管老，做起事老是不起劲。'戏剧大众化'竟改成'戏剧贵族化'，一张票子最高五元、二三元应有尽有，也许戏好！戏任他好，戏剧究竟还是大众化，或许因为百物腾贵，经济不够，捞一票横财化化，那么我是没有话了，因为是提倡'商业'……适合时间。"（由之《敬告海风剧社》，《大众文艺》1941年第1卷第4期）演的什么戏？首演是在哪家剧场？没有提及，留下了一个谜。

四年多后的1945年2月，小报《大上海报》刊出一则署名西利的新闻:《吴仞之、罗明导演〈梅花梦〉，海风剧社演出》：

> 谭正璧原著、费穆改编导演之《梅花梦》曾在上海三度演出，成绩美满，这次吴仞之北上，也替银旅导演此剧，在北方异常吃香。最近成立之海风业余剧社因得谭正璧、费穆协助，将《梅花梦》作为处女演出，导演由罗明担任。罗明现筹备"剧实"，时间不多，因吴仞之在北方导演该剧，非常得意，故拉拢吴氏联合导演。演员均系业余演员中最优秀分子，演出日期当在阴历新年中，日内正在积极排练。

《梅花梦》是历史学家谭正璧创作的一部历史剧。叙述清道光年间彭玉麟与梅仙姑娘的一段故事。梅仙不能忘记杀父之仇，痛恨昏庸的朝廷，她深

吴仞之像　　　　　　海风剧社演出《梅花梦》
（1945年2月5日《大上海报》）

爱彭是希望他为她报仇雪耻，做一番轰轰烈烈的事业。然而彭玉麟为环境所迫，辜负了梅仙的期望，最后抱恨终身，以梅娱老，在西湖边筑了偎退省庵，和他的亲家俞曲园诗酒流连。

该剧在上海曾三度演出，第一次指1941年12月31日开始在璇宫戏院上演，第二次指1942年5月在卡尔登大戏院由上海艺术剧团上演，第三次指1944年10月在卡尔登由新艺剧团上演。海风剧社在金城大戏院上演此剧，应该是第四次了。从1945年4月11日首演开始，连续演出一个多月。广告显示为"海风剧团"，应该就是1940年征求社员的海风剧社，其间可能停止活动了两年。该剧由吴仞之导演，黄贻钧负责音乐，演员有丁婕、仲英、沙莉、仲夏、宗善、尹青等。

导演吴仞之，江苏常州人。1915年考入上海大同学院预科，后任中学教师，积极参加学运和爱国剧运，为业余演出导演了《山河泪》《最后一课》《国魂》等剧。1937年夏，为麦伦中学导演《三王》一剧，参加爱国联合公演，先后与张庚、于伶等从事救亡剧运。同年冬参加青鸟剧社。1939年于伶等筹建上海剧艺社，他导演了首演剧目《人之初》，获得成功。之后，剧艺社又排演了不少优秀剧目及世界名剧。吴氏导演艺术日臻成熟，与黄佐临、费穆、朱端钧合称"孤岛四大导演"。抗战胜利后，吴与顾仲彝等创立上海市立实验戏剧学校，任教务长。1945年4月海风剧社演出《梅花梦》之前，吴仞之在天津导演了《梅花梦》一剧。

抗战胜利后，海风剧团演出的消息仍不时见于报端。1948年4月该剧团在南京西路金国大戏院演出《绿窗红泪》，招待本市各界人士，导演文久，演员胡瑾、梅影、嘉道、丁田、张鸣等。

永裕里35号钟社话剧团已在本书《董天民：一位不该被埋没的戏剧家》一篇里介绍，兹不赘述。

2024年5月初稿，7月修改

律师公会与永裕里的律师们

律师，中国古代称讼师，指为当事人提供法律服务的执业人员。现代社会中，律师更是维护社会公平正义，维护公民正当权益的代言人。律师向来是一个崇高的职业，受到人们的尊敬。民国时期的永裕里，包括西湖坊、慈安里在内，曾生活过十多位律师，他们中的很多人把律师事务所设于自己的寓所，因此留下了一批民国上海法律史上的遗迹。永裕里对面复兴中路301号律师公会大厦，从20世纪30年代开始就是周围居民心目中的地标建筑，它也是永裕里律师们的"家"。几位会计师的故事，暂时系于文末。

"301"：律师公会的前世今生

民国伊始，依法治国的思想很快深入社会各阶层，上海律师们于1912年12月成立了律师公会，会所设于南市小西门江苏省教育总会内。律师公会的成立通告宣布"外争司法主权，内为民众请命"，为"匡扶正义，建立法治"理想而奋斗。(《上海律师公会通告》，1912年12月9日《申报》)参加律师由成立时的十几人，迅速发展到数百上千人，鼎盛时会员达1300余人。由于经费有限，律师公会最初几年没有固定会所，后来在南市西门内金家牌楼德兴坊租得几间房屋设立了会所，办公有了地方，但遇上召开会员大会，还是不得不租借其他会场。

复兴中路301号上海律师公会旧址（今银行博物馆）

1922年10月，经时任会长张一鹏亲自出面，觅得法租界恺自尔路（今金陵中路）279号洋房一所，与原房主议定租金，楼上为办事室，楼下为议事厅，暂时解决了会所问题。随着律师公会的发展，它的影响也在不断扩大，恺自尔路会所已不敷使用，终于自建会所的议题提到了律师公会评议会的面前。报道云：

> 上海律师公会自公共租界会审公廨收回、改为临时法院后，入会会员非常踊跃，目前会员已达二百余名。惟该会原有会所向租民房，会中虽有积存银六千余元，但欲建筑会所，费用浩大，区区之数不敷购地之需。经该会会长张云搏氏于去年开评议会时，提出讨论，议决筹募特别捐，由干事部全体干事员负责进行。现已先后募得新入会会员江一平、冯炳南、陈忠云、王凤禾等数十人之特别捐，自二百元起至数十元不等，决定于本届春季定期总会开会时提出讨论建筑会所问题。……（《律师公会拟自建会所》，1927年2月1日《申报》）

新会所建筑并不顺利，也非一步到位，有个曲折的过程。首先律师公会刊登购置现成会所通告，声明需现成房屋一所，"除办公室外，以能辟一容纳三百人集会之会场为合格"，价约在五万元以内。（1929年3月5日《申报》）不久，购得贝勒路572号辣斐德路口三楼洋房一座，计地一亩四分五厘六毫，凡屋外余地、屋内装修，及围场上一切建筑物一概在内，价银36 500两（约50 000元）。办完交割手续并分三次付款后，1929年10月17日上海律师公会由恺自尔路旧会所迁入新会所办公。当时新会所依然是老洋房，每因开春秋两季大会，仍缺少会场，因而全体执监委员积极筹划建筑可容纳五百人之会场，唯余地有限，拟将会所前的三圣庵买进，改建会场及图书馆之用。但三圣庵方面不同意出让，此计划搁浅。各地都有三圣庵，上海法租界辣斐德路三圣庵建于何时不详，关于它的新闻报道很少，在它成为律师公会征收对象前，1928年7月7日《申报》有一则车祸的新闻，提到被撞小孩时有"辣斐德路三圣庵姨母家"云云。1939年初还有该庵为一位伶界名伶做法事的消息。那一年出版的地图仍清楚地标明律师公会与贝勒路梅兰坊之间有一座三圣庵。

律师公会在这所辣斐德路贝勒路口的老洋房里一待就是六年。1935年9月，律师公会刊登征求建筑会所基地启事，公开征求二亩以上地产，以满足建筑会所之需。一时没有合适地产，遂决定原址改建：

> 本会决定在贝勒路会所原址改造钢骨水泥三层楼房屋一座，凡营造厂商愿承造此项工程者，请于八月二十七日起到本会填具经验履历单，并缴纳保证金国币一千元。凭收据向定中工程事务所缴纳图样费国币二十元，领取全份图样及工程说明书为荷。
> 　　上海律师公会地址　贝勒路五七二号
> 　　上海定中工程事务所　地址上海爱多亚路一四七号五楼
> （《上海律师公会建造新会所征求图样启事》，1935年11月23日《申报》）

1936年第7卷第4期《建筑月刊》还刊登建筑图样，继续征求意见。可以说，律师公会新会所从资金筹集、图样设计到工程招标，一切都公开透明。工程最后由企业营造厂得标承造,第一期工程比较顺利,不料第二期工程快到竣工时,营造厂厂主陈某突然病故,工程停止。律师公会推定徐佐良、陈霆锐等各委员到现场交涉,在停工交涉的数天内,又发生工地钢条材料被盗,报警后法租界巡捕房破案又耽搁了数月,直到1937年底律师公会大楼才正式建成。

大楼高三层,钢筋混凝土框架结构,外立面风格简约,主入口位于街角正对面,入口上方设计有竖向玻璃窗带,整体呈现一定的装饰艺术风格。底层为办公室、会议室,二层为书库、阅览室和游艺室,三层为可容纳七八百人的大礼堂。律师公会地址改为辣斐德路301号。

可惜好景不长。上海沦为"孤岛"后的1940年11月,法租界当局与日伪市政府订立协定,允许伪政府强行接收江苏高等法院第三分院及上海第二特区地方法院。环境越来越险恶,律师们纷纷离开上海,部分留下的律师坚守岗位,律师公会搬出"301"大楼,移至公共租

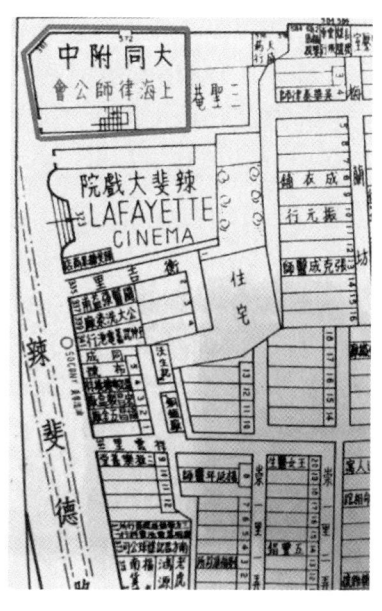

地图上的上海律师公会

界爱多亚路浦东大厦办公。会所大部分房间则出租给大同大学附中作为校舍。据上海教育年鉴社编印《二十八年上海教育一览》(现代出版社1939年1月版)著录,大同大学附中地址"辣斐德路贝勒路口",校长胡敦复,主任庄龙亭,完全中学编制,有学生554人。该校与律师公会的"邻居"关系,似乎一直维持到抗战胜利后。

20世纪50年代起,律师公会大楼成为中国人民银行卢湾区支行所在地,底楼是银行的营业大厅,二楼是银行办公区,三楼仍是大礼堂,区里或街道的各种会议、文艺演出都会借用此礼堂。附近居民都称"301"会场。80年代这座大楼加层至五层,外观大致保持原先模样。2015年,该楼三、四层被改建成"上海银行博物馆",2021年,"上海律师公会旧址陈列馆"又在此落成,这座历史建筑步入了新的历史纪元。

金煜律师抗议巡捕房滥捕市民

永裕里39号曾居住过一位上海滩上名律师——金煜。他的活动为民国司法史留下了许多故事。

金煜（1884—？），字立人，上海人，前清贡生。日本明治大学毕业。民国二年（1913）任华亭地方审判厅书记官，翌年调任丹徒地方审判厅书记官。此后担任过中学校长、通海镇守使署驻沪委员、张恩灏律师帮办、浙江宁台镇守使谘议等职。1924年获律师资格，开始在沪办理华洋民刑诉讼案件，担任不少企业的常年法律顾问。金煜最早的律师事务所设于法租界方板桥西荣华里6号，1926年迁至宁波路68号。

1931年春，西湖坊房客为抗议房主无理加租而发生了一起诉讼案。起因为上年10月，房主以地捐与水费提价为由，委托达理会计师通告加租一成。西湖坊房客认为，本坊房租向较附近其他里弄为昂，没有理由再加租金，并成立"房客联合会"，控告房主，聘请居住于永裕里39号的律师金煜为代言人。金煜在报上代表西湖坊"房联会"发表敬告各界书，说明原委（参见本书第一辑《"房联会""减租会"的维权抗争》）。金煜强调指出，现行《民法》关于不动产租赁各节，均有详细规定。如该法规第四四二条规定："凡无确切证明之事实，房主房客于租赁关系存续中，均不得请求增减其租金。"同法规第四二七条规定："就租赁物应纳之一切捐税，由出租人负担。"今本坊房主借口地捐及水费增加而加租一成（每幢约加租四元），显然与上述法规相违背。如果单将地捐与水费增加数目均摊至房客，每屋一幢不过派洋一角而已，现房主要求增加租金每幢四元，既不合法，更不合理。金律师有理有据的驳斥，将房主的无理要求驳得哑口无言。后经法庭调解，此事得以和平解决。

金煜参与过多起"房联会"的官司，他经验丰富，口碑极好，为处于弱势的房客们讨回了公道，维护了权益。1934年夏他亲身遭受了强权的欺凌，理所当然奋起抗争。事情是这样的：这年7月一天晚上，金煜的夫人王氏乘三轮车去大世界游乐场纳凉，途经霞飞路恩派亚电影院时，突遭巡捕房便衣探员拦阻，指为娼妓，不由分说，强行带入嵩山路巡捕房，非法搜身、盘问达两小时之久，始获释放。这种事谁遇上都会愤慨。金煜作为律师，深感事关人权和法治，应该为租界内市民发声，表示抗议。他呈法国驻沪领事文并公布于报端：

> 为花捐部探员王昌山非法滥权逮捕、监禁良家妇女，妨碍自由，据实报告，请澈究以维治安事。切报告人之妻金王氏等，于本月二十七日夜，因天暑雇乘人力车，拟往大世界屋顶纳凉。讵车经霞飞路转角恩派亚电影院门前，突有身穿黑香云纱衫裤，形似客籍男子上前喝令停车。报告人之妻见该男子身穿黑色衣服，腰系白色仿绸裤带，下垂尺余，头戴白色草帽，察其形色，以为流氓拦路无疑，因此恐慌异常。嗣该男子诘问渠等何往，当即告以至大世界纳凉。不料该男子自称捕房探员，不问情由，强令下车，欲加逮捕。当时报告人之妻，仍以该男子形迹可疑，向其索阅探捕执照，一面告以本人系报告人之妻眷，并示以大世界之优待月券，证其所往。岂知该探员竟不容分说，骤以武力逮捕，当被拘入嵩山路捕房。嗣经该捕调查明确系报告人之妻，始获释放。惟自逮捕以迄释放，为时不下二小时。查人民之身体行动，非依法律绝对不得逮捕或监禁。今报告人之妻眷，均住居贵租界内西门路贝勒路口之永裕里，出入自必经由爱来格路敏体尼荫路，始获由南往北，若谓良家妇女因经过住有娼妓之马路，而即指为娼妓，则此后贵租界对于设有妓寮之马路，应明白限制通行，方始界内妇女知所趋避。现在贵租界并无此种限制，而捕房探员滥行职权，非法逮捕良家眷属之事，已屡有发生，似此扰民之举当非贵租界所乐闻，况是夜逮捕报告人妻眷之探员更属非是。

最后金煜严正指出，该探员已违反现行刑法中"妨碍自由罪"。(《金煜律师呈法领事文》，1934年8月1日《申报》)在舆论的压力下，总领事梅理霭复金煜函致歉，告知已将探员王昌山免职。金煜认为满意，一场维权抗争胜利告终。

人怕出名猪怕壮，名人遭遇窃贼的新闻当时屡现报纸。金煜身材魁

梧,大腹便便,给人以包打听之流的印象。他平日常携家属往各大舞台,领赏名伶皮黄。一次陪伴夫人至天津路新光大戏院,观看马连良等名角的戏,半夜散场,随观众鱼贯而出。正当走向自己汽车时,突有衣冠楚楚形似商人模样者数人,从金的身旁挤掠而过,他突然觉得衣袋内皮夹上所系钢链忽呈异动,急忙将手伸进衣袋,皮夹已不翼而飞,钢链则截成两段。金煜天性敏捷,一转身即将挤掠诸人中之一抓住。此人大耍无赖,操着京腔连连大叫"干吗?"金煜厉声呵斥,命其"识相点",将其扭入汽车。此时那窃贼才服软,要求金煜先至某饭店,答应赔偿。金告诉此人,皮夹内除150元现钞外,最要紧的是当事人委托的重要公事、证章和契约,价值8万余元,无论如何必须归还。此人请金稍候,立即打电话通知同伙,据称皮夹内的钱已被"开花"(即已分赃),同伙已散去,其他契约、证章等物件已直接送至金先生的事务所,还说钱款日后一定如数奉还。金煜将信将疑,认为窃贼不可能这么迅速办好这些事,坚持要把此人扭送巡捕房法办。这时窃贼与金商量,拟请某名人担保,金一听更觉奇怪,那名人他也认识,能为窃贼担保?果然一会儿那名人到场,担保日后归还150元。金煜回家发现皮夹已安然躺在自己寓所的凉台上,比前说送至律师事务所还道地。(《金煜律师遇剪绺贼趣剧》,1936年2月12日《申报》)

1938年秋,金煜租用了十几年的宁波路68号事务所住房,被房主收回,事务所迁至霞飞路65弄福昌里7号。他的寓所也从永裕里迁到了贝勒路恒昌里。

爱写小说的青年律师

1928年前后,离永裕里不远的蒲柏路(今太仓路)483号法科大学,有三位苏州学生王中任、庄骧与周大年租住在永裕里。他们都是文学爱好者,王、庄二位在苏州草桥中学时为同学,起初做旧小说,主编过《百合花小说集》,后转写新创作,合办《沉石》杂志。王中任还在《天韵日报》上发表过二三篇新小说,主编《银丝周刊》。王、庄曾计划办一个《长星文艺周刊》，可惜限于经济原因未能成功。不过王中任的小说集《路畔的蔷薇》还是出版了，收有六个短篇小说。"他在法大的时候，与周大年、庄骧同住在上海贝勒路永裕里，和周大年一起创作过许多短篇东西，刊载在《快活林》《自由谈》。"（《爱做小说的青年律师》，1934年9月25日《苏州明报》）他们住在永裕里几号，文章未提，有待考证。

1928年6月，法科大学发生"共产传单"事件，包括王中任在内有四位学生卷入其中。一天，教室黑板上粘贴数份传单，课堂上某本教材里竟也夹着"反动传单"。学生们在悄悄议论，有人举报到校长那里，校长褚辅成认定是共产党传单，命令追查。查出四人，被移送法租界巡捕房。学法律的学生被当作嫌疑犯拘捕，实在具有极大讽刺性，消息也引起社会各界的高度关注。他们将来都是要成为律师的青年俊杰，当然要站起来抗争。法工部局公堂不得不公开审理此案。6月5日报纸公布抓捕法科大学四位学生的新闻，同月19日公布"法大学生宣告无罪"："法租界蒲柏路法科大学学生顾裕尚、陈瑞贵、吴道鍼、王中任等四人，前被校长在法公堂指控顾等其在教室内粘贴反动传单嫌疑，经中西官迭次研讯，谕候核判，各情已志前报。昨日经聂承审官与法领事杜君商明堂谕，判讯得法科大学于本月一号第三教室内发现共产传单，当由学生黄振章瞥见，实系陈姓学生粘贴，业已畏罪避逸。致于到案之被告四人，均系嫌疑地位，应即一并宣告无罪。此判。"（1928年6月19日《时事新报》）就是说抓错了，但连一句"对不起"都没说。王中任愤然离开法科大学，转入持志大学继续攻读法律专业。周大年转至法政大学，庄骧则留在法大。三位未来的律师都搬离了永裕里，大约两年后他们都回到了苏州，成为挂牌律师。

王中任当了律师，依然热爱文学，虽然小说写得少了，但还是为范烟桥编辑的《珊瑚》杂志写过几篇小说，描写他大学时代的生活。1934年他为《明品》写过多篇小品文和一部长篇小说《雄夫人》。他写小说大都用笔名，有时署"汉威"，有时署"太玄"，有时署"碧痕"，等等。王中任也写有关法律方面的专业文章，他为《时事新报》"法坛"专版撰写过普及法律常识的文章，如《预谋杀人及残忍杀人不在大赦范围批判》《陪审制度是否适用于中国》等。

王中任在苏州有自己的律师事务所，地址在苏州北局国货商场二楼

"七君子"案律师团张志让、李肇甫、江庸、刘崇佑、刘祖望等合影。后排左二为庄骧

22号,后在上海也设立了事务所,地址在北京路255号(1936年9月14日《苏州明报》广告)。他曾担任吴县律师公会干事员。抗战胜利后王的事务所迁至上海南京西路959号。(1947年6月4日《中央日报》)周大年律师事务所在苏州颜家巷17号。庄骧曾担任吴县律师公会评议员,1937年著名的"七君子"案件中,他是"七君子"聘请的25位律师之一。

"红色律师"潘震亚

1928年4月1日《申报》刊出一则《律师潘震亚执务通告》:

本律师近已卸除国民政府司法部处长及法官训练班主任等职务。

除在苏、沪两地方法院管辖区内及租界执行律师职务外，凡江苏各县上诉高等法院，本省上诉南京最高法院案件，均可代办。如欲以诉讼事件及求诉事件委托者，本埠请临本事务所面商，外埠可通函接洽。特此通告。事务所上海法租界西门路西湖坊三十号，电话西一一五〇号。

1929年7月潘震亚在四川路168号又设立了分事务所。潘震亚号称"红色律师"，是民国史上一位传奇人物，有不少故事可以钩沉。

青年潘震亚

潘震亚（1889—1978），江西南城人。1912年考入南昌法政学校，1916年毕业。就学时期他任《江西民报》采访、编辑，同时担任上海《新闻报》《申报》《时报》通讯员，在这些报纸上发表了许多时事评论。毕业后，潘承办律师事务，并与友人合资在南昌创办《新共和报》，宣传孙中山的护法主张，反对军阀统治。报社不久被湘赣检阅使张怀芝查封，潘震亚到广州，任广州政府众议院秘书。1920年加入国民党，任国会非常会议秘书、大理院推事等职，1921年又与沈信彬在上海创办女子法政讲习所，培养了不少出色的律师。1926年，任国民革命政府司法行政委员会秘书司法部处长、法官训练班主任、革命军事裁判所庭长等职。在广州期间，他还担任过共产党人林伯渠创办的《革新评论》杂志编辑，撰写了一系列支持国民革命的文章。

1928年潘震亚离开广州到上海当律师，于是有了《律师潘震亚执务通告》的发表。他结识胡愈之、潘梓年等共产党人，参与党所领导的革命活动。作为律师曾多次为被捕的共产党员和进步人士出庭辩护，开展营救。同时他在上海法学院、复旦大学、政法学院、中国公学兼课。1928年6月，上海人民为纪念三年前发生的沙基惨案死难的同胞举行游行示威，被当局逮捕23人，潘震亚挺身而出，为他们做辩护律师。他曾成功营救了许多共产党人，据童洪锡《潘震亚：两度申请入党的"赤色律师"》一文介绍，潘震亚先后营救过任弼时、李井泉、曹荻秋、王翰、郑绍文、徐强、张楚琨、邓曼倩、娄朗怀等出狱。一次，曾宪桢等两名女中学生挟带传单，乘坐电车时被捕，各被判刑半年。潘震亚律师主动为她们上诉、辩护，结果被撤销原判，宣告无罪，并当庭释放。还有一次，租界捕房在日资纱厂逮捕两名藏有罢工文件和标语的工人，厂方的日本律师，要求对涉案工人判刑。经潘震亚据理力争，工人获得当庭释放。外籍捕头暴跳如雷，还要将两人带去捕房。在潘震亚严词抗议下，二人脱险。一次，警备司令部根据蒋介石"电令"，要求将一名已被租界会审公廨按"危害民国罪"判刑5年的中共地下组织成员"移解"，另行审判。潘震亚接受委托担任辩护人，提出抗议：无论该被告是否另有"不法"行为，只犯一个罪名："危害民国"。既已经租界法庭审理判刑，根据"一事不再理"的法律原则，不能再"移提"内地军事司法机关另处。法官采纳了潘震亚律师的辩护意见，驳回上海警司的"移提"申请。

吴迈，当时上海的一位著名律师，曾任全国律师协会宣传主任。他极力主张撤销领事裁判权，奉全国律师协会派遣赴各省宣传，并与各国领事讨论，遇到涉外案件吴迈总是挺身而出担任受害者辩护人。1932年初，他接连遭到当局两次拘捕，并被殴打致伤。一次，针对"九一八"后时局，他带领"青年决死团"去南京军政部请愿，质问当局为何不发兵抗日，与卫兵发生冲突。吴迈被枪托猛击头颅，血流满面，晕厥倒地，手臂等处也致伤。全体绝死团成员被拘捕，后经上海律师公会营救获释。两个月后，吴迈偕同三位学生代表赴市公安局，要求保释被逮捕的学生，遭拒绝，吴据理力争，与出面接待的一个科长发生争执，科长竟然下令拘捕吴迈等人。吴迈等不仅遭到殴打，还被押解至南京受审。律师公会派出潘震亚、沈钧儒等律师为之声诉，社会舆论对打人者利用公权力胡作非为表示愤怒与谴责，公安局不得不释放了吴迈律师。潘震亚在一些民事官司中也同样主持正义，反对强权，帮助弱者。如1931年西湖坊"房联会"维权抗争事件中，他也是被聘请的律师团成员。

1936年，上海各界救国联合会成立，潘震亚出任常务委员。1937年他参加了为救国会"七君子"案辩护的律师团。抗战爆发后，他随复旦大学迁往重庆，继续任教和办理律师业务。

新中国成立后，潘震亚先后任复旦大学法学院院长、监察部副部长和江西省副省长等职。

民国时期，在永裕里居住或设有律师事务所的，除上述提到的几位外，二三十年代还有项峋（永裕里66号）、张尚（西湖坊34号），姚垓律师事务所（敦仁里1号），40年代则有陆象如（永裕里21号）、袁树功（永裕里97号）、黄洪翔（永裕里97号）、周永泉（西湖坊10号）、姚文彪（西湖坊45号）等。1939年版《上海市行号路图录》永裕里地块地图标注有两位律师：徐学修（慈安里29号）与单□□（西湖坊38号）。这几位律师身上一定会有许多故事，有待知情人来回顾和进一步发掘。

几家会计师事务所

老上海会计师有自己的组织——会计师公会，而会计师与律师差不多，也都属自由职业者，有些会计师拥有自己的事务所。西湖坊45号沈家桢会计师1925年7月被农商部核准为上海会计师公会会员，时担任徐永祚会计师总事务所帮办。1929年后沈家桢在西湖坊45号寓所设事务所，同年出版了一本专著，《申报·出版界消息》云："西门路西湖坊四十五号沈家桢会计师，自来沪行使职务以来，历有年所，近著有《银行簿记实践》一书，都十余万言，于簿记一门，阐发无余。刻正在赶紧印订，不日即可出版云。"（1929年3月26日《申报》）此后，报上常刊登沈家桢参与客户资产审核或联合律师官司交涉的信息。

"孤岛"时期慈安里36号出现了一家陈鼎新会计师事务所。报道称，陈"早年任职军政界，喜研究国学，为桐城姚氏及门弟子。对于会计学术，亦深有心得。退居沪滨后，专营会计业务，颇为发达，现其事务所已迁至法租界辣斐德路慈安里三十六号"。（1939年5月21日《申报》）陈鼎新其人经历颇具传奇色彩。他清末习陆军，辛亥时追随黎元洪参加武昌起义。民初离开军界，入燕京大学专研经济学，毕业于北京政法大学。历任北京币制局高等顾问、黔军总司令部驻汉口办事处处长，又在南北金融机

关任要职多年。抗战后来沪执行会计师职务，与项峋律师合作。

1937年前后，永裕里6号也曾居住过一位年轻会计师董纯标，起先与友人合办事务所，后退出改做钱庄生意。"孤岛"时期不幸遭特务误杀，惨死于永裕里弄口过街楼下。

附：永裕里地块律师、会计师一览表

里 名	门 牌	姓　　名	入住年份	备　　注
永裕里	6号	董纯标会计师	1937年前后	1940年7月遭暗杀
	21号	陆象如律师事务所	1946年	
	39号	金煜律师寓所	1931年	事务所位于宁波路68号
	66号	项峋律师事务所	1931年	
	97号	袁树功律师事务所	1946年	
	97号	黄洪祥律师事务所	1947年	
	?号	王中任寓所	1928年	时就读法科大学
	?号	庄骧寓所	1928年	时就读法科大学
	?号	周大年寓所	1928年	时就读法科大学
慈安里	29号	徐学修律师寓所	1939年	据《上海市行号路图录》
	36号	陈鼎新会计师事务所	1939年	
敦仁里	1号	姚垓律师事务所	1931年	
西湖坊	10号	周永泉律师事务所	1941年	
	30号	潘震亚律师事务所	1928年	分事务所四川路168号
	34号	张尚律师事务所	1928年	据《上海市行号路图录》
	38号	单□□律师寓所	1939年	
	45号	沈家桢会计师事务所 姚文彪律师事务所	1929年 1942年	

2024年8月

辣斐大戏院今昔谈

永裕里复兴中路弄堂口对面马路旁矗立着一座电影院——长城电影院，原名辣斐大戏院。在它存世的70余年中，周边的居民无论大人还是小孩，很少没走进过这所剧场观影或观剧。它与不远处顺昌路上的雅庐书场、大同大戏院，都是周边居民们最近的娱乐场所，因而生意不错。朝北上淮海路才有嵩山、淮海、国泰电影院，朝西过陕西南路才有上海电影院，朝南到建国东路才有建国电影院，长城成了大家最佳的选择。

邬达克的又一杰作

辣斐大戏院建成于1933年，由匈牙利建筑师拉斯洛·邬达克设计。邬达克（Laszlo.Hudec，1893—1958），毕业于布达佩斯工业大学，1916年当选匈牙利皇家建筑学会会员。第一次世界大战爆发，邬达克应征入伍，成了奥匈帝国与俄罗斯战争前线的一名士兵。不久，他在战场上被俘，被流放到俄罗斯西伯利亚地区。但他很快从战俘营逃脱，乘坐一艘日本重载船抵达上海。那年他25岁，身无分文，流落异乡。

邬达克在工作中

寻迹
永裕里——一条卢湾老弄堂的时光追影

1933年时的辣斐大戏院

这时,他的建筑教育背景帮助了他。1918年起,他在美国人开的建筑公司克利洋行当助手,其间学会了汉语。邬达克的幸运就在于他在上海的几十年,赶上了上海的建筑行业黄金时代。在克利洋行的七年中,他谨小慎微,参与设计了一批包括医院、俱乐部、学校、银行、教堂、电影院、剧院在内的建筑。这段时期他的代表作便是沐恩堂,沐恩堂带有明显的复古主义色彩,重细节的装饰、复兴的哥特式塔尖,有着浓厚的欧洲情节。当时的上海,来自各国的建筑师和大批的"海归派"建筑人才,带来了世界上最先进时髦的建筑理论、建筑模式和建筑材料,上海因此成为展示世界近代建筑风格的大舞台。从1918年开始到1947年离开上海为止,邬达克为这座城市留下了124幢富有特色的建筑物。

邬达克1925年在上海建立了自己的建筑事务所,从此声名鹊起。他原先只是配角,通过自身努力,转变为塑造这个国际大都市的灵魂人物。从1925年到1938年,邬达克逐渐成为上海最有名望、最活跃的建筑师,几乎垄断了当时上海的经典建筑设计。他设计的作品精良,一个设计作品成功了,为下一个作品打开了市场,赢得了客户信任。万国储蓄会在四川中路盖联合大楼请他设计,盖国际饭店又请他设计。教会系统他的项目一个接一个,如息焉堂、真光大楼、新福音堂、中西女中、震旦女子文理学院附小等。大光明大戏院设计成功,邬达克名声又扬起,电影院业主都慕名请他,浙江大戏院、卡尔登大戏院、辣斐大戏院等设计项目接踵而来。

辣斐大戏院是继南京路上大光明大戏院后,邬达克的又一杰作。这座剧院与大光明设计一派相承,外立面相似,系钢筋混凝土结构,现代式样的建筑风格。立面用板块和线条组合,简洁而又不失新潮,占地面积约996平方米,建筑面积约1 212平方米,内设837个座位,戏院还装备有空调设备。

1933年7月1日，辣斐大戏院开幕。当天报纸报道："辣斐德路辣斐大戏院建筑多时，迄已工竣，装修陈设，亦已完备。故定今日开幕，美轮美奂，伟大宽敞，并装冷气，故即在盛夏，亦殊凉爽。闻今日所映为苏尔维雪妮之杰作《蝴蝶夫人》。座价至为低廉，分二角、四角二种，日夜一律。"(《辣斐大戏院今日开幕》，《申报》)从此成为上海电影放映和话剧演出及文化活动的重要场所。

美国西部片轰动一时

辣斐大戏院开幕后，主要上映美国西部片。所谓西部片，也被称为牛仔片，是以美国西部大开发为背景的影片的统称。这类电影通常描绘19世纪末至20世纪初美国西部生活情景，展现了勇敢的牛仔、执法者与暴力的对抗，以及个人英雄主义和西部拓荒者的生活。

辣斐大戏院上映的第一部影片《蝴蝶夫人》，美国1915年出品。故事以世纪初日本长崎为背景，美国海军军官平克顿经婚姻掮客介绍，娶了年仅15岁的日本艺妓巧巧桑（即蝴蝶夫人）为

影片《蝴蝶夫人》海报

妻，但平克顿对此桩婚事抱持游戏态度，新婚不久后即随舰队返回美国，而巧巧桑不改初衷，终日痴心等待，结果竟换来丈夫的抛弃。三年后平克顿返回日本时，带来了自己的美国妻子，并且要求带走与蝴蝶夫人所生的小孩，蝴蝶夫人应允"丈夫"的请求，而自己却以自杀的方式，结束这场婚姻悲剧。电影广告以"轰动海上名贵艳情巨片"相号召。

接着，辣斐大戏院上映描写欧战德军攻夺杜门要塞情景的《西线活

地狱》,"悲壮热烈""惊心动魄"成为该片的广告语。《东飘西浮》,记叙一位弱女子抵抗12个疯狂施暴者的故事,体现正义必将战胜邪恶,情节惊险新奇,令人拍案叫绝。《飞行大王》,展示一群年轻的飞行员战胜风暴的紧张场面,甚至出现人坠机下的特技镜头,让观众目瞪口呆。《马路英雄》《城市之光》,则是"滑稽大王"卓别林主演的喜剧影片。《老爷兵》是另两位喜剧明星劳莱、哈台主演的滑稽短片,很受欢迎。百老汇歌舞片《璇歌艳舞》《普天同庆》《春宵舞》等,让上海人一睹先锋派音乐舞蹈的风采。

辣斐大戏院也上映其他国家以及国产影片。如德国片《四壮士》,广告称"是《西线无战事》反应伟构","枪炮轰炸、尸横遍野、肉搏冲锋、血流成河",场面刺激,动人心弦。又如国产片《奋斗》,联华影业公司出品,史东山编剧,陈燕燕、郑君里、袁丛美、刘继群等主演,号称"鼓励民族精神的兴奋巨片","提倡奋斗的精神打倒虚伪的礼让"。此外,辣斐大戏院上映的还有《色迷巴黎》《天涯总相逢》《热趣》《消防新术》《大复仇》《草莽英雄》《捷足先登》《富国运动》《摩登西游记》《猩猩王金刚》与《纽约街头》等中外电影。

电影放映间,辣斐大戏院曾有几家歌舞团演出舞台剧。如1934年5月明星歌舞团上演《草裙腰舞》,美艺歌舞团上演《云裳舞》。辣斐大戏院最初几年演剧不多,以放映电影为主,其中迪士尼米老鼠动画片值得一提。

米老鼠风靡上海滩

以米老鼠为主角的第一部有声动画片《威利号汽船》(*Steamboat Willie*),1928年11月在纽约上映,从此诙谐幽默的米老鼠征服了美国人。米老鼠的经典打扮是红色短裤,黄色的大鞋子,戴白手套。性格随和,乐观,活跃,充满奇思妙想。它与米妮是情侣关系,铁哥们是唐纳德和高飞,有一只大黄狗叫布鲁托。第二年,迪士尼公司连续出品了12部米老鼠系列短片。不久,米老鼠就成为全世界家喻户晓的卡通明星。

1930年1月迪士尼正式推出米老鼠卡通连环画，很快被引进到中国。1932年12月上海《良友》画报第72期刊登陈炳洪《以鼠成名之画家》一文，图文并茂地介绍迪士尼创作米老鼠的经过，以及迪士尼公司创作动画片的方式与情景。这是较早介绍米老鼠和华尔特·迪士尼的报道，文中将"Mickey Mouse"翻译为"米鼠"，"Walt Disney"翻译为"华德地斯尼"，距离米老鼠在美国"出世"仅过了四年。从此米老鼠"走"进中国。

辣斐大戏院上映《米老鼠大会》广告（1934年6月25日《申报》）

上海最早放映米老鼠动画片的是1933年2月的兰心大戏院，作为美国电影《雨》片前加映的短片。辣斐大戏院则是最早完整放映米老鼠卡通片的影剧院。1934年7月1日起，作为"辣斐一周年纪念放映"，放映"全部音乐歌舞滑稽画片集锦《米老鼠大会》"。为招揽观众，"每客随送精美玩具一件"。(《申报》1934年6月22日）同年10月，辣斐大戏院又放映"空前滑稽画片大全片十三大本《米老鼠大会串》"。(《申报》1934年10月22日）此后，单集米老鼠动画片经常作为正片前加映短片出现在观众面前，受到观众尤其小观众们的欢迎。

由电影业延伸到出版业。创刊于1936年8月的《滑稽画报》（半月刊，林樑等编）长年连载米老鼠系列连环画；另一份创刊于上海的《滑稽世界》杂志也成为米老鼠活跃的舞台。当时上海的画报充斥着米老鼠、大力水手、密司佩蒂蒲等卡通形象，与辣斐大戏院等影院连续上映米老鼠动画片不无关系。80年代，我国引进迪士尼出品《米老鼠与唐老鸭》和日本动画片《铁臂阿童木》，引起轰动。其实50年前米老鼠已经风靡上海滩，只不过后来中断了几十年。美国动画电影推动了中国动画片的制作，这是历史事实。观念的开放，行动的落实，才能迎来艺术的进步和发展。

苦干剧团的大本营

抗战胜利前后，辣斐大戏院改演话剧，许多剧团在此演出过，其中尤以苦干剧团时间较长，影响也较大。

上海沦为"孤岛"以来，一批留沪的戏剧和电影人士，组织起多个话剧团。先是1939年中法剧社在卡尔登大戏院（今长江剧场）作长期公演。后由国华影片公司演员组成的影联剧社，也在卡尔登演出《雷雨》《桃花梦》等剧。是年年底，上海剧艺社迁此演出《祖国》《上海屋檐下》《夜上海》等。1942年，黄佐临与黄宗江、石挥等人创办苦干剧团，以"齐心合力，埋头苦干"为信约，成为活跃于上海的重要戏剧团体。初在卡尔登，后在巴黎大戏院（即淮海电影院）演出。其间，1944年1月25日，苦干剧团义演大型喜剧《双喜临门》，姚克编剧，胡馨庵导演，演员有上官云珠、白穆等。演出获得成功，社会影响颇大。1945年初，苦干剧团转战辣斐大戏院。

1945年2月13日，苦干剧团在辣斐大戏院上演的第一出戏，是姚克根据《三国演义》情节编成的历史剧《美人计》，黄佐临导演，演员有石挥、张伐、沈敏、白文等。从此辣斐大戏院成为苦干剧团演出的大本营。1946年元旦起，苦干剧团上演的话剧《夜店》，由柯灵、师陀根据高尔基的话剧《底层》改编，佐临导演，演员有石挥、史原、林榛、张伐、苏琴、丹尼等。这是一次外国戏剧中国化的可贵尝试，得到影剧界的一致好评。著名戏曲研究家赵景深特地撰写了剧评《高尔基的〈夜店〉》，对各个角色逐一点评。他写道：

有一处地方我觉得导演得

苦干剧团上演话剧《夜店》广告
（1946年1月1日《申报》）

很好。就是阿满将死，全老头同她叙说天堂之乐，说有莲胶接引。这时阿满便扶着全老头的手杖，仿佛真的已被接引上天，这个暗示加强了我的意象。这手杖已经代替了莲胶，这样的处理是很聪明的。

……

师陀、柯灵的改译，中国味儿很够。譬如说，打牌九是忌后面有人看书，因为"书"与"输"同音，这是中国人的一种"太步"（禁忌）。剧中有一段次腔《贩马记·哭监》，高笑鸥唱"满腹含冤"，表情甚好，能够表达痛苦之状，但唱腔似少苍凉之致。（《申报》1945年12月28日）

《夜店》后来由文华影片公司拍成电影，影响较大。此外，苦干剧团还在辣斐大戏院上演《飘》《梁上君子》《双喜临门》《机器人》《视察专员》《林冲》《云南起义》《荒岛英雄》《人生大事三部曲》《秋海棠》等20余个剧目。苦干剧团的演出，上座率相当高，每出戏至少可演半个月。如《乱世英雄》，演了一个月零八天。

1945年4月，因环境恶化，苦干剧团改为苦干戏剧修养学馆，一面以学馆的名义继续在辣斐大戏院演出《乱世英雄》和《一刹那》两台新戏，以维持留

电影《夜店》海报

沪同人的生活，一面致力于提高团员的艺术素质，以等待时机。苦干剧团解散后，编、导、演等主要创作人员加入了文华影片公司，《小城之春》是其代表性的作品之一。

1946年9月11日，中央电影制片厂的中电剧团负责人张骏祥与"苦干"协商，将该两剧团组合成"观众戏剧演出公司"。他们租借辣斐大戏院作为演出基地，由张骏祥、黄佐临、李健吾、柯灵、凤子、孙浩然、杨村彬等组成理事会，具体工作由刘厚生、耿震、程树滋、张家浩等负责。

鲁迅逝世十周年纪念会

鲁迅逝世十周年纪念会

抗战胜利后,辣斐大戏院经常成为文艺界集会的重要场所。1946年5月4日,中华全国文艺界协会上海分会假座辣斐大戏院举行文艺晨会,宋庆龄莅会。周予同讲了"五四"的意义,赵景深朗读了自己编的"五四"大鼓词,李健吾朗诵新体诗。其间,叶圣陶、许广平也分别发表了演讲。欧阳山尊、李丽莲合演秧歌《兄妹开荒》,让人耳目一新。还有昆曲、笛、小提琴等表演节目。

1946年10月19日,是鲁迅先生逝世10周年纪念日,中华全国文协总会、中苏文化协会、学术工作者协会等12个团体,是日下午二时在辣斐大戏院联合举行鲁迅逝世10周年纪念大会。出席大会的有周恩来、郭沫若、沈钧儒、茅盾、叶圣陶、马叙伦、翦伯赞等千余人。纪念会台上中间悬着由丁聪、张正宇等特为纪念会作的巨幅鲁迅画像,四周墙上贴着鲁迅语录。据报道:

> 主席团主席邵力子致词,强调鲁迅之遗志在求和平民主统一之新中国。继由叶圣陶、郭沫若、茅盾、许广平等演讲,来宾周恩来之演词称:愿在鲁迅遗像及大会前立誓,保证共党在任何局面下,决不放弃和平谈判。(《申报》1946年10月20日)

次日晨,各界代表赴虹桥路万国公墓祭扫鲁迅墓,植树、献花,以表敬意。

这一时期,辣斐大戏院上演的戏剧有张骏祥编导的话剧《山城故事》,

粤剧《梁红玉》，李健吾编剧、守正剧艺社演出的歌舞剧《女人与和平》等。1947年4月22日，观众戏剧演出公司与中华剧艺社在辣斐大戏院联合公演郭沫若的《棠棣之花》与田汉新作《丽人行》，阵容强大，影响深远。《丽人行》描写抗日战争时期处于社会不同阶层的三位女性（上层的若英、中层的新群、下层的金妹）的经历，被称为"一部上海史诗"。该剧由洪深导演，主要演员有朱琳、赵元、田野、于因等。当时报纸及时发表了多篇剧评，好评如潮。吕复曾在《洪深先生在编导和组织工作上对我的启示》一文中回忆说："此剧公演于上海辣斐大戏院，4月21日彩排，有梅兰芳、熊佛西、欧阳予倩等同志来观看，24日公演的第一天又有茅盾、郭沫若等同志来看戏。为上海戏剧电影界演出时，洪深先生与田汉先生亲来接待，听取意见。此剧演到5月21日，连演28天，共有50场。"不久，《丽人行》被改编成电影。

60年代放映"批判电影"

1951年，辣斐大戏院更名长城戏院，1954年改名长城电影院。1966年，一度改称"长征电影院"，"文革"后恢复长城电影院旧称。当时电影院分头轮、二轮两种，长城属于二轮，新片放映较晚。主要放映国产影片，外国电影只有少量苏联和东欧国家影片。1964年起，为"反修防修"，各影院放映了一批"批判电影"，电影票不对外出售，按系统分发，笔者有幸在长城电影院观看了几部。

记得有《北国江南》《早春二月》《林家铺子》《舞台姐妹》和《武训传》。所谓"带着批判眼光"去看，完全是先

电影《武训传》海报

入为主和"主题先行",先有结论,再找证据。阳翰笙编剧的《北国江南》,说的是农村合作化的故事,阶级敌人搞破坏,本来符合"阶级斗争"理论,只因写了人与人之间的矛盾冲突,被批判为"资产阶级人性论"。《早春二月》根据柔石小说改编,写大革命失败后知识分子的迷茫,写了爱情,写了苦恼,更被贴上"人性论"的标签,打入"修正主义文艺"另册。孙道临与谢芳演技再出色,也成了批判的靶子。《林家铺子》为茅盾原作,夏衍改编,写的是小店铺、小老板,不是走资本主义道路吗?《舞台姐妹》虽则讲的是旧社会艺人的悲惨遭遇,本来很符合歌颂新社会的主旨,但生不逢时,据说当样片出来,电影进入后期制作时,全国文艺界开始整风,支持该片拍摄的夏衍、陈荒煤挨整。于是该片成为宣扬"合二而一"和"阶级调和论"的典型,打入批判之列。

《武训传》拍摄最早,为第一部禁片。影片讲清朝山东一位乞丐武训兴办义学的故事,孙瑜编剧,赵丹饰武训。记得1964年作为"批判电影"放映时,报刊上继续转述与解读十多年前的老话。其实,"项庄舞剑,意在沛公"。教育家陶行知当年曾"力挺"武训,批《武训传》不过借武训批陶,首波重拳打压知识分子而已。1951年批《武训传》时,舆论界实际上是把"民主魂"陶行知拉来当武训的陪斗。我们这些青年观众,不了解此中奥妙,当然也没看懂电影"毒"在哪里,"反动"在哪里。只觉得赵丹演戏演得好,许多镜头很搞笑,场子里不时响起哄笑声。本来错批《武训传》早已有定论,但令人难以理解的是,当下仍有人在网上大谈批判《武训传》的"必要性""及时性",引经据典,重复当年那些陈词滥调。

80年代,电影院进行了改造,将建筑外貌改为长城城垛的样子。90年代依旧放映电影。2006年,长城电影院被拆除,后来成了上海地铁10号线新天地站出口,只留下一垛墙和人们的记忆……2014年,拉法耶艺术设计中心在此落成。

90年代前后的长城电影院

上海地铁10号线新天地站（原辣斐大戏院旧址）

2024年9月于上海浦东明丰花园南窗下

西湖坊耶稣堂寻踪

1942年底，上海法租界西门路马浪路（今自忠路马当路）西湖坊弄底，出现了一座教堂。没有其他名字，就叫西门路耶稣堂，后改称自忠路耶稣堂，地址在西门路317弄61至63号。它的原址是私立一心小学，在这里已建校近十年。从此，周日做礼拜的唱经声飘荡在西湖坊及隔壁永裕里、慈安里的上空。每逢圣诞节，耶稣堂门前领取圣诞礼物的小朋友人头攒动，等待圣诞老人的出现……

西门路耶稣堂属于基督教灵工团组织的教堂。追溯其历史，我们要从清道光年间英国伦敦会教士在沪传教开始。

一

清道光二十三年（1843）十一月，英国伦敦会传教士麦都思（W.H.Medhurst）夫妇抵达上海，定居传教。此后五年，英美等国主要教派派遣传教士到沪传教，英国教士为多数。初在上海县城内设点，迅速向租界发展，上海第一批基督教堂圣三一堂、圣会堂（后称老北门第一浸会堂）建成。19世纪60年代以后，上海增建了一批教堂和教会医院、学校、出版机构。麦都思创建的墨海书馆成为近代上海新型出版机构的代表而载入史册。麦都思生活过的麦家圈地区（今山东路、福州路）也成为上海新闻出版业的中心。到19世纪末，上海地区有基督教教堂十多座。

20世纪前二十年，基督教在上海迅速发展，建成或重建一批大教堂。教会创办的神学院、经学院、教会大学和中小学著名学校，以及医院、书局、社会福利机构等，遍布上海城乡。上海已成为全国基督教中心。主要教堂、团体机关和事业单位大都设于公共租界。法租界历来是天主教势力占主导地位，但1925年基督教会在辣斐德路萨布塞路（今淡水路）口建起了1 300多平方米的诸圣堂。1937年上海地区共有基督教教堂78座。上海沦陷后，部分教堂和教会事业机构迁入租界维持。太平洋战争后，英美传教士或撤退，或被关进集中营，教会机构国外经济来源基本中断。此后，租界地区出现了一批基督教机构，基本上都是华人组织的，经费有限，机构都比较简陋，教堂规模小。据1949年5月22日《申报》上刊登《本市基督教堂统计二十一家》公布的代表人及地址，属于中国基督教灵工团的教堂有八家，西门路西湖坊耶稣堂为其中之一。这八家灵工团教堂为：

堂　名	代　表　人	地　　址
中华基督教堂	竺规身牧师	康定路528号
耶稣堂	边仲生牧师	泰康路233号
全备福音堂	竺蒙恩牧师	东余杭路799号
守真堂	林端本牧师	四川北路1578号
凯乐堂	胡赛明牧师	常德路442号
耶稣堂	陈兆荣牧师	西门路317弄61号
基督堂	陈鸣扬牧师	东平路6号
福音堂	金道荣牧师	曹家渡五角场康福里1号

其他各堂分别属于中华基督教会、中华浸礼会、中华圣公会、中华卫理会与自主教会。详见下页图。

据《上海宗教通览》（张化著，上海古籍出版社2004年版）介绍，灵工团组织成立于1942年。当时日本占领军规定有健全组织或联合的教会才能登记和活动，市区34个灵恩派小教会联合组成灵工团。团址初设在泰兴路233号泰兴路耶稣堂，后迁至延安中路1125号锡安堂。团内派系主要有全备福音会、使徒信心会、神召会，相信凭祷告医病驱鬼。圣职有监督、牧师、长老、执事。各堂经济、人事独立，经济靠教徒奉献。办有农村圣经学校和基督教公墓。机关刊物为《灵工团讯》。

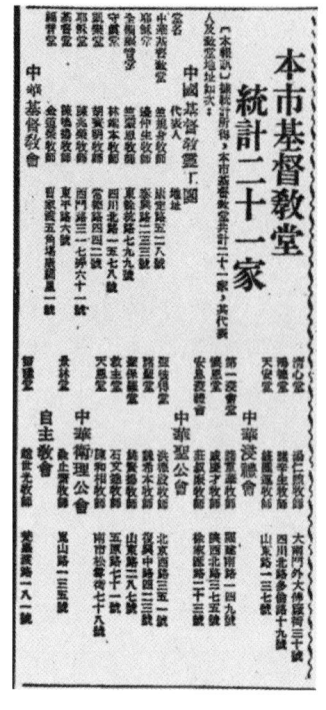

上海基督教堂统计
（1949年5月22日《申报》）

二

上述《申报》1949年5月的统计数令人费解，其背景不详。据《上海宗教通览》第六章"基督教"章记述，1950—1957年新建教堂10所，新闸路灵粮堂较具规模，1957年建的崇明耶稣堂是"文革"前所见最后一所教堂（该书第460页）。1958年初，原上海市辖区有教堂208所，其中中华基督教会22所，浸会21所，圣公会16所，卫理公会5所，救世军2所，安息日会5所，公谊会1所，灵工团52所，自立会29所，真耶稣教会6所，独立性教会47所。《上海宗教通览》介绍灵工团时又说，1954年时统计，该宗派有教堂73所，教徒5 460人，教牧人员97人，是上海信徒、牧师、教堂最多的教会团体。除了泰兴路耶稣堂、锡安堂等几座教堂外，大都为类似西湖坊耶稣堂那样的小教堂。不论统计口径怎么不同，1949年全市只有21所基督教堂令人难以置信。以该书附"1958年联合礼拜前教堂一览表"，属于原法租界地区的耶稣教堂计有：

淮海中路基督徒聚会所　淮海中路382号
救恩福音堂　淮海中路706弄10号

中国基督教信义会　南昌路38号
鲁班路教会　斜土路475弄4号
伯特利福音堂　制造局路汝南街50号
中心浸会堂　南昌路180号
神爱堂　泰康路19号
惠中堂　徐家汇路40号
救世军建国路堂　建国东路50—52号
徐家汇路耶稣堂　徐家汇路251号
慕尔分堂　合肥路17号
各个它堂（总）　淮海中路382号（借）
信德堂　瑞金二路409弄318号
重正堂　黄陂南路300弄28号
大成里福音堂　金陵中路147弄20号
自忠路耶稣堂　自忠路317弄61—63号
……

三

  1949年9月，基督教界爱国人士吴耀宗等代表出席政治协商会议第一届全国会议。1950年基督教界开展三自爱国运动，中国人自办教会，隔断与国外教会的联系，教会靠房地产自养。政府接办教会学校、医院和慈善机构。1956年1月，破获教会中的倪析声"反革命集团"。1958年1月，上海基督教三自爱国会号召进行社会主义教育运动。同年9月，实行联合礼拜，市区留22座教堂。同时组织教徒转业或参加生产。

  西湖坊耶稣堂1958年关闭，周围居民再也听不到教徒们的唱诗和祷告声。当时正逢全民大炼钢铁，西湖坊、永裕里与慈安里之间的围墙几天中全被拆光，墙砖砌起了几座土高炉，弄堂里摆开了一副炼钢的架势。炼出了点啥？谁也不知道。没了围墙，居民们在弄堂间穿行倒是方便。这

寻迹 永裕里——一条卢湾老弄堂的时光追影

拆迁前夕的原西湖坊耶稣堂门框（刘承摄）

时的耶稣堂大门只剩下一个水泥门框（一直保留至拆迁），天井里搭起一座砖木简屋，住过人，堆过物，旁侧留下一条狭窄的通道，正贯通永裕里、西湖坊与慈安里三条弄堂。笔者当年常走此道，留有深刻印象。原来的教堂正厅似乎成了某生产组车间。屋内是否留下教堂的痕迹，就不知道了。

2021年5月于上海浦东明丰花园北窗下

第四辑 时光追影

外公送我的儿童读物

我家外公徐寄禾先生，离开人世已五十多年，但他那身着长衫布鞋的瘦长身影，满头灰发下的金丝边眼镜，仍时常浮现在我眼前，恍如昨日。他所操一口温文尔雅的吴侬软语，也不时在我耳旁回响，倍加亲切。

外公生于清光绪十年（1884）甲申十二月，公历当为1885年1月。他和我都属猴，长我整整一个甲子。他对我这个同生肖、幼年又患病致残的小外孙，格外关爱。母亲早逝，外公见到我就暗自流泪，外婆更是拉住我，不停喊我母亲的名字，忍不住哭出声来，此情此景至今记忆犹新。

 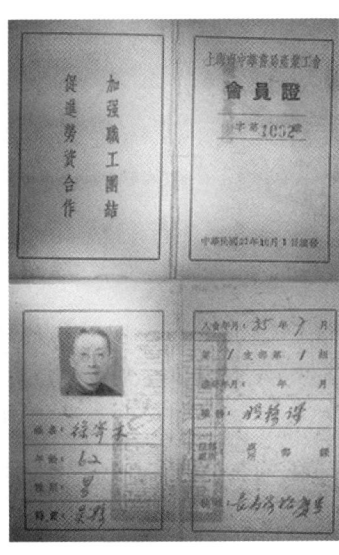

外公徐寄禾在20世纪40年代　　外公徐寄禾的《上海市中华书局产业工会会员证》

外公自苏州来沪谋生,早期经历不详,后进入上海一家著名的出版机构——中华书局,在那里任职长达数十年,直至退休。我友王震先生,查到一本1920年版《中华书局同人姓氏录》,内收录当时公司500多位同人名号、职务与住址等,无我家外公。由此可证明,外公进中华书局当在1920年之后。因而我从小就知道中华书局的名字,当然对其历史等还一无所知,直到几十年后我研究其出版史,才渐渐明白外公服务的中华书局其来历及其出版物情况。据大隆表兄回忆,外公约于抗战前进入中华书局,起先担任文字编辑工作。全面抗战爆发后,中华书局总公司迁昆明,后迁重庆,外公与二十多位同事作为留守人员,奉命留沪困居八年。抗战胜利后,外公似调入公司管理部门。表弟徐大敏处保存一件外公的上海市中华书局产业工会会员证,填发于1948年10月,职务"股务课",无疑为当时公司总部管理部门人员,经管股东投资事务,我印象中外公就是做财会的。会员证所填地址"长寿路裕庆里",与我记忆中当年外婆家劳勃生路(即长寿路)住址完全吻合。

记得我们小时候,逢年过节,外公常买些铅笔、橡皮与本子之类送我们。他老人家晓得我们兄弟俩喜欢看书,送得最多的当数图文并茂的小学生课外读物。"小朋友文库"与"幼童文库"则是我记忆最深的两套丛书。

中华书局作为老上海最重要的出版机构之一,其规模与影响仅次于商务印书馆。它创办于1912年,主要发起人和经营者是陆费逵。中华书局崛起于出版界,起初靠辛亥革命推翻帝制、创建民国的历史机遇,后来则靠不断增强的实力和出版物的成功。中华书局的教科书和教育类图书、学术类图书、工具书,乃至古籍印制,可称与商务印书馆平分秋色,互为补充。中华书局或自己编印,或代他人发行的杂志,前后达四十来种,1922年创刊的《小朋友》杂志是最有影响的少儿刊物之一。"小朋友文库"与同名杂志有很深的渊源,首创于1935年。其作为丛书性质的少儿课外读物,内容相当丰富,涉及政治、历史、地理、人物传记、科普卫生、戏剧诗歌、笑话童话等众多领域。我记得有两本《中山先生故事》,讲述孙中山的革命活动十分生动逼真,一次率队攻打清军兵营,孙先生身先士卒,负伤后仍举手枪指挥战斗。关涉中外历史、地理和文学艺术的几种,我格外爱读。可以说,我后来之所以会喜欢文史,最早的"启蒙老师"大约就是"小朋友文库"。

从史料看,"小朋友文库"中的政治类读物有《帝国主义》《法兰西大革命》《我国人民政治运动故事》《民主主义浅说》等;历史地理类有《可爱的中华》《中国游记》《左传故事》《朱仙镇》《五鼠闹东京》《中国名人的幼年》《我国的三大发明》等;科普卫生类有《云雨雪》《水》《火山和地震》《奇妙的地球》《汽和汽机》《电和电器》《钟》《冬季卫生讲座》《陶器和瓷器》《攀缘动物的故事》等;戏剧诗歌类有《堤穴》《两个窟窿》《小鸡哥哥》《小白鹅》《灯光大先生》《火柴老博士》等;笑话童话类更多,有《三间房》《大石桥》《二公公》《玉葫芦》《四只角》《两个碗》《谁得了神话》《三件宝贝》等。编著者中有叶绍钧、潘汉年、王人路、陈醉云等著名作家。1935年至1936年"小朋友文库"共出了450册。至于"幼童文库",那是商务印书馆出版物,全套有两百册,内容与"小朋友文库"相仿。当年中华与商务的发行所均在河南路福州路,管理部门都在自家发行所楼上。两家既是竞争对手,又是隔壁邻舍。外公买来"幼童文库"送我们哥俩,却没有"门户之见"。

中华书局《小朋友文库·左传故事》书影

商务印书馆《幼童文库·益虫》书影

在我记忆中,1954年底正值外公70岁寿诞,中华书局特地为外公祝寿。亲友所赠大小花篮直放到兴安路2号的天井。客堂间红烛高照,寿糕、寿果摆满桌子。那天最忙的当数外婆、舅舅与舅妈,殷勤招待各方来客。母亲那年还健在,当然也去相帮。我等小孩子"轧闹猛",向寿星拜寿可领到吃食……我印象最深的是墙上挂满的寿联、寿屏,当时我已读小学,上面许多字能认识,可惜对外公中华书局同事们的名字不甚了了。时光荏苒,又是一个甲子!外公约于1961年3、4月间因病谢世,享年77岁,我时为在校高中生。

回过头来再说外公送的礼物。"小朋友文库"与"幼童文库"并非全套,但为数已经不少。记得永裕里46号我家客堂间父亲旧写字台好几个抽屉都被这些书"占领",还有肥皂箱也是满满的,当然包括其他小人书与玩具在内。尽管时至今日书名大都不复记忆,但印象中的内容不乏与前述史料显示的书目对上号。这绝不是巧合吧。我从小学到初中,同班同学都喜欢来我家做作业,除了客堂间地方大,主要也是冲着这些儿童课外读物来的。我将这些"宝贝"慷慨地拿出给大家翻阅,有的同学还借回去读呢。年头一久,当然缺损不少,残存者也大都破烂不堪。后来客堂间由房管所收回,配给了别家,父亲的旧写字台卖了,我只得将"宝贝"移至二楼卧室珍藏起来,仍不舍得丢弃。因为,那是外公送的礼物啊!

"文革"之初,"扫四旧"风声鹤唳。父亲暗中将他一批外文版无线电书刊给烧了,叮嘱我查查书橱里有没有违禁的书。我想起这些"宝贝"书上都有"中华民国"字样,还有好几位大总统的头像,被人查出,那还了得?赶紧取出一本本地撕,掺杂于废纸堆里,倒进了垃圾桶……唉!我后来悔恨不已,埋怨自己太幼稚无知了。但那个"革命"年头,谁挡得住抄家的"洪流"呢?造反派果然"光临"过我们家,父亲无奈亮出中国人民解放军某部队的退休证才镇住了这伙不速之客,他们灰溜溜地走了。但是外公送的礼物一本也没留下!今日为写这篇回忆文,特地从孔夫子旧书网上淘来一册"小朋友文库",睹旧书,思往事,不胜唏嘘。

(本文写作过程中得到我哥柳和堤、表兄徐大隆、表弟徐大敏以及王震先生等热情关心,并提供珍贵回忆或相关史料,在此表示感谢。)

(原载《上海滩》2015年第1期)

我家的机器人

父亲有一口玻璃翻门书橱,四格,主要存放外文无线电书刊与当年各国通报朋友们寄来的明信片、印有业余电台标志的卡片,以及"大陆电器制造厂"(父亲过去代客修理电器时的对外名称)发票等纸质文件。我们小时候常常拿出那些外国杂志,翻看其中的照片与图画,明信片上的外国邮票更为我们所钟爱。父亲正式工作后,还经常从那些杂志上寻找有用的资料呢。后来该书橱逐渐腾出一格又一格,陆续归我使用,外国杂志则装入纸箱,安置于阁楼。"文革"初"扫四旧",

柳中㸌制作的机器人与柳和墀

父亲怕惹麻烦,统统给烧了!烧毁前,撕下部分有用的给学电子的哥哥柳和堤留存。那口翻门书橱则保存至今,给我留下的是美好与伤痛并存的记忆。

抗战爆发,上海沦为"孤岛"。父亲听从友人忠告,一夜间把能与国外通报的电台整套机器拆散,只剩一副扩大机实在舍不得毁掉,如何隐藏便成了难题。外国杂志上有过会说话机器人的介绍,何不仿制一下呢?据考,机器人历史并不长。1920年捷克斯洛伐克作家卡雷尔·恰佩克在他的科幻小说《罗萨姆的机器人万能公司》中,根据Kobota(捷克文,原意为"劳役、苦工")和Robotnik(波兰文,原意为"工人")创造出"机器人"一词。1939年纽约世博会上展出了西屋电气公司制造的第一台家用机器人Elektro,由电缆控制,可行走,会说77个单词,能吸烟,不过离真正干家务还差得远。于是,父亲自己动手,边设计,边制作,花了整整一星期,做成了一尊高二米多、圆头方身直腿的铁制机器人。大圆头脸用大号饼干筒制成,双脚利用大沙丁鱼罐头盒改制,扩大机则成了它的"内脏"。手臂和嘴巴、耳朵靠电磁铁启动原理,由音响高低来控制,装只"皮老虎",也能让机器人吸烟。对比照片,我家的机器人虽则没有恰佩克罗萨姆机器人与西屋电气公司Elektro机器人精致漂亮,在当时中国却是独一无二的。那是1938年的事。

后来太平洋战争爆发,日寇进入租界,查禁极严。某日一群日本宪兵闯进我家,问我父亲是干什么的。恰逢魔术家华特生有不少魔术道具寄放在我家,父亲指指这些道具,回答道:"是变戏法的。"宪兵将信将疑,上楼到父亲的工作室——亭子间查看。一进门,就见这尊机器人。他们不知那是什么玩意儿,便盘问父亲。父亲按动开关,让机器人表演起来,在叽里呱啦的唱片声中忽而张嘴忽而伸手。日本宪兵相信了父亲真是变戏法的,这才悻悻离去。好险啊,亭子间里藏有许多无线电器材,一搜可不得了!父亲打心底里感谢机器人为全家解了围。

魔术家华特生　　　　　华特生魔术演出广告
　　　　　　　　　　　（1945年1月《申报》）

华特生是位善于把科学与魔术结合在一起的魔术家。我父亲很早就应他要求，做过一套表演《电美人》节目的机器，用高频电压电流通过表演者身体，点亮霓虹灯管。1942年那回惊险遭遇不久，华特生又想出新节目，借用我家的机器人，在上海金城大戏院和辣斐大戏院演出，让机器人担任报幕，为《猜牌赠奖》和《催眠赠彩》两个节目作内容介绍与赠奖解释，据说轰动一时。找到1945年元旦《申报》上华特生世界大魔术广告，内有"机器人登台表演前所未闻"等字样。我家仅存的两帧机器人照片，就是当年表演时由父亲所摄的"剧照"，成了我家的珍藏。其中一张是我二哥柳和墀当华特生助手，据说在辣斐大戏院演出时的留影。

友人告知，1945年上海龙文书店出版有一册《上海百业人才小史》（许晚成主编），内收有父亲的简历，抄录如下：

柳中爔（霁晨）

年49岁　浙江鄞县人

住址及办事处　辣斐德路318弄46号　电话82506

氏幼喜电学，自上海徐汇公学毕业后，继续研究，更努力于制造一门。历任各大电器厂工程师多年。乃创办大陆电器制造厂，专门代人设计、修理并制造各电器。近以医疗电器我国少有制造，故特专心制造，最近出品已有内外各科透电电机多种，如超短波及各种电灼器等。

文中所提"大陆电器制造厂"云云，其实并无厂房、机器，地址就是辣斐德路永裕里46号我家，客堂间与天井搭建的小屋即是制造车间。厂长、工程师与工人即父亲一个人，全部包揽了。

我家机器人的归宿怎样呢？我小时候，这尊机器人已被闲置在客堂间一隅，正对着后门，惹得弄堂口的孩子常聚在门口张望，评头论足。一些同学放学后也喜欢往我家跑，来会会机器人，摸摸它的肚子，拉拉它的手，叽叽喳喳，嬉笑一番。尽管"机关"早已被拆除，胆小的仍不敢走近它。1958年全民大炼钢铁，父亲把机器人送进了废品站。

（原载《上海滩》1999年第11期，收入本书时有增补修改）

邮票：我的历史"启蒙师"

我业余研究文史，"爬格子"已有十多个春秋了。敝帚千金，数来发表的大大小小文章已有百来篇。当笔下出现孙中山等民国风云人物的名字时，我常会想起我的历史"启蒙师"——邮票。我最早是从方寸之上认识他们的。

民国人物邮票三组

那是20世纪50年代初，我刚进小学，父兄给了我不少花花绿绿的中外邮票，有人物、风景、花卉、动物、建筑……我一下子迷上了。一有空，就打开集邮册翻看欣赏。我更喜欢人物邮票，经常缠住父亲，问这是谁，那是谁，非弄个明白不可。我第一个认识的是孙中山先生，因为印有他头像的邮票最多，有穿西服的，有穿中山装的，有年轻的，也有年老的。接着，我收集了一套"民国烈士像"邮票，由此我认识了邓铿、宋教仁、廖仲恺、朱执信、陈英士、黄兴，以及袁世凯、林森、谭延闿、蒋介石等。知道一个，就把名字记在小纸片上，插在邮票旁。有要好的小朋友来，我才取出"献宝"，还滔滔不绝地卖弄我刚学到的历史知识。

"十年动乱"开始，我"革命立场"坚定，把印有那个"委员长"头像的邮票全毁了。其他民国邮票我犹豫了很久，难以下手，于是从集邮册中取出，小心包好，藏在书柜底衬纸下，但我的心一直忐忑不安。那个年头，一张旧照片，一本旧杂志，都有可能置人于死地。我的宝贝邮票很多人见过，上面有国民党党徽，说不准这些"违禁品"会给我家带来严重后果。在弄堂里抄家、批斗声此起彼伏中的一个晚上，我将邮票一枚枚摊开，在灯光下最后一次品赏。孙中山何罪之有？革命烈士何罪之有？邮票何罪之有？我狠了心，将它们投入火中……看着邮票一枚枚卷起、烧焦，化为灰烬，我的心快要碎了！

长相离兮长相思。二十多年来，谈及邮票，我就会对当年大环境所造成的幼稚和愚昧行为，悔恨交加。唯一感到欣慰的是，那些民国邮票和它们反映的历史，已深深烙印在我的脑海之中。每当捧读《辛亥革命回忆录》《革命逸事》《中华民国人物传》及孙中山、袁世凯、章太炎等人的传记时，邮票上的一个个头像会像过电影那样在眼前映现。它培养了我的兴趣，使我走上业余研究文史的道路。

近年我从新出的邮票之上，又见到孙中山、章太炎、廖仲恺、何香凝等民主革命先驱者的形象，这使我愈加怀念那些历史"启蒙师"——被焚的邮票。

（原载《上海邮电报》1989年10月11日）

我收藏的老香烟牌子

原先在永裕里老家我有一个"百宝箱",其实里面并无真的宝物,只是一些儿时的玩具和小学、中学时的图画"作品"而已。箱子是木制的,早已破烂不堪,几年前因搬家而丢弃了,那些"宝贝"则带到了新居。其中有一小纸盒,放在我写字台的柜子里,那是我小时候的"最爱"之一——老香烟牌子。闲暇时翻出来看看,不免又唤起了尘封快一个甲子的记忆……

几枚年代久远的"舶来品"

香烟牌子的历史并不算长,至今不过一百余年,它跟香烟一样完全是"舶来品"。最早的香烟都为软包装,容易折损,不便携带和保存。于是烟厂衬以一张硬纸片,使得整包烟挺括硬朗,吸烟者将其放在口袋里也不会折断。为了美观起见,不久设计者们又将硬纸片印上人物、风景或动植物图画,而另一面则是空白的。我的收藏中就有这样一枚,正面印有印第安武士的形象,图下有编号,没有其他文字说明,反面空白。尺寸为 3 cm × 5.7 cm,比一般的香烟牌子小一框。这大约就是"厚片白背"时期外国香烟牌子的一种吧。我父亲是一个老烟民,这枚早期烟牌或许是他年轻时抽烟留下的纪念物。当然也可能是我祖父的遗物,那就更早了。

随着香烟产品风行全球,国外烟商们在香烟牌子上动足了脑筋。为

兵舰香烟牌子　　　　　　　赞比西河桥香烟牌子

了竞争需要，各烟厂利用空白面或做自家产品广告，或为自己国家树立形象，制作上自然越来越精美。作为一种大众化的艺术品，非但烟民青睐，不吸烟的儿童更加喜爱，我们这一代男孩子大都有玩香烟牌子的经历。

我父亲当年吸过的外国烟不少，现存烟牌中有两枚值得一提。一枚标有Zambesi Bridge（赞比西河桥）字样，属于"Bngineering Wonders"（工程奇迹）No.5，全套50枚。赞比西河是贯穿非洲中部、流入印度洋的一条大河。图的上方是这座建于1905年的大铁桥，一列火车正驶过桥面；图的下方是深深的峡谷和湍急的河水。构图突出了峡谷的深度和宽度，在如此险峻的山谷建铁桥，自然成为"奇迹"了。背面印有大桥简介，包括桥高离水面450英尺，设计者叫G.A.Hobson，桥在维多利亚瀑布（现称莫西奥图尼亚瀑布）附近等，却没有任何烟草公司的名字，估计是英国某烟厂出品。我们在领略这一建筑奇观之时，也许还可以懂得这样一个道理：当年英美等西方国家也是将其国家利益置于商业利益之上的。该枚香烟牌子尺寸为3.6 cm×6.7 cm。另一枚有"W.D.& H.O.Wills. Bristol Londen's"字样，即英国韦尔斯烟草公司，画面为帆船竞赛，题为The Royal Navy（皇家海军）与The Fleets Regatta（舰队赛舟会）字样。这支帆船舰队与当年败在林则徐虎门大炮下的英国舰队，倒有几分相像呢！

缺了颜回的"孔门师弟像"

父亲留下的香烟牌子,多数是国产的,有大新烟草公司、中国福昌公司、中国民生烟公司、中国和兴公司、华成烟公司、中国大东南烟草公司、南洋兄弟烟草公司和华品烟公司等。厂家虽不很多,但有一定代表性。资料表明,早在1904年前,就有北京大象烟草公司、营口复口烟草公司和上海三星纸烟有限公司等数家出品香烟牌子。三星公司那套"美女牌九",单色印制,共32枚,现已成为收藏珍品。冯懿有先生编的《老香烟牌子》一书,印有这套国产香烟牌子鼻祖的"芳容",令人大开眼界。20世纪20至30年代,国货香烟发展迅猛,据说光是上海一地,大大小小的烟草公司就达400多家。当时用手工制作卷烟、冒充洋烟者在农村极为盛行。这些"大兴"产品印不起香烟牌子,因而烟民们把有否香烟牌子当作鉴别正宗货还是冒牌货的重要标志,从而也刺激了各烟厂在烟牌上下足功夫,讲究内容丰富,印制日趋精美,还推出五花八门的"有奖"促销,难怪大人小孩都喜欢。

如福昌烟草有限公司的"鸟类赠券",最高可换赤金线戒1只;中国启华烟草公司"三国演义"赠品条例云:"一片刘玄德换香烟一包,一片关公换香烟三包,一千片关公换二两重赤金镯一副";宝成烟草公司的"著名京剧演员"全套五片,画面分别印有"神""怪""剑""侠""传"字样,赠品条例称:"满四字者可调换国币十元,积满五字者一百元……"人们以为区区五片收集不难,殊不知人家自有办法让你美梦难成——其中"传"字一片印得特别少。

华成烟公司出品的金箭牌香烟,附有一套73片"至圣先师孔门师弟像"的香烟牌子,画面不俗,背面印有赠奖条例,格外诱人:

孔夫子一张连同孔子门生七十二张全套　可换
　　最新式六灯无线电落地收音机　壹座
　　足赤金二两重金镯　壹对

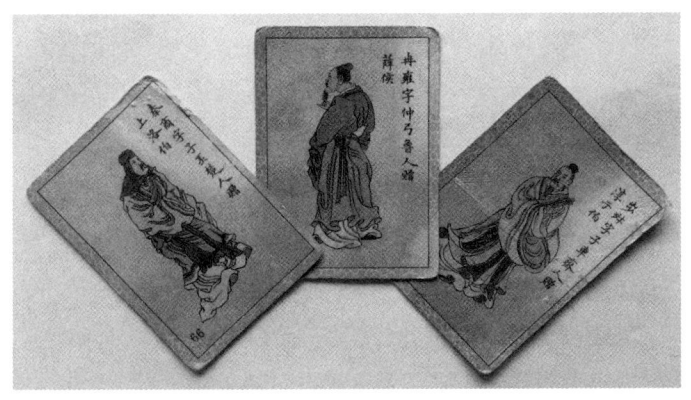

华成烟公司"孔门师生像"香烟牌子

  足赤金二两重香烟盒　壹只
  最新式同昌车行全钢丝包车　壹辆
孔子门生七十二张一套　可换
  纹银香烟匣　壹只
  夹白金手表　壹只
  最上等雨衣　壹件
  旅行真皮包　壹只
  以上赠品任凭选择，只限壹种。孔夫子及颜回两张均需凭本公司正式签字盖章方为有效。

不过，颜回一张从未印行过，孔子像那张也只发行了三张，不可能有人集齐全套的。在我记忆里，从未听父亲说起过香烟牌子兑奖的往事，可见那时真正兑到大奖、中头彩的人少得可怜。当然，肥皂、牙膏以及香烟、火柴之类小奖品，还是容易得到的。

古典文学名著唱了主角

我收藏的老香烟牌子，以古典文学内容为主，或小说，或戏曲，当然

《水浒》《西游记》香烟牌子

并不成套。比如我有十来枚中国大东南烟公司的"封神榜"香烟牌子，画面有回目编号，背面有故事说明，尺寸 4.7 cm × 6.6 cm，属于较大的规格。全套几枚不详，我藏有"纣王女娲宫进香""冀州侯苏护反商""姬昌解围进妲己""子牙谏主隐蟠溪""斩侯虎文王托孤"等，显然是依据小说《封神榜》情节而印制。

我保存的"水浒人物"香烟牌子有四种：大新烟草公司的黑旋风李逵，中国福昌公司的丧门星鲍旭，中国和兴烟公司的大刀关胜、美髯公朱仝、插翅虎雷横等。中国民生烟公司的最多，有锦豹子杨林、双枪将董平、金枪手徐宁、神火将魏定国、小温侯吕方等。可惜几套"水浒"，都没有梁山泊首领宋江的身影。

华成烟公司出品的《西游记》，仅有"如来佛""太白金星""南极星""猪八戒""二郎神杨戬""托塔李天王"和"红孩妖"7枚，边框原先涂有金粉，闪闪发亮，可惜金粉现已脱落，只剩褚红底色呈现眼前。而另一套由南洋兄弟烟草公司出品的《西游记》，相对比较完整些，从"大圣出世""唐僧取经"到师徒四人修成正果、朝拜如来佛祖，故事连贯，色彩绚丽。记得我儿童时代对这套香烟牌子尤为青睐，照着描绘，常常入迷。

南洋兄弟烟草公司是老牌国货厂之一。它出品的香烟牌子品种很多，比较著名的有"红楼梦肖像""京剧名伶梅兰芳""民国仕女""兵器"等。我的收藏中有一枚南洋兄弟烟草公司的"三国志人物"周瑜，背面印有

"同胞注意"的广告词,颇显这家公司的特色:

> 君用一份国货,即为国家挽回一份外溢之利权。明乎此者,请吸南洋公司各种国货香烟。

华成公司的"百丑图"也很有名,全套100片,有红边、黄边两种。笔者儿时藏有"闹府之葛虎""一匹布之张古董""艳阳楼之贾先生"和"斩黄袍之韩龙"等少数几片。尽管儿童不解传统戏,但可看背面的说明文字。如"张古董"那片的说明:"此剧纯系玩笑,打、评、骂尽刺今智昏之辈。戴蓝琶帽,黑八字髯口,穿茶衣腰裙。拿扇子,当年赵仙形最称拿手。"寥寥数语,该剧含义、人物扮相、道具、最佳演员,都一览无余。笔者曾照这些"百丑图"临摹,印象很深。有限的京剧丑角知识,几乎全得自于此。

有些香烟牌子的题材看似很俗,比如三张华成公司出品的,画面分别为"死棋肚里有仙着""短绳不可以汲深井""积财不如积德",画的都是民间生活场景,但画题富有哲理,很有针对性。如"积财不如积德"那幅,画面是一位低头算账的老先生,一手打算盘一手向门外两个衣衫褴褛者送钱,寓意很明白。这类烟画似乎很少见,不知是否也算珍品?

(原载《上海滩》2010年第8期)

我家的武侠连环画

20世纪50年代我读小学时候，家里有一些旧的儿童读物，放在客堂间一个柜子中。除了零落不全的中华书局版"小朋友文库"、商务印书馆版"幼童文库"外，就数几部石印连环画最吸引我了，看了一遍又一遍，尽管书已经翻得烂熟，许多页中缝已裂开。至今我还清楚地记得那些书名：《西游记》《开天辟地》《火烧红莲寺》《海岛怪侠》……每部都有数册，线装，有光纸对折石印，上文下图，人物模样怪怪的，口吐说白，旁注姓名。《火》《海》二书为武侠、神怪题材。

连环图画《火烧红莲寺》

柳和城临摹连环图画《三岔口》

《火烧红莲寺》显然根据当时盛行的电影改编。从小说到电影，再到连环画，可谓影响广泛。小时候不懂出版社之类，可能就是世界书局以副牌普益书局名义出版的那套。《海岛怪侠》则说的是一群劫富济贫的侠客除暴安良、驰骋江湖的故事。侠客们的装束如同京剧舞台上的武生，头戴英雄帽，身披英雄氅，背插宝刀。故事情节全忘了，只记得怪侠们不仅能飞檐走壁，而且会腾云驾雾，像美国超人一样飞来飞去，穿梭于海岛、陆地之间。是哪家书局出版的就不得而知了。我是从这几部家藏连环画中领略到刀光剑影的。儿时小伙伴来我家玩，"小朋友文库""幼童文库"常被取出招待大家，而宝贝连环画是不敢亮出来的，主要是怕加重破损。

这几部石印连环画，说来比我早出世许多年。它们是几位兄长少年时代的读物，传到我手里能不破损吗？1958年，我家客堂间腾出来，住进了别的人家，这些宝贝让我父亲当破烂卖掉了。我知道后懊恼不已。

小时候我喜欢画画，临摹过不少香烟牌子和连环画上的将军、侠客。有一本《三岔口》连环画被我全套临摹了。画稿早年被我哥带往北京，我都快忘了。前年突然收到我哥寄来一册电脑扫描复制品，一看竟是我手绘的《三岔口》连环画，不禁喜出望外。虽则稚嫩，却敝帚自珍，当作我儿时的记忆的见证，珍藏了起来。这也是我家至今唯一存世的一本武侠连环画，当然已不是原版了。

（原载《上海滩》2006年第4期，署名徐垳）

我与《辞海》

中华书局版《辞海》

我家有一部中华书局1936年版《辞海》，那是来自外公的礼物。

外公当年在中华书局当会计，买来自己书局出的《辞海》送我父亲。这部书到我手中时，封面已脱落，我精心修补了几次。小时候读《三国演义》《西游记》等旧小说，遇到不识的字或不解的词语，常查《辞海》，总能找到答案。大量百科条目，也让我大开眼界。我更喜欢翻读书后的"中外历史年表"。从这里学到的历史知识，比课堂上多得多。自我有了写字台，这部老《辞海》就成了我案头不可缺少的工具书。

60年代初，我读高中时，到学校图书馆劳动，见到新编的《辞海》征求意见本，爱不释手。《辞海》应该有新版了！劳动之余，我时常借来读。征求意见本是按照分科编印的。我记得有一次还把文学、历史两分册借回家，饶有兴趣地比对1936年版《辞海》。我对历史和文学的兴趣，多半就是那个时候培养起来的。

由于"文革"的原因，新版《辞海》直到1979年才正式出版，精装三厚册，价格不菲。当时我在企业当个小职员，40来元工资，望书兴叹，只能到书店买了"词语""中国历史""中国文学"等几种《辞海》分册。

不过单位图书室购有一部全套的，我也能随时查阅，得益匪浅。当时我已沉浸在业余文史研究和写作的乐趣之中，求知欲随读书面的扩大而增高。一次查"泑"字的音义，新版《辞海》只注"（yōu优）见'泑泽'"。泑泽是一个古地名，那么，"泑"字本意是什么呢？回家查老《辞海》，读音虽不用汉语拼音，而本意却有解释。原来"泑"是形容"瓷器色泽光滑"的一个古字。针对新版《辞海》这小小的疏漏，我提笔给上海辞书出版社写了封信，将我的"发现"告诉他们。想不到出版社很快将我的信摘编了一段，取题《"泑"字的本意》登在该社《辞书通讯》第6期上。虽则仅短短二百字，却给我很大鼓舞。这是我80年代初开始学习写作、最早变成铅字的几篇文字之一。1999年版《辞海》已补上"泑"字本意，并引用古书例证："似笔洗而弱浅，四周内外及底皆有泑色。"

20年前我参加上海市振兴中华读书活动，屡屡获奖。1983年在表彰大会上，我获得的奖品就是1979年版《辞海》缩印本。虽然当时的定价只有22.20元，可是我觉得无比珍贵，多年来我想自己拥有一部新《辞海》的夙愿终于实现，与1936年版老《辞海》比肩而立。20多年来，我在文史丛林中跋涉，从鲁迅和现代文学开始，转向近代出版史、藏书文化等领域，发表作品300多篇，专著有《张元济年谱》（合著）、《张元济传》（独著）等，另有两部书稿现已杀青，等待修改出版。《辞海》始终伴随我走过这漫长的自学之路，并将伴随我永远走下去。

随着女儿的长大，她"接管"了我的写字台，两部《辞海》只能"请"入书橱，不过它的读者却更多了。我很早就教女儿学查《辞海》。她有时会花上半天时间查找并摘抄她感兴趣的条目，她的同学也不时来我家查阅，完成老师布置的功课。《辞海》已成为又一代人的好朋友。

（原载《中华读书报》2003年7月2日）

"社青"生涯漫忆

"知青",是官方对1968年起"上山下乡"运动中到农村务农定居青年学生的总称。在上海,60年代对于学校毕业后没有升学或参加工作的待业青年又称作"社会青年",简称"社青"。"社青"比"知青"出现得早得多。街道里弄是社青的生活场所,也是活动场所。笔者当过五年"社青",漫忆这段生涯,可以作为永裕里历史的某种补充或见证。

毕业后第一年

我1944年出生,1950年上小学,1962年高中毕业。12年学生生涯结束。

笔者中学时代

高中时,我迷上了音乐。跟我大姐学钢琴,跟我三叔学小提琴,又自学作曲,忙得不亦乐乎。我还报名参加青年宫作曲班,成为坚持到最后的少数几位学员之一,大概成绩还可以,受到两位老师的表扬和个别辅导。

两位老师都是上海音乐学院作曲系学生。一位是张敦智,学

青年宫作曲班部分师生1962年6月17日人民公园留影。
后排左一柳和城，左二张敦智老师，左三陆子音，左四陈学成

生时代就创作有《金湖大合唱》，云南少数民族风格，非常好听，风行一时；一位是王明发，即后来创作电影《海霞》《小花》中音乐的作曲家王酩，作品家喻户晓。我们学基本乐理和作曲常识，练习写"红歌"一类进行曲。因作曲班坚持下来的人没几位，两位老师对我们很注意。张、王两位老师与我们成为朋友。现存一张1962年6月17日摄于人民公园的青年宫作曲班部分师生留影，我边上的一位就是张敦智老师，另外有陆子音、陈学成等数位学友。我与陆子音还多次上王酩老师家听他辅导。我记得当时王老师住在延安中路一条老式里弄，住房很小，他毫无架子，热情地接待我们。王酩老师工人出身，对我们这些小音乐迷很关心，有问必答，鼓励我参加音乐学院考试。于是，毕业后我首先参加了音乐学院作曲系的考试，初试主要考乐理并为一段歌词谱曲，居然通过，成为8名初试录取者之一。然而复试被淘汰，原因可能很多，钢琴水平太差是其中之一。因一心一意想攻读音乐，普通大学的复习没重视，高考也落榜了。再说我们那

届本来考上大学的人就很少,一个班级寥寥无几。即使专心致志考普通高校,是否会成功也难说。于是我跟大多数同学一起失学,开始了"社青"生涯。

我高中时入了团,回到里弄,团支书沈占京上门联系,要求我"出来"活动。当时我心不死,还想第二年再考,因此除团组织生活外基本不参加里弄社青活动,一心一意复习迎接1963年的高考,音乐仍然是我第一选项。父亲1962年退休,退休金才53.25元,要供养我的生活以及读大学的哥哥,本来已很拮据,此时又花每月20元的代价从琴行租来钢琴供我练习,还为我买书买乐谱,还购置了小提琴、二胡,实在很不容易。一年的"恶补"音乐与复习文化课,却换来一场大病。高考当然无望了,只能面对现实,听从命运安排,等待机会吧。

代理团支书

团支书沈占京住永裕里93号,是嵩山街道广播学校教师,不久有了新的工作,不再兼任永裕里团支书职务。先由慈安里某号的吴康宁继任,第二年他分配工作走了,再由女团员周桂芳担任团支书。周也是1962届高中毕业生,人挺热情,能力也蛮强。大约1964年夏天,周突然不辞而别,不知去向。当时里弄干部有"四头六条"之称,党支部书记、居委主任、妇代会主任与团支书称"四头",治保、卫生等居委会委员称"六条"。永裕里委所属范围社青不下200余人,没了"头"可不行。街道团委书记张丽君(住永裕里59号)来找我,让我代理团支书,组织社青们的学习和活动。那时我们永裕里社会青年团员至少有一二十人,病残者居多。我虽也不是健全人,但想想除了我以外真没有别的人了。

我代理团支书后的第一个"任务",是寻找前任周桂芳。据说她因拒绝"动员"去农场,躲到了亲戚家,居委会打听到地址后,让我先去一次,劝说她回来。在那个没有个人选择职业自由的年代,各类奇葩事经常发生,女青年嫁人被称作"走第三条道路",到亲戚家"避风头"也算一种。我按照地址上门找人。记得是普陀区某地，乘24路电车到长寿路某处。好不容易找到，却被她亲戚"挡驾"不见。磨蹭了一会儿，不见松动，只得无功而返。周桂芳呢，从此在永裕里"消失"，后来怎样无人知晓。

团支书每月发15元津贴，上街道办事处会计那里领取。那时市场上大米一角七分一斤，大饼油条5分一副，图书几角钱一本，15元算是一笔不小的数目了。每个里委社青按学历分高中组、初中组，后来又设小学组，队伍颇为庞大。我从居委得到名单后，有重点地上门访问。当时永裕里、慈安里、西湖坊之间围墙早已拆除，穿梭往来倒很方便。团员自然是最早访问的，如黄陂南路495号施嘉庭，西湖坊52号尹凤田，永裕里94号李仁宝，慈安里30号（？）潘之容，等等。同龄人自然容易接触，一遭生，二遭熟，许多人本来就是邻居，很快成了熟人。上述几位还是团支部组织社青活动的骨干。记得访问永裕里73号张仁麟，他得类风湿症病从北京钢铁学院休学回来，瘫痪在床，比起我等条件更差。可他性格开朗，非常健谈，经常有附近学生前去请教数理化课程，后来他真的办起了辅导班，辅导了一届又一届的中学生邻居。我与他几十年来一直保持着联系，直至他2017年病逝。听说许多经他辅导过的学生，后来很有出息，张仁麟去世后，大家都赶来追悼，场面非常感人。

社青中人才不少。永裕里100号的徐志福，1962年高中生，能篆刻，为许多人刻印章，送我的一枚名字章使用至今。永裕里36号的朱镇星，字写得好，出墙报、刻蜡纸都是他的擅长。朱镇星还有个特长，熟悉国家领导人以及部长、将军的名字和职位，不用查报纸，他随口背得滚瓜烂熟，无人难得倒他。至于唱歌、演戏、玩乐器的就更多了，将在下面"组织文娱活动"一节中叙述。

永裕里21号底楼是居委会最早办公地，这时居委已搬至44号，21号成了会议室和社青活动室。有张乒乓球台，备有一些棋类，每个月有几元钱活动经费，由我凭发票到街道报销。社青活动有什么内容呢？有学习，学习当时报刊上的重要文件，包括"九评"，以读为主，写"体会"，无非抄报纸而已。另外也组织公园游，如今留下的游豫园、游人民公园的照片，让人感慨不已，照片中的人大都能叫出名字，可现在哪里呢？不知道。

组织文娱活动

每个街道都设有文化站,我们嵩山街道文化站一度就设于永裕里(大概是一百零几号),负责人大家叫她高家姆妈,住在永吉里,丈夫是电影演员,有个儿子也是社青。文化站聘有一位干事杨元芳,是永裕里29号的社青。文化站主要组织各里弄居民的节日文娱活动,那时候还没盛行老妈妈合唱,更没广场舞一类健身操,主要组织社会青年的文娱活动。社青中文艺骨干不少,永裕居委范围内能演戏的有陈福康、张国涌、陈德麒、陈德明等,萧伟麟的二胡能拉完整的《赛马》《二泉映月》等名曲,能上台唱歌的女青年更多了。我学过钢琴,文化站有架手风琴,借回家练习练习,很快就能伴奏了。

区里有文化馆,有专管街道地区的辅导老师。联系嵩山街道的老师姓吴,经常来看我们各里委社青参加汇演节目的排练,有时还请来专业团体的老师指导。记得以我们永裕里社青为主演的话剧《青梅》,写民兵抓特务的故事,就请了上海青年话剧团一位姓沈的演员辅导,地点就在永裕里21号活动室,陈福康、张国涌二位在剧中都担任了角色。我利用学过作曲的特长,也干起了创作,约1965年春节前编了一个锣鼓说唱《总路线光芒万丈》。说一段,唱一段,配以锣鼓敲打。唱词无非"红旗飘扬""歌声嘹亮"一类,演唱者钱学成、钱学慧、姜国平、吴孝祖与陈德明,我拉手风琴。节目被选拔到市群众艺术馆,新年前一次在嘉兴剧场演出,幕布刚拉开,观众哄堂大笑,我们在台上一时摸不着头脑,还没开唱,怎么错了?下台后有人告诉我们,女生穿花棉袄像"大阿福"。喔!那时哪来漂亮的演出服装,以为新棉袄够漂亮了,想不到出洋相。演出还算成功,有人拍下的剧照至今尚存,可惜我编的剧本怎么也找不到了。1965年5月,卢湾区地区青年在复兴公园举行"大唱革命歌曲赛歌大会",我参加小乐队,留下了一张照片。

那时全国学习解放军,部队文艺盛行对口词,即两位演员你一句,我一句,边说边表演,动作幅度一般较大。我模仿其程式,配合"抗美援

1965年5月,复兴公园卢湾区地区青年赛歌大会　　永裕里委青年锣鼓说唱演出剧照（1965年春节于嘉兴剧场）

越"写了一个对口词《越南人民打得好》:"打!打!打!越南人民打得好。/打!打!打!打得美机往下掉!……"基本都是口号。陈德麒、陈德明兄弟表演不错,节目被层层选拔到区里、市里,受到好评。剧本还被推荐收入上海市群众艺术馆编辑出版的《小舞台》第21期(1965年6月)发表。虽然只是宣传品,并非艺术品,但这是我第一篇变成铅字刊出的作品,青年时代留下的文字印记,再幼稚也值得纪念。此后还有一篇对口词,发表于群众艺术馆内部刊物上。陈德麒兄弟后来去了新疆,一路表演"打得好",听说到了新疆还演呢。

去新疆的青年朋友们

那年头,一个里委有社青一二百人,一个街道超过千人。一个区和全市又是多少,既是一道简单的数学题,又是一道政府面前难解的社会问题。经济桎梏是怎样形成的?到了今天,还有人简单归罪于"三年自然灾害",当时怎么会有人想得更深、更远呢?思想桎梏更牢牢禁锢了人们的头脑。城市青年的出路在哪里？家长迷茫，青年更迷茫。在我的记忆中，1962年已有动员去市郊农场落户，但历年名额并不多。本市工矿招工极少，每年没几位轮得到，剩下的大多数只有一条路：到农村去！到边疆去！街道、里委一切工作都围绕社青"上山下乡"这一中心。1965、1966两年动员去新疆声势浩大，报名去的青年朋友很多，永裕里委范围至少上百名，上面提到的一些活跃分子大都名列其中。

翻开老照片，一张张熟悉的脸庞映入眼帘：

"嵩山街道知识青年参加新疆建设报名站"横幅下的合影（1965年6月2日）。中间那位是街道团委书记张丽君。报名青年前排是潘之容、俞曼如、赵君耀，后排有陈德麒、朱镇星、姜国平等。他们大都1965年去了新疆，朱镇星则是1966年那批。

敲锣打鼓送喜报（1966年6月4日）。队伍最前面举红喜报的两位，吴孝祖、施嘉隆。另一张是在"到农村去"宣传画前他俩的合影，应该为同一天拍的。吴孝祖，锣鼓说唱演员之一，1967年寄来过一张在新疆"地窝子"前的留影。现在哪？不得而知。施嘉隆，前些年已得癌症去世，令人叹息。

一群报名的社青在街道办事处院子里与街道干部张兆祥、曹德庆、蒋玉培等的合影（1966年6月4日）。当时整个街道社青按学历分五个大组，

嵩山街道知青新疆报名站留影（1965年6月2日）

我们属于第二大组,因而照片中不仅有永裕里的知青,也有复一、复二里委的,回首沧桑,岁月流逝已半个多世纪,不知那些熟悉的或不熟悉的同龄人现在哪里?过得还好吗?

几张在豫园和人民公园的合影或单人照,那是团支部组织活动时所摄。看大伙儿笑得多么开心。还有划船,那是在康健园吧。照片上有几位叫不出名字了,但大多数仍清晰地记得姓名、住址。往事并不如烟,就在眼前。

北火车站送行(1966年7月5日)

一张背面写有"1966年7月5日下午三时于北站"的合影,记录了那告别的时刻。四位穿军装的,是丁美丽、胡素君、徐良梧与沈某,另四位送行者乃严经世、施嘉庭、钱学成与我。另有数张火车旁或铁道上的留影,有朱镇星、吴孝祖等,应该是同日同地所摄。

穿军装、扎小辫的是慈安里30号潘之容,永裕里团支部副书记,背后的签名与日期清晰可辨,送来照片时的情景恍若隔日。永裕里28号姜国平,36号朱镇星,9号俞曼如,喔!这位是永吉里胡志明,一起搞文娱活动的伙伴……都去了新疆生产建设兵团,发了军装,虽然没有帽徽、领章,但都喜欢留个影,风光一番。有几位头一两年还通信,后来"文革"席卷全国,谁也不知道对方的情况了。

对于这段历史怎样评说?最有资格、最有权利诉说的是他们,以及我

们这一大群旁观者——不,也应算当事人!

"社青"岁月的尾声

1966年8月,北京的狂涛起来后,上海"红卫兵"紧跟上街"扫四旧",慢慢演变成揪斗当权派。里弄里的"当权派"就是"四头六条"里委干部。我这个团支书不算里委干部编制,却也在"四头"之列。斗里委干部轮不到我,但社青中却有人威胁要我"交出黑材料",指工作手册。他们认为团干部记录了青年中的"黑材料"。虽然仅仅一二个人说说而已,并无过激行动,但着实也让人紧张起来。我将几年来的工作手册,连同一些名单、文稿统统撕毁,丢进垃圾桶。除了照片没舍得丢弃,其他团干部有关的文字材料都丢了!今日想想实在可惜,幼稚啊!有什么必要呢?但当时烧书、烧文件的都有,几本工作手册又算得了什么?更可惜的是,同时还把童年时代外公送的"幼童文库""小朋友文库"等儿童读物统统烧掉了!我父亲也把他宝贝的外文科技书刊撕毁、烧掉了。一本《点石斋画报》,一部扫叶山房《三国志通俗演义》,陪伴我多年的心爱之物,实在舍不得毁掉,隐藏在床底,躲过一劫,留了下来。前年跟一批旧书旧杂志,同时捐给了中国近现代新闻出版博物馆,它们得到了很好的归宿。当时的社会氛围,充满肃杀气氛,有人要害人干出蠢事,有人为了避祸也会干出蠢事。自己烧书就是一件大蠢事。

说实在话,永裕里"文革"初期比起大学、中学要平静得多,斗里弄干部也不过如此,这些每月几十元津贴的阿姨妈妈,更没有贪污受贿的份,平时也没干什么坏事,做好事倒很多,谁会对她们下毒手?人们喊过口号,她们低过头,也就算了。抄家风刮到永裕里后,她们还组织纠察队维持秩序呢。我这个团支书奉命拉了几位没去新疆的社青,参加纠察队。有几天,每晚连续出动,挺辛苦的,凡有抄家队伍到,纠察队就在弄堂里维持秩序,防止有人趁火打劫。后来纠察越来越少,因有人自己家被抄了,没脸露面了,我只好自己顶上。有一天,一起执勤的社青朋友(现在记不起哪一位了）跑来，说你们家来人了，你快回去吧。我慌忙回家，果然一批陌生人把持后门，开始还不让我进门呢。我们家在二楼，匆匆上楼后，父亲正与他们交涉论理。来者是我大哥单位（广播电台）的"造反派"，大概算是知识分子吧，还算客气，看了我父亲解放军机关颁发的退休证后就悄悄走了。

永裕里委社青1965年去新疆的一批中团员不少，副书记都走了。这时街道指示按学历把社青分为两个高中组，三个初中组，团委派兴业里委团支部的王庆祝、严经世两位，到我们第二大组帮助我工作。严经世本是小学同班同学，生大病开过刀，王庆祝也属于病号之列，新疆都去不了。"红卫兵"运动暂时退场，街道组织各里委社青下乡劳动。我也参加了。地点在上海中学对面，王庆祝始终陪着我，照顾我的生活起居。那算是支援三秋，我在食堂帮忙、拣菜、洗菜，学校早已停课，每天去对面上海中学解决卫生问题成了必修课，王庆祝做我的"保镖"，陪我同行。50年后说起那一幕，大家呵呵一笑。一个星期劳动很快结束，回到乱哄哄的市区。

"造反派"起来了，地区里有的里弄社青扬言要"批斗"团干部，团干部们为了自保和安全，也组织起一个"七一战斗队"，当然打的也是"保卫无产阶级司令部"的旗号。有几位非团员加入进来，参加我们的学习活动。所谓学习，就是交换各种小报、传单，来自北京、本市及全国各地的"大批判"与"造反"、武斗的消息，铺天盖地……什么"一月革命"，什么"上海公社""全国山河一片红"等等新名词，令人眼花缭乱。可是满腔疑云也在胸中积聚：国家的前途在哪儿？我们个人的前途在哪儿？不知道。

1967年日历翻去大半，我们终于等到安排就业的一天。几乎全部社青都分配了工作，大部分是去卢湾区商业单位，有的当了营业员，有的当了业务员，有的当了会计，不过当时还有"国营"与"合作"的分档，本人有幸去了"国营"单位。个别朋友"自找出路"当了代课教师，后来转正，也告别了社青生涯。只有那位张仁麟，瘫痪在床，无法行动，前几年去世了。最难忘的是那批去新疆的朋友，知不知道永裕里、西湖坊、慈安里已不复存在？你们与下一代们生活得可好？

寻迹 永裕里——一条卢湾老弄堂的时光追影

有一首叫《留在记忆里的都值得怀念》的歌，词曲都很感人，借用几句副歌歌词作为本文的结束：

啊，时光，带走了我们的青春，
却留下了难忘的从前。
啊，岁月，改变了我们的容颜，
却改变不了那份深深的怀念！

2021年4月初稿于上海浦东明丰花园北窗下
2024年10月修改

"上山下乡"专用棉胎券

1967年秋,我被分配到一家絮棉厂学会计。

那时老百姓用的絮棉和棉花胎都是凭票供应的,每人每年只有几两,谁家要添置一条六斤棉胎,非得积上数年时间不可。絮棉厂的设备虽说都是纺织厂淘汰的梳棉机改装的,但毕竟是机器,产量还是蛮高的,只是计划数有限,常常"吃不饱"。当仓库堆满时,车间只能开一班,甚至半开半停。后来"上山下乡"高潮一波接一波,棉花胎供应量大增,我们厂也忙了起来。据称每位知青可买一条棉胎,于是上级下达我厂大量生产六斤棉胎的指令。厂里经常要开早、中两班,

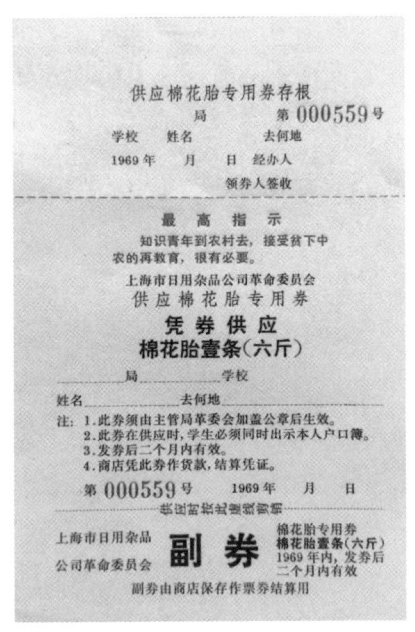

供应棉花胎专用券(1969年)

机器满负荷运转,方能完成这项"政治任务",产品连仓库也不进,直送棉花店上柜。当时我们感到能为知识青年"上山下乡"运动作贡献,还挺自豪的。

我有个侄子,1969年初报名去江西"插队"。一次他从学校领回一张"供应棉花胎专用券"给我看,还问我哪家棉花店棉胎好。这张供应券比居民常用的定量絮棉券大得多,印得挺漂亮。我第一回见到,便留下了很

深的印象。

几年后,我从絮棉厂调至上海市日用杂品公司下属的一家批发部,絮棉是该批发部经营的商品之一。这样说来我还是吃"棉花饭"。市公司有个"棉花组",管理全市絮棉票证的发放工作,70年代初被"下放"到我们批发部。有一次他们整理文件柜,取出一叠又一叠印有文字的卡片纸,分送各办公室当便条纸用。我一看,那不是当年我那侄子领到过的"供应棉花胎专用券"吗?大约那时印得太多,发不完,时过境迁,"积压品"成了废纸。这种专用券纸张挺好,那年头人们也没有收藏意识,大家纷纷用来写便条或打草稿。我起初舍不得用,总觉得上面印有"最高指示",哪个敢随便涂抹?后来我还是用了,反面写字当作资料卡片,有少量未用保存至今,倒成了珍贵的收藏品。

一张棉胎券,见证一段历史。它记录了特殊年代生活的一角。也许知青及其家长们大多已记不起使用过这种专用券,当年我的工作单位也已不复存在,但是,"上山下乡"运动对中国社会的影响,似乎不会也不应该从我们的记忆中淡出。

笔者撰写本文时问了几位同龄人。有人说那时知青拿到的"棉胎供应证",似乎还有油印的,大约是年份不同或下乡地点不同、供应方式各异的缘故吧。但愿有人补充介绍。

(原载《上海滩》2004年第9期)

艾芜先生的一封信

近二十年业余"爬格子",许多相识或从未谋面的师友给予我很多帮助,每一忆及,充满温馨的感觉。当初我涉足鲁迅研究之始,就受到老作家艾芜的指点和帮助,终生难忘。

"文革"中只有鲁迅的书可读。读着读着,我为书中大量陌生的人名所困惑。两厚册《鲁迅书信集》,

艾芜先生

许多收信人都没有注释,有注释的也语焉不详,或者打上了那个非常年代的烙印。《鲁迅日记》中的人名千余个,更是不知其说。大约1978年,我忽发奇想,试为《鲁迅日记》人名作注释,东摘西抄,居然积累起厚厚几叠卡片。1979年,在一本花城出版社的《随笔》杂志上,读到艾芜先生的一篇文章,提到当年与一位叫万慧的和尚交往的情况。这是不是《鲁迅日记》中的万慧呢?我抱着试试看的心情,给艾芜先生写了封信,托花城出版社转交。想不到很快收到艾芜先生的复信:

和城同志:

由广东《花城》编辑部转来您的来信,知道您要打听万慧法师的生平。我知道他在印度学习梵文,研究印度哲学,曾向北京大学学报投稿,并要北大帮助经费。他的日记上,也记有周树人捐助十元的记录。万慧法师姓谢名善，字希安，四川乐至人。父官安徽，幼年在怀宁县过的，和陈独秀熟。上海复旦大学毕业，回成都教中学。反对旧式婚姻，愤而出家，西去印度。1927年，我在仰光，他已到缅甸居住。1955年去世，享年七十一岁。精通英文、法文、梵文、印度近代文，缅文藏文蒙古文……

关于鲁迅日记的人名注释，我知道复旦大学专门有人做这工作，前两三年，都来信来人问过我。你可以同他们联系。他们工作的单位，大概是复旦大学中文系鲁迅日记注释组。此致

敬礼！

艾芜

1980年1月10日于成都

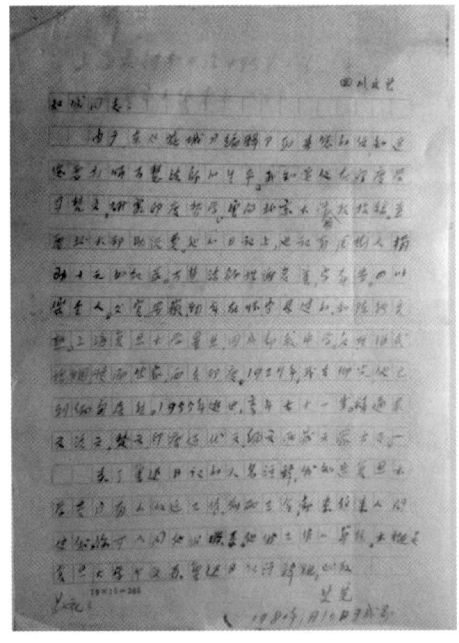

艾芜先生致柳和城信札

此信艾芜先生用毛笔工整地写在《四川文艺》稿纸上。一位德高望重的著名老作家，竟热情、详细地回答一个文学青年幼稚的提问，就像当年鲁迅那样，扶植后进，令人感动。我根据艾芜先生复信的提示，写了篇《〈鲁迅日记〉人名考释二则》（另一则关于傅筑夫、梁绳纬）。后来刊于淮阴师专的《活页文史丛刊》1981年第42期上。这是我第一篇鲁迅研究的文字。感谢艾芜先生的指点，我先后与复旦大学胡奇光，上海鲁迅纪念馆凌月麟，北京鲁迅博物馆荣太之、陈漱渝，辽宁马蹄疾等鲁迅研究专家联系上，请教各种问题，写出了几篇习作。从他们那里知道了《鲁迅全集》注释本即将出版，我"孤军奋斗"编人名注释的工作当然也随之结束。可是功夫没有白费。我后来能对《鲁迅全集》注释中的

若干疏漏和某些回忆材料的失实,提出了纠谬辨正意见,恐怕主要得益于那些卡片资料。更重要的是,我学到了研究学问的方法——从调查研究、收集材料开始。众多人名资料和相关的历史知识,打下了我业余文史研究的基础,至今还派得上用场。

艾芜先生逝世已多年了,我写这篇短文并公布他给我的信,以作纪念。

(原载2001年8月28日《书友》第33期)

忆"提携人"陈梦熊兄

陈梦熊（中）与作者及郑建国合影

屈指数来，陈梦熊兄去世已整整一年半了。孔夫子旧书网一批批梦熊兄原藏作者签名本图书和众多名家书札被拍卖，一封茅盾先生给他的书札拍至17万余元！看了这些信息，五味杂陈，令人唏嘘。俗话说"人去楼空"，此话不假。然而，另一句"人走茶凉"，未必适用于梦熊兄，他依然留在友朋们的记忆中和谈话间。至少对我来说是这样。

我认识梦熊兄是在1980年前后。当时业余"爬格子"，搞点鲁迅和现代文学研究，发表过几篇"豆腐干"文章。苦于缺人点拨，无甚进展。一位中学老同学此时已进入上海社会科学院工作，通过另一位熟人介绍我结识鲁迅研究专家陈梦熊。记得第一次见面是在社科院一间办公室内。他身材不高，头发微秃，饱经沧桑的脸上戴一副眼镜，这是我的第一印象。因事前他已看过我那几篇习作，也许认为我还不是"朽木"，着实鼓励了一番。在大专家面前我不免有些拘束，而他对我这个小弟弟、又是没有学历业余"爬格"者，无半点架子。留下地址一看，原来彼此住所相隔不远，都属卢湾区。一回生，两回熟，我们很快成了老熟人。

因我从小得过小儿麻痹症，留有左腿残疾，行动不方便。梦熊兄来我家多，经常是下班来，谈上一两小时。天南地北，海阔天空，谈书谈写作，也谈他的不幸遭遇。不仅健谈，而且可称"海派"。他曾莫名其妙受"反胡风案"牵连，坐牢一年多，藏书全被毁。"文革"中梦熊兄更惨，藏书先被窃，后被查抄，人被批斗，与先前的书友"划清界限"，不得不写"绝交信"。总之，为书而遭厄运。他对家庭变故也不忌讳，原因都是那几场运动和他钟爱的书。遇上我们晚饭，我爱人邀他一起便饭，他也不客气，有啥吃啥。他不喝酒，只是抽烟挺厉害，据称就是被关押期间养成的习惯。当时我老父亲还健在，梦熊兄有一段时间没来，他会惦记，问"老陈怎么长远没来？"可见老陈的亲和力。

他的家我去过几回，地处上海人称为"下只角"的肇嘉浜路打浦桥地方，二层楼的房屋很破旧，楼梯摇摇晃晃的。"文革"后他又恢复购书，可惜屋子太小，只能把书藏于床底下，著名书法家王蘧常先生戏称梦熊兄为"床书家"。后来知道，这是他第三个居所，之后还搬过四回家，折腾可不小。他第四个居所在虹口唐山路，时间不长，我没去过。第五、第六个住所我都去过，还留下过合影，屋子都不宽敞，只不过设施好一些罢了。交往中，我先是请他看几篇鲁迅研究文章，他不仅很快推荐到几家杂志发表，而且介绍我认识多位搞鲁研和现代文学研究的书友。古话说得好："独学而无友，则孤陋而寡闻。"至今保持联系的许多朋友，多数是通过梦熊兄直接或间接认识的。不少学术会议，我也沾光"亮相"。

我称梦熊兄为"提携人"，有个重要原因，是他介绍我认识了张树年老先生，可以说改变了我下半生的命运。张老是著名出版家、商务印书馆元老张元济先生哲嗣，80年代初，张老正在计划编著其父年谱。梦熊兄曾在出版社工作多年，出版界友人很多，大约从商务友人那里认识张老。张老年纪大，需要几位助手，梦熊兄推荐我，引我见了张老。老实说，此前我对张元济及出版史知之甚少，张老耐心地取出一件件文献（当时大多未曾公开过），讲解给我听，让我拿回去抄写，还向我讲张菊老的逸闻轶事，有时梦熊兄也一起参加。后来正式组成年谱编写组，张老指定梦熊兄与张人凤兄（张老之子）收集和整理材料，我担任执笔。上海市出版局老局长宋原放先生很重视年谱的编著，我们编好一部分，先安排在《出版史料》杂志上刊登，征求意见，自1988年至1991年连载十期。《张元济年谱》全书1991年由北京商务印书馆出版。其间，我与梦熊兄合作撰写过两篇张

元济研究的长文章。一篇题为《张元济的出版宗旨和他的教育思想》，刊登于《上海大学学报》1988年第4期；另一篇题为《开辟草莱的出版家张元济》，收录于经济日报出版社1988年12月版《中国企业家列传》第2集。文章虽由我执笔，但都经过我俩认真讨论，发表时梦熊兄坚持把我的署名放在前面，尽管他是大教授，我什么都不是。利用编著年谱时掌握的材料，我还撰写过一批长短不一的"张研"与出版史文章，由此又扩展至藏书史、上海地方史和古籍等领域。2009年梦熊兄介绍我加入上海市作家协会，成为会员，我第一次有了"头衔"。

我从张元济先生和商务史料中知道孙毓修的名字，又从上海图书馆和上海辞书出版社图书馆查到不少孙氏文献，准备撰写《孙毓修评传》。梦熊兄知道后，把他1989年到无锡孙氏老家实地调查所得资料，无偿提供我使用。我的书出版后，孙氏后人就是凭梦熊兄调查所得线索，寻找到无锡孙巷孙蒋村孙氏老宅的。

2008年10月18日，在上海鲁迅纪念馆召开的郑振铎纪念会上，我见到梦熊兄已经坐在轮椅上，想不到这是最后一面了。

梦熊兄生于1930年，2014年9月18日去世，享年85岁。他曾写过一篇《我的藏书厄运》的文章（见《出版史料》2006年第2期），说："我一生曾有七次搬家，每次搬家，书刊都有损失。最严重的是从唐山路迁去梅陇十一村的一次，被窃大约有一二大纸箱之多……近年书友老瞿告诉我，他曾淘得盖有'熊融'藏书章的四本旧书，但不知道'熊融'是我的笔名，并且出示大江版《毁灭》和《古巴谚语印谱》两书……"如今被拍卖的大批盖有"熊融"藏书印的书刊以及书信，梦熊兄已无法目睹了，但愿它们有个好归宿，不要沦为还魂纸原料！

（原载《温州读书报》2016年第5期）

为"老乡长"买书

"老乡长",海宁章克标先生是也。97岁高寿的老作家,依然握管不辍,已故著名画家叶浅予先生给了他这个雅号。

我跟"老乡长"认识并通信已有十几个年头。向他请教各种问题,他总是不厌其烦地解难释疑,让我受益匪浅。而我回报"老乡长"的,只有为他买书了。

1987年初,他来信托我在上海买一部商务印书馆新出的《岩波日中辞典》。那时他已88岁高龄,居然还在从事翻译工作,我惊叹不已。章先生早年留学日本,从1929年翻译出版《芥川龙之介集》开始,向国人译介过多位日本文学家的作品,可是一场"文革"浩劫,章先生的藏书、资料、文稿丧失殆尽,真的是"片纸不存"!今天他重操旧业,急需新的日语工具书。我很快买到,寄了去。记得厚厚一册,才8元钱。他收到辞典,非常高兴,复信中说:"此书编了近二十年,而且印刷出版又花了五六年,真是工程浩大!但对于日本人恐怕用处更大,它把中国话都注了音,可以帮助他们学汉语(现代汉语)。在我还是有用的,它用的可能是标准的普通话了。"那么,章先生在翻译什么呢?原来是在翻译一篇关于商务印书馆历史上与日

章克标著《九十自述》

本金港堂合资问题的史料文章。从1903年至1914年，商务与金港堂的合资，是中国民族资本引进外资的一次成功尝试。由于历史的原因，国内很少提及，而日本学者前些年发掘了不少史料，但还没有人完整地译介过来，想不到章克标先生已在默默地做了。

有一个时期，章先生托我买的书不少。有张爱玲的《传奇》，巴金的《随想录》，记述"文革"劫难的《上海生死劫》，以及《新文学史初稿》《中华民国人物事件录》等。这几种是买到了的。还有英国作家毛姆的小说和《清鉴易知录》等几种，没有买到。当时我不清楚他要这些书的用意，只认为老先生兴趣广泛，历史书，小说书，老书，新书，中国书，外国书，什么都看。后来我渐渐明白，章先生要这些书，大都是为他写作参考所用。看！1989年，3万多字的《新文学七十年回顾》在《香港文学》上发表了；1992年，12万字的《九十自述》完稿了（其上半部最近已在浙江的《江南》杂志上发表）……另外，一部40万字的长篇回忆录已完成大半。老人是从那些参考书中寻觅历史的余影，追念已故的友朋啊！

最近，"老乡长"来信又托我购上海古籍出版社新出的鲁迅、许广平《两地书真迹》。这是一部价值108元的影印版书，厚厚两大册，加上硬纸封套，足有三斤重。他是从报纸上知道有此书的。他很想了解手稿与已出版的书有什么不同之处，当年鲁迅出版《两地书》时删改了那些文字。他在给我的信中说，鲁迅"书法也很好，是可以作书法书欣赏的。我觉得很有收藏价值"。他劝我先研究研究，然后托人带往海宁。买了新书，让别人先读，可称老人买书的又一"特色"吧！至于书价，只有两本《现代汉语词典》的价钿，他认为不算贵。他幽默地说："108又恰巧是梁山泊天罡地煞的英雄总数，很符合鲁迅先生的造反精神。"读"老乡长"的来信，常能读到此类有趣的议论，就像读他那些诙谐幽默的杂文、随感一样亲切有味。

为"老乡长"买书，也能获得许多教益。

（原载《澳门日报》1997年4月25日）

[补记]

上海奉贤书友金峰先生买到章克标先生的小说集《银蛇》，书上有章老一段题识，提到柳和城。他打听到我，彼此建立了微信联系。

不久前，金峰来舍下拜访，带来了这本书，我看到了章老的题识："得知柳和成（城）兄处未收到此书，故特寄奉。上午寄《寿山野志》1—39，想可收到。余不一一。章克标98.7.18.（章克标印）"金峰兄问我此书流散的原因。我与章老在20世纪80年代后期开始通信，他托我代买一些书，1987年10月海盐张元济图书馆开馆，我们在海盐见过面。我写过《为"老乡长"买书》一文，发表在《澳门日报》。后来知道他年事已高，不便打搅，就没再联系。至于章老是否送过我他的《银蛇》，实在没有印象，《寿山野志》云云也不知怎么回事。看了金峰买到的这本《银蛇》，章老题识旁有"熊融藏书"钤印，我豁然开朗。"熊融"，即老友陈梦熊。显然章老将此书寄给梦熊兄了，梦熊兄藏书很多年前已流散，《银蛇》一书出现在旧书市场并不奇怪。

金峰让我也在书上写几句，于是我写道："章老寄书，梦熊兄代领，今为金峰先生所得。一段书缘，绵延二十余年，可谓天意也。"金峰兄与章老十分熟识，几次去海宁拜访章老，就住在章老家里。章老晚年迁居上海闵行，金峰常去问候，二人形同祖孙。

此为补记。

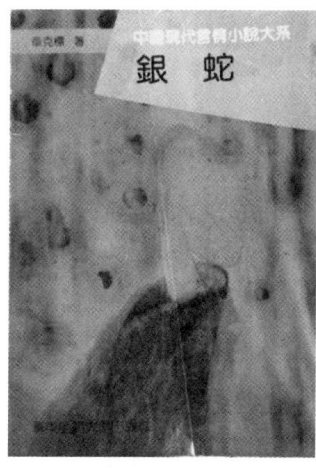 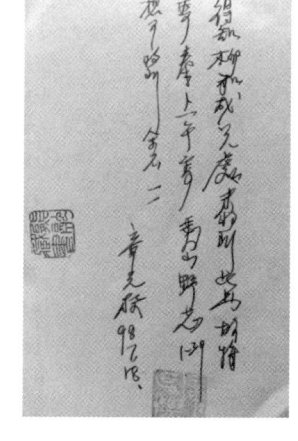

章克标著《银蛇》书影　　章克标在《银蛇》上的题识

2024年10月

向郑逸老请教掌故

郑逸梅像

三十多年前,我初入文史研究园地,不知途径,瞎摸瞎撞,走过许多弯路。1982年春,堂叔柳璋(北野)先生来永裕里看望父亲,很近的亲戚,却因"十年动乱"未曾联系。他是上海市文史馆馆员、半江诗词社成员,擅长诗词与书法,交友又广,对我这个未见过面的侄子十分关心。交谈之中知道我喜欢文史,鼓励我努力钻研,从小文章开始经常投稿。当时我在研究几则掌故,他就介绍我跟著名掌故专家、素有"补白大王"之称的郑逸梅老先生通信,请教各种问题。

堂叔柳北野转来的信

郑逸梅(1895—1992),苏州人。他曾在一篇文章中写道:"一些老报人和我开玩笑,说外国有石油大王、钢铁大王、汽车大王、钻石大王,中国则有补白大王郑逸梅。"郑老生性乐观,"文革"期间,家遭红卫兵"光顾",抄走数十年积藏的书籍文物足足有七车。郑逸老自嘲说,古人有"学富五车,无书不读"之说,我还多了两车,我现在是"学富七车,无书不读"，即书都抄光，没得书可读了。"十年动乱"之后，郑逸老青春焕发，重版或新著接二连三问世，写作忙得很，却抽暇不嫌晚辈幼稚，经常赐教，让我受益匪浅。至今我还保存着他老人家给我的几通信札，读来确实为补白大王之"郑公体"。

一次见电视剧《武松》出现如今通行的折扇，感到不大对头，我向北野叔问折扇起源等事，1982年3月18日他回信说："承询折扇何时起习用于民间日常生活，手头无此类书籍可资参考。往转询郑逸梅老先生，兹得其复函，特将原函附奉，祈收阅。郑老先生对考古有研究，学识广博，但对折扇问题，亦无较详资料。根据其所引宋赵彦衡之《云麓漫钞》所载，宋时已用，南宋时书画折扇始开其渐，尚非普遍，则《武松》一剧中的蒋门神等用折扇，恐与事实不符。"来信又对我问及《清明上河图》问题，建议查历届出版的《艺苑掇英》。郑逸老给北野叔的信云：

北野诗翁：大函诵悉。勤孟翁病，为之悬系，顷在尊札中阅及，已转危为安，此真吉人天相也。一俟出院，当访候之。梅仍忙于笔墨，不能脱释，手头尚有《梅庵谈荟》及《清末民初文坛佚事》二书，去年应约者，迄今尚未动笔。

令阮所询之《清明上河图》，寒斋未备，澹老之《小说词语汇释》其项目中，未涉及折扇。据我所知，三代已有羽扇，见《古今注》，为仪卫之具，非手摇拂暑者。三国时诸葛亮执白羽扇指挥三军，则为拂暑品矣。班婕妤作《纨扇诗》，可知汉代已行纨扇。"宋元宝绘"多载团扇。据宋赵彦衡之《云麓漫钞》云，宋人用折叠扇，出于高丽。又云，南宋时书画折扇始开其渐，可知非普遍物。武松用折扇，恐与事实不符。一知半解，仅供一笑。匆覆。敬颂

俪福。

逸梅上言

郑逸老此信未署日期，当在1982年3月北野叔来信前几日。勤孟翁，不详；澹老，即陆澹安（1894—1980），文学家，古典文学研究家，著有《说部卮言》《水浒研究》与《小说词语汇释》等。

五色旗、凳椅与线装书

那时我写了篇《月亮神话杂谈》，刊登在《书林》杂志。我通过北野叔寄了一本《书林》给郑逸老，敬请指教，同时试着提出其他问题请教。家叔开示拜谒逸老的地址与介绍信。我很快收到郑逸老的回信：

和城同志：

顷由北野诗翁转来大札，并《书林》一册，拜读尊文，甚为钦迟。谢谢！关于五色旗之说，莫衷一是，难以判定。至于沈恩孚，字信卿，苏州人，清季举人，工书法。舍间在养和村，养和村三字即沈之手笔也。沈为教育界耆宿，提倡职业教育，或谓黄炎培乃其女婿。又沈与杨乃武有旧，我曾有一文纪其事。《南社丛谈》，仓卒为之，颇多谬误。闻北京将有《南社志》问世，凡六十万言，而拙编仅五十四万言。后来居上矣。匆覆。敬颂

冬祺。　　　　　　　　　　　逸梅上言

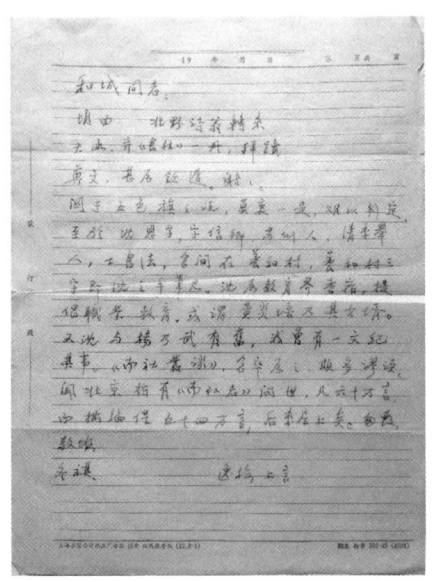

郑逸梅致柳和城信札

这是郑逸老第一次直接来信。接着，我对某些古装电影、电视剧却呈现现代装束问题，再次转请北野叔向郑逸老讨教。现存我处1983年初郑逸老致堂叔的信，答复了我的问题：

北野诗翁：大书诵悉。一昨邮呈拙作《艺坛百影》，想已收讫，乞提意见。令侄和城作品，甚条达可喜。据我所知，古人席地而坐，无凳椅，惟床则高，故凳椅实由床转变而来。凳实始于晋，今之交椅，即古之

胡床也。王右军袒腹东床。从胡床改变为座椅，见宋陶谷《清异录》："胡床施转关以交足，穿绳绦以荣坐，转缩须臾，重不数斗。相传明皇行辛频多，从臣或待诏野瓿，扈驾登山，不能跂立，欲息则无以寄身，遂创意如此，当时称逍遥座。"可知坐椅偶或用之，不普遍也。

线装书自元开始。从木简、卷轴装、折装、旋风装、蝴蝶装、包背装，演变而为线装，至明代而大盛（宋版书，我只见过散页，不知有否线装整本）。

印刷始于唐，刻印佛经。据传白居易之《长庆集》，有以"缮写模勒"。"模勒"者，刻版传印也。

该剧名《飘然太白》，不通。演太白者少书卷气，演贵妃者少闺阃气，演明皇者少尊贵气。重重舞蹈，现代形式，不相称也。拉杂泐覆。敬颂

双绥。

梅白

信中所谬加夸奖我的习作，即指根据郑逸老前一通信提示，写的杂文《〈武松〉、折扇及其他》，发表于1983年初《广播电视杂志》。上述郑逸老来信之后，我又写了影评《椅·书·舞》，刊于1983年第4期《上海电视》杂志，对一些古装影视剧不注意时代特征的毛病提出批评。没有郑逸老的热情指点，我根本无法完成这几篇掌故考释的习作。

朱葆三路与灵桂路

80年代初，我还沉浸于鲁迅研究，写过一篇颇长的考证文章《鲁迅曾构思过的长篇小说》，刊于1983年第1期《艺谭》季刊。我寄了一册给郑逸老，并请教民国初新剧问题，很快收到回信，逸老写道：

和城同志：

大书敬悉。《艺谭》大作亦拜读，证引赡详，佩之。《黑奴吁天

录》演剧资料，在"文革"运动中散佚无存。记得《弘一法师年谱》谈春柳社较详。又我编《永安月刊》，许啸天有一文（许著有《清宫十三朝演义》）谈《黑奴吁天录》，涉及彼演黑奴。

陆镜若《南社丛刻》中有一传，乃宋痴萍撰。宋亦参加新剧者。陆露沙我识其人。欧阳予倩我曾同事。

徐卓呆有一书谈话剧，未知此中有否记载。惜手头无书可查。匆此道谢。敬颂

著祺。 郑逸梅上言

春柳社尚有吴我尊其人。又有马绛士。

关于新剧的文章当时未来得及撰写，过了若干年我为《上海滩》杂志写了一组"上海滩戏苑钩沉"的系列文章，郑逸老上述掌故提示基本上均派上了用场。我还藏有郑逸老1984年给我的两封信（未署日期，据邮戳均为春夏时节），都是谈上海地名演变，很有意思。九十多岁高寿记忆依然强健，信手拈来，涉笔成趣，待人又如此之热诚，令人感动。其一：

和城同志：

大示敬悉。承询数事，我亦不甚了了。据所知者，朱葆三名佩珍，定海人，上海总商会会长。朱葆三路不久取消，改为溪口路，在三洋泾桥相近，与西藏路一度称为虞洽卿路，亦为时不久也。一品香在西藏路九江路口，在四马路浙江路口者为一枝香。

番菜一称大菜，即西菜。四马路有海国香西菜馆，华人开设。看动物我只知在青莲阁茶肆下，未闻在一品香。该阁即四马路外文书店旧址。

龄桂是道光时之道台，旗人，办理外交对法国特别让步，法人感之，因辟一路以龄桂为名，在今长乐路之北，今不知为何路。此覆。敬颂

文安。 逸梅上

有关朱葆三路、灵桂路与上海最早的动物展览，我接连写了几篇"豆

腐干"短文，先寄请郑逸老过目，复信其二就是说的其中一篇，并纠正前信一记忆有误处：

和城同志：

大示敬悉。尊作拜读一过，甚佳，请直接寄《文汇报》可也。一品香可能在西藏路汉口路为正确，我说九江路为误记。青莲阁动物展在民初。田子林，恐为田子琳，与金蟾香、周慕桥、何元俊等均为吴友如助手。匆覆。敬颂

台祺。

梅上

郑逸老当年已95岁高龄，仍亲笔回复一个文史爱好者的来信，实在不容易。1984年夏，我正参加《张元济年谱》编著，得知郑逸老将有收藏名人书札百通交学林出版社出版，张元济先生后人与我都极想早知道郑逸老藏品内，有否张菊老的信札。于是我再一次致信请教。此番由郑逸老家人代为答复，称老人家"实无精力""翻箱倒柜寻找"是否有菊老信札。实际情况确实如此，我不便再打扰他老人家了，就此打住，北野叔给我的登门拜访介绍函也没用上。

时光流驰，三十多年过去，郑逸老与我家堂叔柳北野均已作古，上述郑逸老致北野叔书札两通，赐我书札四通，都成为珍贵的纪念品。向郑逸老请教掌故，也成为我尘封记忆中难以忘怀的一件有意义的往事。

（原载《世纪》2017年第4期）

周汝昌先生给我的两封信

1990年6月，我在香港《大成》杂志上发表了一篇题为《张菊生与周汝昌一段翰墨缘》的文章。内容讲的是著名出版家张元济与红学家周汝昌40年前通信讨论曹寅《续琵琶记》和"红学"的事。在北京的周先生见到拙文后，很快写了《喜读〈张菊生与周汝昌一段翰墨缘〉》一文，对我这个素不相识后辈的习作谬加赞扬。作为当事人，他又补充了某些细节，特别提到两封张元济的信，引起我的兴趣。我辗转打听到周先生地址，冒昧致函询问。不久菊老哲嗣张树年先生嘱我告诉周先生，拟将当年他致菊老的信函复印后寄还。于是我又给周先生去信。周先生的回信字大如钱，龙飞凤舞，虽则钢笔书写，但遒劲豁达，书法功力可见一斑。现抄录如下：

和城先生惠鉴：

　　前者接奉来鸿，十分欣幸，便欲搜寻菊老遗札是否尚存。惟"文革"时曾被"革命群众"抄家，大量函件悉遭洗劫。后虽"发还"很小一部分，事隔太久，亦难记菊老手笔命运如何。加之现寓东郊，杂乱旧物，皆在城内，年迈目损，困难重重职是之故，迟迟未报，实无疏慢之意，此情切祈朗照。盖我亦极愿幸有万一之希望，俾我辈后生永奉菊老芳徽德范，而汝昌亦有荣焉。然以种种牵率，此刻仍难以确讯报命。再奉遥札，增我愧怀，如何如何！树年先生不坠先志，箕裘是承，菊老有子，中华文化之厚幸也。其雅意眷眷，不弃愚陋，曷胜感佩，拜肯代我致敬致候。尊撰文实佳，非我谬赏，得编入《上海文

史》，且拙文亦得附骥，诚幸事快事。数十年前拙札，若蒙复制见惠，感谢之至。寒夜草草，不尽所怀。专颂

文绥。

周汝昌再顿首
庚午小雪节前夕

又启者：冒昧已琐事相烦。上海有一刊物，九月间汇来稿酬，方知刊出去年一文。但候久不见刊物寄到，乃写信去问，不料信又被退回……以此不免令人"着恼"。计无所出，赶烦便中代为一问，此乃何故？并请他们速寄刊物。致谢致谢！

周先生所托查问某刊物杂志未寄事，当时未曾说明是何刊物，于是我再次去信询问。很快得到回音，信中并提到他与柳北野先生的一段交往，想知道我们之间的关系。全信如下：

和城先生大鉴：

惠札——拜悉。琐事累您分神，深感。此事大奇。今查此刊物名曰《时代与诗草交我思潮》，未知可查否？如太费手（续），也就算了。记得长沙开中国韵文学会（成立会），有沪上柳北野先生，素未相识，聆弟讲演，极为激动，中夜难寐，披衣而起，作七律一篇。次日午饭间在旁静候，我饭毕，将（极其恭谨之风度）。弟览之动容，遂亦和韵。其后柳先生又以篆书大幅书其赠诗寄来。弟函谢，谓亦以墨书作和还报。而此诺未偿。多年抱歉于衷。此一段翰墨因缘，知者不多。不知您与柳先生相知否？其哲嗣、家况若何？常在念中。匆匆岁暮，遥颂

年祺。

周汝昌顿首　90.12.16.

柳北野乃我家堂叔，当过律师，执过教鞭，擅长古典诗词，书法亦极佳。他生前是上海文史研究馆馆员、上海韵文学会会员、江南诗词学会副会长。他与周先生这段翰墨缘，我是拜读了周先生信后才知道的。北野叔叔于80年代初曾来我家，看望我父亲，知道我喜欢文史写作，他十分

高兴，后来我几次上门拜访，请教问题，他都耐心作答。他还写有条幅赠送与我，珍藏至今。我把这些情况告诉了周汝昌先生。可惜北野叔叔已于1985年去世，我已不能为二位老人"续"写翰墨缘了。

近见报载，88岁高龄的周汝昌先生依然文思敏捷，笔耕不辍，今年计划推出红学著作将有八部之多！可庆可贺。在此我遥祝他老人家健康长寿，著作丰收。

（原载《书友》2005年第5期）

忆蒋雨田先生

年前,惊闻蒋雨田先生逝世,想起去年为撰写《藏书世家》这部书,几次拜访这位藏书家后裔的往事。

海宁蒋氏为文化世家。蒋光煦(生沐)别下斋、蒋光埌(寅昉)衍芬草堂藏书楼,著称一时。近代还出现过蒋百里、蒋复璁等名人。衍芬草堂藏书一直保存至中华人民共和国成立后,由雨田先生的父亲蒋鹏骞、堂叔蒋璐涛等捐献给了国家。蒋雨田(1919—2000),名启霆,系衍芬草堂主人蒋光埌的玄孙。少年时随祖父读书,打下很好的古文基础,在古文、诗词和书法方面都有很深造诣,有蒋氏家学遗风。早年在家饱读衍芬草堂藏书,誊录伯父蒋钦顼的《盐官蒋氏衍芬草堂藏书目》,珍藏数十年,不幸"文革"中失落。他对先祖们的

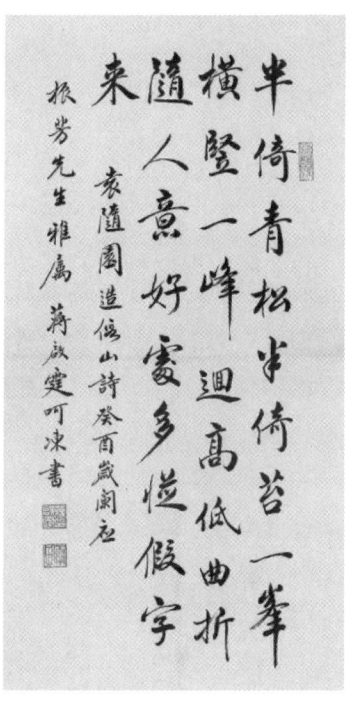

蒋雨田先生墨迹

遗墨、遗著,勤于收集,成绩斐然。蒋楷诗作手稿和蒋光煦、蒋光埌手书题词,今天都是难得的珍品。我问他,是家传的吗?雨田先生笑着说,梦华公手稿是家中废纸堆中捡的,有的是朋友送的,有的是旧货摊上淘来的。雨田先生所藏古书中有好几种别下斋和衍芬草堂的初印本,大都是他一本本地从摊上淘来的。又一次蒋雨田淘得蒋楷摹刻朱彝尊《南东草》

《薇堂和草》初印本，惊喜万分，此书可补朱氏《曝书亭集》未收之诗。他自费复印了十几册，分赠全国各大图书馆，别人视之为"傻事"，而他却乐此而不疲。

我问起他在同济大学任教事，他说，那是退休后没事干，姑父陈从周教授让他去帮忙，一帮就五六年。先教本科生的古文，后又带古建筑系研究生，教古建筑园林专业。他与陈从周虽是姑侄，但年龄仅差一岁，过从甚密。陈的《说园》《豫园新咏》二书，就是蒋雨田用工整的小楷誊抄后影印出版的。近年他还与陈从周整理历代名园记《园综》。这是一部40多万字的巨著，陈从周去世后，整理、出版的工作几乎落到蒋先生一人身上。

蒋先生为江南诗词社成员、上海诗词学会会员，著有《洗桐馆诗词稿》。前些年旅台海宁同乡会向他约稿，他说楹联要不要，对方称现今懂此道者比作诗填词的还少，当然欢迎。雨田先生从书堆中抽出一份复印件送给我，题为《洗桐馆楹联偶存》，即为发表于旅台海宁同乡会《会讯》中的文稿。现略抄几则，以飨同好：

倚枕静听西涧瀑，卷帘遥挹北湖云。(《西涧草堂》)

澹泊明志，宁静致远；书生本色，儒将风流。(《先叔祖百里先生怀萱堂》)

两峡海天鸿雁，一乡桑梓弟兄。(《赠旅台同乡会讯社》)

去年春天，我第一次登门求教时，雨田先生已82岁高龄，但精神矍铄，耳聪目明，十分健谈，而且音若洪钟，对我的提问不厌其烦地作答。第二次拜访中问起身体，他只说有时头痛，精神不如过去，但《园综》书稿的整理工作还得抓紧。后来通电话时他也说常常头痛。百忙之中他仍仔细审阅了我的文稿，连一本书名、一处细节也不漏掉。其实，那时他脑中已出现一可恶的肿瘤，仅半年时间，就走了，走得那么匆忙。

（原载《团结报》2001年9月18日）

重读张树年先生来信有感

2019年是张树年先生（1907—2004）逝世15周年纪念。新年伊始，我检出张老1986年至2003年给我的信，数一数有210余封之多。陈梦熊兄介绍我认识张老，梦熊兄陪同我第一次去上方花园24号拜谒张老的情景，至今历历在目。现存张老给梦熊兄劝戒烟的信，因让梦熊兄送我"戒烟纪念封"，连信笺一起留在了我处，成为这批信件中最早的一封。

一

我从70年代末开始业余写作，发表过几篇书评、随笔与鲁迅研究的文章。经老同学介绍，结识鲁迅研究专家陈梦熊，很快成了熟人。他认为写作要有个方向，研究鲁迅的人太多，难以突破，建议我研究出版家张元济，当时还是一块未开垦的处女地。于是带我去见了张树年先生。

1986年初，张老在准备编著《张元济年谱》，要搭个"班子"，邀请梦熊兄与我参加，加上张人凤兄，组成编纂小组。我们四人中只有梦熊兄是专业人士，当过编辑，写过书，我则是门外汉。好在事在人为，从头学起。此前我对出版史知之甚少，张老耐心地取出一件件文献（当时大多尚未公开），讲解给我听，让我拿回去抄录，还向我讲张菊老的逸闻轶事，鼓励我多多"练笔"。

我第一篇写的是两种张元济传记的书评。1986年5月21日张老信谈

张树年（前坐者）与《张元济年谱》编纂小组合影
后排左起：柳和城、陈梦熊、张人凤

的就是此事。他告诉我，王绍曾先生《近代出版家张元济》"是在癌症动手术后数月，尚未完全恢复即开始动笔，使我深为感动"，"他手头上资料不多，而能写出一本书确系难能可贵。"对另一本传记，在肯定"材料丰富"的同时，也指出其不足："资料出处笼统一笔，不像真正做学问的应有态度"，"文笔似不太通顺"。当我写出书评稿后，张老仔细修改并热情推荐，这就是发表于1987年第1期《读书》杂志上的《两种张元济传记简评》。接着，我与梦熊兄在张老指导下写了一篇题为《开辟草莱的出版家张元济》的长文（后收录于经济日报出版社1988年版《中国企业家列传》第2集），实际上为一篇小型传记。好几封信中张老询问写作情况，回答我的提问。其中有回答张元济为什么不愿任总经理，事出有因。原先，我们引用有的文章里说菊老不愿与政府当局打交道，所以才不担任总经理。张老认为此说"不符合史实"，真正原因在于跟商务创办人的关系上，菊老"不愿得罪教会派"，高凤池"又是教会派的领袖，可以左右教会派的意旨"。翻阅张元济书札与日记，"即可知商务对外交往几乎全有先严出场。但对这个真正原因现在不宜发表……"针对某文称沈雁冰进商务编译所，张菊老派汽车相送云云，张老明确指出："商务1919年购置汽车一辆供先严使用。茅公进商务在1916年，不可能用汽车相送。"（1986年12月5日）纠正上述传闻，使我懂得做学问不能凭道听途说，要以扎实的史料为根据。这一信念让我终生受用。

利用张老给我看的菊老史料，我写了《张元济提倡薄葬》《张元济增订的〈中国历代世纪歌〉》《张元济与严译名著》等习作，很快在报刊上发表了。较长的一篇为介绍张元济与胡适的交往，张老非常重视，多封信谈到此文材料运用和修改事。最后，又是他辗转推荐给《安徽师大学报》发表。

"练笔"之余，《张元济年谱》工程也开始启动。

二

张老指定梦熊兄与人凤兄收集和整理材料，我担任执笔。上海市出版局老局长宋原放先生非常重视年谱的编著，答应编好一部分，先安排在《出版史料》杂志上刊登，征求意见。1987年7月9日张老信中说："七月一日致函宋原放，告知年谱的初步设法（想），略有眉目，拟赴前请教，请约见日期。"似乎标志工程启动。

我原先在一家公司任财务，业余写点小文章尚可兼顾，编著年谱这样的大书确有难处。张老设想请出版局出面借调我，让我集中精力写好年谱。宋原老允诺，并请《出版史料》编辑陈巧孙经办此事。于是张老信中不时告诉我相关进展：

> 顷接出版局陈巧孙来电话，通知宋原放同志将于明天（7/16）上午来看我。我将我们商定的初步意见向他汇报，最主要的就是借调你的问题。如能办到，架子就可搭起来。谈后情况如何，当即奉闻。如有必要，碰一次头。（1987年7月15日）

上午宋原放同志由陈巧孙陪来，谈一小时半，极为诚挚。对你的借调宋一口答应，交陈去办。宋说能否办成，在于你们单位领导是否开明。宋说这不仅仅是你的个人问题，实际是出版史的一件大事。（1987年7月16日）

今天上午陈巧孙来，谈及借调事有困难。详情面谈。（1987年7月28日）

前日陈巧孙同志来，谈及你借调问题。他们已经尽了极大的力量，无法解决。陈向宋汇报了努力的经过，宋表示只得如此，只好拉长时间。（1987年8月29日）

我的借调虽则没有成功，但我已心领了，只有认真完成好编著任务，才是对张老与宋、陈二位最好的回报。

《出版史料》编辑部催稿很紧，张老在1987年12月的一封信里说，明年3月第一批稿要求交出，可当时还有不少问题没解决。如菊老科举考试试卷有线索，却尚未取得；一些人物字号还未查清；某些文献是否菊老起草，尚有争议，等等。张老经常亲自奔走查问，来信告知结果。如沈曾植信中的人名，他请教了潘景郑先生（1987年12月12日），"自顾老处取回一批书札，民十六年辞职时写至商务董事会有数通未发表，我正在抄，很费力。"（1988年1月1日）通艺学堂章程是否菊老起草，大家对《张元济诗文》"编辑说明"中断然称"非张先生文章"，很不以为然。张老也认为，此说"实令人感到惊讶"（1988年1月5日），并抄示几位学者对此的看法，否定了"编辑说明"的观点，于是《年谱》稿明确表明通艺学堂章程为张元济起草。

张老请顾廷龙、王绍曾、胡道静、潘景郑与汤志钧等五位专家审阅《年谱》初稿，我们私下叫他们"顾问"。张老不时在信里告诉我"顾问"们的意见，如1988年1月10日信记录了拜访顾老的情形：

今日上午访顾起潜先生，将《年谱》初稿请其审阅。顾颇有兴趣，当即通阅一遍，谈了以下几点："1.材料相当丰富，而且很细，在短短几个月中搜集得到不容易。""2.体例安排妥当，即可照此写下去。""3.先人著作应列入正文。""4.第五页注释①—⑥，第六页①—⑤均系先人著作，应放在正文中，不应列入注释。""5.文字方面需加修饰，多处太通俗。"顾老看了之后很赞赏，（认为）写得不错，将草稿留下，要仔细阅读，随阅随改，随提意见。

一旦得到专家们的意见，张老都第一时间在信中告知，并鼓励我直接向王绍曾、胡道静二位写信请教。

当时《张元济年谱》第一批文稿按时于1988年3月初交出。张老写道："《年谱》第一、二章脱稿，已交陈巧孙……需要配合的照片，由陈巧孙邀了美术出版社（同事）来舍拍摄，计先曾祖致先祖的信，先人著作三本，壬辰进士题名碑、家训和乌夜村图章……"（1988年3月5日）文稿经宋、陈二位修改，最后定稿，终于在《出版史料》1988年3、4期合刊上发表了。同一期刊有我《张元济与〈日本法规大全〉》一文，其实原先是宋原放先生约张老写的。1988年4月22日来信里说："昨去出版局，遇陈巧孙……他们约我写关于《日本法规大全》的翻译出版的经过。我目力已不能再用……因此我提出请你写，用大名，约二千字。陈同意。"于是，一期杂志里我的名字两次"亮相"。

三

《年谱》编著在紧张有序中进行，1989年春我因摔跤腿部骨折，两次住院动手术。张老闻讯焦急万分，先让人凤兄来舍间慰问，我出院后他老人家亲自多次上门探望。因祸得福，我由此病假一年，不需要"借调"，可在家安心撰写《年谱》了。

这一年与张老通信最多，来信有60多封，集中谈了张菊老被绑票、庐山访蒋、听昆曲、周总理探病等细节，以及各方意见反馈情况。信中常常抄示相关信件或文献，除了编入《年谱》外，我利用这些史料还写了几篇研究文章，分别在《上海滩》《世纪》与香港《大成》等杂志上发表。菊老听昆曲，《年谱》中分别反映在几个年份，因贯彻陈原先生"述而不作"原则也不便展开，文章就不同了。为了保证不说外行话，张老将我的初稿给刘衍万、陈宏亮与北京昆曲研习社朱复等昆曲行家阅看，再把反馈意见告诉我。至今张老来信中还附有刘衍万等的信，即是证明。《张元济与昆曲》先发表于《上海文化史志通讯》，后又刊登在香港《大成》杂志。我通过此文写作学到许多昆曲知识。

《年谱》框架已成，全书出版问题提到议事日程。编纂小组"碰头会"由上方花园移至我家，张老与北京商务印书馆总编高崧、责任编辑陈应年的联系情况也随时在信中告知。1989年11月9日陈应年先生与编纂小组一起商量《年谱》出版事，就在永裕里我家狭小的房间内进行。此前10月29日张老的信写道："回家收到应年兄信，十一月初可能来上海参加一项学术活动，这是极好的机会，一定要碰碰头。看来要借尊府，陈来当再通知。"碰头会似主要确定交稿时间，以及明年初在上海先开一个座谈会，听取各方面专家学者的意见。

张老当然最忙了，1990年1月5日拜访顾老，请为《张元济年谱》题签并撰序；请陈原、王绍曾、宋原放撰序；抄录、校对张菊老书札，准备编印《张元济书札》续集，等等，均事必躬亲。召开座谈会的事他就忙了好一阵。与北京商务、商务上办、出版局确定日期，拟出邀请人员名单。我从张老来信中领略到他老人家的忙碌，却帮不上忙，只能以艰苦的锻炼争取早日出外行走，赶上这场重要会议。1990年初开始，《年谱》编纂小组碰头会由我家恢复到上方花园举行。我的笔记中已出现2月12日、2月22日、3月13日、3月30日"赴张老家"与商量内容的记载。

张树年主编《张元济年谱》书影

专家座谈会4月25日在上海市出版局如期举行。根据我的笔记记载，会议规格很高，宋原放主持会议，北京商务林尔蔚总经理、高崧总编辑参加。张老首先介绍《张元济年谱》的编著经过和目前的进展情况，衷心希望在座各位专家指正。会上顾廷龙、胡道静、谢巍、汤志钧、唐振常、任建树、吉少甫、刘光裕、赵而昌、王自强、陈福康、邹振环、李庆等老中青学者分别发表了很好的意见，有体例上的，有提供史料的，有商榷某个事件的，也有文字上校正的，非常细致。如顾老回忆张菊老八十生日去合众图书馆，送来《文心雕龙》敦煌本子，要顾校读，希望《年谱》能有反映。胡道静先生说，年谱与传记不同，在于资料要收得完备，年谱出版要尊重材料。他建议编人名索引与书名索引。谢巍先生提供了许多线索，指出多部学人日记有张菊老记载，包括北京、杭州几家图书馆、博物馆所珍藏的信件。汤志钧说，"家世"一章别人写不出，又指出体例要统一，现人物年龄出现虚岁、实岁不一致，个别事实有出入。汤先生希望多印些照片，字大些。唐振常对《年谱》设置"大事记"予以肯定，但也指出要选择对时代、对谱主有关的真正大事。他还就《年谱》引述蒋维乔日记所记蔡元培离沪去青岛的原因，表示值得商榷。吉少甫建议《年谱》加强有关张菊老经营管理和商务财务方面的材料。刘光裕建议引文要全，尤其没有发表过的希望完整引录。总之，此次座谈会开得很成功，对于我们下一步工作启发极大。

张树年先生主编的《张元济年谱》自1988年10月至1991年6月在《出版史料》连载十期。全书则于1991年12月由北京商务印书馆出版。本人有幸参加，收益甚多，学到许多东西。张老作为主编确定的体例、"述而不作"的原则，以及编写条目的方法，在以后人凤兄与我编著的《张元济年谱长编》，以及我参与编著的另两部近代名人年谱时均得到贯彻。

四

张老来信主要谈编著《年谱》，也有几个《年谱》之外的故事值得

一书。

张老在圣约翰大学读书时,有位同学黄嘉德,后成为作家、翻译家,他的兄弟黄嘉音也是一位著名翻译家。30年代兄弟俩曾与林语堂创办《西风》月刊,在新文学史上影响很大。黄嘉音1958年被打成右派,死于宁夏固原黑城农校。张老在一封信里告诉我,代《出版史料》向嘉德约稿的经过:

"黄是我约大同班同学,三十年(代)初与其弟嘉音、林语堂合办《西风》杂志,风行一时。西风社虽倾向西方文化,但在出版史上应占一席地位。当陈巧孙知道我与嘉德有同窗之谊,就托我请黄写一篇他们办西风杂志社的情况。黄氏兄弟由于传布西方文化,解放后受到不公正的待遇。反右时嘉德调往山东教英文,嘉音派到西宁,恐怕都戴上帽子。"文革"中嘉音死于狱中。嘉德收到我去信代《史料》约稿,顾虑重重,迟迟不复。经我几次去信,写明《史料》编辑部的诚意和《西风》在出版史上应留下一段史料,总算寄来一篇回忆录。但文章中只字不提当年的同事名字,可能还有顾虑,怕牵连友好。"
(1989年7月4日)

这里略有记误,黄嘉音死于"文革"之前的1961年1月。在张老的努力下,关于《西风》杂志和黄嘉音的贡献,终于留下了一篇难得的回忆录。由嘉德先生提供其弟的照片,至今是人们研究《西风》杂志经常引用的史料。

文史馆要求各位馆员撰写自传。张老信中说:"我在写自传,背景材料写得较多。你对我的一生恐不太了解,我很少谈我在银行的工作,一是平淡无味,二是既没有成绩,而且做的都是老一套,无非是想办法赚钱,与现在社会主义初级阶段的银行完全不同。但是重温一遍,过去究竟还做了些什么。广播中宣传的先进银行工作,听了觉得奇怪,这些我们几十年前早已做的、极为普通的办法。"(1989年9月12日)张老30年前的疑惑及直率表达,我当时并不理解,也不太在意,如今重读想来很有道理,当然我们只能在无言中领会了。此后他陆续寄来自传初稿,有一大段对商务印书馆发行所的回忆我印象很深，后来我撰写文学传记《张元济传》时就派上了用场。

1998年开始，安徽黄山市有位旧书店老板郑纪文知道我在研究商务印书馆馆史，多次寄来他收购到的商务版旧书、旧杂志，有两次郑先生亲自送书上门让我挑选，前后数次有200多种。价格不算贵，但对于我这个工资几十元的小职员来说，无疑难以承受。我告诉张老，他让我留下先看，随后挑选部分买下。记得有商务早期教科书、书目、地图、《说部丛书》（有近百种）与《图书汇报》等期刊，我先睹为快，每一种书都做了"经眼录"笔记。大部分书刊均由张老买下，后来都捐赠给了海盐张元济图书馆。有一本《商务印书馆创业十年新厂落成纪念册》，十分罕见，我写了篇文章拟配插图，向张老求助。张老很快寄来复印件，并在信中说："寄奉《商务印书馆创业十年新厂落成纪念册》复印件六张。我看前五张可用，第六张可删，因为与纪念册无关。"并开示各张内容："① 纪念册封面；② 上海商务印书馆简史；③ 版权页，光绪三十三年七月，非卖品；④ 大清国旗、大清商标、外国国旗；⑤ 纪念册目录；⑥ 中国教育器械馆广告。"（2001年7月18日）这就是发表于日本《清末小说》（2002年12月）的《1907年的商务印书馆纪念册》一文与插图的由来。

张树年先生的来信涉及《张元济年谱》编著的故事还有很多，我的一篇小文难以完全表达。他对后辈的热情指导更是让我难以忘怀，终身受益。

2019年2月于上海浦东明丰花园北窗下
（原载海盐张元济图书馆《张元济研究》2019年第2期）

刘诉万先生谈昆曲

刘诉万（1913—2011）先生是湖州南浔嘉业堂主人、著名藏书家刘承幹先生长子，昆曲名票友，上海文史馆馆员。1989年我有幸在张树年先生家中得以相识，当面请教昆曲知识，后又几次通信来往。虽然时间过去二十余年，回想起来，至今难忘。

张菊老听曲轶事

张家与刘氏本是亲戚，树年先生介绍说，我正参加由其主编的《张元济年谱》编著，又在写一部文学传记《张元济传》。张元济先生爱好昆曲，而我们对于昆曲知之甚少，希望诉万先生帮助指点。诉万先生欣然答应。

树年先生说起张菊老1937年的日记残本中，有好几条听昆曲的记载。如3月7、8日连续两天去湖社听曲就很突出。树年先生对诉万先生说：

"那两夜湖社听曲，我陪父亲去的，你不是也粉墨登场的吗？"

"是啊！五十多年了，您老还记得，不容易啊！"

我忙问："刘先生，您能谈谈湖社与菊老听戏的一些往事吗？"

说起湖社，诉万先生打开了话匣子。他告诉我，湖社原是湖州同乡的一个组织，社址在今贵州路北京路北首的一所楼房里。那时上海业余昆曲爱好者不少，他们组织的曲社有四五家，如"庚春""青社""平声啸社"与"风社"等，票友们除清唱外有时也正式演出，大家粉墨登场遣兴。那两天湖社的昆曲表演就是风社的"踏戏"（即彩排）。讱万先生即风社创办人之一。我们很快谈到那两夜"踏戏"的话题。讱万先生记忆犹新，他说：

"节目有徐园主人徐凌云的《钟馗嫁妹》，其子韶九的《撞钟分宫》，还有《乔醋》《奇双会·写状》《拜施分纱》等剧，由夏恂如、黄景蓉、张元和、张慰如等演出。欣万先生也登场扮演《惨睹》中的建文帝，菊老对我的表演身份很欣赏。第三天特致函我培余叔，认为这一天的戏唯讱万读字准确。"

树年先生插话说："讱万唱念师事俞振飞，身段则为徐凌云所授。父亲对昆曲艺术的鉴赏力，着实不低。"

讱万先生笑了起来，说："菊老谬奖了！菊老对昆曲情有独钟，他来听戏总自带《集成曲谱》，边听边看，没有一位观众像他那样认真的。"

刘承幹（翰怡），南浔嘉业堂主，藏书极富，为江南大藏书家之一。1914年出生的讱万先生家学渊源，幼承父教，少年即博览群书，30年代初毕业于上海圣约翰大学。后来从事银行职业，却酷爱戏剧，尤其是昆曲，唱、念、演样样精通。初从施传镇学老生，后从赵桐寿、许伯遒改习小生，又得俞振飞亲授四年。工官生，唱法规矩、工稳，讲究出声、吐音、归韵。世谓昆曲清工（唱法）末一人。曾参加上海赓春曲社，1935年与朱履龢、许伯遒等创办风社曲社。又从徐凌云学身段，曾彩串《惨睹》《见娘》《长生殿·小宴》《写状》等。

树年先生后来告诉我，讱万先生热心宣传昆曲，曾于30年代用卡车将俞振飞在高亭、开明公司所灌唱片买尽，遍赠曲友，一时传为佳话。他精研曲韵，自《中原音韵》《洪武正韵》以下，至《曲韵骊珠》无不通究，并注重理论与实际读音相结合，遍听昆、京名家唱片，观摩名家演出。

张树年先生让我向讱万先生请教，那是再合适也没有了。

两封亲笔回信

1990年初，我根据张菊老与昆曲的史料，撰写了一篇《张菊生先生

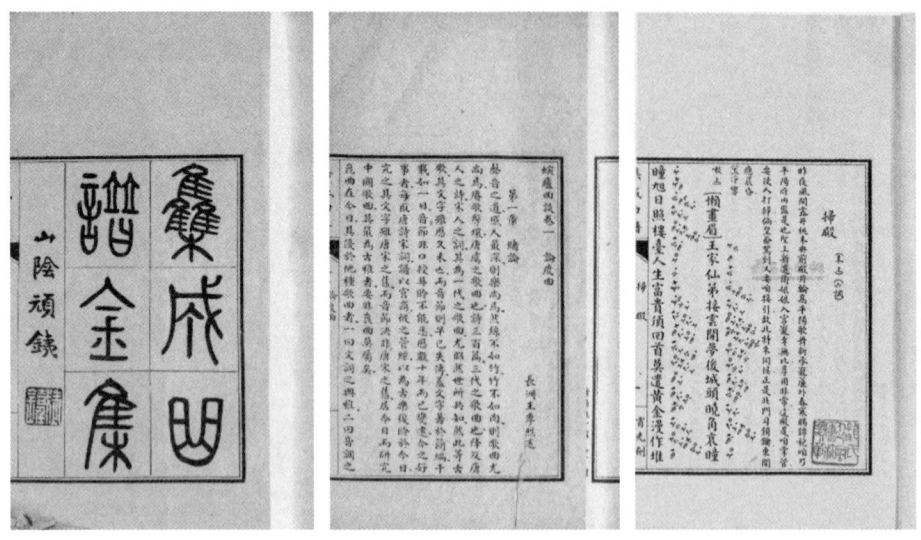

《集成曲谱》书影（部分）

与昆曲》的文章，发表于香港《大成》杂志。我寄了一份拙文复印件给讱万先生，敬请指正。很快收到回信，他在信中写道：

  和城同志大鉴：大札收到，承赐《大成》杂志复印本，谢谢！阅读之下发现有两处被不当改动：①"湖社听曲"内朱履龢，被误作朱博泉之弟。履龢是嘉兴人，当时年已过六十，而朱博泉（似乎是贵州人）本人不过四十岁。盖因博泉有弟听说名"某和"，就被误认加。② 摊卷铺盖，据我所知，唱曲时不能背，而看着曲谱唱，叫做"摊铺盖"。盖讥讽之语。至于听曲对看曲谱及收拾曲谱，叫做"摊"或"卷"，则未之闻也。《孤本元明杂剧》在41或42年时，我已购得此书铅印本，32册（在得此书之前，曾见过王季烈所撰此书之提要）。二十余年后，在"文革"中被抄去未还，但我于此书曾仔细看过一遍，今将对此书所得之印象奉告：① 此书可分三大类：a.曲文精美，确有文学价值者；b.曲词平常或俚俗者；c.一般应酬的戏剧，如庆寿、祝福的吉祥戏，套子颇俗。书中a.有些不文雅的词，在现在京剧中颇多被运用者；b.用韵杂者；c.名词或词句在现在京戏中被讹写者。以上三类，我在读时曾记在小册上，为京剧辩。因有些人捧杂剧传奇，而骂京剧俚俗，盖未知此类词句杂剧中早已有之，而京剧实继承下来，而非另有其他来源也。可惜小册亦在"文革"中丢了，深为可惜。至于①戏剧界、曲学界对书有何评论，我未听说过，因我与戏剧界、曲学界极少往来。②"校刻不精"因未见过原书，亦未敢妄断。若指印本（32册），则书是排印，何由知其"刻"？若指原书，则既属孤本，将何从"校"起？此书是刻本还是抄本，我当时是知道的，现已忘记。承先生下问，谨将鄙见陈教，以供参考而已。文中请勿引用，因事隔数十年，举不出具体例子，若再重新精读，则无此精力矣。草草，专覆。敬请

著安。并贺

年禧。

　　　　　　　　　　　　　　　　　弟刘訏万上　　90/1/23夜

"湖社听曲"为拙作《张菊生先生与昆曲》一文中一节，根据老人们回忆张菊老听曲常自带《集成曲谱》，边听边看谱，称"摊铺盖"，听完收拾又叫"卷铺盖"。刘訏万先生则告诉我，票友演唱背不下词儿，拿着曲谱唱，才叫"摊铺盖"，带有讽刺性质。听戏者没有这一称呼，纠正我文中的专业性错误。两位朱姓票友搞错名字，也是我不细心所致。

《孤本元明杂剧》问题是我去信询问的。元明杂剧是继唐诗宋词以后我国文化的瑰宝。历代统治者均视为"词曲之末"，因此年代虽近于唐宋，传本却比唐诗宋词少得多。直到20世纪初，研究元曲者还只能以臧懋循的《元曲选》所收的百来种为依据。明代盛行杂剧，《永乐大典》就收录元杂剧21种；宁献王朱权、周宪王朱有燉还是两位著名的杂剧作家。然而，传世剧本屈指可数。对于文学研究者来说，元明杂剧未解之谜实在太多了。抗战军兴的1938年5月，《脉望馆钞校本古今杂剧》突然在上海出现，元明杂剧这座宝库才得以发掘。这批杂剧计64册，242种，其中刻本69种，抄本173种。原为明代常熟藏书家赵琦美（清常）脉望馆藏本。明末归钱谦益（牧斋）绛云楼。绛云毁于火，书传至钱曾（遵王）也是园（故此书又名《也是园古今杂剧》），其时尚有100余册、340种。又经清初张远、季苍苇、何煌，传至吴门藏书家黄丕烈（荛圃），存66册、266种。最后归常熟丁祖荫（初我）所得，又阙佚2册、24种。三百余年，它辗转

易主，均因藏家们秘而不宣，险些淹没于世。这64册《脉望馆钞校本古今杂剧》出现时已分为两半，先后归郑振铎代教育部购得。张元济先生闻讯后，感到这样的孤本古籍只有赶快整理印出，流传于世，才是最好的保存办法。在张元济与郑振铎的努力之下，他们征得教育部同意，交由商务印书馆整理出版。张元济请当时在北平的著名曲学家王季烈（君九）担任校订，自己担任复校。其实，从改影印为排印的决策，与王季烈通信商讨各项问题，选定真正孤本，到找其他杂剧本子对勘乃至广告宣传，无不浸透了张元济先生的心血。对于原本的说明、校勘等情况，王季烈还撰有《孤本元明杂剧提要》一书与该书相配套出版。作为董事长，张元济先生挑着商务一摊子工作重担，在此期间去过一次香港，与总经理王云五联系各事，自己又患重病住院动手术，等等。然而《孤本元明杂剧》在此情况下，仍仅用三年不到时间，1941年初在四周炮火纷飞的上海"孤岛"问世，其影响远远超出一部普通古籍整理的意义。80年代有一部《中国戏曲曲艺词典》，其"孤本元明杂剧"条目称此书"校刻不精"，编写者连该书是刻印还是排印都未搞清，信口开河。为此我请教了䜣万先生。刘䜣万先生根据自己当年看过此书及《孤本元明杂剧提要》的印象，批驳"校刻不精"之说的一段话，很精彩。不久我在撰写《〈孤本元明杂剧〉编印的前前后后》一文时，就采用了此说。

两年多后，我们在编著《张元济年谱》中遇到一位叫徐钧的藏书家。张树年先生让我致信䜣万先生，请教其人情况。他回信说：

和城先生大鉴：来示收悉。承询徐君情况，奉告如下。

徐钧，字晓霞，浙江桐乡县（属嘉兴）乌镇人。光绪四年戊寅（一八七八）年生，1955年卒，年七十八岁。在沪有房地产，并开设钱庄。抗战前钱庄倒闭，家产荡然。晚年境况不佳。有藏书。馆名爱日馆。其藏书下落不详。弟所知仅此而已。徐棠乃其堂兄。专此奉覆。敬请

著安。　　　　　　　　　　　　　　　弟刘䜣万顿首。92/8/10

对一个仅见过一次面的后辈学人，毫无名人架子，平易近人，书信

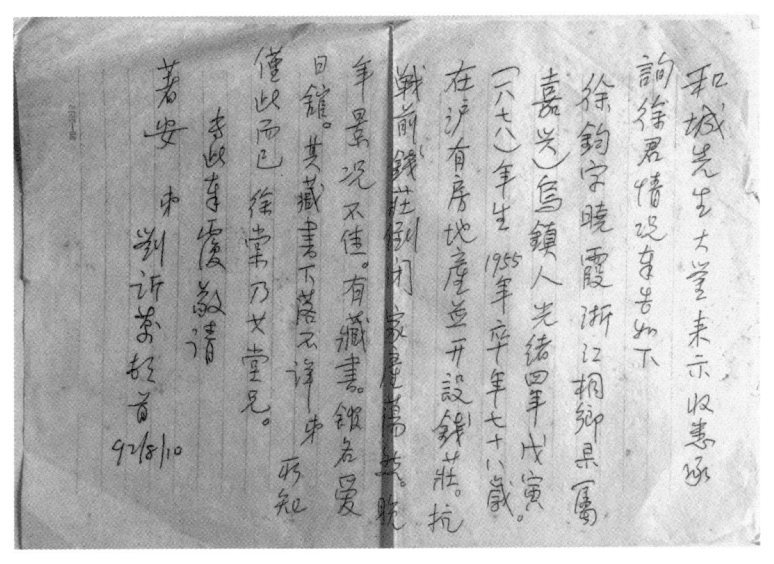

刘诉万致柳和城信札

中透露出前辈文化人的热情与真挚。两封来信都用圆珠笔写在普通报告纸上，如今纸张已经泛黄发脆，但看得出其书法功力之深。我知道诉万先生书法极佳，有人专门记述过他的书法心得与成就。他曾说，学曲修身养性通脉络，练习书法在感受书法之美的同时，也能修身养性，能使气息和畅、心灵贯通。在询问诉万先生长寿与书法有何关联时，他答："宋代大诗人陆游说过'一笑玩笔砚，病体为之轻'。"正是说练习书法，笔下生力，墨中添神，心路相通，通体轻松，这与气功的三调（调身、调神、调息）非常相似，"作书能养气，也能助气"，静心凝神，散心祛邪，这样，对人的心理和生理方面都有一定的调节和锻炼作用。可惜当年结识诉万先生并与之通信，未曾请他赐以毛笔墨宝，成为遗憾之事。

诉万先生于2011年以98岁高寿谢世。

2016年12月于上海浦东明丰花园北窗下

（原载《开卷》2017年第6期）

重读人间过路书斋主人来信

　　人间过路书斋，湖州徐重庆兄书斋名。近些年他自制的信笺都印有这个很有深意的名字。三十年中，他从湖州衣裳街到苏家园，我从上海浦西到浦东，我们的通信没有间断过，至少每月一封，二三封也是常有的事。他数百通来信叠起来，包括信封不下一尺多高。翻检重读之余，不禁感慨万千。

柳和城（左）与徐重庆合影（1986年11月，刘承摄）

第一次通信与湖州之行

1986年4月,经陈梦熊兄介绍与重庆兄通信。当时我正参加张树年先生主编《张元济年谱》的编著,同时准备写一本文学传记《张元济传》。其中涉及商务印书馆馆史上一件重要事件——总经理夏瑞芳被刺身亡问题,传说夏为陈英士派人暗害。重庆兄乃是湖州陈英士研究会主任,听说他还在撰写《沪军都督》的小说,掌握资料一定不少,于是写信请教此案的真相究竟如何。很快收到回信,他回答我的问题说:

> 来示所述陈英士刺夏瑞芳事,我一直没接触到这事的资料,不敢妄加断定。但兄要我谈谈看法,我只说三个字:不可能。为写《沪军都督》虽是小说,但读了大量的有关陈的资料,陈被认为最不光彩的事是暗杀陶成章。但我发现陈杀陶的目的,是树立孙中山的绝对威信。陶与孙分庭抗礼,搞分裂,曾列孙的十大罪状,蓄意把自己抬上革命的首要位置。陈杀他,我以为并不过分。因当年陈不杀陶,陶亦必设计杀陈。陈是孙中山同盟会中人,陶是光复会首领,两会一直矛盾重重,而后者倒是以暗杀为手段的组织。另外联系攻打南京时,对陈有恩的陶骏葆因扣军械等,被陈军法处决,此事可说明陈是执法不重情的人。夏被刺是一九一四年,这时已是讨袁之"二次革命",陈为筹款,曾要同志搏他(指夏瑞芳——柳注)去租界捕房,再告之于袁党。因活捉他可得七十万金。他认为活动捕房可逃遁,金可得,人可逃,不伤大事。但同志都认为以生命去做赌注,太危险而不愿。由此可知,陈为筹款确费心机,他能借到款也不必伤害人。因十万元数量并非是大数目。如说此事是真的,那么夏的立场也有问题,至少他不愿反袁,因陈筹款是为了替孙中山讨袁。现在来说,夏的不愿借款也是不赞成革命之过错。此事撰写时,兄应因此分明界线来阐述才好。上述是我个人粗见,不值一提也,仅供兄参考。(1986年4月14日)

民初盛行暗杀，夏瑞芳只是商人、企业家而已，被迫卷入政治旋涡，遭此厄运。重庆兄对民初历史不仅素有研究，而且相当严谨，提供这些材料极有价值。此后，他又陆续来信告知涉及此案的有关文章或者线索。对于朋友的研究课题，重庆兄从来挂在心间。1987年12月，他与陈祖基合撰的《沪军都督》一书出版，重庆兄第一时间寄来让我参考。

神交两年有余，1988年金秋季节，我与夫人刘承去湖州看望重庆兄。当时他住在电影公司，办公室既是书房，又当宿舍。交谈中得知他仍是单身，工作用他自己的话说是"打杂"，为单位搞宣传，刻蜡纸、划玻璃什么的，白天很忙，只能晚上读书写作。他原先打算陪我们看看湖州的名胜古迹，可惜我有腿疾行动不方便，最有兴趣的嘉业堂路比较远，那时不对外开放，次日又将去桐乡看望钟桂松兄，只能作罢。于是他请我们上饭店用餐，晚上即借宿于电影公司招待所，第二天一早送我们上汽车站。这是我们第一次也是至今仅有的一次会面。

此番湖州之行，我们在电影公司院子里留有一影，成为珍贵的纪念。

热心"为他人作嫁衣裳"

我们这班书友一不会经商，二不会炒股票，通信离不开书，谈书，论书或写书。我当年上班单位在河南中路，离南京东路新华书店、福州路上海书店很近。重庆兄来信常托我买书刊，文学、哲学、历史都有，而且经常双份——当然一份为他人所购。有些明确为他人所代购。我买到邮寄去，很快收到他汇来的书款，包括邮费在内，一分不少。重庆兄交友广，海内外都有。他陆续介绍我与各地书友通信来往，如桐乡钟桂松、夏春锦，海宁章克标，嘉兴范笑我，南京董宁文，济南于晓明、邓基平，包头冯传友，香港李远荣，马来西亚刘子政，乃至日本学者铃木正夫、樽本照雄等，不下一二十位之多，至今仍有许多位保持联系。上述书友之中好几位编辑民间读书刊物，我也常常投稿，可以说都是重庆兄这位"中介者"的关系。说来很惭愧，我仅帮助重庆兄与北京《出版史料》吴道弘先生取得了联系。

1989年9月初的一天，我突然收到郁达夫夫人王映霞女士的信。王女士大名我早已知晓，可以前并无来往。王女士写道："我前几天写信给我的小朋友湖州徐重庆，他来信介绍我可以就近找你和你的夫人。"信里并附来重庆兄给她的信。原来王映霞83岁了，想留一些照片在人间，重庆兄热心地介绍我夫人刘承前往拍摄。恰巧王女士家与我家同处于复兴中路，相隔仅三条马路。受重庆兄相托，刘承当即上王家拜访。不巧王女士外出，未曾遇到，第二次再去，又不在家。9月8日王映霞来信致歉，说：

> 柳和城夫人：昨天很抱歉，你来我没有碰到，还承惠赠食物，非常感激。有关照相事，昨日下午有蒋启韶小朋友来为我解决了。我们照了一卷胶片。因此事而麻烦贤伉俪多多操心，实在对不住。以后有机会再去拜访你。祝
> 好！并代候柳先生。
>
> 王映霞 9.8.

王女士信内提及的蒋启韶兄（海宁别下斋后人），地址虽由章克标老先生提供，彼此通过信，他还帮我刻过印章，但也可称重庆兄间接介绍认识的。

重庆兄比我小一岁，退休后有时间搞他的创作，来信称拟准备撰写一部出版家李小峰传记。后来因故未成功，原因多种多样。但是他对别人的写作活动极为关心。就说我吧，1991年前后我在撰写一部文学传记《张元济传》，重庆兄得知没处肯接受，他接连帮我跟四川、河南、浙江好几家出版社联系。在都无果的情况下，又是他出主意要我直接"毛遂自荐"与南京大学出版社联系。最后此书终于得以顺利出版。又如，前些年我编著《叶景葵年谱长编》与辑编《叶景葵文集》，重庆兄几乎每封信都问及进展情况。因叶为杭州人，他几次三番托友人在杭州打听有否叶氏史料，帮助寻找叶氏后人。看到可能有线索的书刊，即来信通报。他为我在上海市档案馆查得大批浙江兴业银行档案而高兴，大呼"毕竟是大上海"老档案保存得好。他知道我在关心浙兴发行的钞票，来信称"问了几位收藏的

朋友,建议查查《中国钱币图鉴》(民国卷)中肯定会有该行发行过的全部纸币"(2010年9月22日)。同年11月10日来信又说:"日前已帮兄查了《全国文史资料》(中央文史馆编)一百多辑,无有关叶景葵的史料,稍有空再查《上海文史资料》……"大家知道查这么多刊物,光看一遍目录,恐怕也得费上几个小时。一次他来信说,苏州朋友告诉他,柳亚子的收藏品50年代捐献给苏州市博物馆,然而,"据说至今还没整理,尤其是名家信札极多,估计会有叶景葵的,但无法一睹也!"(2012年8月14日)他甘为朋友做嫁衣裳,就是如此热心!

如今《叶景葵文集》已经出版,《叶景葵年谱长编》也即将问世,可我们的重庆兄卧于病榻两年多,已无法阅读他曾帮助过的友人的图书了……

有一次通信中他提到湖州师专由上海等地购入一批旧书,我问他是否有商务印书馆民国版老书。他回信说方便时会去一查。接着不无感慨地说:"弟原来商务版的书是很多的,全部毁于'文革'!现在的书都是'文革'后慢慢创购起来的。说到这些情况,我心里总有一种隐痛!"(1989年6月24日)重庆兄"草民"一个,既不是"当权派",也够不上"学术权威",在那个无法无天的年代居然也会受到冲击,可想而知动乱造成祸害之大!陈梦熊兄是我们共同的朋友,历次所谓"运动"中命运更惨,这是很多朋友都知道的。其晚年贫病交加,境况不佳,他的藏书与众多名人手札被人低价买去,高价拍卖,散失殆尽。其间重庆兄得知消息,为之愤愤不平,曾多次请上海友人劝阻,或直接与拍卖公司接洽,可得一好价格,无奈意见未被家属采纳。不过,由此也可见重庆兄待人之真挚、诚恳。

谈民刊命运与买电脑

我们通信中谈的最多的当然是书与写作。我有新的作品发表,一般都第一时间寄去刊物或复印件。有位名人根据自己剜改过的日记,称史量才先生于"九一八"次日在他的公馆里与人搓麻将等等,抑史扬己。2010

年，我在某刊物上登了一篇题为《"九一八"次日史公馆里发生了什么?》的文章，为史量才先生辩诬。重庆兄读了叫好，称:"这类'拨乱反正'的文章现在是太少了，因假象仍占上风。大作能刊出也颇不容易，大多编辑怕惹事不肯发的。有人不喜欢，也只能无奈，因说的是真实的历史。"（2010年8月2日）

对于近年民刊生存艰难，重庆兄信中常常表示担忧，并告知我一些信息。由民刊的难以生存，联系到深层次问题。一次，他直言不讳当今社会风气：

> 这个重金钱的社会，文化是可有可无的。那些亿万富翁有多少是读书人？大师没有了，名家也其（实）没有了（现在的所谓名家只是领风骚一二十年而已），私人藏书家没有了，都化作人民币也！

（2011年4月8日）

我深有同感，语言看来似乎有点激愤，然而那是事实，谁能否认呢？民刊装帧简单，印刷一般，但比一些装潢考究、纸张精良的官办文艺刊物

徐重庆在工作中

更有内容,真正读书人都喜欢看。只是我们这班小人物,人微言轻,无法改变眼前的现实罢了。

进入21世纪后,我等大都采用电脑写作,上网查找资料,电邮发送信件很方便。重庆兄却一直用纸质信件通信,我劝他学电脑,并告以自己的经验。他起先来信解释,说用笔写更为亲切,见文如见其人。即使后来购置了电脑,他也说"与朋友联系,还是习惯写纸质信"(2011年5月31日)。

在我一再说明电脑的便利后,有一次他袒露另一层不用电脑的原因:"电脑还没购置,需要积钱。退休工资每月仅一千七百多元,数千元购电脑,亦得好好计算一下也。"(2010年1月5日)唉!原来如此!真是读书人的苦恼。他的来信中也多次提到,友人们都劝他购置一台,后来真的帮他弄了一台组装机,可他没学会,只会看看新闻。原因呢?因太忙了。

我从复兴中路永裕里迁居浦东明丰花园之后,曾以新添书橱为背景拍了张相片送给他。他对我家新书橱极感兴趣,称赞不已,说自己"搬迁近两年,书册等还没整理结束,书架放不下,仍有几十箱书无处放,十分犯愁,真不知如何办才好?一生为书所累,亦无可奈何也!"(2010年2月20日)他的苏家园新居是二手房,又为底层,颇潮湿,其实很不适宜像他这样的人居住。近三十年通信,重庆兄常常提到经常感冒,医生称他低血压,因此常感头晕。知道他抽烟很厉害,我多次在信中劝他注意。一次回信中他写道:"我烟瘾极大,但已无法戒掉。遵兄嘱,只好少抽,吃好点的。我平生只有两大嗜好:书与烟,如此而已。谢谢兄的关注,情谊千金难买矣!"(1988年5月25日)2012年春又称左臂关节总感有根筋吊着,等等。以上恐怕已经为今日病症埋下根子。

迟到的荣光

我的记事本在2014年10月11日记有这样一条:"上午得邮政快递——

徐重庆寄赠小书一册,附10月10日信。"书为《平静斋诗词曲稿本》,又是他为别人张罗的一本书。10月13日我回复重庆兄一信。想不到这可能成为我们最后的通信!一周后的10月20日,他即病倒,几天后我惊闻此消息,不胜感慨。他是累倒的,从他给我的信中已可见端倪。

如今,重庆兄被人誉为"布衣文人""湖州文脉的守护者""喧嚣社会里的精神洁癖者"等,事迹、照片上了报纸。但我想说一句:那都是迟到的荣光罢了。

我和他通信的前十几年他经常告知自己的写作计划,或寄来发表的作品,而后十来年明显少了,而他来信总说很忙,有时还得出差。忙什么呢?退休的人了,还出差干嘛?他没有详说。2012年秋天,他总算透露了一点忙的内容。原来忙香港华文作家协会副会长李远荣兄上湖州的事。经重庆兄介绍,我与李兄多年前也有交往,曾帮我为《香港文学》等杂志投稿。此番原来由重庆兄牵线搭桥,请李兄在港征集香港作家签名本,在湖州师院图书馆开设"香港作家文库"。到2012年11月李兄至湖州为止,四个月已征集签名本近1 000册,这样的图书馆在全国尚属首例。《湖州晚报》对此做过报道。

那年12月中旬收到重庆兄寄来《湖州晚报》复印件,复信于他,约有两星期未得其来信。他又在忙什么呢? 2013年1月中旬他来信解释迟复原因,原来他去了趟北京:

> 十二月十六日来信(附大作复印件一份)拜收到已近一月,收到来信后不久,就急去北京。是为了赵萝蕤的弟弟要委托我,将家藏二十三件黄花梨木明式家具无偿捐给湖州市政府,交市博物馆收藏事。兄是知道的,几十年来我已习惯每天睡到中午才起身,此次几个早起,至今人恢复不过来,精神十分委顿。
>
> 事情已办妥,月底前还要带博物馆的人员去北京,运东西来湖州。好处一点也没有不要说,主要是身体吃不消,还要贴本,只是为老人家办成一件大事,当可自慰也!
>
> ……我也在感到人生苦短,不知不觉已近七十也。有时听人称我为"老人家",好像不舒服,但现实是老矣!(2013年1月14日)

同年1月21日，重庆兄陪湖州市博物馆人员二上北京，办理二十三件黄花梨木家具运至湖州事宜，"廿二日办移交手续，廿四日安全运到湖州。经浙江省文物鉴定小组三位专家鉴定，其中国家一级文物五件，二级十件，三级八件，价值过亿。我是贴本办事，赵先生满意就好。该做的做了，接下来这类事即使再有人委托，我也不干了。诚如兄言，来日要做自己的事了。"（2013年2月20日）

然而，重庆兄并未"不干"，不久他又一次上北京，来信中说：

> 七日来信拜接。往返北京几次，事情已落实。赵景心老人已将二十三件明清黄花梨木家具"裸捐"给湖州市政府，交由市博物馆收藏，价值近亿元。为此，湖州为他在博物馆内以这批家具为主体，建一家族纪念馆，并建一"紫宸园"墓园，赵紫宸、赵萝蕤等的骨灰将在八九月份迁来湖州。因这两件事文化局、博物馆对赵家均陌生，故都要我提供材料、决策，弄得疲惫不堪！我本人已化去二三千元，但一分钱的好处也没有，只是看在赵老对我的相信而帮他办妥也。（2013年4月22日）

上述信里他还说到，"上周五（19日）去了趟奉贤，为包畹蓉先生捐历年他的京剧服饰收藏证书、奖状、奖杯等，逗留了三个多小时，即返回湖州"。看！他为了湖州的文化事业可谓尽心竭力，"守护者"之称名不虚传！可惜只是迟到的荣光。顺便一提，百度网上介绍位于湖州师院内的赵紫宸、赵萝蕤父女纪念馆，建于2006年等，却只字未提重庆兄的名字及其贡献，而参观过此馆的名家却罗列了好几位，并配有照片（也许徐重庆当时还不是名家的关系）。介绍还误称那些明清家具已被上海市博物馆收去，云云。恐怕这已是过时的"旧闻"吧，早该更新了。

2013年9月24日重庆兄来信，告知近期又去了趟北京，将赵紫宸、赵萝蕤父女骨灰运来湖州，没谈细节。去年《光明日报》上那篇记述重庆兄的文章，称赵氏父女的骨灰盒由他手捧而归，我为之无语。

是的，人人都是"人间过路"之客，问题是他曾经为社会、为他人留下了什么。我们的人间过路书斋主人,除了结集出版了几本当代文化名人研究著作外,还以他一人之力,为湖州引进了四座文化殿堂:沈行楹联艺术馆,赵紫宸、赵罗蕤父女纪念馆,包畹蓉京剧服饰艺术馆和赵紫宸、赵萝蕤、赵景德家族纪念馆。这些文化名人及其后人,把价值连城的祖传珍宝、一生收藏,回归故里。喔!不要忘记还有湖州师院图书馆的"香港作家文库"。这一切,没有徐重庆不辞辛劳的努力沟通、联络,恐怕很难变成现实。一千多元退休金,连电脑也买不起,却长期为文化事业奔忙,完全出于对文化的热爱,以"内心的召唤",作为终身的追求。我们应该做些什么呢?

这就是人间过路书斋主人留给我们的启示。

(原载《梧桐影·徐重庆先生纪念专号》,2017年7月)

后　记

　　我轻轻地舒了一口气,《寻迹永裕里》终于要出版了,最后补充几句。

　　建于一百年前、已拆除二十年的永裕里及毗邻的几条老弄堂,在它们存世的整整八十年中,留下了许多名人的身影,在这片建筑及其周围发生过一系列惊心动魄的故事,已经载入史册。占地2万多平方米的永裕里地块,算不上"高中档"民宅,随着历史的进程被拆除、被改建成真正的高档小区,也无须惋惜。不过,它所沉淀的人文底蕴,不应该随着老建筑的消失而消亡,因为这是上海这座人称"魔都"的国际大都市记忆的一部分。历史本来就是由无数细节构成的。我的这本小书,记录了永裕里历史上的一些人和事。对于我们这代人来说,或许能勾起某些儿时的回忆,虽然并不都是美好的;对于年轻一辈来说,则能增添若干历史知识,真切地了解过去,更好地思考当下和把握未来。对于住在已经消失或行将消失的石库门的朋友们,或许有一定参考价值,让我们一起来"回眸"老弄堂、老马路的往事。

　　拙著尚有不够周全之处。首篇《地图上的永裕里》考证了永裕里、慈安里与敦仁里的开发商,而缺西湖坊、承遂里与萍渔里建筑商史料,关于各里房产归属变迁掌握更少。拙著提到的一些文化教育设施,缺乏详细史料。如一心小学后来迁于何处,敦仁里的敦仁女子公学,与马浪路对面新民邨的敦仁女子小学有没有关联,均有待继续发掘。1932年时,慈安里4号有家集邮同志研究社,在报纸上刊登广告征集社员、赠送"各国精美邮票百份",慈安里2号也有一位名叫钱韵泉的住户,在报上刊登"廉让邮票"启事,因缺乏更多史料,本书只能割爱。

后 记

拙著写了这里生活过的书画家、戏剧家、医生、律师与会计师们，但缺少实业家群体的记述，仅涉及济生堂、康德堂、华北公寓等几家。其实拥有一定资产的中小老板，永裕里就有好几位：60号的解梅生，公共租界鲜猪市场上海合运公司经理。59号的包鞠庭，章华毛纺厂股东，后任华昌毛纺厂总经理与联华保险公司协理等职。48号的吴靖祺（音），经营颜料化工厂。45号的杨士兴（音），也曾办过化工类小厂。至于在实业中任要职的更多，如54号的尤伟民，据说为某洋行买办，55号的申精行，其父亲是美商大来洋行会计部经理。再如，拙著提及数位在永裕里地块生活过的政治名人，其实尚有几位可以钩沉。如永裕里55号曾居住过民国海军总长萨镇冰之弟萨镇南，到其孙辈萨本康兄弟时，家道已败落，哥俩龟缩在灶披间居住，靠做临时工生活。永裕里58号大房东卞维尧，1928年时担任江苏省武进县禁烟局局长，他顶下58号房产，本人并不在此居住，却有位太太住在四层阁楼，其余房客几乎都是常州籍。说起58号灶披间房客沈娟雯（音），乃是上海著名律师、"七君子"之一沈钧儒的侄女。上述人物应该都有故事可以挖掘。

本书在写作中得到田伯炎、何松生、卞毓麟、施嘉庭、钟桂松、徐自豪、祝淳翔、樊东伟、丁夏等友人，以及和堤老哥的大力协助，提供各种线索，讲述相关故事，在此表示由衷的感谢。本书有20多篇文章曾发表过，其间得到《上海滩》葛昆元与曹琪、《档案春秋》李红、《都会遗踪》邵文菁、《世纪》沈飞德、澎湃新闻罗昕等编辑的支持，在此结集出版之际，向各位表示衷心的谢意。上海大学出版社陈强先生为本书的出版费心甚多，也一并表示感谢。

柳和城

2024年10月